重现经典

重现经典
编委会

主编　　陈众议

编委　　[排名不分先后]

陆建德　　余中先
高　兴　　苏　玲
程　巍　　袁　伟
秦　岚　　杜新华

重现经典
编委会
推荐语

近世西风东渐,自林纾翻译外国作品算起,已逾百年。其间,被翻译成中文的外国作品,难以计数。几乎每一个受过教育的中国人,都受过外国文学作品的熏陶或浸润。其中许多人,就因为阅读外国文学作品而走上文学创作的道路。比如鲁迅,比如巴金,比如沈从文。翻译作品带给中国和中国人的影响,从文学领域渗透到社会生活的各个方面。从某种意义上可以说,是翻译作品所承载的思想内涵把中国从古老沉重的封建帝国,拉上了现代社会的轨道。

仅就文学而言,世界级的优秀作品已浩如烟海。有些作家在他们自己的时代大红大紫,但随着时间的流逝而湮没无闻。比如赛珍珠。另外一些作家活着的时候并未受到读者的青睐,但去世多年后则慢慢被读者接受、重视,其作品成为文学经典。比如卡夫卡。然而,终究还是有一些优秀作品未能进入普通读者的视野。当法国人编著的《理想藏书》1996年在中国出版时,很多资深外国文学读者发现,排在德语文学前十位的作品，竟有一多半连听都没有听说过。即使在中国读者最熟悉的英美文学里，仍有不少作品被我们遗漏。这其中既有时代变迁的原因，也有评论家和读者的趣味问题。除此之外，中国图书市场的巨大变迁，出版者和翻译者选择倾向的变化，译介者的信息与知识不足，时代条件的差异等等，都会使大师之作与我们擦肩而过。

自2005年4月始，重庆出版社大力推出"重现经典"书系，旨在重新挖掘那些曾被中国忽略但在西方被公认为经典的文学作品。当时，我们的选择标准如下：从来没有在中国翻译出版过的作家的作品；虽在中国有译介，但并未得到应有重视的作家的作品；虽然在中国引起过关注，但由于近年来的商业化倾向而被出版界淡忘的名家作品。以这样的标准选纳作家和作品，自然不会愧对中国广大读者。

随着已出版书目的陆续增加，该书系已引起国内外读者的广泛关注。应许多中高端读者建议，本书系决定增加选纳标准，既把部分读者熟知但以往译本存在较多差误的经典作品，以高质量重新面世，同时也关注那些有思想内涵，曾经或正在影响着社会进步的不同时期的文学佳作，力争将本书系持续推进，以更多佳作满足不同层次读者的需求。

自然，经典作品也脱离不了它所处的时代背景，反映其时代的文化特征，其中难免有时代的局限性。但瑕不掩瑜，这些作品的文学价值和思想价值及其对一代代读者的影响丝毫没有减弱。鉴于此，我们相信这些优秀的文学作品能和中华文明继续交相辉映。

丛书编委会修订于2010年1月

ROBERT M. PIRSIG

LILA
AN INQUIRY INTO MORALS

莱拉
一场对道德的探究

[美] 罗伯特·M.波西格 著

王培沛 译

Lila: An Inquiry into Morals by Robert M. Pirsig
Copyright © 1991 by Robert M. Pirsig
All rights reserved including the rights of reproduction in whole or in part in any form.
Simplified Chinese edition copyright © 2022 BEIJING ALPHA BOOKS CO.,INC.
版贸核渝字（2021）第24号

图书在版编目（CIP）数据

莱拉：一场对道德的探究 /（美）罗伯特·M.波西格著；
王培沛译. — 重庆：重庆出版社，2022.8
 书名原文：Lila: An Inquiry into Morals
 ISBN 978-7-229-16961-9

Ⅰ.①莱… Ⅱ.①罗…②王… Ⅲ.①长篇小说－美国－现代
Ⅳ.①I712.45

中国版本图书馆CIP数据核字(2022)第124329号

莱拉：一场对道德的探究
LAILA: YICHANG DUI DAODE DE TANJIU
[美]罗伯特·M.波西格 著　王培沛 译

出　品：	华章同人
出版监制：	徐宪江　秦　琥
责任编辑：	秦　琥　彭圆琦
责任印制：	杨　宁　白　珂
营销编辑：	史青苗　刘晓艳
书籍设计：	潘振宇 774038217@qq.com

重庆出版集团
重庆出版社　出版
(重庆市南岸区南滨路162号1幢)
北京盛通印刷股份有限公司　印刷
重庆出版集团图书发行有限公司　发行
邮购电话：010-85869375
全国新华书店经销
开本：880mm×1230mm　1/32　印张：17　字数：336千
2022年11月第1版　2022年11月第1次印刷
定价：79.80元

如有印装问题，请致电023-61520678
版权所有　侵权必究

Dedication
to Wendy and Nell

献给温蒂和妮尔

目　　录

CONTENTS

PART 1	第 一 部　12
PART 2	第 二 部　282
PART 3	第 三 部　396

PART 1

第 一 部

1

莱拉不知道他的存在。她睡得很沉，显然正做着可怕的梦。黑暗中，他听到她的牙齿正在咬紧，感到她的身体突然地抽动，好像在和只有她能看到的魔头搏斗。

微弱的光线从上方敞开的舱门透进来，她脸上的妆线和皱纹都不见了。此刻的她，看起来既柔弱又天真，像一个金发的小姑娘，宽宽的颧骨，小小的翘鼻子，一张普通孩童的面庞，看着如此熟悉，让人自然心生爱怜。他仿佛看到清晨来临时，她睁开天蓝色的大眼睛，那双眼睛兴奋地扑闪，憧憬着崭新的一天——明媚的阳光中，爸爸妈妈笑意盈盈，炉火上烹制着熏肉，到处是幸福的气息。

然而现实不是这样。当莱拉从宿醉的昏沉中睁开眼睛，她会盯着一个头发灰白的男人，细细地打量——她甚至想不起来，这是她昨夜在酒吧遇到的人。恶心和头痛可能会让她懊悔自责，但不会那么强烈，他想——她已经历很多次了——无论遇到这个男人之前她过着怎样的生活，她都会慢慢找回她的老路。

她嘴里嘟囔着什么，好像是"小心！"接着又说了些傻话，然后翻过身，拽起毯子裹住自己的脑袋，可能想抵挡从敞开的舱门那里吹进的冷风。帆船的铺位太窄了，这一翻身，她又撞进他怀里，他感受到她的全身，还有她身体的温热。已经退去的欲望又涌起，他伸出胳膊抱住她，抓握她的乳房——满满一手绵软，像是熟过了头的果子，都快要烂了。

他想把她弄醒，再次占有她，伴随着这个念头却有一股伤感生起，使他无法行动。在他迟疑的当口，伤感越发强烈。他想更深入地了解她。他整晚都被这种感觉缠绕——他以前在哪儿见过她，很久以前。

这个想法彻底打消了他的欲念。现在伤感完全把他占据，还渗进昏黑的船舱，浸染了从上方舱门中透入的靛蓝色微光。高高的星空好似被舱门装裱起来的一幅画，随着船的摇晃，画面在不断改变。猎户座的一部分忽而消失，忽而重现。用不了多久，整个冬季的星座都会回来。

从远处传来汽车驶过桥梁的声音，在寒夜中显得格外清晰。那些车正跨过哈德逊河[1]赶往高崖上的金斯顿[2]。而这里是一湾窄窄的溪流，小船泊在这里过夜，明天它将继续驶向南方。

时间不多了。沿河的树木几乎看不到绿色，地面落叶缤纷。在这最后的日子里，北方寒冷的强风席卷河谷，扫荡枝枝叶叶。当小船在布有航标的河道中顺流而下，前方的河面上空，红色、栗色、金色、灰色的落叶一路旋转飞扬。河道里几乎没有别的船。沿岸的码头偶尔有几艘，却像是已经被弃置。随着夏天结束，他们的

---

[1] Hudson River，发源于阿迪朗达克山脉（Adirondack Mountains），全长507公里，自北向南流经纽约州东部，大部分位于纽约州。19世纪开凿了三条运河（伊利运河、特拉华-哈德逊运河、尚普兰运河），哈德逊河与五大湖区得以沟通。——译注

[2] Kingston，纽约州金斯顿市，位于哈德逊河沿岸，在纽约市以北146公里。——译注

主人已经另谋生路。抬头总能见到野鸭和大雁的V形阵列，它们来自加拿大北极地带，正乘北风南下。当他刚开始这趟航程时，它们中的许多一定还是雏鸟。他是从内陆大湖苏必利尔湖[1]出发的，身后已千里，仿若历千年。

时间不多了。昨天，他一脚踏上甲板就滑了个趔趄，待站稳后他定睛一看，整条船都覆上了一层冰衣。

斐德洛奇怪以前在哪里见过莱拉，但又想不起来。不过，他好像确实见过。也是深秋，他想，十一月份，当时非常冷。有轨电车上几乎没人，只有他、司机、售票员，还有莱拉和她的女性朋友。她俩坐在他后面三排的位置上。座椅是黄藤线编织的，又硬又糙，为的是经久耐用。结果没过两年，有轨电车被公共汽车取代，连同轨道和线缆都烟消云散了。

他记得他已经在电影院的座椅里接连看了三部电影，烟抽了一根又一根，头痛欲裂。而他还得在有轨电车上咣咣当当半个小时，然后步行一个半街区穿过漆黑的夜色，才能到家中拿到阿司匹林，再用上一个半小时等待药片发挥效力，头痛才能消失。就在这时，他听到两个女孩高声嬉笑，他回头张望，笑声戛然而止。她们正盯着他，那眼神毫无疑问是在说，他就是她们嬉笑的对象。他鼻子很大，体态难看，没什么值得注意的地方，而且总是和别人若即若离。左边那个女孩好像笑声最大，她就是莱拉。一模一样的

---

[1] Lake Superior，北美五大湖之一，世界最大淡水湖。——译注

脸——金色的头发，光润的皮肤，蓝眼睛。她正掩着嘴巴，可能以为这样别人就看不出她嘲笑的是谁。又过了几个街区，她们下车了，仍然边说边笑。

几个月后，他在市中心高峰期的人潮中又看到了她。只在片刻之间，机缘转瞬即逝。她一转头，正对他的脸，他明白她认出了他，她好像停顿了一下，等待他有所表示或说些什么。但他没有。他缺乏快速和他人建立联系的技巧。顷刻已是太迟，他们已经走上各自的路。那天下午他一直在想，她是谁？如果他当时走上去和她说话，一切又会怎样？许多天过去了，每天他都在想这个问题。第二年夏天，在城市南部的海水浴场他以为又见到了她。她躺在沙滩上，他从她旁边走过去，只能从颠倒的方向看她的脸。他突然非常兴奋。这次他不能再傻站着了，他要有所行动。他鼓起勇气走了回去，在她脚边的沙地上站定，然后从正方向看她的脸。那不是莱拉。是一个陌生人。他仍记得他当时有多么伤感。那些日子里，他孤身一人。

但是已经过去了那么久——许多许多年了，她会有很大变化，不大可能是同一个人。再说他根本不了解她，是不是同一个人又有什么关系呢？为什么这么多年过去了，他还要记挂那种无关紧要的小事呢？

他觉得这些依稀记得的画面就像梦一样离奇。这个他今晚刚刚认识，此刻正睡着的莱拉，也不过是一个陌生人。或者准确地说，不是陌生人，而是一个没那么特别、没那么独一无二的人。莱拉,这么一个现在睡在他身边的个体,曾被生出来,现在正在她的梦中活着、挣扎着,到时候会死去。然后,还有另外一个人——叫她莱拉好了——她不会死,她在莱拉身上寄居片刻后又去新的地方。这个睡着的莱拉是他今晚才遇到的,但那个不眠不休的莱拉,很多年来,一直和他相互注视着。

这太离奇了。一直以来,在他经过一个又一个船闸沿河而下时,她一直跟着他一路航行,他却没意识到她的存在。也许他在特洛伊[1]的船闸上见过她,在黑暗中与她面面相对,却没有看到她。他的海图表明,那里有一连串紧挨在一起的船闸,但是没人告诉他它们的海拔高度,也没人告诉他一旦把距离算错情况会多么糟糕,一旦晚点了会让人筋疲力尽。直到他真的置身船闸之间,才发现危险近在眼前。他努力搞清楚那些绿色灯光、红色灯光、白色灯光的含义,还要应付一间间船闸管理室发出的灯光,还有对面驶过的其他船只的灯光,以及桥梁和桥台上的灯光。上帝才知道那一片漆黑中还有些什么,他可不想在黑暗中撞上去或者搁浅。他以前从没见识过这些,当时真的非常紧张。就在这紧张气氛中,他恍惚记得在另外一艘船上看见了她。

他们是从天而降。这不是三十英尺[2]、四十英尺或者五十英尺的高度,而是数百英尺的高度。他们的船整个晚上一直在下降,下

---

[1] Troy, 美国纽约州城市, 位于哈德逊河东岸。——译注

[2] 1英尺=0.3048米。——编者注

降,犹如从天而降。他们完全不知道自己一直停留在半空。当最后一座船闸的最后一道门开启,他们看到一条被油污染黑的河。这条河流过一座巨型建筑骨架,流向远处一片朦胧的光带。那就是特洛伊,他开船驶去。到了河流交汇处,船陷入了漩涡立刻偏航了。他把引擎开到最大,才斜切过水流抵达远岸的浮动码头。

"这儿的潮水有四英尺高。"码头值守人员说。

潮水!他思索起来。那是海水的高度,意味着所有内陆的船闸都已被汪洋吞没。此刻,只有巡行在海洋上空的月球,主宰着一条小船的升降。开往金斯顿的一路上,他都有种无遮无拦地贴近大洋的感觉,这给了他一种寥廓而新鲜的空间感。

空间,正是这趟航程的全部意义。这天晚上,在码头旁边的一个酒吧里,他试着和瑞乔、格派拉交流这种感觉。瑞乔看起来很累的样子,而且心事重重,没什么兴致。比尔·格派拉——他是瑞乔的船员——却听得起劲,好像跟他心有灵犀。

"就像在奥斯威戈[1]的时候,"格派拉说,"我们一直在等船闸开闸,等得骂娘,寸步难行真是糟透了。可就在那段等待的时间,我们玩嗨了。"

斐德洛是在那时认识瑞乔和格派拉的。九月飓风带来的暴雨导致洪水冲决运河堤岸,浮标被吞没,闸口壅塞着异物,整条航道不得不关闭两个星期。从五大湖向南去的船只都被拴在岸边,船

---

[1] Oswego,美国纽约州西北部的一个县。——译注

员们无所事事。这在他们的生活轨道上突然制造了一个空间。一道不期而至的时间裂口张开了。刚开始时,每个人都很沮丧,这里站一会儿,那里坐一会儿,不知道干些什么好,真是糟透了。驾驶员们平时都专注于自己的航程,不是那么想要和别人说话,但是他们现在无事可做,只能在船上闲坐,和别人从早到晚地聊天,天天如此。从闲聊到深谈。很快,每个人都开始到别人的船上登门拜访。聚会一下子四处开花,整夜不休。镇上的居民都受到这一片"船场"的吸引,有些人还和船员们熟识起来。从闲聊到深谈。随之而来的是更多的聚会。

于是,这场天灾,这原本让人愁云密布的灾害,结果却正如格派拉所说,让每个人都真正玩嗨了一把。使他们纵情欢乐的,就是空间。

除了瑞乔、格派拉和斐德洛,酒吧里空空荡荡的。这只是个不大的地方。远处的屋子里有几张台球桌。吧台在屋子中央,正对着门。许多脏腻腻的桌子随意地摆放着。整个地方未做任何修饰,但是感觉很好,因为它不会冲撞到你的个人空间,这就是它的妙处。酒吧就是酒吧,没有任何华而不实的东西。

"我觉得这就是空间带给我们的。"他对瑞乔说。

"什么意思?"瑞乔问。

"你是问,空间?"

瑞乔眯着眼睛盯着他。虽然瑞乔穿着鲜艳的条纹衫,戴着针织水手帽,却好像有什么隐情使他很不开心。也许是因为对他来说，这次旅程的全部意义就是到康涅狄格后把船卖掉。

为了避免与瑞乔发生争论，斐德洛字斟句酌地说："我认为我们买船的真正意义就是买一个空间，无事，清净……涤荡在无尽的河水中……漂荡在无事的时光里……这些千金难买，几乎已经无处可寻。"

"把自己锁房间里不就得了。"瑞乔说。

"不管用，"斐德洛回答道，"房间里有电话。"

"来电话也别接。"

"送包裹的[1]会来敲门。"

"偶尔罢了，你也可以不理睬。"

瑞乔就是在找茬争吵。格派拉逗趣地插话道："邻居会帮忙签收。"

"然后，小孩们就会找上门，还把电视打开。"

"叫他们关上。"格派拉说。

"这样一来，你已经走出房间了。"

"好吧，那就无视他们。"格派拉说。

"好吧，非常好，就照你们所说。现在，请你们告诉我，如果有个人待在房间里，锁着门，不接电话，有人来敲门也不出去，就算有小孩进到家里，打开了电视机他也一声不响，你们说这个人是什么情况？"

---

[1] 原文UPS, United Parcel Service, 美国快递服务公司。——译注

他们想了一会儿，都咧嘴笑了。

他们刚进来的时候，因为没什么客人，吧台服务生一脸的无聊。但是他们几个坐下之后，又有四五个客人陆续进来。服务生跟其中两个聊起来，他们看上去是老主顾，举止放松，很熟悉这里的环境。另外两个手里握着台球杆，显然是从旁边房间里打完台球过来的。

"没有什么空间，"瑞乔说，他还是想辩论一番，"如果你是这里的人，你就会明白。"

"这话怎么讲？"

"这里根本没什么空间，"瑞乔重复道，"满满的都是历史。虽然现在都过去了，但是如果你了解这片土地，你就根本看不到什么空间。全是往日的秘密，周围的每个人都在遮掩。"

斐德洛问瑞乔："什么秘密？"

"没有什么是表面看上去的样子，"瑞乔说，"就说我们行船的这条小河，你知道它通向哪儿吗？你不会以为它转过后面那道弯就只会再流上几百码[1]吧？你猜猜看，在这么一条小河上，你要走多久能到头？"

斐德洛猜二十英里[2]。

瑞乔笑笑。"要是在以前，你永远都到不了头，"他说，"它一直流进大西洋，现在的人们都不了解这些了。它绕过整个新泽西，过去

1　1码=0.9144米。——编者注

2　1英里=1.609344公里。——编者注

曾连通一条运河,流经几座大山后进入特拉华河[1]。以前从宾夕法尼亚运煤的驳船都经过这里,我的曾祖父就是干这个的。他还把钱投资到这里的各行各业,也非常成功。"

"原来你的家族发源于这一带。"斐德洛说。

"自大革命[2]之后,"瑞乔说,"直到大概三十年前才搬离这里。"

斐德洛还等着瑞乔说下去,但是他沉默了。

一阵冷风伴随着一大群人从门口冲进来,其中一人向瑞乔招手,瑞乔朝他点点头。

"你认识他?"斐德洛问。

"他是多伦多人。"瑞乔说。

"他是谁?"

"我和他飙过船,"瑞乔说,"他们都是加拿大人,每年这个时候都乘船南下。"

其中一个加拿大人穿着件红外套,另一个头上戴着蓝色的海军用针织帽,帽子在后脑勺上翘着,还有一个穿着浅绿色夹克。他们行动一致,看得出彼此极为熟识,却都是第一次来这个地方。他们身上洋溢着对户外运动的热情,像一群出来观光的曲棍球队员。

现在他想起来了,他之前见过他们。在奥斯威戈的时候,他们在

---

[1] Delaware River,美国东北部大河,为新泽西州和宾夕法尼亚州界河,流入大西洋。——译注

[2] 指美国独立战争(1775—1783)。——译注

一艘叫"Karma"[1]的大船上,当时他们给他一种小圈子的感觉。

"看起来他们好像不把这放儿在眼里。"格派拉说。

"他们一心想着南下。"瑞乔说。

"他们身上有些奇怪的地方,"格派拉说,"好像对看到的东西都不认同。"

"嗯,我赞成这一点。"瑞乔说。

"你指什么?"格派拉问道。

"他们很讲道德,"瑞乔答道,"我们真的需要一点道德。"

一个加拿大人在点唱机那儿研究了一会儿,不知道按下了哪些按钮,点唱机被点亮,光线在房间里旋转起来。

声音震耳欲聋。喇叭的音量有点太高了。斐德洛对格派拉说了什么,格派拉用手拢着耳朵,笑起来。斐德洛在空中摊开双手,然后两人都靠回椅子上,听着音乐,各自喝起啤酒。

又来了一些顾客,这下酒吧里竟有点拥挤了。其中好像有不少本地人,他们混杂在水手中,看起来很自然,好像他们都习惯了。啤酒、音乐、陌生人的热情,所有这些使这里俨然成为一个很棒的联谊会所。斐德洛喝着啤酒,听着音乐,看着天花板上的光斑跟随着唱片机的迪斯科节奏一圈一圈地旋转。

他的思绪开始游离。他琢磨着瑞乔的话。东部[2]是一片不一样

---

[1] 印度教及佛教术语,通常被解释为业力、报应等,亦音译为羯磨。——译注

[2] 斐德洛是明尼苏达州人,明尼苏达州位于美国西部,而斐德洛在本书中的航行大部分在哈德逊河上,处于美国东部。——译注

的地域，这种不一样难以阐明——它不一定能被看到，但能被你感觉到。

哈德逊河谷的一些建筑有一种十九世纪早期"柯里尔与艾夫斯"[1]的感觉，那感觉来自一种工业革命以前的缓慢、得体、有序的生活。斐德洛的家乡明尼苏达完全没有这种感觉，那里覆盖着大片的森林，生活着印第安人，还能看到木屋。

走水路穿越美国，就好像走进时间深处，目睹这个国家的由来。他沿着古老的贸易航路行进，那是在铁路兴起以前人们采用的路线，能看到两岸美丽的森林，还有远方的山脉。当你发现这条河的很多景观仍和哈德逊河画派[2]当年的画作一模一样时，定会惊讶不已。

随着小船向南行驶，他看到社会的结构化气息愈发显著，特别是在越来越多的豪宅里。它们的风格离边疆[3]越来越远，离欧洲越来越近。

一男一女两个加拿大人在吧台边面对面站着，他们简直是贴在一起，连刀片都插不进去。音乐停下来的时候，斐德洛示意瑞乔和格派拉注意他们。那个男人的手摸着女人的大腿，那个女人拿着酒杯边笑边饮，好像什么都没有发生。

---

1 Currier & Ives，十九世纪美国重要的版画出版商，致力于为大众生产价格低廉的彩色印刷艺术品。——译注

2 美国风景画派之一，以纽约为基地，活跃于1820—1880年。——译注

3 Frontier，指美国早期拓荒者向西部开拓的疆域。——译注

斐德洛问瑞乔："他们也是你所说的很讲道德的加拿大人吧？"

格派拉乐了。

瑞乔向那两人扫了一眼，皱起了眉头。"他们也分两种，"他说，"一种因为看到这里的污秽而不认同这个国家，另一种因为看到这里的污秽而爱上这个国家。"

他用下巴朝那两个人指了一下，正要说些什么，音乐和灯光又开始了，他双手一摊，格派拉笑起来，他们都坐了回去。

过了一会儿，冷气进来了，门被打开，一个女人站在那儿。她的目光扫视着房间，好像在找什么人。

有人大喊："把门关上！"

这个女人和瑞乔对视了很长时间，好像他就是她要找的人，但是紧接着，她的目光又扫向别处。

"把门关上！"又有人喊道。

"他们在说你呐，莱拉。"瑞乔说。

很显然，她看到了她要找的人，因为她的表情一下子变得非常愤怒。她用全身的力气将门甩上。

"这下你满意了吧？"她吼道。

瑞乔面无表情地看着她，然后目光回到桌子上。

音乐停了。斐德洛朝他眨巴一下眼睛，问道："她属于那种爱上我们这儿的加拿大人吗？"

"不是，她根本不是加拿大人。"瑞乔答道。

斐德洛又问:"那她是谁?"

瑞乔没说话。

"她是哪里人?"

"别跟她扯上任何关系。"瑞乔说。

突然,又一波强烈的声浪向他们袭来。

"找点乐吧!……"一个声音大叫道。

五彩灯光又在房间里旋转起来。

"让我们亲热!……"

"你和我!"

格派拉带着询问的表情端起啤酒罐,看看谁还需要啤酒。斐德洛点了点头,格派拉就去添酒了。

"干那些事和情……"

"干那些事和情……"

"只要高兴……"

"干吧!……"

瑞乔说了些什么,但是斐德洛听不清。那个手不老实的大个子加拿大人和他的女朋友走进舞池。他看了他们好一会儿,你可能猜到了,他们跳得不错。

"跳跳舞吧……"

"做做爱吧……"

"相拥今晚……"

"相拥今晚……"

情欲撩人。短促的爆裂之声。这是来自地下的黑暗布道。

他盯着莱拉,她正一个人坐在吧台。她身上有些东西强烈地吸引着他。性,他想。

她有着常见的恶俗装扮,染的金发,鲜红的指甲,除了浑身上下都少儿不宜之外,毫无独创性。你都无需多想就能立即嗅出她最擅长的是什么。但是在她的表情中,你能看到一种几乎要炸裂的东西。

音乐停下来,性感的加拿大人和他的女朋友走出舞池。当他们看到她时,脚步陡然停顿,继而慢慢地走向吧台。斐德洛看到她对他们说了些什么,然后,有三个站在他们旁边的人立刻绷直了身体。那个男人转过身,看上去真的害怕了。他把手臂从女朋友身上拿开,向莱拉走去。他一定就是莱拉找的那个人。他对她说了些什么,之后她又回应他些什么,他点点头,然后又点点头,接着他和那个女人对视了一眼,就一起转向吧台,不再对莱拉说一个字了。他们周围的其他人陆续回转身,继续各自的谈话。

酒劲上来了。但是斐德洛的头脑少见地清醒。

他又观察起莱拉:她跷着二郎腿,裙子不到膝盖,大屁股,穿着一件短衫,面料光亮,V字领口,紧束着腰带。短衫下面的胸部鼓胀,他很难把目光从那里移开。这是一种粗鄙的挑衅姿态,就像梅·韦斯特[1]那种类型。她长得也有点像梅·韦斯特。她好像在说:

---

[1] Mae West(1893—1980),美国演员、歌手、剧作家,以形象性感和思想前卫知名。——译注

"过来，对我做点什么，如果你有胆的话。"

一些少儿不宜的画面滑过他的脑海。看来，缺少独创性一点也不妨碍他体内蠢蠢欲动，它们正对他的内分泌系统大做手脚。他在河上独行太久了。

"跳跳舞吧……"

"做做爱吧……"

"相拥今晚……"

"相拥今晚……"

"你认识她？"他冲着瑞乔大喊。

瑞乔摇晃着脑袋："别跟她扯上任何关系！"

"她从哪儿来？"

"下水道！"瑞乔说。

瑞乔眯缝着眼对他一瞥。今晚，瑞乔给他的建议已经足够明确了。

门开了，又有一些人进来。格派拉怀里抱满啤酒也回来了。

"跳跳舞吧……"

"做做爱吧……"

格派拉对着斐德洛的耳朵大喊："我们挑了个优雅、安静又精致的地方！！！"

斐德洛用力地点头，笑起来。

他看见莱拉又对吧台那边的一个人说起话来，那人回答时的样子态度亲和，但是其他人仍然和她保持着距离，一脸严肃，好像提防着什么。

"跳跳舞吧……"

"做做爱吧……"

"相拥今晚……"

"相拥今晚……"

"相拥今晚……"

"相拥今晚……"

他不知自己是否有胆走上前去和她搭话。

"宝贝儿!!"

他身上火烧火燎了。

他沉住气,把啤酒喝完。酒精带来的放松和眼前的紧张正好相互抵消,在那个平衡点上,他的头脑好像分外清醒,尽管这不是实情。他一直盯着她看,而她知道他正在看她。他知道她知道他在看她,他也知道她知道他知道……就好像两面镜子相对而立,它们自身的镜像里都包含着对方的镜像,镜像层层嵌套,无穷无尽……

他拿起啤酒,朝着吧台旁边紧挨着她的位置走过去。

一到吧台,她身上的香水味就压过香烟和酒精的味道,扑鼻而来。

过了一会儿,她转过身,盯着他。她脸上的浓妆就像一层面具,但是一抹浅笑透露出自得,好像这一幕她已经期待许久了。

她开口问道:"我以前在哪儿见过你?"

老套。他想。不过对这类套话得按套路来，没错。"我以前在哪儿见过你？"他在想他该怎么接下去，他已疏于此道久矣。按照套路你应该谈谈可能见过她的地方，在那儿认识的人，然后不断深入，进入越来越私密的话题。他看着她，努力思索着该选些什么地方来聊聊。哦，上帝，是她，在有轨电车上，而她在问，"我以前在哪儿见过你？"一切突然变得虚幻了。

她的面孔变得格外鲜明，从四周向中央越来越明亮，仿佛她的脸处于一张屏幕的正中央，光从屏幕背后打过来。

上帝啊，真的是她。多少年已经逝去。

"你在船上？"她问。

他说是。

"你和理查德·瑞乔在一起？"

"你认识他？"他问。

"我认识很多人。"她答道。

酒保把他点的酒递上来，他付了账。

"你是理查德的船员么？"

"不是。我的船曾和他的船擦上了，这么多船一起顺流而下，难免挤挤挨挨的。"

这么多年来你都在哪儿？他真想问出来，但那只会让她不知所云。为什么当时你在人群中走开了？你那时是在笑话我吗？还是说说船吧，最好还是聊聊船的事。

"我们从奥斯威戈结伴开到这儿。"他说。

"那为什么我在那儿没看到你？"莱拉问。

你真的在那儿看到过我，他心想。但是现在，幻觉消退，她的嗓音并不是他一直所想象的声调。所以，眼前这个人只是一个陌生人，和其他人一样。

"我在罗马和阿姆斯特丹[1]都见过理查德，但我没见过你。"她说。

"我不和他一起进城，我就待在船上。"

"你就一个人吗？"

"是的。"

她看着他，眼神里现出一丝好奇，然后说道："带我去你的餐桌。"

突然她扯开嗓门嚷道："我真受不了吧台这两个垃圾！"她的声音大得能让周围的人都听到。然而那两个她针对的人却只是心照不宣地看着彼此，根本没朝她看上一眼。

当他们回到餐桌时，瑞乔并不在，但是格派拉热情地和莱拉打了个招呼，她回他一个大大的微笑。

"你还好吗，比尔？"她说。

格派拉说还行。

---

1 此处罗马和阿姆斯特丹均为美国纽约州城市，位于莫霍克河（Mohawk River）沿岸。莫霍克河是哈德逊河最大的一条支流。——译注

"理查德哪去了？"她问道。

"他去打台球了。"格派拉回答。

她看了一眼斐德洛，说："理查德是老朋友了。"

他没回答。时间仿佛停顿了片刻。

她又问他要走到哪里。

斐德洛说他也不确定。

莱拉说她要到南方过冬。

她问他是哪里人，斐德洛回答说中西部，她并没有对此表现出什么兴趣。

他对她说，以前在家乡的时候，他见过很像她的人，但她说她从没去过那里。"有很多人像我。"她说道。

过了一会儿，格派拉离开餐桌到吧台去了。斐德洛单独和她在一起，脑袋里一片空白。需要说点什么，但他不知道说什么。他看出来她也感到不自在了。她也看出，他不是她的"菜"，但是啤酒正在助力。它能消除差别。只要一直喝下去，到最后都是纯粹的生理反应，那就是它的归宿。

过了一会儿，莱拉问他要不要跳个舞。他说他不跳舞，于是两人就那样继续坐着。但是那个高个子加拿大人和他的女友又走入舞池跳起来。他们很棒，配合得真是默契，但是当斐德洛看向莱拉时，他又看到了她刚进来时那种表情。

她脸上又是那副要炸裂的表情。"那个婊子养的！"她骂道，"他本来跟我好的，是他请我加入这趟航行的！现在他却跟她好上了，上帝，真是恨死我了。"

这时音乐又响起来，迪斯科的灯光环绕。莱拉用一种探究的神情看着他。只是一瞥，迪斯科的灯光正好扫过，刹那之间，他看见她双眸中绝美的淡蓝。那双眼睛，仿佛与她的谈吐或她周身的其他地方是无法相容的。他讶异。不曾相识。那像是一个孩子的眼睛。

啤酒罐都空了，他想再去拿点儿，她却说："来吧，咱们跳舞。"

"我不太行。"他说。

"没关系，"她说，"想怎么跳就怎么跳，我会跟上你。"

他真的放开了，而她真的跟上了，他很惊讶。二人目眩神迷，随着迪斯科的灯光旋转、旋转，周遭的一切都开始消融、消融……

"你低估自己了。"她说。是啊，他也没想到。

"相拥今晚……"

"相拥今晚……"

他意识到周围的人都在看他俩，但是他的眼中只有莱拉和那不断旋转的灯光。

旋转啊旋转，旋转啊旋转——红色、蓝色、粉色、橙色、金色。光柱满厅，在天花板交错，一会儿划过她的脸，一会儿照进他的眼——红的、粉的、金黄的。

"跳跳舞吧……"

"做做爱吧……"

"相拥今晚……"

"相拥今晚……"

不再畏缩,任凭啤酒、音乐和莱拉的香味驱使着他,她淡蓝色的眼睛凝望着他,痴痴的表情仿佛在问:你就是我要找的人吗?他在脑海里对她一遍遍地说:没错,就是我。这个回答缓缓流入他的肩臂和手指,在他的拥揽中又流入她的身体,她感受得到。她的愤怒渐渐平复,他的笨拙开始消融。

"跳跳舞吧……"

"做做爱吧……"

"相拥今晚……"

"相拥今晚……"

有那么一次,那个加拿大人靠近他们,想插进来。莱拉对他说"滚开",随后,他从她身姿的变化中看出,她对此深感痛快。至此,他们俩都知道,午夜之门已经敞开。至少,今晚。此后的事情何必多想。

他几乎想不起是怎么带着她回到船上的。记忆中只有音乐的节拍、她淡蓝的眼睛和那问询的眼神。然后就到了床铺上,她拥抱他,紧紧地压上他,像一个行将溺死的人紧紧地抱住生的希望。

"跳跳舞吧……"

"做做爱吧……"

"相拥今晚……"

"相拥今晚……"

他终于感觉到睡意。

真够滑稽的,他想,为了和女人上床,人们玩那么多把戏和招数,说那么多情话和许诺,你在这些路数上用尽力气,却什么也没发生。如今,碰到一个像这样的女人,几乎不费吹灰之力,她就成了你的枕边之人。

这真是毫无道理可言,他迷迷糊糊地想……毫无道理。舞曲的旋律还在他的脑子里一遍一遍不停地播放,直到他沉沉睡去。

"跳跳舞吧……"

"做做爱吧……"

"相拥今晚……"

"相拥今晚……"

2

斐德洛醒了。透过舱门,他看见夜色已经不那么浓重。黎明来了。

他随即意识到他不是一个人。事实上,他都无法下床到船舱的通道上去,因为他的身体被另一个身体挡住了。是莱拉,他想起来了。

他观察到,只要小心些,他能够轻手轻脚地从上面敞开的舱门爬出去,然后从甲板绕到驾驶室,再回到船舱。

他小心翼翼地把自己拉起来,爬出了舱门。没有惊动她。

干净利落。

他光脚踩在冰冷的甲板上，彻底清醒了。脚下没有冰，但是用玻璃纤维制造的船舱棚顶也与冰不相上下，这倒帮他甩掉了脑袋里最后一丝酒气。没有什么比光着屁股在一艘冻硬的船上走来走去，更能让你精神抖擞地开启崭新的一天了。

四野无声。天色尚早，河流在远方的转弯处若隐若现。真难想象瑞乔所说的，转过那道弯，运煤的驳船就能一路驶入海洋。

他走到连接瑞乔的船的缆绳边看了看，都有点松了。他扯了扯其中一根倒缆，然后把它们全部绑紧。他本该在上床前做好这件事，但是当时醉得根本顾不上这些细节。

他环顾四周，被这黎明之色迷住了，忘记了寒冷。在他到这之后，又有些新来的船只驶进，停靠在他的前前后后。说不定其中就有莱拉搭乘的那艘船。码头上到处肮脏破旧，但在某些地方却显现出翻修的迹象。伪维多利亚风格，好像是，看起来倒不坏。远处，竖立着一架起重机和一片桅杆。哈德逊河完全看不见。

和这片码头毫无瓜葛的感觉真好。他不知河岸上头的事情，也不知码头小屋的后面有些什么，不知那些道路通向哪儿，也不知那些房子属于谁，今天谁会出现，今天会遇见什么人……就像是一页图画书，而他是个孩子，注视着，等待着这一页翻过。

哆嗦打破了迷咒。他浑身都是鸡皮疙瘩。他走到船尾，用一只手拉着横杆托架，朝河中一荡。然后他迈进驾驶舱，把沉重的柚木舱盖推进去，用十分老练的动作优雅地钻下去。这份"优雅"是吃了苦头学来的。刚买来这艘船时，他把它当成房屋那样走来走去，结果踩到了柴油，一头栽倒在舱梯上，摔断了一根锁骨。现在他学会了像蜘蛛猴一样行动，这在出现暴风雨的时候尤其有用。那时整条船前仰后合，左摇右摆，他就像马戏团里的空中飞人。

他在船舱里面摸索着，找到顶灯的位置，打开开关。黑暗顷刻被熟悉的柚木和红木取代了。

他往前走，进入前舱，在莱拉对面的铺位上找到他的衣服。她显然在他离开后翻了个身，她影影绰绰的身形现在看起来和几分钟前从另一边看的时候几乎一样。

他关上前舱门，走进主舱室，拉开一个木制柜的柜门，拿出他有年头的棕色厚毛衣，从头上套进去。当他推上柜门时，锁扣的咬合声搅动了舱内的寂静。他回到甲板梯那儿，放置好舱门板条，拉上沉重的舱门盖。

船舱里需要加加热。

在梯子旁边，挨着海图桌的地方，他找到一些火柴和酒精。他小心翼翼地把一小杯酒精拿到船舱的另一头，那里的舱壁上有个小煤炉。他把酒精浇在里面的木炭球上。在那片图画书似的河岸上，一切都像是用魔法变出来的，温暖和电力，不用操心就有了。而在这个漂浮的小世界里，你要自己准备所需的一切。

他划了一根火柴丢进去，看着酒精"噗"地着起来，炉子里燃起了淡淡的、蓝紫色的火苗。他很高兴昨天把炉子填满了，他可不想这会儿现做这件事……是昨天吗？好像是一周前了……

他关上炉门，又看了一会儿，直到眼角的余光看到一个超大号行李箱。他以前从没见过。

这是从哪儿来的？他很奇怪。

不是他的。

一定是莱拉带来的。

他一边想着这件事，一边在铜制的常平煤油灯[1]上又划着一根火柴。他调整灯芯，看着火苗旺起来。然后他关掉头顶的电灯，在油灯下的铺位上坐好，背靠着一只卷起的睡袋。

他想来想去，自己一定是同意了莱拉乘坐这艘船，否则她不会把行李箱带来的。

现在，在煤油灯光的辐射下，木制家具、青铜和黄铜器具、舱内地毯的几何纹理都一一显露出来。还有不可见的热量，也从黑煤炉里辐射出来，你能听见毕毕剥剥的燃烧声。很快，一切都会热乎起来，这里就舒舒服服了。

除了那个行李箱。脑袋里回想起的东西让他一点也不舒服。他记起这个行李箱掉在了瑞乔的甲板上，重重地一下子。当他俩经过瑞乔的船去自己的船时，他转过身告诉她轻点。他记得她大声喊："别跟我说什么轻点！"那声音整个码头都能听得见。

都想起来了：他到她船上等着她打包行李时，听到她说什么"肮脏的劈腿佬乔治"和他的"婊子黛比"。

哦——天呐。

---

[1] 也叫万向灯，灯芯能在外部环境动荡时依然保持平衡。——译注

他想,或许也没那么糟。用不了几天就到曼哈顿了,到那儿她就走了。一切照旧。

他发现她的行李箱把他用来盛笔记的盒子都挤到驾驶员铺位[1]的边上去了。那是他正在写的一本书所需的材料。笔记分成四类,装在四个长条盒子里。其中一个盒子正在铺位边缘,快要掉下去了。他想,这全是他所需要的,大约三千张4英寸×6英寸的笔记本内页字条,可以铺满整个地板。

他起身把每个盒子里的滑动隔板调整了一下,把字条压紧,这样它们就掉不出来了。然后他小心翼翼地把盒子都推到铺位尾部更稳妥的地方,重新回到铺位坐好。

就是把整条船弄丢了,也比把这些字条弄丢了好过得多。这些字条大概有一万一千张,它们是用了四年时间生长出来的,其间经历了组织、重组、再重组……组织的次数如此之多,试图把它们全部整合起来已经使他头晕眼花。他几乎要放弃了。

它们的核心主题,他称为"良质形而上学",有时也称为"价值形而上学",有时为了省事也称为"MOQ"[2]。

---

[1] Pilot berth,供驾驶员使用的单人、能稳定住身体的铺位,常用于收放杂物、行李等。——译注

[2] Metaphysics of Quality,是作者在本书前作《禅与摩托车维修艺术》中提出的哲学概念。首字母小写的quality是"品质、质量"的意思,当其首字母大写作Quality时,特指作者所提出的哲学概念。本书将Quality译作"良质",是延续《禅与摩托车维修艺术》一书的译法,以使这个哲学概念的叫法一以贯之。原作中quality与Quality具有对应关系,为了体现这种关系,很多情况下本书对于quality也翻译为"良质","良质"一词作为"品质、质量"的含义而非哲学概念出现在普通的中文语句中或许显得怪异,请读者注意根据上下文将其还原为"品质"或"好的品质"进行理解。——译注

河岸上的建筑存在于一个世界，这些字条存在于另外一个世界。这个"字条世界"真是包罗万象，而他曾经差点失去它。他那时没做任何记录，结果变故横生，毁掉了他对那个世界的记忆。现在，在这些字条上，他已经完成重建，差不多全了。他可不想再失去一次。

但是，曾经失去它们未尝不是一件好事。因为，如今在重建的过程中，各种各样的新素材蜂拥而至——太多了，几乎塞满他的脑袋，他的首要任务反而变成快速处理这些信息，免得他的脑袋变成一块砖头，无法转动。现在这些字条的主要目的不是帮他记住什么，而是帮他忘掉。这似乎不可理喻，但是他的目的是让头脑放空。把过去四年来的思想都堆放到那个驾驶员铺位上，他就不用总想着它们了。这正是他想要的。

就像那个古老的茶杯比喻。如果你想喝新茶，就得把杯子里的旧茶倒掉，否则你的茶杯就会溢出来，流得到处都是。你的头脑就像茶杯，它的容量有限，如果你想认识世界，就应该把头脑放空才能学到新东西。你很容易把一辈子都用来品咂杯里的旧茶，还以为那是最好的东西，因为你从没尝试过任何新东西，而这是因为新东西根本进不来，这又是因为旧的东西妨碍了新东西进来，而这又是因为你坚信那个旧的就是最好的，因为你从没尝试过任何新东西……如此反复，你陷入了一个无限循环的模式。

斐德洛使用字条，而不是整页的稿纸是有原因的。装着字条的卡片分类盒使他可以更加随机地检阅字条。当信息被组装成小的组块,并且可以被随机地检阅和排序时,它的价值远远超过你只能按照先后顺序来阅读的形式。我们以邮局为例来说明它的好处。在一家邮局里,每个顾客都有一个编号的信箱,他们可以根据需要随时来邮局查看。但是如果要求所有顾客必须在指定的时间来邮局,排着长队等乔把他们的信件分发下来,那就糟透了。这个乔每次都要把所有信件按照字典顺序排好序。他还有风湿病,过不了几年就要退休,他才不在乎顾客是不是已经等得不耐烦。任何一种分发机制如果被锁定为严格的先后顺序,就相当于制造了一个乔,他对于新的改变具有生杀予夺的大权。这种僵化是致命的。

有一部分字条恰恰就是关于这个话题的:随机组合和良质。二者紧密相关。随机组合是组织生长的核心,组织中的细胞,就像邮局的信箱,是相对独立的;城市也是依赖随机组合建立的;自由市场体制,自由演说,以及科学的发展都有赖于此。图书馆是一个文明最有力的工具之一,它的力量正是来自一个个卡片分类盒。要不是杜威十进制分类法[1]使得基本类别中的卡片数量可以在任何状态下增长或者收缩,整个图书馆很快就会变得僵化、无用,然后死掉。

所以,尽管这些盒子朴实无华,它们作为一条条卡片的聚类

---

[1] Dewey Decimal System,杜威十进制图书分类法,由美国图书馆专家麦尔威·杜威(Melvil Dewey, 1851—1931)发明的图书分类方法,以三位十进制数代表分类码,将图书分为10个大类、100个中类、1000个小类。该分类方法在世界范围内产生深远影响,被英语国家图书馆普遍使用。1876年出版第1个版本,2011年推出第23个修订版。——译注

却深藏威力。它们帮斐德洛把大脑腾空,帮他把顺序的约束减到最小,这样一来,全新的、未经审视的思想就不会被抛诸脑后或拒之门外,不会出现一个意识形态中的乔因为一个新思想与头脑中的固有思想龃龉而宣判新思想死刑。

因为他不预判新思想是否合拍,也不冀求新思想都能各就其位,只是任它们自然流入,这些思想有时汹涌而至,他都来不及把它们一一记下。关于这个主题,一整个的形而上学体系,是如此庞大,思想的涓流已经变成冲决的洪水。这些字条朝各个方向扩展,结果他了解得越多,就越了解到有更多的东西等待他去了解。这有点像文丘里效应[1],更多的思想被吸卷进来,越来越多,无穷无尽。他认识到,要研究的事物千千万万,要追踪的线索万万千千……太多……太多了……一生一世也无法整合穷尽。窒息。

有过几次这样的时刻,一股难以扼制的冲动涌起,他想抓起那些字条,一沓一沓地从煤炉门里塞进去,放在木炭球的焰火上,然后把炉门一关,静听它们化作飞烟,使炉铁发出呻吟,从此一切烟消云散,他又得到真正的自由。

只是,他不可能自由。它仍然在他的头脑里捉弄着。

结果,他的大部分时间都泡在混沌中。他知道,他越是拖延

---

[1] 当流体在管道里流动时,管道的截面越小,流体的流速越快,流速的提高会伴随着压力的降低,从而对外产生吸引力。——译注

整理的时间，整理就变得越难。但他又十分确信，早晚有一天，某种结构会浮现出来，因为他的等待，这个结构会成为最好的一个。

最终，这个信念成真。当他在那儿一坐几个小时，什么字条都写不出来时，终点就开始出现——这时他明白，整理的时刻终于到了。他很高兴地发现，这些字条本身使得整理工作变得异常轻松。相比于发问："宇宙的形而上学起点是什么？"——这其实是个无解的问题——现在他需要做的只是拿着两张字条发问："哪张应该放在前面？"这容易多了，而他总能找到一个答案。然后他再拿起第三张字条，和第一张比较，再重复同样的问题："哪张应该放在前面？"如果新字条排在第一张之后，他再把它和第二张比较。于是，他得到三张整理好的字条。他会重复这个过程，把一张张字条排列起来。

用不了多久，他就发现某个主题浮现出来。前面这些字条渐渐汇聚成一个共同的主题，而后面这些字条汇聚成另一个主题。当数量相当多的字条都汇聚成一个主题时，他产生一种感觉——这个主题可以被固定下来了。他拿出一张索引卡，大小和这些字条相同，往上贴一个透明的塑料索引标签。和这种标签配套有一些小卡片，他把这个主题的名字写在一张小卡片上，然后插入标签里，再把这张索引卡和与这个主题相关的字条放在一起。驾驶员铺位上的那些盒子里，现在有四百到五百张这种贴了标签的索引卡。

在不同的时期，他尝试过各种各样不同的方法：彩色的塑料标签，用来标记次级主题，以及次级-次级主题；画星号，标记重要性；画线把字条一分为二，标记某一主题感性和理性两个方面。凡此种种，只是增加了而非减少了混乱。他发现把相关信息置于别处才是更清晰的做法。

看着工作日益完善起来，是一件赏心悦目的事。他从未听闻任何人曾经著述过一个完整的形而上学体系。没有方法可以借鉴，也无法想象一切如何发展。

除了主题分类，还有五个其他分类浮现出来。斐德洛感到它们都十分重要。

第一个是"待消化"。它包含那些在他工作时横生出来的想法。在他整理其他字条时，在他滑水时，在他打理船只时，或者在他做其他什么不想被打断的工作时，这些想法突然冒了出来。通常来说，你的大脑会对这些想法说："一边去，我忙着呢！"但那样一种态度对良质是致命的。这一沓"待消化"帮他解决了这个问题。他只消把相关字条往里面一放，等他有空并且有心情的时候再去琢磨它们。

另一个非主题类别叫作"程序"。"程序"包含的字条用来说明怎么处理其他字条。在他专注于思考一棵棵树的时候，这些字条帮他把握住整个森林。当树木有上万棵，还在汲汲于扩张成十万棵时，这些"程序"字条不可或缺，它使你不至于迷失。

它们如此有用的原因，在于它们本身也被写在字条上。一张字条对应着一个说明。这意味着这些"程序"字条也是可以随机检阅的,可以随心所欲地改写、重排,毫不麻烦。他记得从书中看到,计算机发明者冯·诺依曼说过,使计算机如此强大的一个最重要的原因,在于程序本身也是数据,可以像其他数据一样被处理。[1] 斐德洛当初读到的时候感到有点晦涩,现在他明了了。

下一堆字条叫作"待评"。有些日子,他在消极败坏的情绪中起床,看什么都不对劲。他早有教训,如果在这样的日子里乱扔东西,过后他非后悔不可。所以,他选择换一种方式发泄怒气。他把想毁掉的东西和有这种想法的原因都写下来。对待这些"待评"字条他会等上几天,有时是几个月,等到他冷静下来了才会做出不那么冲动的判断。

倒数第二个分类是"棘手"。它包含的字条都言之有物,但无法归为他能想出来的任何类别。它使他免于在某些字条上陷入僵局,缓一缓,这些字条的意义会自然澄清。

最后一个类别是"垃圾"。这些字条在他写出来的时候被他认为具有重大的意义,但是现在看却十分糟糕。有时它包含一些他早就写过却忘了的重复信息。把这些重复字条扔掉,什么都不会失去。他一次又一次发现,这个"垃圾堆"其实是个缓冲区,这里的大部分字条会寿终正寝,但是也有一些会死而复生。那些复活的字条中,有些具有前所未有的重要意义。

---

[1] 计算机的基本工作方式是执行一系列被预先编制好的指令,这些为了达到某种目的而被编制好的指令称为程序,程序在执行过程中会不断处理数据及产生数据,以达到其目的。但是程序与数据在计算机内部并无本质区别,程序本身亦可以被视为数据,这意味着程序也可以处理程序,包括其自身。——译注

事实上，最后这两堆字条，"垃圾"和"棘手"，在他眼中最值得重视。他这么努力的整理工作的全部动力，就是让这两堆字条越少越好。它们一露面，他心里就瘙痒难耐，恨不能把它们踢到毯子下面，扔到窗户外面，无视它们、贬低它们、忘掉它们。在他的体系中，它们是二等公民，是局外人，是异教徒，是戴罪者。然而他如此重视它们的原因却是源于他有一种感觉，他整个体系的质量和威力取决于他怎么对待这些字条。如果他善待这些异教徒，他会得到一个完善的体系，如果他粗暴地对待它们，他的体系将是脆弱的。他不会允许它们把他用在组织上的全部努力毁掉，但他也不允许自己对它们视而不见。它们就站在那儿抗议，而他不得不听。

那数百个主题汇聚为一个个初具规模的小节，这些小节汇聚为篇章，篇章汇聚为大部。就这样，这些字条组织的结果，就是一本书的内容。但是这样的一本书，是被由底向上组织起来的，而非自顶而下。他不是先有了宏观构思，然后像那个乔一样去筛选合适的字条。在他的做法中，如果"乔"代表了组织的原则，那么这个乔相当于是被所有的字条民主选举出来的。"垃圾"和"棘手"字条没有参加选举，因此产生了涌动的不满。但他觉得，你不能指望有一个完美的系统，把一切都纳入其中。他在努力使"垃圾堆"越小越好的同时，并不去刻意压制它，已经仁至义尽了。

对这个系统所做的描述使它听起来十分容易，但事实远非如此。他一次次地陷入这样的窘境：持续增加的"棘手"和"垃圾"表明他对整个系统进行的主题规划都是错的。有些字条可以同时被归入两个甚至三个聚类，而另一些却无法归入任何一类。他发现自己必须把组织好的体系整个推倒重来，换成全新的方式。因为如果他不这么干，"垃圾""棘手"和"待评"字条就会在他耳边喧嚷不止，直到他从命。

这些日子很难熬。但是有的时候，新的组织方式使"垃圾"和"棘手"变得比他重组之前更庞大了，适配于旧体系的字条却不适配于新体系。于是，他认识到现在不得不退回去，按老样子重新来过。这才是真正难熬的日子。

有时候他想着手编制一个"程序"流程，使他可以回到出发的地方，但是在编制过程中，他发现这个"程序"流程需要加以修改，于是他又开始修改它。但是在他修改的过程中，他发现所做的修改还需要被修改，结果他又转去修改后者，可是他随即发现，即使这样还是不能让人满意。偏偏就在这种时候，电话铃响起来，有人想向他推销东西，或者因为他的上一本书而向他表示祝贺，或者邀请他去参加什么会议，或者请他去某地发表演讲。这些打电话的人通常都是一番美意，但是当应付完他们，他只能坐在那里，茫茫然矣。

他开始意识到，如果他住在船上远离人群，假以足够的时间就能大功告成。但是进展并不如其所愿。别样的干扰接踵而至。风暴来临，你担心船锚；或者别的游艇停靠过来，有人到你的船上来要和你结交；或者码头上有一场豪饮狂欢，如此等等。

他起身走向驾驶员铺位，又拿了一些木炭球放进煤炉里。

现在舒适而温暖了。

他拿出其中的一个盒子,观察着,正面板上的油漆已经锈迹斑斑。在一艘船上你无法使任何铁器避免生锈,不锈钢也不行,何况这些盒子是普通的软钢片做的。他想在有时间的时候用海洋板[1]和胶水做几个新的。也许在他到达南方的时候吧。

这个盒子是最老的一个。里面的字条他已经有一年多没读过了。

他拿着它走到桌子旁。

第一个主题,盒子最前面的一个,是"杜森伯里"。他不无怀旧地看着它。曾经,他以为"杜森伯里"将是整部书的中心。

过了一会儿,他从盒子后面拿出一个空白的便笺本,在最上面的一页写下"程序",然后在底下写道:"一切暂缓,等莱拉走了再说。"然后把纸条从便笺本上撕下来,放到"程序"堆的最上面,并把便笺本放到盒子后面。他发现,把你当前做的事情写成一张"程序"字条,这非常重要。在你写下它的时候,这好像没什么必要。但是事后,当你被打断,并且这个打断又被打断,乃至新的打断又被打断时,你会很高兴把它记了下来。

"待评"字条数月来一直在叫嚷,"杜森伯里"应该消失,但是他似乎始终无法摆脱它。好像有难以释怀的原因,使它一直待在那儿。随着新进来的字条不断挤占它的地位,它越来越不

---

[1] marine plywood,也叫防水胶合板。——译注

重要,在"垃圾"堆的边缘摇摇欲坠。

他把整个"杜森伯里"主题的字条都拿出来。字条的边缘都发黄了,第一张字条上,墨迹也变淡了。

上面写着:"沃尼·杜森伯里,英语系副教授,蒙大拿州立学院。1966年死于脑瘤,阿尔伯塔省(Alberta)卡尔加里市[1]。"

他写下这张字条,可能是为了记住这个年份。

3

一九六六年。上帝啊,真是白驹过隙。

斐德洛不禁遐想,如果杜森伯里还活着,现在会是什么样。也许,并不会怎样。在去世以前,已经有迹象表明他开始走下坡路。也就是说,在斐德洛与他结识的时间前后,他已经达到了能力的巅峰。那是在蒙大拿的波兹曼,他俩都是英语系的教师。

杜森伯里在波兹曼出生,在本地的一家学院毕业,可是,在做了二十三年的教员之后,他仅仅是个带三个班大一新生写作课的老师。没有文学课,也没有任何类型的高级写作课。从学术的角度,他在学者圈中早已被划归到"棘手"堆里了。这样的人,系里早欲除之而后快。他没有进入"垃圾"堆的唯一原因是他的长期教职。他与系里的其他人几乎没有什么往来,其他人

---

[1] Calgary,加拿大城市。——译注

看起来也都在不同程度地疏远他。

这在斐德洛看来十分奇怪。因为在与杜森伯里的私人交谈中,他一点都不像不善于社交的人。隆起的眼眶和下沉的唇角使他有时看起来不合群,但是当斐德洛与他熟识起来,杜森伯里就显露出喋喋不休的性格,说起话来像个老姑娘,神采飞扬,喜形于色,有点"同性恋"的感觉,而且言语尖酸,爱背后议论人。一开始,斐德洛以为这就是他们如此看不上他的原因了,毕竟那个年代的蒙大拿人,打扮和举止都是一副万宝路广告范儿。但是斐德洛最终发现,这并不是他受到冷遇的根源。其实,杜森伯里从里到外都不合时宜。在一个小小的院系里,一点点异见,经年累月,也可以生长成巨大的分歧,而杜森伯里的异见可不是一小点。谈及杜森伯里,斐德洛多次从别人口中听到相同的评论,那句轻蔑的话里透露出对他最大的异见:"哦,是的,杜森伯里……那个杜森伯里和他的印第安人。"

杜森伯里谈及其他教员时也是一样的轻蔑语气:"哦,是的,那个英语系。"但是他其实很少谈到他们。唯一使他带着满腔热忱去谈论的对象,就是印第安人,特别是"岩石小子"印第安人[1],他们是生活在加拿大边境上的齐佩瓦-克里人[2]。杜森伯里正在写的

---

[1] Rocky Boy,蒙大拿州七个印第安人保留地之一,以齐佩瓦部落长老阿希尼文的名字命名,他被称作"岩石小子"或"石头之子"。——译注

[2] Chippewa-Cree,齐佩瓦人,北美原住民部落,活跃在五大湖附近。克里人,北美原住民部落,活动范围跨越加拿大和美国。——译注

人类学博士论文就以他们为题。他认为，他整个二十三年的教师生涯完全是对生命的浪费，除了在其中二十一年里和印第安人结交的那一部分。他从不掩饰这种态度，因此尽人皆知。

他是学院里所有印第安学生的顾问，而且他担任这一职务的时间之久，超出了所有人的记忆。这些学生是一个个连接点。他非常重视了解他们的家庭，并登门拜访，由此深入他们的生活。他把所有能用的周末和假期都用在了保留地：他参加他们的庆典，为他们跑腿办事，当他们的小孩生病时他开着车送他们去医院，当他们惹出事端时他去跟州官员疏通。除此之外，他完全迷醉在这个民族的生活方式、性格特征、秘闻隐情与神秘传说之中。他爱他们百倍于爱他自己。

只消几年，他就能完成学位，那时他就可以永远不再教英语，转而去教人类学了。你大概会以为这是他圆满的结局，但是斐德洛听到传闻，事情显然不会这样发展。他不仅仅是英文圈的异数，在人类学领域，同样是个异数。

他的离经叛道主要表现在他不接受人类学评价中的所谓"客观性"，在他看来，合理的人类学研究实践根本不关客观性什么事。

这就犹如说在天主教教堂里没有教皇什么事一样。在美国的人类学研究中，这是最不可容忍的离经叛道。杜森伯里很快就尝到了滋味。所有他申请攻读博士学位的美国大学，无一例外地拒绝了他。但他并未因此改变信念，反而绕过整个美国大学体系，联

系上乌普萨拉大学 (Uppsala University)——瑞典最古老的大学——的艾科·胡思科朗兹 (Åke Hultkranz) 教授,现在已经快拿到博士学位了。每当杜森伯里谈起这件事,脸上就泛起得意的笑容,好像偷吃了金丝雀的猫一样。一个美国人,在瑞典拿到了研究美洲印第安人的人类学博士学位?这太滑稽了!

"客观化方法的问题在于,"杜森伯里说,"你从中得不到什么东西……要想在印第安人中有所发现,唯一的方法就是关心他们,赢得他们的爱和尊重……那么,他们就会为你做几乎任何事……但是如果你不这样做……"他摇摇头,思绪渐渐飘散。

"我见过那些来保留地的'客观的'工作者,他们一无所得……

"有一种伪科学迷思,认为只要你保持'客观',就能潜入地表,看到事物原原本本的样子,没有任何扭曲,你就像上帝从天而降。然而那是胡扯。当一个人保持客观时,他的态度就淡然了,他的脸上只有一副石化、漠然的表情。

"印第安人能觉察出来,他们比我们更善于觉察。看到这副表情,他们心生不快。他们不知道这些'客观的'人类学家到底在搞什么鬼,这让他们充满疑虑,因此闭紧嘴,什么都不说了……

"要么,就是只对他们说些胡编乱造的东西……很多人类学家一开始还信以为真,这是当然了,因为这是他们'客观地'收集到的……印第安人呢,有时会在他们背后哈哈大笑。"

"一些人类学家在他们的院系里大名鼎鼎,"杜森伯里说,"因为他们晓得所有那些行话。但是他们知道的,其实并不像他们所以为的那么多,他们尤其不爱听别人指出这一点……我却常常这么做……"他大笑起来。

"这就是为什么我不会对印第安人保持客观,"他说,"我信赖他们,他们信赖我,那么一切就大不相同。他们告诉我,他们对我说的事情他们从来没有对其他白人说过,因为他们知道我绝不会利用这些危害他们。这是完全不同的与他们接触的方式。印第安人第一,人类学第二……"

"这在很多方面限制了我,因为有那么多事情我不能讲出来。但是,我以为,知多言少,胜过知少言多……你说呢?"

因为斐德洛是英语系的新人,杜森伯里对他有一种好奇。杜森伯里对任何事情都充满好奇。随着对斐德洛的了解加深,他的好奇心也更强了。使杜森伯里意外的是,这里竟然有人比他还要另类,这个人在印度的贝拿勒斯(Benares)研修印度哲学,天知道怎么回事,还对文化差异有所了解。最重要的是,斐德洛看起来有一个分析力极强的头脑。

"那是我不具备的,"杜森伯里曾经说过,"我对这个民族所知甚多,但是我却无法形成理论结构。我就是不具备这样的头脑。"

于是,一有机会,杜森伯里就几个小时、几个小时地对斐德洛灌输关于印第安人的信息,以期从对方那里得到某种整体结构,类似一幅全景图,可以从高处着眼对其中的内涵进行解读。斐德洛一直在听,却从没给出什么回答。

杜森伯里对印第安宗教给予了特别关注。他确信这能解释为什么印第安人融入周遭的白人文化是如此滞缓。他注意到，宗教行为最突出的部落正是白人眼中最落后的。他希望斐德洛能对此给予一些理论支持。斐德洛认为杜森伯里可能是对的，但是想不出什么理论支持，而且觉得整个课题都有点乏味，太学院派了。在一年多的时间里，杜森伯里从未试图纠正斐德洛这种印象，只是持续不断地对斐德洛灌输着印第安人的信息，又一次次从斐德洛那里得到空空的回应。但是，后来斐德洛要离开波兹曼另谋教职，在离开前几个月的时候，杜森伯里说："我想，有些事情我一定要让你看看。"

"在哪儿？"斐德洛问。

"在北夏延人保留地[1]，在巴士比[2]那儿，你去过那儿吗？"

"没有。"斐德洛说。

"呃，那是一块破败的地方，但我曾许诺过带一些学生去，你也应该跟着。我希望你看看美国原住民教会举行的一个仪式。学生不会参加，但你应该参加。"

"你想使我改宗吗？"斐德洛打趣说。

"有可能哦。"杜森伯里说。

杜森伯里解释道，他们会整晚坐在帐篷里，直到天亮。过了午夜，斐德洛就可以自愿离开了，但是在那之前，谁也不许走。

---

[1] Northern Cheyenne，印第安人的一支，北夏延人保留地位于蒙大拿东南部。——译注

[2] Busby，蒙大拿州比格霍恩县（Big Horn County）的一个居民点。——译注

"我们一整个晚上都干些什么呢?"斐德洛问。

"在帐篷中央有一堆火,有些相关的仪式,还有不停的歌唱和鼓声。不怎么说话。到了早晨,集会结束,有一顿仪式餐。"

斐德洛想了一会儿,同意了,然后问是什么样的早餐。

杜森伯里顽皮一笑,说:"有一次,他们要吃饭了,你知道的,就是吃白人到来之前的那些食物,蓝莓,鹿肉。什么都有,然后,他们怎么做呢?他们打开三罐地扪[1]玉米罐头,然后想用开罐器打开所有的罐头。我一直忍着,实在忍不住了,说:'不!不!不!不要玉米罐头了。'他们全都笑我,说:'就像个白人,什么事都要做得正确。'"

"然后,整晚他们都照我说的做,他们觉得这是个更大的笑话,因为现在他们不但吃白人的玉米,还让一个白人来操持他们的仪式。他们全对着我哈哈大笑,他们总是那样。我们爱彼此。在那里,是我最快乐的时候。"

"整夜不睡的目的是什么呢?"斐德洛问。

杜森伯里意味深长地看着他。"幻象。"他说。

"从火中看到的吗?"

"有一种圣餐,你吃下后会产生幻觉,叫作'佩奥特掌'[2]。"

那是斐德洛第一次听说这个名字。此后不久,莱瑞和埃尔

---

[1] Del Monte,美国食品公司,主营罐头食品。——译注

[2] peyote,仙人掌科仙人掌属,有致幻作用。——译注

珀特[1]恶名远播，嬉皮、旅人和花童的伟大时代到来，佩奥特掌和它的人工合成等价物，LSD[2]，成为背后的助推器。彼时，除了人类学家和印第安事务方面的专家，佩奥特掌几乎无人知晓。

在字条盒子里，关于杜森伯里的字条后面，有一个主题，记录了印第安人怎样在十九世纪晚期把佩奥特掌从墨西哥悄无声息地带出来，并通过食用它们进入一种异样的精神状态。他们认为那是一种神圣的精神交融。杜森伯里曾指出，用这种方法的印第安人将此视为更快捷、更可靠的抵达超脱境地的方法。达到此一境地的传统方法是"幻象祈求"。一个印第安人远离人群，在一处封闭的所在，开始绝食、祈祷、冥想，在黑暗中接连数日，直至大神[3]向他昭示，托管他的生命。

其中一张字条上，斐德洛抄写了一段文献，记录了食用佩奥特掌的体验和古老的幻象祈求之间的相似性。根据描述，它会使人产生"轻微头痛，良好的生命感觉，对一切感受、觉知和内心活动的清晰觉察"。

> 随后感知发生形变，最初是鲜活、蓬勃的图景，然后变成各式的假象，最后是种种幻境。情感变得强烈，

---

1 Timothy Leary 和 Richard Alpert，二人原为哈佛大学心理医生，后研究致幻剂与精神的联系，推动了致幻剂的使用。——译注

2 麦角酸二乙基酰胺。——译注

3 The Great Spirit，北美印第安人所崇拜的至高无上的存在。——译注

而且变化多端，可能欣快，可能沉郁，也可能是宁静或者焦虑。心思被复杂的现实或神秘的问题吸引，不停地分析。意识扩大，能够同时注意这所有的反应。在后面的阶段，吞下大量致幻剂之后，你能体验到与自然合一的感觉，伴随着自我的瓦解，你进入至乐，甚至狂喜的境界。一种分离的反应也可能产生，自我会失去跟周遭现实的连接。自我可能感受到身体被遗弃，可能看到栩栩如生的画面，或者感到死亡迫近，从而导致恐惧，使人惊慌失措。这种体验取决于人的心智状态、他或她的人格结构、物质环境，以及文化影响。

斐德洛所摘抄的这段材料的文本中总结道："当前的研究和讨论笼罩在政治和社会问题的阴云之下。"这话自二十世纪六十年代以来无疑是真的。一张字条上记载了这样一件事，杜森伯里曾被要求就此类问题到蒙大拿的法庭作证，学院院长告诉他什么也别说，以免在政治上留下后患。杜森伯里从命了。后来他向斐德洛表达了自己为此有多么内疚。

六十年代之后，关于佩奥特掌的全部争论，都被卷入永无结果的政治斗争，一边是个人自由，一边是民主。显然，LSD伤害了一些无辜的人，它的致幻性导致了他们的死亡；显然，大多数美国人希望LSD这样的药物被法律禁止。但是，美国的大多数人并不是印第安人，他们当然也不是美国原住民教会的成员。对宗教信仰的少数派进行的压迫正在此地继续上演,而这,本不应该发生在美国。

多数派对佩奥特掌的反对,反映了一种文化偏见。信仰,如果未得到科学或历史证据的支持,像那种"虚幻"的经验,自然就是不好的。因为幻觉是一种不正常的表现,"致幻剂"一词带有明显的贬义。正如佛教曾经被描述为"异教"信仰,这里有一些形而上学问题。对于把佩奥特掌作为仪式组成部分的印第安人来说,他们或许可以同样准确地将其称为"去幻剂",因为他们宣称,它去除了他们当下生命的幻觉,揭示了他们脚下被埋藏的真实。

还真有一些科学证据支持印第安人这一看法。实验表明,被喂食了LSD的蜘蛛并没有像人们预测的那样瞎闯乱转,做些毫无目的的事情;相反,它们纺出了异常完美、对称的蛛网。这可以支持"去幻剂"的论点,但是政治鲜少通过事实来作决策。

在"佩奥特掌"的索引卡后面,另一张卡片上写着"保留地"。有超过一百张"保留地"字条,都描述了杜森伯里和斐德洛参加的那次仪式——有点太多了。大多数应该进垃圾堆了。他写了这么多,是因为他一度以为他的整部书都将以这场在美国原住民教会举行的长夜集会为中心。这场仪式将成为贯穿一切的脊干,由此出发,它将伸出支支脉脉,条分缕析地展开他对复杂现实或神秘问题的阐释。在那里,这些想法第一次在他脑海中浮现。

那片地方可以从212国道上看见,距离两百码左右。但你从路上看到的只是一些焦油纸糊的窝棚，几条脏兮兮的狗，也许还会看到一个穿得破破烂烂的印第安人，沿着土路走过一辆辆废铁似的小汽车。好像要让这片破败景象更显眼似的，一座传教士教堂(missionary church)的雪白尖塔屹立在中央。

离尖塔较远的地方，有一座高大的帐篷(可能已经不存在了)，看上去就像是为了吸引游客而建造的景点，不同的是，你无法从路上开车到达那里，那里也没有广告牌或标志宣传兜售任何东西。

从公路到那座帐篷的空间距离大约两百码，但是他和杜森伯里在那个夜晚跨越的文化距离却好像几千年。如果没有佩奥特掌，斐德洛不可能穿越如此长途，他只能像个训练有素的人类学学生一样，坐在那里"客观地""观察"发生的事情。但是佩奥特掌阻止了他。他不是在"观察"，而是在融入，这正是杜森伯里的本意。

日暮时分，开始分发佩奥特掌的嫩芽苞，一直到午夜，目光透过仪式的火焰，他都坐在那里看着。帐篷里面四圈围坐着印第安人。一开始，他们的面孔在火焰摇动的光影中显得骇人，脸形扭曲，表情阴毒，像旧日的印第安人故事书中描述的那样。然后，错觉退去，他们只是有些高深莫测罢了。

接着，一些想法显现出来，每当你要适应新的客观环境时就会有这些想法。"我在这儿干什么？"他迷惑了，"我想知道家里现在怎么样了，……我怎么才能在周一前把那些英语论文改好？"诸如此类。但是渐渐地，这些想法变得越来越不重要，他越来越沉浸于他的所在和所见。

过了午夜，听了几个小时的歌唱和打鼓声之后，发生了一些变化。异域感开始消失，他不再是一个感到和这一切相隔遥远的旁观者，他的感知走入相反的方向。他开始感觉到这些歌声的温暖。他对坐在他身旁的印第安人约翰·木腿喃喃地说："约翰，那歌太棒了！"他真的这样认为。约翰吃惊地看着他。

对这音乐，对唱这歌的人，他的态度发生了巨大而奇特的转变。他们彼此间说话和待人接物的方式，都在他心底产生前所未有的深刻共鸣。

他说不清是怎么一回事。是佩奥特掌使他感怀起来？他觉得不是。这种体验比感怀更深刻。感怀是对情感上熟悉之物的一种片面体验。但是这里却有一种新的东西敞开了。这真是矛盾。一种新的东西敞开了，却使你感怀，那是当一个人回到童年的家中，看见爬过的树、玩过的秋千时涌起的感受。一种回家的感觉。回到一个从未去过的家。

他怎么会有家的感觉？这里是地球上他最不可能产生这种感觉的地方。

他其实并没有。他身上只有一部分有回家的感觉，其他部分仍然疏离着、分析着、观察着。他就如同分身为二，一个想永远留在那儿，另一个想立即离开。后者他能够理解，但前者是谁？他是一个谜。

前者似乎只能是他人格中的隐秘面向，黑暗的一面。它很少说话，也很少对别人展露自己。他想，他对它略知一二，只是不愿意思考它。它是他愤懑的一面，狠巴巴地看着一切；它是他厌恶权威的一面，从来不曾"成功"，也永远不会，它对此心知肚明，因此郁郁寡欢，却又只能如此。它在哪里都找不到快乐，总是向往着下一个地方。

这野性的一面第一次开口："别再流浪了，他们是你真正的同胞。"这就是他开始在这里看到的东西。他听着歌声和鼓声，望穿火焰。这些人身上好像有些东西回应着他"坏"的一面："你的感觉我们再清楚不过，那就是我们的感觉。"

另一面，那个"好"的、惯于分析的一面，只是看着。没过多久，它开始慢慢织起一张巨大的、对称的思想之网，比它以前编织过的更加庞大，也更加完美。

这张思想之网的核心是在此地的观察。当印第安人走进帐篷，离开帐篷，添加木料，传递仪式用的佩奥特掌、烟管或食物，他们只是"做"这些事情。他们不是"要做"这些事情。他们只是"做"着，没有一丝多余的动作。当他们把一根树枝放入火中架起时，他们只是"放"进去，无关仪式。他们"融"入仪式，但他们融入的方式却是"没有"仪式。

一般来说，他不会对此赋予重大的意义，但是现在，佩奥特掌打开了他的心智，再说他的注意力也没别的地方可去，他专注地投入进去。

这种直接、简单也表现在他们的语言中。像他们的行动一样，他们的语言也没有仪式，好像总是从他们内心深处流出来的。他们只说他们想说的，说完就停下。这不仅仅关乎他们的语调，还有他们的态度——平言直语。他陷入深思……

"平原之语"。他们使用的是平原的语言。他听到的，是正宗的平原美国人方言，不仅仅是印第安人的，也包括白人。这是一种中西部和西部腔调，你能在伍迪·格斯里 (Woody Guthrie) 的歌里和牛仔电影里听到。亨利·方达 (Henry Fonda) 在《愤怒的葡萄》中就这样讲话，加里·库珀 (Gary Cooper)、约翰·韦恩 (John Wayne)、吉恩·奥特里 (Gene Autry)、罗伊·罗杰斯 (Roy Rogers)、威廉·博伊德 (William S. Boyd) 在他们上百部的西部片中都是这样讲话的。不似学院里一些舌灿莲花的教授，他们用的是平原之语，简短，淡然，极小的声调变化，脸上波澜不兴。然而，在这表面之下却有一种暖意，你也说不出它从何而来。

电影使这种方言被全世界熟知，几乎都显得俗套了。但是这些印第安人说话的方式可不是什么俗套，他们说出的美国西部方言和他听过的任何牛仔说出来的一样地道。不，更地道。地道不在于他们的语言中多了什么，而在于他们本身。

这张网继续扩大。斐德洛开始思考这个事实——英语甚至不是这些人的母语。他们在家里并不讲英语。那么怎么可能，这些非本族人讲起美国英语的平原方言，不但和他们的白人邻居一样好，而且还要更好？他们怎么能模仿得如此惟妙惟肖，何况从他们礼仪上的缺乏可以明显看出，他们根本就无意于任何模仿？

这张网越织越大。他们不是在模仿。他们只有一件事不会做，那就是模仿。每件事都直接出自他们的内心，这恐怕就是他们的全部——返璞归真，直截了当，没有模仿。但是如果他们没有模仿，为什么他们这样讲话？为什么他们要模仿？

这时，佩奥特掌的启示訇然而至：

他们是源头！

这张网又扩张下去，直到他感到自己好像穿过电影银幕，第一次在另一面看到放映电影的人。

整盒字条的其他部分，在他面前有远超过一千张，大多是这一创见的直接衍生品。

有一张演讲稿夹在它们中间，这是科曼奇族的长老十熊（Ten Bears）于1867年在梅迪辛洛奇会议[1]上所作的。斐德洛从一本印第安演说集中把它抄录下来，作为平原之语的演讲范例，它的作者是绝不可能从白人那里学到这样说话的。现在，他再次展卷阅读。

十熊的演讲既是对诸部落所作，也是对华盛顿的代表们所作，尤其是后者。他说：

> 你们对我说的话，有些我不喜欢。它们不像糖那

---

[1] 1867年，美国国会组建"和平委员会"（Peace Commission）与五个印第安平原部落，平原阿帕奇（Plains Apache）、夏延（Cheyenne）、阿拉帕霍（Arapaho）、科曼奇（Comanche）、基奥瓦（Kiowa），在梅迪辛洛奇溪谷（Medicine Lodge Creek，今堪萨斯州梅迪辛洛奇市）召开"伟大和平会议"（Great Peace Council），并签订《梅迪辛洛奇条约》，条约的内容包括印第安人放弃现有的土地进入保留地，由白人为他们提供食物、衣服、武器等必需用品。——译注

样甜，却像葫芦那样苦。你们说，你们想要把我们弄到保留地去，为我们盖房屋，为我们建诊所[1]。我不想要这些。

我在大草原上出生，那里的风自由地吹，那里没有东西挡住太阳的光芒。我出生的地方没有围栏，万物自由地呼吸。我想死在那里，而不是墙壁之间。我认识格兰德河（Rio Grande）与阿肯色河（Arkansas）之间的每一条溪流和每一棵树，我在那片土地上打猎和生活。我像我的父辈那样活着，像他们一样，活得很快乐。

我在华盛顿的时候，国父[2]告诉我，所有科曼奇的土地还是我们的，没有人可以妨碍我们在上面生活。那么，为什么你们要求我们离开河流、太阳和风，住进房子里？不要要求我们放弃野牛换得绵羊，年轻人听到了这样的谈话，这让他们既难过又愤怒。不要再说这样的话了。我渴望实行我从国父那里听到的话。当我得到物品和礼物时，我和我的族人感到高兴，因为它们说明他眼里有我们。如果得克萨斯人没有进入我们的土地，这

---

[1] 梅迪辛洛奇（Medicine Lodge）的字面意思就是诊所。——译注
[2] the Great Father，指美国总统。——译注

里或许已经得到和平。但是，你们现在所说的我们必须去生活的地方太小了。

得克萨斯人拿走的地方，草长得最密，木材最好。如果我们能保有这些，我们或许就按你们说的做了。但是现在太晚了。白人占有了我们热爱的土地，我们只想在大草原上行走，直到我们死去。你们对我说的任何好话都不会被忘记，我会像怀抱我的孩子一样把它们贴近我的心脏，我会像对待大神的名字一样把它们经常挂在嘴边。我不想在我的土地上看见鲜血沾染青草，我想要一切都干净而纯洁。唯愿，所有在我的人民中穿过的人，来到这里时看见和平，离开这里时把和平留下。

这回阅读，斐德洛发现它并不是像他记忆中的那样，非常接近于牛仔的讲话——它比牛仔们讲的好太多了——但它仍然比欧洲人的语言更接近白人在大平原的方言。它的句子直来直去，斩钉截铁，没有任何华丽的点缀，但是却拥有诗一样的力量，足以使对方繁复曲折、官气十足的演讲无地自容。模仿？在1867年，模仿华丽藻饰的维多利亚演讲范儿么？[1]

---

[1] 维多利亚时代，指英国女王维多利亚统治英国的历史时期，一般指其在位的1837—1901年。这一时期的英国国力强盛，社会等级分明，中产阶级有较大发展。维多利亚时代的文化特点是，注重道德操守和繁复的礼仪规范，崇尚雕琢奢华的审美风格。由于英国的强势地位，维多利亚文化也传播到了其他英语国家，比如美国。在本书中，维多利亚时代的人文道德是一个极具分量的议题。——译注

印第安人是美国人语言风格的源头，从这一洞见出发，可以推论：印第安人也是美国人生活风格的源头。美国人的个性是欧洲价值观和印第安价值观的混合体。当你看清这一点时，你就看清了很多以前无法解释的事情。

斐德洛现在的问题是把所有这些整理到一本有说服力的书中。这本书对美国的解读如此标新立异，人们是绝不会接受的，还会认为他在大放厥词。而如果他只是泛泛而谈，他知道他必然会失败。人们会说，"哦，是的，这是一个有趣的点子，这样的点子层出不穷"，或者"你不能对印第安人一概而论，因为他们各不相同"，或者其他什么陈词滥调，然后转身走开。

他曾酝酿良久，从侧面切入主题，以一个非常形象的特例开始，比如一部众所周知的牛仔影片，如《虎豹小霸王》(*Butch Cassidy and the Sundance Kid*)。

影片开始的画面是棕黄的单色调，这可能是为了追求一种历史感和传奇色彩。日舞小子 (Sundance Kid) 在玩扑克，画面被微微放缓，产生一种戏剧性的张力。日舞小子的面孔占据了整个画面，其他玩家只是偶尔闪露出一角，烟气时不时地从日舞小子面前飞过。日舞小子面无表情，但是很警觉，很克制。

一个在画面外的赌徒的声音说道："看来，你把所有人都刷出局了，哥们儿，从你上来就一把没输过。"

日舞小子的表情毫无变化。

"你取胜的秘诀是什么？"那个赌徒继续说，带着恐吓，令人不寒而栗。

日舞小子垂下眼帘看了一会儿，好像在思考这个问题，然后冰冷地抬起眼睛，说道："祷告。"

他并不这么想，但是他也没用嘲讽的语气说出来。这句话处在模棱两可的含义中间，像停在刀刃上。

"我和你玩，就咱们俩。"那个赌徒说。

摊牌的时刻到了。这是西部电影的俗套，在数百部电影中出现过，在数千家影院上映过，在无数台电视机里一遍一遍地播放过。气氛更加紧张，但是日舞小子的表情未变。他的眼神，他的姿势，都自如地和环境保持着协调，尽管我们都能看出他的处境非常危险，暴力一触即发。

斐德洛现在想做的是，就用这一幕作为开篇图解。对此，他只消加上一句解读，这个解读从没人留心过，但是他确信无疑。他将作如是解读："你刚刚看到的这一幕，诠释了印第安人的文化风格。"

然后，印第安人的著名传统特征将逐一浮出水面：沉默，举止谦逊，以及一种实施突发、激烈暴力的危险倾向。

他想，用这种方式表明观点会相当有冲击力。在你未受到提示前，你不会注意到它，但是一旦你意识到了，它就一目了然。罗伯特·雷德福[1]所表现的价值观，也是美国民众趋之若鹜的价值观

---

[1] Robert Redford，日舞小子的扮演者。——译注

源头,就是美国印第安人的文化价值模式。就连旧黑白片中雷德福脸的颜色也变成了印第安人的。

当然,这部影片的意图并不是去刻画一个印第安人。它只是在表现荒蛮西部时"自然"地流露了出来。但是斐德洛的论点是,它之所以这样"自然地"流露出来,观众"自然地"趋之若鹜的原因在于,这部电影触动了美国人关于"什么是好"的情感根源。"什么是好"的这个根源,美国价值观的这个历史文化体系,就是印第安人。

如果你列一张清单,记下欧洲的观察家所描述的美国白人的特征,你会发现这跟美国白人的观察家们所习惯赋予印第安人的特征多有重合,更进一步,如果你再把美国人用来描述欧洲人的所有特征列出来,你会发现它与印第安人对美国白人的看法也高度相关。

为了佐证这一点,斐德洛打算反其道而行之:他不展示牛仔多么像印第安人,而是要展示印第安人多么像牛仔。为此,他找到了人类学家胡贝尔(E. A. Hoebel)对夏延印第安男性的描述。

> 矜持而庄重……[夏延男子]……行动时有一种安静的自信感。他谈吐流利,但绝不随意。他关注着他人的感受,友善而慷慨。如果被招惹,他不轻易发怒,竭力克制着自己的情感。他在狩猎时生机勃勃,在战争中崇尚奋勇前进。对待敌人,他毫无仁慈悲悯,而且以残暴

为荣。他深谙礼仪之道。他既不轻浮，也不木讷，常常一言不发，但也会展露出轻微的幽默感。他在性上是压抑的、自虐的，但这种自虐是通过文化所认同的仪式表达出来的。他在艺术上没有表现出富有创造性的想象力，但是他牢牢地掌握着现实。他以刻板的方式处理生活中的问题，同时又表现出显著的重新适应新环境的能力。他的思维高度理性，但又浸染着神秘主义色彩。他的自我很强大，不容易受到威胁。他的超我，正如在强烈的社会意识和对自己本能冲动的掌控中表现出来的，具有强大的支配性。他成熟、沉静、从容不迫，对自己的社会地位有安全感，能够建立舒适的社会关系。他高度焦虑，但这种情绪以制度化的集体表达模式被传导出去，并得到满意的效果。他很少表现出神经质的倾向。

如果这不是对威廉·博伊德在三五十部电影中饰演的霍普朗·卡西迪[1]的刻画，那就找不到更精准的描述了。除了关于印第安人的神秘主义这一点，胡贝尔对于夏延印第安人的刻画近乎完美。

究竟美国牛仔是否像威廉·博伊德表演的那样其实并非要点，要点是在二十世纪三十年代，大萧条最严酷的日子里，美国人花

---

[1] 1935年，第一部关于西部人物霍普朗·卡西迪（Hopalong Cassidy）的影片问世，由威廉·博伊德（William S. Boyd）饰演。此后20年间，关于霍普朗·卡西迪的影片发行了66部，电视剧52部，广播剧104部，还有数百种漫画图书出版。——译注

费数百万美元去看他的电影。他们不是非去不可，没人逼他们，但他们还是要去，正如他们还是要看《虎豹小霸王》一样。

之所以如此，是因为这些电影肯定了他们内心信仰的价值。这些电影就是仪式，近乎于宗教仪式，既向年轻人传递美国文化的价值观，也让老年人再次肯定他们内心的价值。这不是一个刻意营造出来的过程，人们只是去做他们喜欢的事情。只有当你分析他们喜欢的是什么时，才会发现印第安人的价值观已经深浸其中。

斐德洛的盒子里还有几千张探讨这个问题的字条：很多欧洲人认为美国白人粗枝大叶、不修边幅，但是他们在这方面远不及保留地上的印第安人。欧洲人常说美国白人太直截了当，平言直语，举止粗俗，还有点傲慢无礼，但是印第安人有过之而无不及。第二次世界大战期间，欧洲人观察到，美国军人饮酒无度，喝醉后惹出很多麻烦，这显然和印第安人如出一辙。另一方面，欧洲部队的指挥官都认为美国部队在遭到攻击时军心非常稳定，而这又是印第安人的一个特征。

牛仔电影所热衷（欧洲人却厌恶）刻画的那副"说那句话时面带微笑"的凝固表情是纯粹的印第安派头，除了一点，就是当印第安人露出这副表情时，他们并不一定就是在威胁。这一凝固的微笑背后，有着很深的缘由。

印第安人不用闲聊打发时间。当他们没有话说时，他们不说。当他们不说话时，就让人有点害怕。这种印第安式的沉默出现时，白人会感到紧张，感到有必要说点什么填满这个真空，以此表示礼貌或友善，当他们这样做时，常常言在此而意在彼。然而，这种礼貌的没话找话虽然有着欧洲的贵族风范，在印第安人眼中却是不怀好意，令他们厌恶至极。这是由于双方的道德观发生了冲突。印第安人的看法是，要么说你内心想说的，要么保持安静。这是几个世纪以来印第安人和白人之间冲突不断的根源之一。尽管持续的冲突塑造了今天美国白人与印第安人相似的性格，但这种冲突依然存在。

今天的美国白人被欧洲人错误地形容为孩子气、天真、不成熟，还有暴力倾向，以为是因为他们不懂得如何控制自己。这种错误也发生在对印第安人的看法中。今天的美国白人被印第安人错误地形容为一群势利鬼，以为别人很傻，看不出他们的虚伪。这种错误也发生在对欧洲人的看法中。

美国人，特别是西部美国人的反势利态度，就来自印第安人。夏延人称白人为wihio，意思是蜘蛛。阿拉帕霍人用的词是niatha，一样的意思。在印第安人眼中，白人说话时就像蜘蛛。他们坐在那儿，面带微笑，说着言不由衷的话，心思却一直围绕着印第安人转来转去，好像在织网。他们深陷在自己编织的思绪之网中，甚至看不见印第安人正看着他们，而且看得清清楚楚。

斐德洛想到，美国的孤立主义政策，主张拒绝卷入欧洲政局，正是源于这一点。大多数美国孤立主义者来自最靠近印第安的地区。

还有很多字条，都在详细论述欧洲和印第安文化的区别及其影响。随着这些字条的增多，一个次级的伴生主题出现了：这一印第安价值观的扩散和渗透过程仍未结束。它正在我们身上发生，与今日美国的躁动和不满密切相关。在每一个美国人的头脑中，对立的价值倾向仍然在斗争。

这种斗争，斐德洛想，解释了为什么长久以来其他人没有看到他在佩奥特掌聚会上看到的东西。当你从敌对的文化中借鉴了某些习俗和态度时，你不会承认对方的功劳。如果你告诉一个阿拉巴马的白人，他的南部口音来自黑人，他很可能拒不同意并且非常反感，尽管这一点显而易见，因为南部口音的分布区域都有大量黑人人口存在。相似的道理，如果你告诉一个住在保留区附近的蒙大拿白人他很像一个印第安人，他可能认为你在侮辱他。如果你在一百年前说这话，那可真要动手狠狠打上一架了，那时，印第安人是来自地狱的邪种，好的印第安人只有一种，就是死掉的。[1]

印第安人塑造了美国边疆居民的价值观，即便这一贡献从未得到过公正的评价，可以肯定的是，这些价值观不可能来自别的什么地方。你会经常听到"边疆价值观"这一说法，就好像这种价值观是从边疆的石头、河流、树林中冒出来的，但是石头、

---

[1] 据传，美国将军菲利普·亨利·谢里登（Philip Henry Sheridan）曾在1869年与印第安人的一次会晤中说："只有死掉的印第安人才是好的印第安人（The Only Good Indian is a Dead Indian）。"——译注

河流、树林不会自己造出社会价值来。欧洲不也有石头、河流和树林么？

生活在树林、石头、河流间的人，他们才是边疆价值观的源头。早期的边疆居民，如山地人 (mountain men)，就积极地刻意模仿印第安人。他们很乐意听到别人说他们和印第安人一样。后到来的定居者因袭了山地人的生活方式，却不知道它的源头，或者知道而拒绝承认，而把边疆价值观的塑造归功于他们自己在孤绝环境下的艰苦劳作。

但是，欧洲的价值观和印第安的价值观冲突仍旧在那儿。斐德洛感受到，他自己就是这场战争的参与者之一。这就是他在佩奥特掌聚会上产生了"回家"感觉的原因。他在体内感觉到的分裂——他曾以为是他自己的问题——其实根本不是源于他自身。他当时看到的，是"他自身"的根，这根从未被正式承认过。它是整个美国文化的分裂，而他把这分裂投射到了他自身。这也发生在很多人身上。

在对这个问题的长久深思中，有一次，马克·吐温的名字浮现出来。马克·吐温来自密苏里的汉尼拔 (Hannibal)，紧挨着密西西比河，著名的美国东西部分界线。他塑造的最可怕的反面人物之一就是"印第安乔。"[1]，代表了那个时期令殖民者恐怖的印第安人形

---

1 Injun Joe,《汤姆·索亚历险记》中的印第安与白人混血的坏蛋。——译注

象。但是马克·吐温的传记作家们都注意到了他自身人格中存在深深的分裂，影响了他对英雄角色的选择。一方面，这个英雄可能是个有条理、机灵、听话、干净，并且有些责任感的年轻小子，他把这个英雄刻画成了汤姆·索亚；另一方面，这个英雄可能是个粗野、热爱自由、没受过什么教育、谎话连篇、不负责任的底层美国人，他给这个英雄取名为哈克贝利·费恩。

斐德洛发现，马克·吐温人格中的这种分裂正契合他所讨论的文化分裂。汤姆来自美国东部，濡染新英格兰人的风俗礼仪，和西部美国人相比，更像欧洲人；而哈克贝利来自美国西部，更像印第安人，永远充满活力、不服管束，对社会上的道貌岸然嗤之以鼻，渴望自由胜过一切。

自由。这个主题能点亮对印第安人方方面面的理解。斐德洛的字条里所有关于印第安人的主题中，自由是最重要的。在美国对世界历史所作出的所有贡献中，超越社会等级的自由理念是最伟大的。美国在独立战争中争取它，在南北战争中捍卫它，直到今日，它仍然是最强大、最有力的思想，把整个国家紧紧团结在一起。

尽管杰斐逊把这种社会平等的理念称为"自明"的，但它根本不是不证自明的。科学证据和社会学的历史证据都表明，它的反面才是不证自明的。在欧洲，没有"不证自明"的人人生来平等的历史，倒是每一个欧洲国家都可以追溯到一段"不证自明"的人人生而不平等的时期。让-雅克·卢梭，因这一理念而时常受到称颂，他显然不是从欧洲的，或者亚洲的、非洲的历史中得到这一理念的。他是在新世界对欧洲所产生的冲击中，在对生活于新世界的一种特殊的人的深思中，得到了这一理念。他把这种人称作"高贵的野蛮人"。

"人人生而平等"的思想，是印第安人带给全世界的礼物。殖民此处的欧洲人只是传播了这一思想，他们把它变成了理念，时而遵从，时而抛弃。真正的源头是这样的人：社会平等对他而言绝不仅仅是一种理念，而是深入骨髓。对他来说，不平等的世界是不可想象的，人生怎么可以不是这样呢？那就是十熊想要告诉他们的。

斐德洛想，印第安人并没有输掉它，但他同时明白，他们也没有赢得它；战斗仍未结束。它依然是今日美国的核心内在冲突。它是一条断层线，时断时连地横贯在美国文化性格的中央。它从一开始就主导了美国的历史，而且到今天仍将是这个国家优势和劣势之源。随着斐德洛的研究越来越深入，他看到欧洲与印第安的价值观冲突，自由与秩序的矛盾，才应该是他研究的方向。

4

斐德洛离开波兹曼以后只见过杜森伯里两次：一次是杜森伯里来访，并说他"感到异样"而不得不休息一下；另一次是在阿尔伯塔的卡尔加里，在他得知那个"异样"的感觉是由于脑癌，而他只有几个月可活之后。后来,他变得沉默、忧伤,整天都在为自己的终点做着内心的准备。

他的忧伤部分来自他认为自己愧对印第安人。他想为他们做的是如此之多。他在这么多年里受到他们热情相待,而他再也无法回报他们。斐德洛则感到愧对杜森伯里,未能满足他的请求去帮他分析那些素材。但斐德洛自己也是麻烦缠身,无能为力。现在,一切都晚了。

但是六年以后,在出版了一本成功的著作后,这些麻烦大多已经消失。当他问自己下一本书的主题是什么时,答案是毫无疑问的。斐德洛把露营车装上他的老福特牌皮卡,再次头朝蒙大拿,驶向保留地所在的东部平原。

这一次,没有什么"良质形而上学"了,连这样的计划也没有。他的书已经涵盖了良质的方方面面,再多一点论述就有点像一个律师在已经操纵了陪审团的意见之后,还没完没了地说下去,结果又使陪审团的意见倒向反面。斐德洛这回只想谈印第安人。他有太多想说的。

在保留地,他又见了当初和杜森伯里一起见过的那些印第安人,希望能捡起杜森伯里丢下的线索。当他告诉他们自己是杜森伯里的朋友时,他们都会说:"噢,是的,杜森伯里,他可是个好人。"他们会聊上一会儿,但是谈话用不了多久就变得尴尬,进行不下去了。

他想不出什么话可以讲。或者是,当他有话可讲时他却笨嘴拙舌，自我意识太强，无法使交谈流畅地进行下去。他没有杜森伯里那种随机应变的本事，他真不是这块料。杜森伯里可以在那里坐上一个周末，嘴不停地和他们聊他们的家庭、朋友或任何他们觉得重要的事情，他非常享受。那就是他进入人类学真正要做的事。对他来说，美好的周末就是和他们在一起。但是斐德洛就是学不会像他那样闲聊，只要一进入话题，他的思维就滑向他内在的抽象世界，谈话就进行不下去了。

他曾想，如果他读一些人类学的书，就能更好地知道该向印第安人问些什么。于是他告辞了一段时间，从炎热的平原驶进波兹曼附近的落基山脉。在那里的学院——如今是大学了——他找出所有能找到的人类学顶尖著作，然后驱车驶向一块靠近林木线的荒旧露营地。他安顿下来，开始阅读。他希望一直待在那里，直到理出一本新书的大纲。

再一次身处矮松和野花之间，凉夜与热天日复一日，这感觉真好。他很享受每天的流程，清早在冷飕飕的露营车里起床，打开暖气，然后沿着上山的小径慢跑。当他回来享用咖啡和早餐时，露营车里已经暖洋洋了，然后他可以坐拥一个读书记笔记的上午。

这本是完成一本书的好方法，但是不走运的是，事情的发展并不如预期。他在人类学课本里读到的东西不断地拖慢他的速度，终于使他停了下来。

斐德洛起初不敢相信他所看到的东西，后来让他越来越愤怒。他看到，整个人类学领域都被精心设计的东西塞满了，依照它们的套路，他渴望述说的有关印第安人的一切都是不可能被接受的。这一点毫无疑问。书中的每一页都越来越清晰地向他表明，他无法再读下去了。他可以就这个主题写出一本完全真诚、真实又有真知的书，但他如果胆敢说它是人类学著作，那这本书要么被无视，要么被专家们群起而攻之，然后被淘汰。

他想起杜森伯里说过的"客观的人类学"，他一直以为杜森伯里表现出的敌意和尖刻是因为杜森伯里这个人一贯反传统。原来并非如此。

专家们对他这本书的批驳会类似如下词句：

> 这种论著鲜艳夺目、趣味十足，却不能被视为对人类学有实际用处，因为缺乏实证支持。人类学致力于成为关于人类的科学，而不是汇集一堆关于人类的闲扯和直觉。某个未经训练、没有经验的人，在保留地的帐篷里和一群印第安人吃一晚上的致幻药，这不叫人类学。试图卖弄他发现了某些数以百计训练有素的人类学工作者毕生都没能发现的东西，显露了一种"过度自信"，这正是人类学训练竭力要避免的。
>
> 有必要指出，这样的论著在人类学中并不鲜见。事实上，在人类学的萌芽期，它们主导了这个领域。直到二十世纪之初，当弗朗兹·博厄斯（Franz Boas）和他的同事严肃地发问："在这些材料中何者是科学，何者不

是？"才把那些得不到任何事实支持的、凭直觉猜测的垃圾用科学方法剔除出这个领域。

每一个人类学家都会在某个时科对他所研究的文化产生猜测性的论题，这正是使他对这个领域保持兴趣的迷人之处。但是，每一个训练有素的人类学家都会把这样的论题收藏起来，直到他通过对可靠的事实、证据的研究，确信他知道自己在说什么。

望而生畏。首先你得按我们的方式说话，然后我们才听你说什么。斐德洛早就听说过这一套。

它真正的含义是，你撞上了一堵不可见的偏见之墙。墙内的人不会听你说什么；不是因为你说的不对，而仅仅因为你被他们划归于墙外。后来，随着他的"良质形而上学"发展成熟，他给这堵墙取了个名字，使其含义完整，更具结构性。他称之为"文化免疫系统"。但是现在他所能看到的是，除非攻破这堵墙，否则他关于印第安人的著述将寸步难行。由于没有资历，他这些疯狂的想法根本就不可能进入人类学的体系。他最应该做的，是对这堵墙发起精心的进攻。

在那个露营车里，他读得越来越少，却对这个问题想得越来越多。那些书散落在他周围，椅子上、地板上、架子上，已经毫无用处。尽管很多人类学家看上去都是睿智、好奇又充满爱心之人，但他们都在人类学的文化免疫系统里做事情。他看得出，有些人类学家想努力到墙外去，但是在墙里面找不到逾越到墙外的智力工具。

斐德洛对这堵墙进一步反思，为什么墙内的所有道路貌似都通向弗朗兹·博厄斯？他于1899年成为哥伦比亚大学第一个人类学教授，是这个领域的绝对权威，直至今天，美国的人类学仍然多半处在他的身影之中。沿着他的学术思想从事研究的学生，有一些大名鼎鼎：玛格丽特·米德(Margaret Mead)、鲁思·本尼迪克特(Ruth Benedict)、罗伯特·罗维(Robert Lowie)、爱德华·萨丕尔(Edward Sapir)、阿尔弗莱德·克鲁伯(Alfred Kroeber)、保罗·雷丁(Paul Radin)，等等。他们催生了人类学文献百花齐放的局面，他们的作品如此杰出、如此丰富，以至于有时会被误以为就是文化人类学的全部了。打穿那堵墙的关键就在于重新审视博厄斯本人的哲学态度。

博厄斯在十九世纪的德国接受数学和物理学的训练。他的影响力不在于创立了某个特定的人类学理论，而在于创立了人类学研究方法。这种方法遵循他被训练出来的"硬"科学原则。

玛格丽特·米德说："他像害怕瘟疫一样害怕不成熟的结论，并一再告诫我们抵制它。"结论应该建立在事实之上，并且只能建立在事实之上。

"毋庸置疑，科学就是他的信仰，"克鲁伯说，"他把自己早期的信念叫作唯物主义的。科学不能容忍任何'主观的'东西；价值判断——甚至延及作为现象的价值观——必须被坚决地剔除。"

在一张题头写着"戈尔德施密特"(Goldschmidt)的字条上，斐德洛抄录了这样一段话:"这种经验主义,注重事实、细节、保存记录,博厄斯把它灌注给了学生,也灌注给了人类学。它在人类学思想中如此重要,以至于对人类学家的羞辱之一就是'手扶椅上的人类学家'这个叫法。经过了两代人,我们仍然坚持把田野调查作为人类学研究能力的基本要求。"

在读完了博厄斯的资料之后,斐德洛相信自己已经找到了他要进攻的免疫系统的根源。那就是这个免疫系统,拒斥了杜森伯里的观点,即十九世纪的经典科学和它的科学观,这种科学观认为科学仅仅是判定何为真实的一种方法,而不是一堆信念。在博厄斯之外还有很多人类学理论学派,但是斐德洛没看到一个在科学的客观性上和博厄斯持有不同的观点。

随着阅读的深入,斐德洛越来越多地看到将这种维多利亚时代的科学观应用于文化人类学所产生的负面影响。博厄斯所造成的后果是,通过把物理学的标准强加于文化人类学,不但"手扶椅上的人类学家"们创造的理论得不到科学的支持,任何人类学理论都得不到科学的支持,因为它们不能用博厄斯自己的物理学领域的严格方法所证明。博厄斯似乎认为,总有一天这样一种理论会从事实中浮现,但是博厄斯的期许迄今已过去了近一个世纪,这样的理论仍然没有浮现出来。斐德洛相信以后也不可能。文化模式的运作并不遵循物理学的法则。你怎么用物理学的法则证明一种文化中存在某种态度?从分子交互作用的规律来看,什么是态度?什么是文化价值?你怎么科学地呈现一种文化中具有的某种价值观呢?

你做不到。

根据正式的说法,科学是价值中立的。整个人类学领域都被精心设计的东西塞满了,以至于在里面没有人能就任何人的一般性做出任何证明。无论你说什么,随便一个傻瓜都可以随时以它不科学为名把你的观点枪毙掉。

存在的理论无不陷入激烈的争论之中,然而其分歧却完全无关人类学。这些争论几乎从来不是着眼于所做的观察是否真确,而是着眼于一些抽象概念。好像只要有人开口说出任何理论,就几乎等于发出了开展一场大规模群斗的号令,而他们争斗的东西是多少人类学知识也帮不上忙的。

整个人类学领域就像是一条拥挤的高速公路,司机们牢骚满腹,彼此咒骂,说对方不会开车,然而真正的问题却出在高速公路本身。这条高速公路为科学、客观地研究人类而铺设,它的研究方法和物理学不分伯仲。问题在于,人类并不适用于这种科学、客观的研究。科学研究的对象应该能保持不动,应该遵从因果律,也就是说,给定一个因,总是产生特定的果,屡试不爽。人类可不是这样,即便是野蛮人。

结果就是如今的理论乱局。

布兰迪斯大学(Brandeis University)的罗伯特·迈纳斯(Robert Manners)和大卫·卡普兰(David Kaplan)有一本著作,叫《人类学理论》(Theory in Anthropology),斐德洛读到过其中一段话,很喜欢:"人类学文本中散布着大量的预感、直觉、假说和结论,它们总是处于零散、稚嫩、互不相关的状态,因此它们经常失于迷乱或被遗忘。这种状况使得每一代人类学家都想重新来过。"

"文化人类学中的理论构建倒像是砍伐-焚烧模式的农业生产,"他们说,"在那种生产模式中,当地人不定期回到古老的田地上,把满地的灌木砍掉再一把火烧净,然后种上几年庄稼。"

斐德洛到处都能看到这种砍伐和焚烧。一些人类学家说文化是人类学的核心,一些又说根本没有文化这种东西。一些人类学家说一切都是历史,一些又说一切都是结构。一些人类学家说一切都是功能,一些又说一切都是价值。一些追随博厄斯的科学纯粹性的人类学家又说,根本没有价值这回事。

这种认为人类学中没有价值的思想,被斐德洛在心里标记为一个"软肋"。它就是那堵墙最容易被击穿的地方。没有价值,是吗?也没有良质?这就是他开始攻击的瞄准点。

显而易见,很多人所做的,就是想通过蔑视一切理论来躲开所有这些形而上的纷争,他们甚至回避讨论诸如野蛮人一般做什么这样的还原论,而把自己限定在描述某个野蛮人在星期三碰巧做了什么。科学地说,这当然很安全——但于科学毫无用处。

人类学家马歇尔·萨琳斯 (Marshall Sahlins) 写道:"'普遍的'这个词本身在该领域就有负面的含义,因为它暗示着对广泛的一般性的追求,而这种追求实质上已经被二十世纪学院派的、特殊主义

(particularistic)的美国人类学宣称为不科学的。"

斐德洛猜测,人类学家以为他们能通过这种方法使人类学保持"科学性的纯洁",但是这种纯洁如此狭隘,几乎扼杀了这门学科。如果你不能从素材中得到一般性的结论,你对这些素材只能无所作为。

不具有一般性的科学根本不能称之为科学。想象一下有个人对爱因斯坦说"你不能说'$E=mc^2$',它太过于一般,太过于还原论。我们只想要物理事实,而不是这些大而无当的理论"。这是个神经病,对吧,而这正是他们在人类学中所说的话。

得不出一般性的素材只是闲言碎语。随着斐德洛不断地读下去,这正像是书中的现状。卷帙浩繁的人类学著作蒙上了一层又一层灰尘,塞满了一个又一个书架,写的都是这个原始种族、那个原始种族,但是就他目之所及,人类学,这一"人类的科学",在这个科学的世纪却对人类的行为几乎给不出任何指导。

痴狂的科学。他们想抓着鞋带把自己提起来。你不能让盒子"A"再装盒子"B",如果盒子"B"已经装了盒子"A"。这是痴狂。现在,有一种"科学",它包含"人",而"人"又包含"科学","科学"又包含"人"——如此缠绕不休。

他离开了波兹曼附近的群山,字条和写满摘录的笔记本装满了好几个盒子。关于人类学,他感到,已经没什么可做的了。

回到平原上之后,有一天夜里,他在乡村旅店没什么可读的,正好找到一本折角的《美国佬》杂志[1]。他随手翻阅,突然翻到一篇凯茜·斯莱特·斯彭斯 (Cathie Slater Spence) 写的短文,名字叫作"寻找四月的愚人"。

这篇文章是关于一个天才儿童的,他可能有着有史以来最高的智商,却在长大以后一无所成。"威廉·詹姆斯·赛迪斯 (William James Sidis) 生于1898年4月1日,"文中写道,"五岁时,他已经能讲五种语言,并能阅读古希腊文的柏拉图著作。八岁时,他通过了哈佛大学的入学考试,却不得不等上三年才被接收。即便如此,他仍然成为哈佛最年轻的学者,并于1914年在他十六岁时以优等成绩毕业。赛迪斯多次进入'瑞普利先生的信不信由你'[2],十九次登上《纽约时报》头版。"

但是从哈佛毕业之后,这个"神奇男孩"开始追求他令人费解、似乎没什么意义的兴趣。曾经热捧他的媒体开始非议他。最刻薄的例子是1937年《纽约客》上一篇叫作"四月的愚人"的文章,这篇文章嘲讽赛迪斯的方方面面,从他的嗜好到他的形体特征。赛迪斯起诉他们诽谤和侵犯隐私。虽然他就诽谤问题赢得了一小笔庭外和解的赔偿金,但是他关于隐私被侵犯的指控却被美

---

[1] *Yankee magazine*,双月刊,创办于1935年,主要介绍新英格兰的生活方式、旅行、文化等。——译注
[2] Ripley's Believe It or Not! 始于1918年,是一个刊登在日报上的漫画专栏。——译注

国最高法院驳回。这是一个标志性的判决。"该文章对所涉人物个人生活的私密细节进行了无情披露",接着法院话锋一转,但是赛迪斯是"一个公众人物",因此不应要求被保护免于媒体的曝光。媒体一直纠缠他,直到他1944年去世。讣告中把他称为"神童之殇"或"一个燃尽的天才",尽管有着非凡才智,却未取得任何重要的成就。

马萨诸塞州伊普斯维奇镇(Ipswich)的丹·马哈尼(Dan Mahony)在1976年读到赛迪斯的故事后感到非常困惑。"在那些年里,他到底在做什么,思考什么呢?"马哈尼问道,"可以确定,他干着低收入的工作,但是爱因斯坦创造出相对论时也是在专利局工作。我有一种感觉,赛迪斯所追求的超出一般人的想象。"

马哈尼在过去十年里一直在研究赛迪斯的遗作。在一个积满灰尘的阁楼里,他发现了一大厚本手稿,名字叫《部落和州》。赛迪斯在里面令人信服地论证了,新英格兰的政治体系受到潘纳库克印第安人(Penacook)民主联盟的深刻影响。

看到这句话,斐德洛如遭雷击。然而文章继续写道:

马哈尼把赛迪斯的书《有生命的和无生命的》(The

Animate and Inanimate) 寄给另一个离经叛道的天才，巴克明斯特·富勒（Buckminster Fuller），富勒发现它是一本"精彩的宇宙学著作"，其中令人震惊地预言了黑洞的存在——在1925年！

马哈尼发掘出一部科幻小说、一些经济和政治学手稿、89篇关于波士顿的报纸专栏，后者是赛迪斯用笔名发表的。"尤其引人遐想的是我们可能只触及了赛迪斯创作的表面，"马哈尼说，"比如，我们只发现了一页叫作《和平之路》的手稿，而认识赛迪斯的人说他们看见过大量的手稿。我想，赛迪斯可能还有若干惊喜正在等着我们。"

斐德洛放下杂志，感觉好像有人扔了一块石头打破了旅店的窗子。然后他在恍惚中一遍又一遍地读着这篇文章，里面的文字给他的触动越来越深刻。当晚他几乎无法入睡。

现在看来，早在三十年代，赛迪斯就已经对印第安人做出一模一样的研究。他试图告诉人们一些关于他们的国家至关重要的事情，但他得到的回报是被他们公然称为"愚人"，并且无法发表他的作品。我们甚至无法得知赛迪斯说过些什么。

斐德洛想要联系文中提到的马哈尼，但是没能找到。他想，可能多少是由于他并没有竭尽全力。他知道，就算看到了赛迪斯的手稿，他也做不了什么。问题不在于文章写得不对，问题在于没人有兴趣了解。

5

又感觉冷了。斐德洛起身把煤炉用更多木炭球填满。

在山上那次令人沮丧的经历之后,他想过放弃整个研究,转向更有成果的主题上去,但是事实表明,他所感到的沮丧只是一时的低谷。它是对印第安人更广阔也更重要的发现的前奏。这一次,不再局限于在白种人的人类学模式中研究印第安人和白人,而是以一种尚无人听过的全新模式,来研究白人及白种人的人类学和印第安人及"印第安人的人类学"。他将拓展研究模式以打破僵局。

他认为,关键在于价值。人类学家们给自己修建了免受新思想入侵的文化免疫系统之墙,整座墙最薄弱的点就是价值。价值是他们不得不使用的术语,但是依照博厄斯的科学,价值并不真的存在。

而斐德洛对价值有些心得。在上山之前,他已经就价值写了一整本书。良质。良质就是价值。它们是一样的东西。不仅价值是那道墙上最薄弱的点,他可能还是攻击这个点最强悍的人。

他惊讶地发现,博厄斯的学生中有一个人支持他的进攻,阿尔弗莱德·克鲁伯。他和哈佛大学的人类学教授克莱德·克拉克洪 (Clyde Kluckhohn) 致力于重新把价值带入人类学。克拉克洪在哪里说过:"唯有以价值为基础,才能完整而富有智慧地理解文化,因为所有文化的实际构成都主要依据它们的价值观。一旦你试图绕开价值观来呈现一个文化的图景，就会立刻明了这一点：你的叙述将变成毫无意义的术语集合，这些术语仅仅因为在地点和时间上共存而发生关联——如果你按照字典顺序或别的什么顺序把它们排列起来也是一样，不过是一份清单。"

克拉克洪承认："如今到了即便在口头上也避免认可价值的程度，尤其是人类学家，这种情况令人震惊。人类学家的慎重或许可以归因于自然历史的传统，无论好坏，它贯穿于我们的科学。"但是在《文化：对概念和定义的批判性回顾》(Culture: a Critical Review of Concepts and Definitions)一书中，他们又说："文化必须包含对价值和价值体系明确而系统的研究，价值和价值体系应被视为一种可观察、可描述、可比较的自然现象。"

他们解释道，价值使用上的消极主义来自追求客观的态度。斐德洛注释道，正是同样的客观性，使杜森伯里陷入重重麻烦。"正是价值的主观性一面，使它长久以来被视为自然科学不宜探讨的禁区。"克鲁伯和克拉克洪说道，"相反，(价值)被贬低为一类特殊的心智活动，叫作'人文学科'，被包含在德国人的'精神科学'中。人们相信价值是永恒的，因为它们是上帝赐予的或者是神启的，至少是被人类属灵的部分所揭示的。人类属灵的部分具有神性，而人类的肉身和世界上的其他实体或有形之物都不具有。一个新的、还在挣扎的科学——尚未比物理学、天文学、解剖学乃至生理学的雏形多走出一步，正如两个世纪前的西方科学一样——将很乐意把价值这块邈远又棘手的保留地让给哲学家和神学家们,而自己可以专心于机械解释的领地。"

克拉克洪不讳言价值这个概念定义不良,且面临莫衷一是的多重定义问题,但他同时声称如何定义价值对于田野工作来说并非必要。他说,无论价值是否定义良好,在实践中每个人都能就价值为何达成一致。他还尝试通过他的"价值工程"来解决这个问题,在其中他让每个人都以自己的方式对价值给出定义。这一做法在规范的社会科学中无法被接受。

在其"价值工程"里,克拉克洪描述了美国西南部毗邻的五种文化,使用的方法是让每一种文化去评价其他相邻的文化,这种方法的效果不错。但是,随着斐德洛读的书越来越广泛,他发现价值和其他任何一个人类学一般术语一样,容易受到那种常见的恶毒攻击。社会学家朱迪斯·布莱克(Judith Blake)和金斯利·戴维斯(Kingsley Davis)关于价值说了如下的话:

> 只要文化形态、基本价值立场、通行之民德(mores)等诸如此类的事物被当成出发点及首要决定因素,那么它们就处于未经分析的假定状态。使我们得以理解社会规范的关键问题常常不被问起,某些社会即使不是不可能理解,也会变得困难。

民德、决定因素、社会规范……都是社会学的行话,他们想要攻击什么东西,就先把这些东西转变为行话。由此你便知道你处于围城中，斐德洛想。行话，他们把自己和世界的其他部分切割开，然后讲一些只有他们自己明白的行话。

他们继续说道：

> 更有甚者，以社会规范或价值立场作解看似简易，实则助推了对方法论问题的漫不经心。由于其主观情感或伦理特质，社会规范，尤其是价值观，实属世上最难确切指明之对象。它们是争论的核心，分歧的实质……一名研究人员……会倾向以未知解释已知，以模糊解释具体。他对规范性原则之体认或过于含糊以至于处处适用，即一切均可被解释。因此，若美国人于酒精饮料、戏剧、电影票、烟草、化妆品及珠宝上花费大笔金钱，其解释甚易：他们有一个吃喝玩乐的意识形态。另一方面，若黑人与白人间缺乏社交之密切性，则是因为"种族主义"价值观作祟。尖刻的批评者或许可作如下建议：为便于因果解释，一种"文化"的价值观应永远以一正一反两方面予以描述。

"明晰的定义一旦给定，即明示'价值'的模糊特质，"布莱克和戴维斯说，"以此为例，这是一本437页的关于价值取向的书中对于'价值取向'(value-orientation)的定义：价值取向很复杂，却是绝对有模式可循的(可排出主次的)一系列原则。它来自评价过程中三个可分解出来的独立元素的交互作用——认知的、情感的和训诫的元素——它们给予人类不息的行为与思想之流以秩序和方向，它们关系到我们对'何为人类'的回答。"

可怜的克拉克洪，斐德洛心想。这正是他的定义。他想乘着铅气球起飞，那是注定要失败的。

这种攻击使斐德洛恨不得跳到现场和他们争论。说价值是模糊不清的因此不应该作为基本的分析依据是不对的，价值判断没有任何模糊之处。当一个选民走进投票站时，就是在作价值判断，哪里有模糊之处？选举不是一种文化行为吗？纽约的证券交易有任何模糊之处吗？他们交易的不正是价值吗？美国财政部呢？这个世界上又有谁比美国国税局更明确？正如克拉克洪一直所说的，当你在实践经验中跟价值打交道时，价值一点都不模糊。只有当你回到关于价值的陈述，并想把它们整合进人类学的整套行话之中时，它们才变得模糊了。

对克鲁伯和克拉克洪的"价值"观点的攻击，很好地说明了是什么在阻止斐德洛进入这个领域。你往哪儿也走不远，因为你不得不在每一步叙述中对你所使用的基本术语进行争论。单纯地探讨印第安人已经够难了，更何况还要在每句话后面解答一下形而上学的纷争。这件事应该在人类学创建之前，而不是之后去做好。

这就是问题。整个文化人类学是一座建立在心智流沙之上的房子。一旦你想把素材转化为任何有分量的理论时，它顷刻就塌陷了。这门曾经或许被期待最有用、最有成果的科学，已经陷落了。不是因为它的投身者不够好，也不是因为它研究的课题不重要，而是因为它所仰赖的科学原则的结构不足以支撑它。

清楚无疑的是，如果斐德洛想在人类学领域有所作为，他的舞台并不在人类学本身，而在人类学所仰赖的那个一般假定的体系。要清除人类学的障碍，不是通过建立什么新的人类学理论构架，而是首先找到一块坚实的地基，使这样的构架可以被建立起来。正是这一结论，使他站在了叫作形而上学的哲学理论的中央。形而上学是一个更开阔的体系，在它的基础上，白人及白种人的人类学可以和印第安人及"印第安人的人类学"进行比较，而无需把一切都揉碎来迁就一个白种人人类学自我封闭的行话系统。

呦！多伟大的工作！他想自己该不会胃口太大把自己噎死吧？这足以填满一整座书架，不，一长廊的书架！但是他越是琢磨这件事情，越是清楚地看到，除此之外，他只能彻底退出这一领域。

这时反倒有如释重负之感。形而上学曾经是他本科在美国读哲学系和后来在印度读研究生时最感兴趣的研究领域。这种感觉，就好像在荒莽纠葛的人类学荨麻丛尽头看到了出口。他终于落脚在自己的荆棘路上。

形而上学被亚里士多德称为第一哲学。它是思想体系结构中最一般的论断的汇集。在他的一张字条上，他抄录了一个定义：

"这个哲学领域研究实在的本质与结构。"它问这样的问题:"我们所感知到的对象是真实的还是幻觉?外部世界是否不依赖于我们对它的意识而存在?实在是否可以被最终还原为单一的基本实体?如果是的话,它在本质上是精神的还是物质的?宇宙是可以被理解的、有序的,还是不可被理解的、混沌的?"

你可能以为,从形而上学这样的基础性地位来看,所有人都会自然认可它存在的必要性和价值,然而完全不是这样。即使自古希腊以来就处于哲学的中心,它却不是公认的知识领域。

它有两个对头。第一个是科学哲学家,其中最典型的一群人就是逻辑实证主义者。他们认为,只有自然科学才是研究实在本质的正统方法,形而上学只不过是一堆未经证实的断言,科学观测不需要它们。对于要真正理解实在的人来说,形而上学太"神秘"了。很显然,弗朗兹·博厄斯就属于这个阵营,而且由于他的缘故,现代美国人类学都属于这个阵营。

第二个对头是神秘主义者。神秘这个词有时候和"神秘学"或"超自然",乃至魔术和巫术混在一起了,但是在哲学上,它有着不一样的含义。历史上一些最著名的哲学家都是神秘主义者:普罗提诺 (Plotinus)、史威登堡 (Swedenborg)、罗耀拉 (Loyola)、商羯罗 (Shankaracharya),还有很多。他们具有共同的信念,即实在的最终本质存在于语言之外。语言把事物分门别类,但是实在的真实本质却是不可分割的。禅宗,这一神秘主义信仰,主张通过冥想克服事物可以被分割的错觉。美国原住民教会主张用佩奥特掌来强使你获得你在正常情况下会抗拒的神秘认知，这种认知印第安人在过去只能通过"幻象祈求"来获得。这种神秘主义，杜森伯里认为，是传统印第安人生活的绝对中心。而这，正如博厄斯清楚展示出来的，绝对处于实证科学的范畴之外，处于任何追随实证主义的人类学之外。

历史上，神秘主义者曾认为，要想真正理解实在，形而上学太"科学化"了。形而上学不是实在，形而上学是关于实在的一堆"名字"，它像是一家餐馆，给你一本三万多页的菜单，却不给你食物。

斐德洛心想，这正好预兆了他的"良质形而上学"的命运。神秘主义和科学都拒绝形而上学，出于完全相反的原因。这意味着，如果有一座沟通二者的桥梁，能沟通印第安人和人类学家的认知，这座桥梁就坐落于形而上学的领地上。

关于对形而上学的敌意，他认为神秘主义者的敌意要更强烈。神秘主义者会告诉你，一旦你打开了通向形而上学的门，你就告别了对实在的真正理解。思想不是通往实在的道路，它还会在通往实在的道路上设置障碍，因为当你运用思想去把握某种先于思想的东西时，你的思想并不能把你带向那个东西，反而使你远离它。去定义某物，就是把它置于知识网络的纠缠之中，此举将摧毁你对它的真正认识。

神秘主义的实在的核心，斐德洛在他的第一本书中称之为"良质"，并非形而上学棋盘上的一枚棋子。良质不需被定义。你不是通过定义去认识它，它先于定义。良质是独立于并先于智力抽象的直接经验。

从"存在一个能知者和其所知"的意义上说，良质是不可分割、不可定义，并且不可知的，但形而上学可不是这个样子。形而上学必须是可分的、可定义的，并且可知的，否则形而上学就无法存在。由于形而上学本质上是一种辩证的定义，而良质本质上不可定义，这意味着"良质形而上学"在名字上其实自相矛盾，是一个逻辑谬论。

这很像是给随机下一个数学定义。关于什么是随机你说得越多，它就越不随机。或者，在同样的意义上类似"零"，或者"空"。今天，这些术语跟"无"基本没什么关系，"零"和"空"是关于"有"的复杂关系。如果他谈论神秘认知的科学本质，科学可能会受益，但是真正的神秘认知却会被损害。如果他真想成全"良质"，最好不要画蛇添足。

真正使斐德洛如此不安的，是他自己在书中坚持说良质是不可定义的，现在却想要定义它。这算是自我出卖吗？他反复思考着这个问题。

他的头脑中有一个声音在说："别这么干，你会一无所获，只有麻烦上身。你只会开启无数无聊的争论，争论的事情本来十分明了，一争论反而糊涂了。你得到的将是敌人林立，朋友却一个没有，因为一旦你开口就实在的本质说出任何东西，那些说过实在是别的什么东西的人都会自动成为你的敌人。"

麻烦在于，这只是他头脑中的一个声音。他头脑中的另一个声音却说："哎呀，干了再说，这非常有趣。"这是那个分析的头脑，它不喜欢没有定义的东西。你跟它说别定义良质，就像是跟一个胖子说离冰箱远点儿，或者让一个酒鬼别去酒吧。对于智力来说，定义良质本身就具有难以抗拒的良质。它使你兴奋，尽管事后让你头晕反胃，就如同抽了太多烟，或者参加了一个太长的聚会，或者，就像昨夜的莱拉。没有永葆的美丽，没有永恒的快乐。你叫它什么来着？退化。他想。著述形而上学，从严格的神秘主义立场来看，就是一种退化行为。

但是，他想，对这一切的回答是，冷酷、教条地回避退化本身就是另一种退化。退化论的信徒就是这么来的。纯粹，一旦被指认，也就不再纯粹。反对污染，本身就是污染的一种形式。使用固化的形而上学手段却避开对世界神秘实在的污染，能做到这一点的人还没有出生——甚至连生出来的苗头都没有。剩下我们这些人，只能追求不那么纯粹的东西。醉酒，去酒吧找女人，写写形而上学，都是生活的一部分。

这就是他针对神秘主义者的反对所要说的话。接下来，他要对付逻辑实证主义了。

实证主义这种哲学思想，强调科学是知识的唯一来源。它把事实与价值截然分开，并对宗教信仰和传统的形而上学抱有敌意。它是经验主义的分支。经验主义认为所有的知识都来自经验，并对任何不能被还原为直接观察经验的思想，甚至是科学论断保持怀疑。哲学，在实证主义的意义上，只限于对科学语言的分析。

斐德洛曾修过一门符号逻辑课程，老师赫伯特·费格尔（Herbert Feigl）是以逻辑实证主义闻名的维也纳学派成员。他还记得自己曾着迷于一种逻辑带来的可能性，即把数学的精确性拓展到解决哲学和其他领域的问题中。但即使在那时，他也不相信形而上学毫无意义的说法。只要你处在一个逻辑的、一致的思想体系当中，你就躲不开形而上学。逻辑实证主义对"有意义"的判定，就是完全形而上学的，他想。

但这都无关紧要。"良质形而上学"不仅通过了逻辑实证主义者对有意义的判定，而且是以最高分通过的。"良质形而上学"重申了逻辑实证主义的经验基础，并且比过去提供了更高的精确性、更大的包容性和更强的解释力。逻辑实证主义只依赖经验，但是"良质形而上学"却说价值并不在经验之外，价值乃是经验的实质。事实上，价值比主体或客体更具有经验性。

任何人，不论是哪种哲学流派的信徒，只要让他坐上一个滚烫的炉子，用不着任何睿智的辩论，他就会承认自己处于无可否认的劣质的境况之中。他的窘境带给他的价值是负面的。这个低劣的品质绝不是什么模糊的、头脑混乱的、地下信仰式的形而上抽象概念。它是经验，而不是对经验的判断，或者对经验的描述。这个价值本身就是经验。因此，它是完全可预知的，任何人只要愿意都可以验证它。它是可复现的，在所有的经验里，它是最清楚不过、最不容易弄错的。随后这个人可能对这个低劣的价值进行咒骂，但是，一定是价值在前，咒骂在后。没有低劣的价值感受在前，咒骂也不会随之而来。

在此处穷根究底的原因是，我们在这里有一个文化上陈陈相因的盲点。我们的文化教给我们的认识是，那个滚烫的炉子是咒骂的直接原因。它教给我们，低劣的价值是那个咒骂的人的一种属性。

并非如此。价值在炉子和咒骂之间。在主体和客体之间贯通着价值，这个价值比任何"自我"或"对象"都能更迅疾、更直接地被感受到，但人们可能随后将价值赋予"自我"或"对象"本身。这个价值比那个炉子更真实。虽然不能完全确定是否那个炉子或别的什么东西造就了低劣品质，但是，那个品质低劣的感觉是可以确定的。它才是原初的被经验到的实在，从这个实在出发，才有了炉子、热量、咒骂和自我，它们随后被理智构造出来。

一旦这个基本关系得到澄清，许许多多的谜团就可以解开了。在经验主义者的眼中，价值总像是头脑不清的产物，这是因为经验主义者总是把价值赋予到主体或客体上去。你不能这么干，这么干就乱套了，因为价值不属于任何一方面，它自成一类。

"良质形而上学"所做的工作，就是拿出这个独立的类别，良质，并呈现为何它自身包含了主体和客体。"良质形而上学"将展示出，当你把良质作为世界最本原的经验实在时，从这一假定出发，万事万物将变得极其融洽——难以置信地融洽……但是要呈现这幅图景，当然是个大工程……

他注意到奇怪的声音，不像他习以为常的船只的声音。他听了一会儿，意识到声音来自前舱，是莱拉。她正打着鼾。他听到她喃喃自语，随后又安静下来……

过了一会儿，他听到泼剌泼剌的击水声，有一只小船在向他靠近。可能是一个早起的渔民在沿溪而下。不久，整个船舱微微摇晃，台灯也随之轻摆。又过了一会儿，声音远去，一切又回归沉寂……

他想自己要不要再去睡一会儿。他记起自己也曾是"夜猫子"，每天凌晨三四点钟上床，睡到中午才起来。那时候好像从黎明到傍晚这个时段不会发生什么要事，所以他尽量避开这个时段。现在却正好相反，他要跟着太阳起床，否则就会错过什么。如果没有什么事情可做也没有关系。

他收起关于杜森伯里的字条，放回它们原来所在的盒子里，然后起身把盒子归拢到驾驶员铺位上，盒子就是从那儿拿下来的。从驾驶员铺位上方的舷窗，可以看到外面的天光了。他看到天有点阴。可能会转晴。港湾对面的房子都很灰暗，岸上的一些树还残留着树叶，但是已经枯黄，随时都会凋落。这是十月的颜色。

他推开舱门，探头出去。

外面很冷，但是不比从前。微风在水面拂起一波波荡向船尾的涟漪，也拂过他的面颊。

6

理查德·瑞乔醒了,他看看手表,已经七点四十五分了。他很困倦,怒火中烧。自从那个傻作家和莱拉·布勒威特跌跌撞撞踏上他的甲板,他就再也没怎么睡着。

一整夜,晃过来晃过去,晃过来晃过去。过往的船只晃动着那个作家的船板,而那个作家的船紧挨着他的船,使他自己的船贴着码头被推来晃去,他感觉自己好像睡在卧铺车厢里。他只能忍受。

他可以起来亲自动手调整一下那个作家的船的缆绳,可那不是该他干的活。

最气人的是,他根本没有允许那个作家将船绑靠到他的船上。在奥斯威戈的时候,他告诉作家可以绑靠到他的船上,因为当时有特殊情况,但他显然把这当成他的终身特权了。

现在,想再睡会儿也不可能了,他决定充分利用早起的时机。比尔也必须起来了,今天有一大堆事要做呢。

理查德·瑞乔走到船的前舱,看见格派拉脑袋上正蒙着枕头。他把枕头掀开,说:"起床了,比尔。"

格派拉睁开眼睛,好像吓了一跳,然后迅速坐起来。

"今天事情很多。"瑞乔又说了一遍。

格派拉打了个哈欠,又看了看手表:"他们说得等到九点我们才能把桅杆竖起来。"

瑞乔回答说:"我们得准备更早开动。"

他走回后舱,脱下睡衣,仔细叠起来放到抽屉里。距离回去只剩下一个礼拜了。他可以找西蒙森帮他处理开庭的事情,但是如果他运气好,而且没有别的事情耽搁,说不定仍能按时赶回去……这次度假真是烂透了。

格派拉的声音传过来:"咱们的对门怎么办?"

"你是说大作家吧?"瑞乔回答道,"我看大作家今天上午是起不来了。"

"为什么?"格派拉问。

"你昨晚没听到吗?"

"没有。"

"你睡得可真够踏实的……噢,对了,你在前舱。他摔到我的舱顶上了。"

"他摔倒了?"

"是啊,他和那个跟他跳舞的女人跌跌撞撞跑到甲板上,明摆着摔了一跤。我不想搅和进去,所以没起来。真是闹腾!"

在船头,理查德·瑞乔接了一盆热水,用热水洗脸、刮胡子。他大声说:"我们得和他的船解开才能动,你得过去把他叫起来。"

"把他叫起来?"格派拉重复他的话。

"对,"理查德·瑞乔回答道,"他不可能给自己设个闹钟。"

他又轻声加上一句:"找了个像她那样的女人,我猜他处境不妙。"

水冒着热气,但是现在已经不能令他感到满意了。两年前他不惜血本才把这个热水系统安上,为此等了整整一个夏天。现在他却要把船卖掉。世事无常啊,什么也说不准。

瑞乔用力地给热毛巾打着香皂清洗,然后擦脸。他想,那个大作家可敬的读者们应该看看他昨晚是怎么和莱拉跳舞的,当然他们可能也不在意,对他可敬的读者来说,酩酊大醉、乱搞女人可能都是什么"良质"的表现吧。

仔细观察像他这种人也饶有趣味。在奥斯威戈时,他看上去那么拘束。有些人远看着挺不错,但是当你离近了观察他们的底细,各种毛病就都暴露出来了。他才不拘束呢,他粗鲁得很。

昨晚就非常典型。听了那个作家滔滔不绝地谈什么"空"的美妙思想,瑞乔本想用钓鱼的故事说明自己的观点,可大作家才没工夫听呢。瑞乔本想对他在海上独自航行提些忠告,他也没工夫听。自己告诫他小心莱拉,他竟然斗胆把她邀到他们桌子上来了。

粗鲁。最让人难以忍受的,是他并不是故意的。他根本就不知好歹……大部分时间,他看着那么天真,但是又有些……聪明,这最气人。自己不该为他这样生气,他根本没那么重要……如果不小心点,可能这把剃须刀会割伤自己。

当然,这样的人有很多。但是他让人如此忍受不了的是,把"品质"叫作"良质",假装成"良质"的专家,还大获成功!这就好像你看见一个唯利是图的律师在操纵陪审团,一旦他们被他感动而站到了他这一边,你就无可奈何了。

理查德·瑞乔把水放空,把水盆刷洗干净,然后把毛巾折叠好挂在支架上,使它充分晾干。

格派拉说:"如果我去叫他起来,我怎么跟他说他那船的事呢?"

瑞乔想了一会,"我看还是我去吧。"他说。

他会做得很圆滑。他将邀请作家吃早餐,然后当对方谢绝的时候,就会起来了,而且头脑也清醒了,这时他就会告诉对方船应该挪一挪。

现在,洗净脸、刮过胡子之后,瑞乔感觉好点了。他对着镜子把头发梳得整整齐齐,又系上一条领带。效果不好。像他这样有着加里·格兰特[1]风范的男人,穿着过于讲究就不大合适了,尤其是在这种地方。他摘掉领带,解开领扣,微微把领子打开一点。好多了。

他爬上甲板,环顾港湾。有些老旧腐烂的木桩和破船,需要经过一连串摇摇晃晃的跳板才能穿过它们到岸上去。没摔断脖子算他走运。弄不好一整天都要浪费在这。

理查德·瑞乔转过身,看到有人正看着自己,不禁吃了一惊。旁边的驾驶舱上,正是大作家本人。

"早啊!"瑞乔大声道。

"早。"

---

[1] Cary Grant,英裔美国男演员。——译注

他的邻居表情淡然。他还穿着昨天穿的蓝条纹衬衫,一只口袋上还留着昨天的食物污渍。

"没想到你这么早就起来了。"理查德·瑞乔说。

那个作家回答道:"如果你想把船开到有吊车的码头那边,我现在就把缆绳放开。"

他莫不成会读心术?瑞乔心想。他说:"码头那边可能有别的船了。"

"没有,我看了。"

在昨晚大出风头之后,他的状态看上去好极了。那当然了,瑞乔心想。

"还太早,"瑞乔说,"可能有船正走在我前面。你愿不愿意一起吃个早饭?"

话一出口,他就意识到请作家来吃早饭已是多此一举,但是为时已晚。

"好啊,"作家回答道,"我去看看能不能把莱拉叫起来。"

"什么?"理查德·瑞乔怔住了,"不,用不着。让那个女人睡她的,你一个人来。"

"为什么?"作家问。

又来劲了,粗鲁。为什么,他清楚得很。"因为这肯定是我们最后一次见面了,"瑞乔笑笑,"我想和你单独聊聊。"

格派拉也爬上甲板,然后三个人排成一溜踩着跳板走到岸上去。

到了酒馆里，格派拉说："简直不敢想象昨天也是在这里。"

瑞乔看见点唱机静静地待在角落。"对小小的优待也心怀感激吧。"他说。

吧台镜子前面的一块黑板上写着早餐菜单，旁边有一个老妇，正隔着吧台跟三个工人说话，这几个工人正在他们旁边的桌子上吃早餐。可能是昨晚那个酒保的老婆，瑞乔想。

那个作家又回到他疏离的自我中去了。他的注意力似乎游荡在窗外泊船处的朽木和码头之中，那儿是他们来的地方，也许他想看到莱拉。

格派拉对他说："你从哪儿学的那样跳舞？你控制了全场。"

作家回过神来。"为什么？"他问，"你们都在看吗？"

"所有人都在看。"理查德·瑞乔说。

"不，"作家笑了，"我根本不会跳舞。"他打趣似的看着他们两个。

"你太谦虚了，"瑞乔笑着说，"你把我们都跳晕了……尤其是那位女士。"

作家有些怀疑地看着他们："啊，你们这帮家伙在耍我。"

"可能你喝得太多了，都不记得了。"

格派拉大笑。

作家争辩说："我可没那么醉。"

"是啊，你没那么醉，"瑞乔说，"所以你在凌晨两点蹑手蹑脚地走过我的甲板。"

"真对不起,"作家说,"她把手提箱掉到地上了。"

瑞乔和格派拉面面相觑。"手提箱!"格派拉叫道。

"是啊,"作家回答道,"她离开了原来的船跟我去曼哈顿,投奔那里的几个朋友。"

"哇哦!"格派拉说,朝瑞乔挤眉弄眼,"跟他跳一场舞,他们就一同上路了。"他对瑞乔说:"我想知道他的秘诀,你猜他是怎么做到的?"

理查德·瑞乔皱着眉头,左右四顾。他不喜欢这个话题的走向。他想那个老妇怎么还不来听他们点单。他示意她过来。

当她过来后,他点了火腿和鸡蛋,还有面包和橘子汁。其他人也各自点了食物。

在他们等待的时候,理查德·瑞乔说,十点钟左右潮水会转向。他告诉作家,去曼哈顿的最佳策略是等到大约九点,那是涨潮的最后一个小时,然后,跟着退潮以最快的速度赶路,一直赶到潮水再次转向之前。夜间把船泊好,再等待第二天的退潮进入曼哈顿。作家对他的告知表示感谢。

他们一言不发地吃掉了大半早餐。瑞乔有一种被此人牵制、陷入困境的感觉。作家身上有种东西使你无法对他说什么,你根本找不到空隙去说什么。他活在另一个世界里,谈起良质就滔滔不绝。

他们吃完饭,理查德·瑞乔对作家说,有些话必须说,虽然并不喜欢说这些,但是觉得有责任告诉他。

"你选谁做伴跟我无关,"瑞乔说,"你昨晚大概根本没把我当回事。但是我认为我有责任最后一次给你个忠告,让莱拉离开你的船。"

作家看起来非常吃惊:"我记得你说过我需要一个帮手。"

"但不是她!"

"她怎么了?"

又来劲了。"你别再假装天真了。"瑞乔说。

作家低声说,几乎是自言自语:"莱拉可能不像看起来那么坏。"

理查德·瑞乔反驳他说:"不,莱拉比她看上去要坏得多。"

作家看看格派拉,他在笑。他又转向瑞乔,眯着眼看他:"为什么你这样说?"

理查德·瑞乔凝视了作家半晌。这个作家真是无知。"我认识莱拉·布勒威特很久很久了,"他说,"为什么你就是不相信我的话呢?"

"她是什么人?"作家说。

"她是个非常不幸的人,有着非常低劣的品质。"他说。

说到"品质"一词时,作家抬起头,好像这是对他发出的某种挑战。这当然是。

作家的眼神游移。"她靠什么过活呢?"他问道,有些闪烁其词。

格派拉瞟了瑞乔一眼,瑞乔止不住露出一个微笑。"她找你这样的人,我的朋友,"他说,"难道没人跟你讲过像她这种人吗?"

又一次挑战。几乎能看得到作家的脑袋正在飞速运转。

瑞乔想要不要继续紧逼下去。真没必要这么做。但是这个作家志得意满的样子,特别是经过昨天晚上之后,使他很想这么做。但他还是决定停手。"如果你需要帮手,"他说,"为什么不在曼哈顿等上几天,然后比尔就闲下来了,要我说比尔经验丰富,你们俩人就够了。"

比尔微笑着点点头。

他们又聊了很多驾船去曼哈顿的事情,都是就事论事。他们应该提前给玛瑞纳大街79号打电话,因为就算是一年中这么晚的时候,没有预定也很难住进去。瑞乔说,在十月份航行去切萨皮克(Chesapeake)是一件赏心乐事,他可能会喜欢。但是当然了,他自己没有时间。

作家突然说:"我觉得你并不知道你在说什么。你怎么知道的呢?"

"知道什么?"瑞乔问。

"莱拉。"

"我是从一个非常亲近的朋友的遭遇中知道的,他的离婚官司是我接手的。"理查德·瑞乔说。

他的记忆中又浮现出莱拉跟吉姆挽着手走进他办公室的情景。可怜的吉姆,他想。"你的朋友莱拉彻底毁了他的生活。"

"她过去比现在更有吸引力,"瑞乔补充道,"她看起来沿下坡路走得很快。"

格派拉说:"你从没跟我说过这些。"

"这可不是公开的事情,"瑞乔说,"而且我不能提他的名字,比尔,否则你就知道是谁了。"

然后他严肃地盯着作家:"你从没见过这么悲惨、落魄的男人。他失去妻子、孩子和大多数朋友——他的名声完了。他不得不辞掉银行的工作,他在那本来有大好前途——事实上,他即将被任命为副行长。结果他不得不到别的地方重新开始。但是以我对那家银行行长的了解,我肯定他把这件事记在吉姆的档案上了,所以恐怕他的职业生涯就此结束了。没有哪个董事会会任命他做重要的工作。"

"真是太惨了。"作家说,眼睛看着桌子。

"这是绝对必要的,"理查德·瑞乔说,"没有人会把几百万美元托付给一个缺乏自控力的人,这个人连把手从一个酒吧婊子身上拿开都做不到。"

又一次挑战。这一回,作家的眼神变硬了,看上去好像要接受这个挑战。

"谁的责任呢?"作家问。

"你是什么意思?"理查德·瑞乔问。

"我是说,应该由莱拉为你朋友的落魄负责,还是应该由他的妻子、所谓朋友和银行的上司负责?究竟是谁搞垮了他?"

"我不明白你的意思。"理查德·瑞乔说。

"是她的爱,还是他们的恨?"

"我可不把那个叫'爱'。"

"那你把他们那头的叫'恨'吗?他们的恨怎么才能说得通,他到底对他们做了什么?"

"现在,你可不是天真了,"理查德·瑞乔说,"现在你是成心装傻。你难道要告诉我,他的妻子没有权利为此气愤吗?"

作家想了一会儿。"我不知道,"他说,"但是有些什么不对头。"

"我看也是。"理查德·瑞乔说。

"从逻辑上说,一直有问题,"作家继续道,"一个爱的行为,没去害任何人,怎么就成了恶呢?……想想看,谁受害了?"

理查德·瑞乔思考了一会儿。他说:"这根本不是什么爱的行为。莱拉·布勒威特不知道什么是爱。这是一种欺骗行为。"

他感到怒火中烧。"我总是听到'爱'从那么多根本不知爱为何物的人嘴巴里说出来。"他依然能看到吉姆的妻子坐在他的办公室里,双手掩面,极力克制使她的声音不会颤抖。那才是爱。

他说:"让我用另一个词吧,'忠实'。我们说的这个人对妻子不忠实,对他的孩子不忠实,对每一个相信他的人都不忠实,包括他自己。人们可以原谅他的弱点,但他失去了他们的尊重,那才是他不可能再肩负重任的原因。"

"但那并不是莱拉的弱点,她清楚自己在做什么。"作家盯着他。一脸蠢相。

"我不知道你个人的家庭环境是什么样子,我的朋友,但是我警告你,如果你不慎重,她也会对你故伎重施。"接着他又加上一句,"如果她不是已经这么做了。"

瑞乔看着作家,观察对方的反应。作家表情毫无变化。显然完全没有突破那坚硬的外壳。

"但是,她害了谁?"格派拉问道。

瑞乔惊讶地看了一眼比尔。还有比尔吗?他还以为格派拉更理智些,都是时代风气搞的。

"好吧,我们还是有一些人的,"他说着又转向了作家,"他们仍然坚定地反对你那纵情享乐的'良质'哲学,或者随便你叫它什么。"

"我只是问了一个问题。"作家说。

"但是那个问题表达了某种观点,"理查德·瑞乔回答说,"而这个观点,令一些人,包括我,感到恶心。"

"我仍然不明白为什么。"

老天啊,真让人受不了。"好吧,我来告诉你为什么,你会听吗?"

"当然。"

"不,我是说,你真的会听吗?"

作家一言不发。

"你在你的书里面言之凿凿,每个人都知道或者同意'良质'是什么。但是显然不是这样!你拒绝给'良质'下定义,因此挡住了所有对它的质疑。你告诉我们,对这个问题进行争论的'辩证家'

都是无赖。我猜你也要把律师算上吧。真不赖，你先仔细把你的批评者手脚都绑好，使他们无法给你任何反击，保险起见再搞臭他们的名声，然后你说：'好，放马过来吧。'非常勇敢，真是非常勇敢。"

"我可以放马过来吗？"作家说，"准确地说，我的说法是，对于良质是什么，人们的确持有不同意见，但他们的不同意见只是针对事物的，他们以为良质是附着于这些事物之上的。"

"有什么区别吗？"

"良质，是事物的普遍源头，关于它没有任何分歧。而人们产生分歧的那些对象，不过是过眼烟云。"

噢，老天呀，真是伶牙俐齿，理查德·瑞乔想。"什么'事物的普遍源头'？我们用不着那个事物的普遍源头也活得挺好，那玩意儿别人都不能谈论，只有你可以。那我们宁愿守着我们经久耐用的过眼烟云。对了，你怎么跟那个神奇的'事物的普遍源头'接上头的？你有什么特殊的无线电波吗？嗯？你怎么接上头的？"

作家没有回答。

"你说话呀，"理查德·瑞乔说，"你怎么跟良质接上头的？"

作家还是没有回答。

理查德·瑞乔一下子轻松了。他突然感到一早晨的不快都消失了。他终于给对方灌进去一些东西。

"我可以回答，"作家终于开口，"但我看我不能在今天早晨把答案都告诉你。"

他没那么容易撒手。

"好吧,让我问你一个简单点的问题,"理查德·瑞乔说,"你能跟这个'事物的普遍源头'接上头,没错吧?"

"是的,"作家说,"你也一样,只要你明白它是什么。"

"哦,我正在努力,"理查德·瑞乔说,"但是你得帮帮我才行。这个'事物的普遍源头'还能告诉你什么是好什么是坏,对吗?没错吧?"

"是的。"

"那好,我们一直在相当抽象的层面聊,现在,让我问你一个相当具体的问题:这个创造了天堂和人间的事物普遍源头,有没有在今天凌晨两点,当你跌跌撞撞踏上我的船时给你的无线接收器发广播告诉你,你身边这位女郎是一位'良质天使'?"

"什么?"作家问。

"我再说一遍,"他说,"上帝有没有告诉你,来自纽约州罗切斯特的莱拉·M.布勒威特,这个和你在今天凌晨两点跌跌撞撞踏上我的船的小姐,拥有良质?"

"什么上帝?"

"跟上帝没关系。就是你,是否认为莱拉·M.布勒威特小姐是一个'良质女人'?"

"是。"

理查德·瑞乔一时语塞。这个答案出乎意料。

难道这个大作家真的这么蠢吗?……可能他还藏了一手……理查德·瑞乔等了一会儿,但是什么也没发生。"好吧,"停了半晌他终于开口,"伟大的万物之源这些天还真是让我们惊喜不断。"

他向前倾身,对着作家一字一句地说:"以后,能否请你考虑一下,也许那个只对你说话而不对我说话的'事物的普遍源头',正如你其他千奇百怪的念头一样,只是你自己亢奋的想象力主观臆造出来的,它允许你把自己任何不道德的行为美化成神授的一般。在我看来,那个没有定义的'良质'是个十足的危险品,专门用来制造傻子和疯子。"

他等着,想看到作家收回他的目光,或者向后蜷缩,或者脸上失去血色,或者被他激怒,或者起身离场,或者暴露出什么被击败的信号,然而对方似乎只是回转到一贯的疏离之中。

真是恍恍惚惚,理查德·瑞乔心想。但是没关系,作家那套关于"良质"的长篇大论已经被他击穿靶心了。

当那个老妇过来收拾他们的盘子时,作家终于开口问道:"完全没有良质你真能活得下去吗?"

对方无法为自己辩护,理查德·瑞乔想,所以现在想对我进行交叉询问了。他看了看表,时间够用。"不,我不能完全脱离良质活着。"他说。

"那你怎么定义它呢?"

理查德·瑞乔往椅子上一靠。"首先,"他说,"脱离经验的良质是不存在的。没有这个东西,我这么多年也做得很好,而且我敢肯定,没有它我还会一如既往,没有任何问题。"

作家打断他说:"我没有说良质是脱离经验的。"

"现在是你让我给良质下定义，"理查德·瑞乔抬高声音说，"我正在这么做，为什么你不让我说完？"

"好吧。"

"我发现良质总是出现在对具体事物的经验中，但是如果你问我什么东西有良质，什么没有，我只能一一列举，否则不知如何回答。但是在一般意义上，我敢说，经过足够的学习，良质就在我从小学到的和伴我成长的那些价值观中，它们使我终身受用，从不出错。这些价值观为我的朋友和家庭所共享，也为我的法律界同仁和其他合作伙伴所共同信守。因为我们相信，凭借这些共同的价值观，我们能够承担对彼此的道德责任。""在法律实践当中，"他说，"我们和很多不具备传统道德观念的人打过交道，他们觉得什么是好什么是坏由他们自己独立判断就够了。听起来是不是很熟悉？"

作家点点头。他同意最好。他几乎没有别的选择。

"我们给了他们一个名字，"瑞乔接着道，"我们叫他们罪犯。"

作家看起来又要打断他，但是瑞乔摆摆手。"现在，你可能想像很多人那样争辩，群体的价值观和他们搞出来的法律全都错了。这是允许的。这块土地上的法律允许你有权保留这样的思想。不仅如此，我们的法律还给你提供了政治和司法资源，使你可以修改那些群体中的'坏'法。但是，只要那些资源没被动用，而且那些法律没被修改，那么不论是你还是莱拉或者其他任何人，都不可以罔顾他人，随心所欲，任意决断什么有'良质'，什么没有。你有道德和法律义务,去遵守和别人一样的规则。"

瑞乔继续道:"你的书最使我恼火的事情之一,就是它出现的时候,这个国家正有大量的年轻人在践踏法律肆意而为——逃兵役的、纵火的、政治叛徒、闹革命的甚至刺杀者,他们全都相信自己的所作所为是正义的,因为他们能看见别人都看不见的天国的真理。"

"你连篇累牍地谈着怎么维护一台摩托车的内在形式,但你对怎么维护一个社会的内在形式却只字不谈。因此,你的书可能在那些极端分子和邪教团体中非常畅销,因为他们正需要那样的东西。他们需要任何能使他们的肆意妄为获得正当性的东西,而你给了他们支持。你让他们更有底气。"他感觉自己的声音越来越愤怒,"我不怀疑你的动机是好的,但是无论你当初的动机是什么,你做了一项魔鬼的工作。"

瑞乔向后一靠。作家似乎呆住了。很好。格派拉看起来也清醒点了。不错。比尔是个好孩子。这些激进的知识分子有时候能抓住比尔这个年龄的人,向他们灌输其该死的狂热,获得他们的信任,那是因为他们的年龄还不足以看清这个世界实际是什么样子。但是他对比尔·格派拉抱有希望。

"我做的不是魔鬼的工作。"作家说。

"你在试图做有'良质'的事情,没错吧?"

"是的。"作家说。

"那么,你能否看见,当你把一切都塞到没人能定义的动听词汇里时,将会发生什么?这就是为什么我们要有法律,用它去定义什么是良质。这些定义可能不如你所希望的那么完美,但是我敢跟你保证,它们比让人们到处为所欲为要好得多得多,我们已经看到那会导致什么结果。"

作家看起来很困惑。格派拉却兴致勃勃。理查德·瑞乔对此深感满意。他终于一吐为快,这是他的一大享受,哪怕没人为此付钱。这就是他的能力。可能他才应该就良质写一本书,写写良质究竟是什么。

"告诉我,"他说,"你真的打心眼儿里相信莱拉·布勒威特有良质?"

作家沉吟半晌。"是的。"

"你为什么不能给我们好好解释一下,到底是什么使你认为莱拉竟然有良质?你觉得你能做到吗?"

"不,我觉得我做不到。"

"为什么?"

"太难了。"

这不是理查德·瑞乔想听到的回答。他看是时候就此结束并离开了。"好吧,"他的语气缓和下来,"可能有一些我看不到的东西。"

"我想是的。"作家说。

他的声音像是病了。他已经独自航行很久了。理查德·瑞乔又看了一眼手表。该走了。"我想最后说一句,我希望你不要把我说的话当成是对你个人的一种羞辱,而是把它当成需要你进一步思考的东西:我在昨天晚上和在奥斯威戈的时候都注意到,你是我见过的最独来独往的人之一。我觉得,除非你经过某些契机能够理解并融入你所在的群体的价值观,否则你将永远那样过下去。别人也很重要。你应该明白这一点。"

"我明白……"作家刚想说下去,但是瑞乔很清楚对方并不明白。"我们必须走了。"他对格派拉说,同时从桌旁起身。他走到吧台,付了账单,在门口和作家一起走出去。

"我有点惊讶你刚才能听进去我说的话,"瑞乔说道,他们向着他们在码头上的船走着,"我真没想到你能行。"

当他们的船出现在视野里时,他们看见莱拉正站在船的甲板上。她向他们招手,他们全都招手回应。

7

在金斯顿的时候,斐德洛的船就是一个系着的家,码头与港湾像是他的邻居。但是在这里,到了宽阔的河面上,邻居都不见了,甲板下面的家成了一个储藏区,那里的首要问题是,当船在风中摇晃起来时,东西有没有滑落打碎。现在在甲板上面,他的注意力灌注在帆形、风向、水流,以及他身旁甲板上的海图上,海图折了角,对应着路标、立标(day beacon)和一串红绿浮标,它们指示着通向大洋的路。河水呈棕色,里面满是淤泥,还漂满废物,但是都可以避开。微风怡人，不时会阵阵增强，或出现微弱的转向，可能是河谷蜿蜒所致。

他很沮丧。那个瑞乔真的击中了他。也许，有一天他的脸皮能变得足够厚，不再被这样的人搅扰，但是这一天还没来。他过去相信，帆船能使他与世隔绝，给他安宁与平静，在帆船里他的思想可以自由而稳定地发展，不受外界的打扰。根本不是这样。一艘上路的帆船，意味着一个接着一个的危险，你基本无暇思考其他，只能专注于眼前。而且，一艘停在码头边的帆船就像一个强磁场，不断吸引着健谈的过路人。

他早已逆来顺受了。而瑞乔，初遇时，只是航行带来的萍水相逢者中的一个。莱拉也是……对于一种漂泊无定的生活，有太多可说，你永远无法知道明天晚上谁会与你同泊并靠——或与你同床共枕。

最令他沮丧的是，他竟然愚蠢地让自己就那样成为瑞乔攻击的靶子。可能瑞乔邀请他吃早餐，就是为了给他念念经吧。现在他要琢磨几天，从头到尾回顾当时的话，把每一个字都再三咀嚼，思考他当时应该怎样应对才是最好的。

一艘小汽艇迎面开来，经过的时候，驾驶员在舱内向他招招手，斐德洛也向对方招招手。

天气，超出他的预期，变好了。昨天那种强劲的北风正在减弱，温暖的西南风取而代之，这意味着将有几天好天气。这里河面开阔，一天的大部分时光都有河流相伴。今天本来是个好日子，如果没发生早晨那一幕的话。

无限的迷乱和疲惫压在心底,一种回到原点、重起炉灶的感觉挥之不去。正当你认为自己取得了巨大的进展时,突然像这样的问题上来给你当头一棒,把你打回起点。他真不愿意去想它。

他想,像瑞乔这样的各类问题人士还有很多很多,但是其中自命道德家的那一类是最糟糕的。廉价的道德。说起别人怎么提高来头头是道,他们自己却不用付出任何代价。这里还有一个自我的问题。他们用道德把别人置于低等的位置,使自己看起来高高在上。是什么样的道德准则并不重要——宗教道德、政治道德、种族主义道德、资本主义道德、女权道德、嬉皮道德——都一样。无论换成哪种道德准则,背后的卑劣和自以为是都是一样的。

问题在于,仅仅用卑劣并不能完全解释今天早晨发生的事情。还有些别的东西。为什么瑞乔一大早对道德问题如此关注?总感觉不对……特别是对于一个像他这样的舵手律师。至少在这个世纪不对。也许退回到1880年,某个教会执事律师会像那样说话,但不是现在。瑞乔话里那些神圣的责任、家庭和家人等东西,五十年前就过时了。这些不是让瑞乔愤愤不平的原因。对他来说,不辞劳苦地在早晨八点钟对别人做道德宣教……还是在他的假期里,看在上帝的分上,这怎么说得通呢?

甚至不是礼拜日。

真是怪异……

瑞乔在为别的东西愤愤不平,真正的意图是用性道德的旧网罩住斐德洛。如果斐德洛说莱拉有良质,那么瑞乔就会说,把性说成是良质是不对的;但是如果他说莱拉没有良质,那么下一个问题就会是:"那你干吗跟她睡觉?"这大概是这个世界上最古老的归罪陷阱了。如果你没有和莱拉调情,你就是那种死板的老夫子;如果你和她调情,你就是那种肮脏的老男人。无论你怎么做,你都有罪,应该为自己感到羞耻。至少从伊甸园开始,这个陷阱就已经存在。

一片开阔的草坪从河边上一块峭壁后面闪现出来。草坪的尽头是一片小树林,后面掩映着一座十九世纪末的维多利亚式大宅——这片草坪有着他昨天看到的那种衰败的景象——阒无人迹,不见孩子或宠物玩耍的踪影。

他再次注意到,这一带古老的哈德逊河谷多么像一幅画,一幅一百多年前绘制的画,他刚到这一带河流时就注意到了。河流两岸陡峭,林木茂密,使这条河看起来安宁、静谧。这里的景物似乎在漫长的时光中一直未变。当初他进入伊利运河系统[1]时就注意到景物看上去老旧、凋敝,现在这种感觉更加强烈了。

几百年前,这些水路是在这块大陆上旅行的唯一通道。有一段时间,他奇怪为什么他的船停泊的地方总是所到城市最老的区域,后来他才明白过来,小船停泊的地方,正是这座城市当初开始形成

---

[1] Erie Canal System,1825年开通,由奥尔巴尼(Albany,纽约州首府,位于哈德逊河西岸)通达水牛城(Buffalo,伊利湖东岸港口城市)。——译注

的起点。

现在，想到这些古老的河流与湖港曾经蓬勃兴盛、举足轻重，令人不免伤感。在铁路取代水路以前，哈德逊河和伊利运河系统是通往五大湖和西部的主要航运通道。现在，河上往来寥落，只有偶尔通过的运油驳船。这条河几乎被废弃了。

每当他来到东部，阴郁的情绪就会压上心头。但是，原因不仅仅是这里的古老和凋敝。他是中西部人，和许多中西部人一样，对美国的这块土地有一些成见。他不喜欢这里贫富尊卑愈见分明的感觉。富者更显其富，贫者更见其贫。更糟的是，他们好像觉得这样理所当然。他们已经安于现状，没有任何迹象表明情况会有所改变。

在明尼苏达或威斯康星这样的州，你可以没钱却仍然感到自己有尊严，只要你努力工作，干干净净做人，向前看。但是在纽约州这里，似乎如果你没钱，你就只是个穷鬼。那就是说你什么都不是，真的什么也不是。而如果你有钱，你就有身份地位。这个现实似乎能解释这一带百分之九十五的大事小情。

也许因为他一直在思考印第安人，所以会特别注意这些。其中一些差别不过是城乡差异，而东部更加城市化。但是也有些差别反映了欧洲价值观。每次他走在这条路上，都能感觉到这里的人更一本正经，更少人情味，而且……狡猾。势利。很欧洲。也很小气、不厚道。

在西部的印第安人中流传着一个笑话，长老是部落里最穷的人。每当有人遇到困难,就去找长老。按照印第安人的规矩,"边疆的豪爽",长老必须帮助他们。斐德洛相信在这条河上看不到这些。他大可以想象哪个陌生的船夫把船停在阿斯特[1]的豪宅门前,说:"我看到这有灯光,所以寻思我该停下来打个招呼。"管家才不会让他进去呢。他的莽撞倒会把他们吓上一跳。但是在西部,他们很可能感到有义务请他进门。

这一带情况越来越糟糕。富人越来越光鲜、越来越靓丽,穷人越来越灰暗、越来越惨淡,这种状况一直延伸到纽约市。无家可归的疯子聚集在地面通风口处,亿万富翁被保镖环绕着从他们身旁走过,坐进豪华轿车。每个人似乎都对此习以为常。

令人不解的是,这种情况以这一流域为甚。如果你穿过纽约州进入佛蒙特州或者马萨诸塞州,情况就开始缓和了。他不知道对此如何解释。可能由于某些历史原因。

新英格兰[2]在形成时有着完全不同的移民构成,这就是原因。在早期,新英格兰就是一个定居不动的WASP[3]大家庭,而在这一流域的人则迁徙不断,荷兰人、英国人、法国人、德国人、爱尔兰人——而且他们彼此之间经常充满敌意。所以,从一开始,这里就有一种倾轧的、势利的氛围。可能在新英格兰有着完全一样的阶

---

[1] Astor家族,美国商业世家,活跃于十九世纪和二十世纪。——译注

[2] 美国东北部地区,包括缅因州、佛蒙特州、新罕布什尔州、马萨诸塞州、罗得岛州、康涅狄格州。——译注

[3] White Anglo-Saxon Protestant的首字母缩写,即白种盎格鲁–撒克逊清教徒。——译注

级分层和势利本性,甚至更严重,但是他们保持低调,以免触怒这个大家庭。这里的人则会公然炫耀,这就是这些"哈德逊河城堡"的由来:对财富公然炫耀的产物。

他揣度,可能瑞乔今早的"道德论"也多少是东部的。……不,不是。还不一样。如果他是个真正的东部美国人,他会对此缄口不语,并与他保持距离。为什么他要卷进来呢?他没必要这么做。斐德洛简直愤怒了。……可能因为我是个名人,说不定。

一旦你出了名,某些人就想通过扳倒你获得满足感,你也只能由他们去。斐德洛整个夏天也没碰见过这种情况:某个人突然来找你的麻烦,毫无缘由,仅仅因为他看你是个名人。也许就是这么回事。在过去,这种事通常发生在聚会上,当某人灌了几杯酒之后。早餐上还是头一回。

当人们对你争相赞誉时,这常常是一个警示。然后你会发现他们称赞的你只是他们误以为的你。在奥斯威戈的时候,瑞乔也是他们中的一个。但是时间过去太久,斐德洛已经忘了这件事。

这种名人产业是和印第安-欧洲价值观冲突有关的另一大现象。这是美国独有的现象,把一个人突然捧上天,给他无尽的赞誉和财富,然后,当他终于证明了自己名副其实的时候,又想把他拉下马来。先在他脚下捧他,再爬到他头上踩他。他想,原因在于,在美国你被期待像欧洲人那样比别人优越,同时,你又被期待像印第安人那样和别人平等。这些期待是矛盾的,但没人在意。

于是,你处在撕扯之中。商业领袖们都活在这种撕扯中。你谈笑自若，好像是世界上最随性的人——同时，你不惜头破血流要赢得竞争，拔得头筹。每个人都希望自己的孩子是头等生，但是又没有人应该比别人优越。一个来自他所在阶级最底层的小子，内心满是自责与自弃，于是想："这不公平！每个人都是平等的！"后来，名人约翰·列侬走出来为他签名的时候，就成了名人约翰·列侬的末日。

诡异，除非你成为名人，否则你无法看到这有多诡异。他们爱你，因为你是他们想成为的人；但是他们又恨你，因为你成了他们无法成为的人。这是普通人与名人之间的双面关系，而你永远不知道下一个出现的是哪一面。瑞乔就是这种情况。一开始他面带微笑，因为他觉得他在跟什么大人物交谈，这满足了他的欧洲心理；但是现在他愤怒了，因为他觉得这个大人物表现得高高在上或诸如此类。

古老的印第安人知道怎么应对这种情况。他们舍弃任何人们欲求的东西。他们没有财产，有些甚至破衣烂衫。他们韬光养晦，低调行事，让自己不论在谁的眼中——贵族也好，平等主义者也好，马屁精也好，刺客也好——都毫无价值。如此行事，他们摆脱了名人之痛，却成就了许多事情。

这艘船也适合如此。当你这样一路漂流在古老废弃的水道上时，你与别人只能建立一对一的关系，没有什么名人产业横贯其中。瑞乔只是个意外。

船舱里传来杂音。斐德洛想是不是有东西松动了，然后他想起了他的乘客。她可能在穿衣服什么的。

"船上没有吃的呀？"莱拉的声音传过来。

"下面有一些。"他回答道。

"不，没有。"

她的面孔出现在舱口，一脸不快。他最好别告诉她他已经吃过早饭了。

她看起来不一样了，丑陋。她的头发没梳，眼睛发红，眼袋明显，看上去比昨天晚上老多了。

"你再好好找找，"他说，"看看冰柜里面。"

"冰柜在哪儿？"

"在那个柱子旁边有个大木头盖子，上面嵌着一个环。"她的面孔又消失了。过了一会儿，他听到她翻箱倒柜的声音。

"底下好像有点东西，"她说，"三盒垃圾食品，一罐花生酱，罐子里几乎空了……没别的了。没有鸡蛋，没有培根，什么都没有……"

"呃，我们正在航行，"他说，"我们必须趁这股水流跟我们同向时跟着它走，否则就要浪费一整天。今天晚上咱们好好吃一顿。"

"今晚？！"

"是的！"他说。

他听到她嘟囔道:"花生酱,垃圾食品……你就没有别的了吗?……哦,等一下,"她说,"这有半块巧克力。"

然后他听见她说:"呸!"

"怎么啦?"他问。

"有点坏了,变味了……那咖啡呢?你有咖啡吗?"她恳求地说。

"有,"他说,"你上来掌舵,我下去做一点。"

当她从舱口钻出来时,他看见她穿着一件白色紧身T恤,上面醒目地印着大写的红字"L-O-V-E"。

她看见他盯着她,说:"换上夏天的衣服了,天气不错呀。"

他说:"我敢说,你昨天绝对想不到今天有这样的好天气。"

"我从来都不知道将会发生什么,"她答道,"我还以为我接下来要吃早饭了呢。"

她过去在他对面坐下来。"L-O-V-E"的四个字母蹿到了很有挑逗性的角度。

"你知道怎么驾驶这样的船吗?"他问道。

"当然。"她说。

"往那边那个红色纺锤形浮标右边走。"他伸手指向那里,确保她看到。然后他站起来,走出驾驶座,从舱口走下去。

他开始翻箱倒柜地找食物,但是找了半天,他发现她是对的,船上一点吃的都没有了。他还不知道补给已经如此匮乏了。他找到一盒奶油饼干,也只有三分之一了。

"来点奶油饼干和咖啡怎么样?"他说。

莱拉没有回答。

他又追了一句:"加上点花生酱……也算得上是'欧陆早餐'[1]了。"

过了一会儿才听到她的声音:"好吧。"

他拧开煤炉的常平架,这样它就能在船的摇晃中保持平衡了;然后,他从架子上拿出一个丙烷喷灯,用来对煤炉的煤油灶进行预热。

这个煤油灶有个大毛病。它有个精细的黄铜针型阀,连在门把手大小的手柄上,这意味着随便一拧就能把整个装置弄坏。

"我们最快要多长时间靠岸?"莱拉问。

"我们不能靠岸,"他说,"我告诉过你的。那样我们和水流就不合拍了,我们会被迫滞留在西点附近。"他并不确定她是否知道这条河一天回流两次。

"瑞乔说奈亚科镇(Nyack)有一些系泊区,"他补充道,"从那里到曼哈顿就好走了。我希望最后那段距离尽可能地短……留下些余裕。……那里是什么情况还不知道。"

他划了一根火柴,点着丙烷喷灯,然后把火焰朝着煤油灶的一侧加热,当它足够热时就可以汽化煤油了。这些炉子不能燃烧液态煤油——只能燃烧煤油气体。

"瑞乔也去那里吗?"莱拉问道。

"去哪儿?"

---

[1] 一种简便的早餐,在德法等国较流行。——译注

"我们去的地方。"

"我看不会,"斐德洛答道,"事实上,他肯定不会。"

煤油灶被丙烷喷灯烤得通红,他把门把手一样的手柄拧开一点点。一朵蓝色的高热火焰燃起来了。斐德洛关上丙烷喷灯,把它放到架子上,使它滚烫的喷嘴不会碰到任何东西。然后他从厨房水槽里提了一壶水,放到了煤油灶上。

莱拉说:"你认识他多久了?"

"谁?"

"理查德。"

"太久了。"他说。

"为什么这么说?"

"我只想一个人航行。"他说。

"你是个独行侠,嗯?"莱拉说,"就跟我一样。"

他爬上梯子,爬到一半的高度探出头去看看她是否还在航线上。一切正常。

"自己有这样一艘船感觉一定非常棒,"她说,"没人对你指手画脚,你可以自顾自前进。"

"没错,"他说,这是他第一次看见她笑,"我为早餐的事情道歉,我们停的地方是一个施工中的码头,正好挨着吊车,我们必须离岸他们才能用它。"

咖啡做好了。他把咖啡端上去,坐在她对面,接过了舵柄。

"这里真好,"莱拉说,"我之前乘的那艘船太挤了,互相挡道。"

"这里没这个问题。"他说。

"你一直一个人航行吗?"她问。

"有时一个人,有时和朋友一起。"

"你结婚了吗?"

"分居了。"

"我看出来了,"莱拉说,"而且时间不长。"

"你怎么看出来的?"

"因为这艘船上一点吃的都没有。真正的单身汉都会做饭,他们不会只在冰柜里放点垃圾食品。"

"等到了奈亚科,我们去吃镇上最大个的牛排。"他说。

"奈亚科在哪儿?"

"离曼哈顿很近,在新泽西那侧。从那里过去只有几英里远。"

"真棒!"她说。

"你在纽约认识的人多吗?"

"多,"她说,"很多。"

"你在那里生活过?"

"是的。"

"你在那里做什么?"

她抬眼瞥向他,有片刻工夫。"我以前在那儿工作。"

"什么地方?"

"很多不同的工作。"

"你做过什么?"

"文秘。"她说。

"哦。"他说。

聊到这就够了,他可不想听她是怎么打字的。

他想找点别的话题,可他真是不擅长聊天,从来都不。杜森伯里在这就好了,这里又像是回到了保留地。

"你喜欢纽约吗?"他问。

"喜欢。"

"为什么?"

"那的人太友善了。"

她是在讽刺吗?不,她的表情不像,她的神情是空洞的,倒像是她从没去过纽约。

"你当时住哪儿?"他问。

"西四十。"她说。

他等待她说下去,但她没有。显然,如他所料。就是个话匣子。她还不如印第安人。

和昨晚相比,莱拉判若两人。今天没有幻觉了。只是一张迟钝的脸,注视着前方,却没有看向任何东西。

他观察了她一会儿。

这倒也不是一张坏人的脸,良质并不低。如果你愿意,可以说它很漂亮。

她的整个头部很宽,他想。宽头型(brachycephalic),体质人类学家会这样说。从她的名字推断，可能是一个撒克逊人的脑袋。一个平民的脑袋，一个中世纪农民的脑袋，擅长挥舞木棒，配了一片惯于噘起的下唇。但是并不坏。

那双眼睛倒有些不相称。她的整副面孔和身体，还有说话和举止的风格都很泼辣，而且反应迅速。但是这双眼睛，当她直视你的时候，却不太一样。就像是一个惊恐的孩子站在井底向上方张望。一点也不协调。

这是一个美丽的河谷，风景曼妙，天气宜人，但她甚至没有注意到。他奇怪，她到底为什么要乘船出来？他猜想，她和上一条船上那些人分道扬镳一定让她很郁闷，但是他不想触碰这个话题。

他问："你和理查德·瑞乔关系怎么样？"

她好像有点怔住了。"什么让你觉得我俩关系不好？"她问。

"昨天晚上，你第一次走进那个酒吧的时候，他告诉你把门关上，还记得吗？然后你把门摔上了，还说'这下你满意了吗'，所以我感觉你们彼此认识，而且都有点恼怒。"

"我认识他，"莱拉说，"我们有一些都认识的人。"

"哦，那他为什么讨厌你？"

"他不讨厌我。他只是那样说话。"

"为什么？"

"我不知道。"她说。

她终于开口道："他非常情绪化。一会儿特别友善，一会儿又变成那样。他就是这样的人。"

能知道得这么深，她一定非常了解瑞乔，斐德洛想。显然，她没把话都对他说，但是她所说的无疑是真的。这解释了今天早上瑞乔对他的攻击，他真没料到他的疑问会以这种方式被解答。瑞乔就是个脾气暴躁、想入非非、攻击性强的家伙，不可理喻。

但他心里又不完全接受这个解释。应该有个更好的解释，只是他还没听到。所有这些并不能解释瑞乔为什么攻击她，而她却为瑞乔辩护。一般来说，如果一个人恨另一个人，这种感情是相互的。

"瑞乔在罗切斯特时，大家怎么看他？"他问道。

"你是什么意思？"莱拉问。

"别人喜欢他吗？"

"是的，他很受欢迎。"莱拉说。

"就算他很情绪化，而且会无端攻击没有惹他的人？"

莱拉皱起眉头。

"你认为他是个非常注重道德的人吗？"斐德洛继续问道。

"不，不特别注重，"莱拉说，"和别人差不多。"她看起来真的烦躁了。"为什么你没完没了问这些问题？为什么你不去问他自己？他是你的朋友，不是吗？"

斐德洛回答道："他今天早上的表现让人觉得装腔作势，滔滔不绝地大谈道德，我想如果你了解他，你可能可以告诉我为什么。"

"理查德?"

"他好像很反对我昨晚和你在一起。"

"你什么时候和他聊到这个?"

"今天早晨。开船之前我们谈了谈。"

"我做什么跟他没关系。"莱拉说。

"那他为什么要小题大做?"

"我告诉过你,他有时就是那个样子,他很情绪化。还有,他喜欢对别人指手画脚。"

"但是你说了,他并不是一个特别注重道德的人,他为什么要大谈道德呢?"

"我不知道。他跟他妈妈学的,他什么都跟他妈妈学。他有时就是那样说话,但他并不真那样想。他就是情绪化。"

"那么,是什么……"

莱拉的蓝眼睛对他怒目相向。"为什么你这么想知道他的事?"她说,"我觉得你好像要从他身上抓住什么把柄,我不喜欢你的问题,我不想听到这些。我还以为他是你的朋友。"

她把嘴巴闭严了,脸颊绷得紧紧的。她转过身侧对他,低垂的目光越过船舷,盯着不息的流水。

一列火车沿着岸边前行,可能开往奥尔巴尼。火车呼啸而过,在北方消失了。他都不知道那里有铁路。

还有什么他没有注意到的?他感觉还有很多很多。"秘密",

如瑞乔所说。被封藏的事情。现在,大西洋的海岸正在走来:一种完全不同的文化。

河岸后面有一座宅邸,和斐德洛之前注意到的那座很像。这座房子是用灰色的石头砌成的,十分荒凉阴森,恍然一幕伟大历史悲剧的场景。又一个古老的东部强盗贵族[1],斐德洛想,要么是他的后代……或者他后代的债主。

他对那座宅邸仔细研究了一会儿。它坐落在一片很大的草坪后面,一切井井有条。落叶都被耙成堆,草也被割过,就连树木都被精心地间隔排布,而且修剪得很整齐。这背后好像有一位忠实的管家,毕生在此地耐心地照顾一切。

莱拉站起来,说她需要清洗。她看起来很不高兴,但斐德洛也不知道到底怎么做才好。他告诉她怎样汲水盥洗,然后她拿起空巧克力盒子和她的茶杯走进舱口。

下到一半的时候,她转过来说:"把你的杯子给我,我一块洗了。"脸上毫无表情。他把他的杯子给她,然后她走了进去。

他不停回望那座宅邸,随着帆船的远离,那座宅邸逐渐突出于林木之上。它高大、灰暗、浅陋,同时又有点骇人。他们当然谙熟于操纵人们的心理。

---

[1] robber baron,封建时代在自己领地上抢劫过路人的贵族,后特指十九世纪美国不择手段致富的大资本家。——译注

他拿起望远镜又仔细看看,在岸边的一小片橡树下,有几把无人的白色椅子,围绕着一张白色的桌子。从它们的花式形状来看,他推测它们是用装饰性铸铁制造的。它们身上似乎传递了整个环境的气氛,脆硬、冰冷、不舒适。这就是维多利亚精神:对生活的一整套态度。它们把这叫作"良质"。欧洲式的良质。满是阶层与礼数。

它与瑞乔今早的说教给人同样的感觉。产生那种道德说教的社会模式和产生这些豪宅的社会模式是一样的。它不仅仅是东部的,它还是维多利亚式的。斐德洛不曾对这一点想过那么多,但是这些豪宅、草坪、花样的铁饰家具,使这一点确定无疑。

他想起他研究生院的导师,头发花白的艾丽丝·泰勒教授,在她关于维多利亚时代的人[1]的第一次讲座开篇就说道:"这是我最不爱教的一个美国历史时期。"学生问她为什么,她说:"它太令人压抑。"

美国的维多利亚人,她解释道,是一些对他们突如其来的财富和增长无所适从的暴发户。他们令人压抑的是他们让人作呕的粗劣:他们的膨胀胀破了他们自我约束的准则。

他们不知道怎么与金钱打交道,这就是问题所在。它部分源于战后的新工业革命。财富在钢铁、木材、畜牧、机械、铁路和土地中被创造出来。你在任何地方都能看见新发明在一无所有的土

---

[1] 以下简称维多利亚人。——编者注

地上创造财富。廉价劳动力从欧洲不断涌入。没有所得税也没有社会规范可以真正迫使财富被共享。

他们为财富拼尽了一生，当然不会就此撒手，于是所有这些开始内卷。

"内卷"是个好词，朝向自身的扭转，就像他们装饰性木器上的曲线，或者他们布料上的佩斯利花纹(Paisley patterns)。维多利亚时代的男人蓄着长须，女人穿着花纹内卷的长裙。他能看到他们在林间散步，笔挺，沉郁。这些都是姿态。

他还记得他是孩童的时候，维多利亚时代的老人待他很好。但这种好使他紧张得不得了。他们想教化他。他们希望他们的关心使他受益。维多利亚人总是自以为是，他们最自以为是的就是他们的道德准则，或者按照他们喜欢的叫法，称作"美德"。维多利亚贵族"知道"什么是良质，还为那些不像他们那样幸运地得到教化的人精心地下好定义。

他仿佛看到，早餐上的瑞乔身后站着维多利亚人，他们不住地为瑞乔说出的每个字频频点头。他们也会这么说的。今天早上瑞乔言语中的优越感正是他们会摆出来的姿态。

你可以分毫不差地复制瑞乔，只要你假装成欧洲某个国家的国王，最好是英国或者德国。你的臣民对你忠心耿耿，期望很高。你一定要为自己的人生地位表现得尊贵，绝不能对外界流露出你内心的个人感受。你整个人生的维多利亚式追求就是获得并保持住那个姿态。

维多利亚人的子女深受折磨，常常把他们的道德说成是"清教徒式的"，可这实在是对清教徒的诽谤。清教徒从来不像他们一样，像艳俗、狡诈、雕琢的孔雀。清教徒的道德准则正如他们的房屋和衣服一样简单而朴素。他们有某种美感，因为清教徒真的信奉他们的道德准则，至少在他们的早期是如此。

维多利亚人的道德精神不是来自清教徒，而是来自当代欧洲。他们以为他们遵守的是最高级的英国道德标准，但是他们所追慕的英国道德其实连莎士比亚都认不出来。比如维多利亚本人，她身上更多的是德国浪漫主义传统，而不是英国的东西。

自命不凡的姿态是他们作风的核心。这就是那些宅邸的本质，姿态——角楼、姜饼、装饰铸铁。他们的身体要做出这种姿态，就有了裙撑和束胸。他们的整个社会和心灵生活要做出这种姿态，就有了一系列难以忍受的繁文缛节：餐桌礼仪、言谈举止、站姿坐态，以及性压抑。他们的油画精准地捕捉到了这一点——肤若凝脂的小姐们面无表情、毫无思想地围坐在古希腊的廊柱旁，她们身穿古希腊的袍子，身姿曼妙，仪态万方，却裸露着一只乳房，但是，一定没人注意到它，因为他们全都超凡脱俗、纯真无比。

他们把这叫作"良质"。

对他们来说，姿态就是良质。良质就是社会的束胸和装饰铸铁。它是一种言行举止、自我中心和体面大于一切的良质。当维多利亚人表现出道德的时候，善良却无影无踪了。所有社交场上时髦的东西他们都赞成，除此以外的东西都被他们压制或者忽略了。

在定义好了永恒的"真理""美德"和"良质"为何物之后,维多利亚人和他们爱德华时代[1]的后继者把整整一代子孙抛进了一战的壕沟里去捍卫这些理想。他们战死沙场,一无所获。维多利亚时代也随之结束。这场战争是维多利亚人道德上的自我中心导致的自然结果。当战争结束时,他们幸存的后代乐此不疲地欣赏查理·卓别林的喜剧,对那些戴着丝绸礼帽、穿着繁冗、鼻孔朝天的老家伙哈哈大笑。二十世纪的年轻人读海明威、多斯·帕索斯和菲兹杰拉德,喝私酿金酒,跳探戈到深夜,开高速跑车,狂欢做爱。他们叫自己"迷惘的一代",对于维多利亚式道德再也没有任何兴趣想起。

如果你用大铁锤锤击装饰铸铁,它不会弯曲,而是碎成难看的、粗劣的小块。本世纪的社会思想革命也敲碎了那些维多利亚人的意识形态。他们残留至今的,只有装饰铸铁似的生活的难看碎片,在稀奇古怪的地方你能偶得一见,就如那些宅邸和今天早晨瑞乔的说辞。

他们非但没能用他们浮夸的道德准则永远地教化世界,他们的所作所为恰恰相反:他给我们今天生活的世界留下一片道德真空。瑞乔正是如此。他的早餐道德演说不过是放空屁,他根本不知道自己在说什么。他只是在模仿维多利亚人,因为他觉得这些听起来不错。

---

[1] 指英王爱德华七世,(1901—1910)。——译注

斐德洛对瑞乔说过他不能回答瑞乔的问题，因为这太难了，但这不意味着他做不到。他可以做到，但不是通过直接的回答。聪明的、一击即中的回答必须来自你所身处的文化，而我们现在身处的文化无法给瑞乔直接的回答。要回答他，你必须费尽周折回到道德的基本含义。而在这种文化中找不到道德的基本含义，只有承袭传统的社会和宗教思想，而它们不具备任何真正的理性基础，它们只是传统。

这就是为什么斐德洛面对这些事情会产生如此疲惫的感觉，他要费尽周折回到原点。那是他必须去的地方。

因为良质就是道德。别弄错，它们是完全一致的。如果良质是世界的第一实在，那么道德也是世界的第一实在。这个世界的实质就是道德秩序。但是这个道德秩序，是瑞乔和装腔作势的维多利亚人即使在他们最疯狂的梦境中也无法设想、闻所未闻的。

8

构成世界的不是别的，而是道德价值，这种思想乍一听令人难以接受，因为只有事物才被认为是真实的，而"良质"在一般人眼里只是告诉我们对事物有什么看法的一个模糊的修饰性词汇。良质能够创造事物的整个思想貌似大错特错。但是，我们把主体和客体视为实在，正如我们看到世界正面朝上，虽然实际上我们眼球的晶状体是把事物的影像倒立地传到大脑里的。我们太习惯于事物被诠释的模式，以至于忘了那只是模式。

斐德洛想起读过的一个实验，实验使用特殊的镜片，让使用者看到的东西全是上下颠倒、方向相反的。很快，他们的大脑就适应了，他们看到的世界又"正常"了。几周后，镜片被摘掉，这些被试又看到所有的东西都是上下颠倒的了，于是不得不重新学习他们曾经觉得理所当然的视觉景象。

对于主体和客体也是一样的道理。我们生活在其中的文化给了我们一副观念的眼镜，用来诠释我们的经验。主体和客体是第一性的这种观念就内置在这副眼镜里。如果有人透过一副不一样的眼镜看事物，或者上帝帮忙，竟把他的眼镜摘掉了，那么对于那些仍然戴着眼镜的人来说，会很自然地觉得这个人说的话有些怪诞，甚至觉得他真的疯了。

但他没有。随着你逐渐习惯，价值创造事物这一思想会变得越来越自然。反倒是现代物理学，随着你不断深入变得越来越怪诞，而且看来还会更加怪诞。二者之中，无论哪个，怪诞与否都不是判断其是否正确的依据。正如爱因斯坦所说，常识——不令人感到怪诞的东西——不过是十八岁之前习得的一堆偏见。对真理的检验要看是否具有逻辑一致性、是否与经验相一致、是否具有解释的简单性。"良质形而上学"满足这些要求。

"良质形而上学"认同所谓的经验主义。它断言所有有效的人类知识都来自感官，或者来自对感官提供的信息的思考。大多数经验主义者不认为通过想象、权威、传统或者纯粹的理性推理能够得到有效的知识。他们认为艺术、道德、信仰和形而上学这些领域是不可验证的。在这一点上,"良质形而上学"与之不同,它说艺术和道德的价值,甚至宗教神秘主义的价值都是可以验证的,它们过去之所以被排斥是因为形而上学,而不是因为经验主义。它们之所以被排斥是因为形而上学预设了整个宇宙是由主体和客体构成的,所以,所有不能被归类为主体或客体的东西都不是实在。这一预设根本得不到经验主义的证据支持,它只是一个预设。

但是这个预设与我们的日常经验完全背道而驰。坐在滚烫的炉子上所产生的低劣价值显然是一种经验,尽管它既不是一个客体,也不是主体。这个低劣价值先产生,然后包含炉子、热和痛的主观认识才随之产生。价值才是实在,它把认识带给头脑。

物理学中有一个原理,如果一个事物无法与任何其他事物相区别,那么它就不存在。"良质形而上学"可以对此再加上一个原理:如果一个事物没有价值,那么它就无法与任何其他事物相区别。然后我们把二者放在一起:一个事物没有价值则不存在。不是事物产生出价值,而是价值产生事物。把价值视为经验的前锋,这对于经验主义者并无问题。它不过是重述了经验主义者的信条,经验是一切实在的起点。唯一的问题是主客体形而上学也自称为经验主义的。

这听起来好像"良质形而上学"的一个目的就是要摧毁所有主体-客体的思想,但事实并非如此。不同于主客体形而上学,"良质形而上学"并不坚持一种单一、排他的真理。假如主体和客体是终极实在，那么我们只被允许有一种对万物的构建方式——就是对应于"客观"世界的构建方式——而所有其他的构建都不真实。但是如果良质或卓越[1]被视为终极实在，那么就为多种真理的共存开辟了可能性。由此，人们不需要追求一个绝对"真理"，而是去追求具有最高良质的对事物的理性解释，并秉持如下理念：根据历史的经验，这个解释只能因为其有用性被暂时接受，直到有更好的解释出现。你可以像品鉴画廊里的油画那样品鉴关于实在的理论，不必把精力花在寻找哪幅画是真画上，只要去享受和收藏那些有价值的画就好。实在理论五花八门，我们能感受到有些比另一些更具有良质，不过，我们有此感受，在某种程度上又是我们的历史和当前的价值模式的结果。

或者，用另一个类比，说"良质形而上学"是错的，主客体形而上学是对的，就如同说，直角坐标系是对的，极坐标系是错的。一张北极画在中央的地图一开始会令人头晕，但是它的准确性一点不输于墨卡托地图。在北极的人只用这种地图。二者都不过是诠释现实的认知模式。你只能说，在有些环境中，直角坐标系提供了更好、更简单的表达。

相比主客体形而上学，"良质形而上学"提供了用来诠释世界的更好的坐标系，因为它更有包容性。它对世界解释得更广泛，也

---

[1] excellence，作者在前作中将"良质"的认识追溯到了古希腊人的"卓越（arete）"观念，认为二者是等同的。参见《禅与摩托车维修艺术》。——译注

解释得更好。"良质形而上学"能够完美地诠释主客体关系，而正如斐德洛在人类学中看到的，主客体形而上学根本解释不了价值。当它想解释价值的时候，总是弄成一堆毫无说服力的莫名其妙的话。

这么多年来，我们都能读到此类文章，说价值是从大脑中某些"低级"核心的位置产生出来的。这个位置从来没有被确认过。存储价值的机制人们更是完全不知道。没人能通过往那个位置植入一个价值来提升一个人的价值观，也没人曾观察到一个人的价值观发生改变后那个位置有什么变化。没有证据表明把一个人大脑的这个部分麻醉或者干脆切除，这个人就能变成一个更好的科学家，因为这下他的一切决断都是"价值中立"的了。尽管这样，我们还是被告知，价值——如果真的存在的话——就在这，因为否则它还能在哪儿？

了解科学史的人在这里会嗅到燃素[1]的芳香，感到明亮的以太[2]发出温暖的光芒。这二者都是通过推理产生的科学实体，但是从未在显微镜下或任何地方出现过。当推论出来的实体出现多年却没人能找到它们时，就预示着推论建立在错误的前提上。推论得以出发的理论本身在某些基础的层面上就错了。这就是

---

[1] "燃素"是人类为了解释燃烧现象而创造出来的概念，被想象为构成火焰的微小粒子。"燃素说"大约诞生于十七世纪末。——译注

[2] "以太"是人类假想出来的弥散在空间中的一种物质，作为光线、电磁波等传播的媒介，该假说历史悠久，直到二十世纪伴随着相对论的提出才被抛弃。——译注

经验主义者在过去一直回避价值的重要原因。不是因为价值没有被经验到，而是因为当你想要把它塞到那个荒谬的大脑区域中时，你的心底有一个惊恐的声音告诉你，沿着你的研究路线走下去会越来越不着边际，于是你只想赶紧把这个课题扔到一边去，换成一个更有前景的。

用物质来描述价值的问题，其实是一个用小盒子装大盒子的问题。价值不是物质的某个亚种，物质倒是价值的亚种。当你把容纳的关系掉转，用价值来定义物质，这个谜团就解开了：物质是一种"无机价值的稳定模式"。问题随之消失。物质的世界和价值的世界合二为一了。

传统主客体形而上学在厘清价值概念上的无力，可以用斐德洛称为"鸭嘴兽"的一个例子来说明。早期的动物学家把给幼崽哺乳的动物称为哺乳动物，把下蛋的动物称为爬行类。然后人类在澳大利亚发现了鸭嘴兽，它像爬行类一样能下蛋，然而当它孵出蛋来，又像哺乳动物那样给幼崽哺乳。

这个发现轰动一时。真是个谜团！人们惊呼。真是神秘！真是自然的奇迹！当第一批标本在十八世纪末从澳大利亚运抵英格兰时，有人怀疑它们是用不同动物的身体黏合在一起的伪造品。直到今天你仍然能在自然杂志上偶尔看到这样的文章："为什么大自然中存在这样的悖谬之物？"

答案是：它并不悖谬。鸭嘴兽根本没做过任何悖谬的事情。它一点问题都没有。鸭嘴兽下蛋、哺乳已经有数百万年，然后才出现某个动物学家，宣称它的长相违规。真正神秘的，真正的谜团，是为什么那些成熟、客观、训练有素的科学观察家们，会把他们自己的愚蠢归咎于可怜无辜的鸭嘴兽呢？

动物学家们为了掩盖他们的问题，不得不发明一个补丁。他们创造了一个新的目，叫作单孔目，包括鸭嘴兽和针鼹，没别的了。就好像有一个国家，里面只有两个人。

在对世界进行主体-客体的切分中，良质和鸭嘴兽有一样的处境。因为无法将其归类，学者们宣称它有问题。良质还不是唯一这样的鸭嘴兽。主客体形而上学中满是形同鸭嘴兽的横行无忌的庞然大怪。自由意志与决定论、心物关系问题、亚原子层面的物质不连续性、宇宙与生命凸显的无目的性，凡此种种都是主客体形而上学创造出来的巨型鸭嘴兽。由于西方哲学的核心就是主客体形而上学，它几乎可以被定义为"鸭嘴兽解剖学"。这些似乎会永远留在哲学景观中的造物，当你使用一个好的关于良质的形而上学之后，都神奇地消失了。

我们面对的世界是一个不息的拼图板之流，我们总想把所有的板块都拼装得当，然而事实却从未如此。永远有鸭嘴兽一样的板块你怎么也拼不上，你要么无视它们，要么给它们一个愚蠢的解释。还有一种做法，就是把整个拼图打碎，换一种拼装的方法来容纳更多板块。当你把整个用主体-客体诠释出来的宇宙结构打碎，再用以价值为中心的形而上学把它们重新组装起来时，那些形状扭曲、生搬硬套的结构都消失了，所有拼不上的遗留板块都优雅地配合在一起了。

另一个被"良质形而上学"消化的鸭嘴兽，几乎和"价值"鸭嘴兽一样巨大，叫作"科学事实"。这是一头非常巨大的怪兽，长时间以来让很多人颇为不安。一个世纪以前，身为数学家和天文学家的亨利·庞加莱将其指认出来，他问道："为什么科学界所能接受的事实，却没有一个小孩子能理解呢？"

事实应该是只有一小撮最顶尖的物理学家才能理解的东西吗？人们至少期待它是大多数人能够理解的。事实应该只能通过符号表达，只有懂得大学数学的人才能摆弄吗？它应该是跟着新出现的科学理论逐年在改变的东西吗？它应该是不同学派的物理学家常年争论却哪一边都没有确定结论的东西吗？如果是这样的话，把一个"不能理解现实"的人一辈子囚禁在精神病院里，没有审判、没有陪审团、没有假释，公平吗？如果按照这样的标准，难道不该把除世界上最顶尖的物理学家以外的所有人都关一辈子吗？究竟是谁疯狂，谁正常？

在一个以价值为中心的"良质形而上学"中，这个"科学事实"鸭嘴兽消失了。事实，就是价值，每个孩子都能理解。它是所有人的经验起点，每个人都与它须臾不离。在"良质形而上学"里，科学是一套静固的认知模式，用来描述这个事实，但是这个模式本身却不是它所描述的事实。

第三个被"良质形而上学"消化掉的重要鸭嘴兽是"因果关系"鸭嘴兽。几个世纪以来，从经验主义的角度说，并没有因果关系。你根本看不见它，摸不着它，听不到它，也感觉不到它。你不能以任何形式经验到它。它可不是扮演配角的一个哲学或科学的鸭嘴兽，它是一个真正的台柱子。关于这个形而上学难题的论文汗牛充栋，消耗的纸张堪比一整片森林。

在"良质形而上学"中，因果关系是一个可以被"认同……价值"替换掉的形而上学术语。说"A是B的原因"(A causes B)和说"B认同前置条件A的价值"(B values precondition A)是一回事。唯一的不同只是说法。相比于说"磁铁是铁屑向它移动的原因"(A magnet causes iron filings to move toward it)，你可以说"铁屑认同向磁铁移动的价值"(Iron filings value movement toward a magnet)。从科学的角度看，这两种说法没有高低优劣。虽然听起来有点怪，但这只是语言习惯问题，而不是科学问题。用来描述信息的语言改变了，但是这些科学信息本身并没有改变。对所有斐德洛能想到的其他科学观测结果来说，这都是成立的。你总是可以用"B认同前置条件A的价值"来代替"A是B的原因"，根本不会影响科学事实本身。"是……原因"这一术语可以从对宇宙的科学描述中被彻底去掉，我们不会失去任何精确性和完整性。

因果和价值的唯一区别在于"是……原因"这一说法蕴含着一种绝对的确定性，而价值的隐含意义则是一种偏好。在经典科学中，人们认为世界总是按照绝对的确定性在运作，因此"是……原因"是一种更合适的描述。但是在现代的量子物理学中，一切都天翻地覆了。粒子"选择"了它的行为。一个单一的粒子并不具有绝对可以预测的行为。看起来确定的原因只不过是高度一致的偏好模式。因此当你从语言中去掉"是……原因",代之以"认同……价值",你不仅是用有意义的术语替换掉了一个在经验论上毫无意义的词语,也是在使用一个更加合适的术语来描述实际的观测情况。

下一个倒下的鸭嘴兽是"物质"。和因果关系一样,物质是一个衍生概念,绝不是可以直接经验到的东西。没有人见过物质,以后也不会有。人们看到的只是信息。人们总是假定,信息交错在一起之所以没有表现出任何矛盾,是因为它们是这个物质所固有的。但是,正如约翰·洛克在十七世纪所指出的,如果我们问物质是什么,不牵涉任何属性的话,我们将会发现我们在思考空无之物。量子力学的数据表明,被称为"亚原子粒子"的东西不可能满足物质的定义。它的属性在叫作"量子"的细小纤丛里一会存在,一会消失,一会又存在,一会又消失。这些纤丛在时间上是不连续的,而物质的一个本质的、确定的特征就是它在时间中是连续的。既然量子纤丛不是物质的,而科学上一般预设我们所知的一切都由这些亚原子粒子构成,那么就可以推论出,世界上根本没有物质,而且从来也没有过。这个概念是一个巨大的形而上学幻觉。在自己的第一本书中,斐德洛就抨击了它的始作俑者,亚里士多德,他发明了这个术语,遗患至今。

但是如果没有物质，人们一定会问，为什么一切没有陷入混乱？为什么我们的经验看起来总是依附于某些东西？如果你拿起一杯水，为什么这个杯子的属性没有向四面八方飞去？如果不是所谓的物质，是什么使这些属性保持一致？这些问题就是物质这个概念的由来。

"良质形而上学"对这些问题的回答和它对"因果关系"鸭嘴兽给予的回答差不多。只要把所有物质字眼从它出现的地方去掉，换上"价值的稳定无机模式"这个表达。和前面一样，这个区别只是语言上的。无论用哪种说法，实验室里没有任何不同。仪表盘上的读数没有变化，实验室里的观测数据仍然一模一样。

把"因果关系"和"物质"换成"价值"描述，最大的好处是把物理学和其他经验领域整合在了一起。传统意义上这些经验领域被认为不在科学认知的范围内。斐德洛注意到，前面引领着亚原子粒子的"价值"和人们评价一幅油画时所说的"价值"并不完全一样。但是他注意到，这二者是表兄弟，而且它们的准确关系可以被相当精确地定义出来。一旦这个定义完成，一场人文与科学的恢弘整合将出现，数以百计、千计的鸭嘴兽都将消失。

最先消失的鸭嘴兽当中，有一个他很乐意提及，就是那个引发了这一切的"人类学理论"鸭嘴兽。如果科学研究的是物质及其关系，那么文化人类学领域就是一个科学悖谬。从物质的角度说，根本没有文化这种东西。它没有质量，也没有能量。从来没有人制造出一台实验室里的科学设备可以检测出什么是文化，什么不是文化。

但是，如果科学研究的是价值的稳定模式，那么文化人类学就成为一个至高无上的科学领域。文化可以被定义为价值的社会模式所构成的网络。正如创设了"价值工程"的人类学家克拉克洪所说，文化的模式是人类学家研究的核心。

克拉克洪最大的错误是他想要定义价值。他以为主体-客体的世界观中可以容许这样一个定义。摧毁了他的计划的，不是他的观察不准确，而是人类学以物质为中心的形而上学假定。他未能把这一假定从他的观察中甩脱开。如果能从中脱身，人类学就能离开形而上学的流沙，最终落脚在坚实的大地上。

斐德洛一次又一次地发现，以良质为中心的宇宙地图提供了令人难以置信的清晰诠释，曾经的蒙蒙迷雾都一扫而空。这正是以价值为首要关照的艺术领域所期待的。不过，对于被认为和价值没什么关系的领域，它是一个意外。数学、物理、生物、历史、法律——所有这些都内蕴着价值基础，现在都可以被认真审视了，各种令人意外的事情都会被揭示出来。

抓住一个窃贼，往往能破获一连串罪案。

9

无论是哪种形而上学的分类体系，最重要的切分总在第一下。因为这一切分决定了它下面所有的内容。如果这第一下分坏了，你就不可能围绕它建立一个非常好的分类系统。

斐德洛在他的书中曾试图通过拒绝对"良质"下定义把它从形而上学里拯救出来。这样就把它放在了思辨的棋盘之外。任何不可定义的东西都在形而上学之外，因为形而上学只能运用于被定义的东西。如果你不能定义一个东西，你就不能论说它。但他说明了，即使你不能定义良质，你仍然不得不承认它的存在，因为抽离了价值的世界会变得面目全非。

但是他也意识到，早晚有一天，他不得不停止关于主客体形而上学有多糟的抱怨，转而说些建设性的观点以带来改变。早晚有一天，他必须得拿出一种切分良质的方式，这个方式要好过主体和客体这种切分。他必须这么做，要么就彻底离开形而上学。你可以批评别人不好的形而上学，但你不能拿一个只有一个词的形而上学就取而代之。

仅仅是使用"良质"这个词，他就已经破坏了神秘性实在的空无性。使用"良质"这个词制造了一大堆问题，这些问题只跟它自身有关，与神秘性实在没有任何关系，但是他丢下这一大堆问题，大摇大摆走开了。单单这个名字，"良质"，也是某种定义，因为它倾向于把神秘性实在与某种固化、有限的理解联系起来。他已经陷入麻烦之中了。宇宙的神秘性实在真的是屠户切出来的高价肉中最精华的一块吗？这些是"良质"肉，不是吗？屠户对这个词的使用不对吗？斐德洛没有答案。

这也是今天早晨和瑞乔之间出现的问题。斐德洛没有答案。如果你真想谈论良质，你就必须准备好应对瑞乔这样的人。你必须有一个装备完好的"良质形而上学",可以像教义问答一般对他当头棒喝。斐德洛还没有一本"良质教义问答",所以他被人痛击。

事实上,摆在他面前的问题不是是否应该有一个良质的形而上学。已经有一个良质的形而上学了。主客体形而上学实际上就是第一下把良质——不可切分的经验的第一片——切分为主体与客体的形而上学。一旦你切下这一刀,所有的人类经验都应该可以被装进那两个盒子中的一个。问题在于,这做不到。他已经看到了,有一个形而上学的盒子高坐在这两个盒子之上,这个盒子就是良质本身。一旦他看到这一点,他就看到良质还有许许多多种切分的方式,主体与客体只是其中一种罢了。

问题在于,哪种切分方式最好?

对实在的种种形而上的切分方法,在无数个世纪以来,分布成一种扇形结构,很像是关于象棋开局的一本书。如果你说世界是"一",然后有人会问:"那世界为什么看上去不止是一?"如果你回答那是由于错误的认识,他会问:"你怎么知道哪个认识是正确的,哪个又是错误的?"然后你又要继续作答,一直这样继续下去。

想要创造一个完美的形而上学,就犹如想要创造一个完美的象棋策略,可以让人每次都赢。你做不到的,这超出了人类的能力。在形而上学问题中无论你选择什么立场,总会有人开始提问,这个问题会引发更多问题,其中每个问题又进一步引发更多问题,就像是一个无止境的思想象棋比赛。按常理说,当双方都同意某一条推理路线不合逻辑时，这个比赛就应该结束了。这相当于在象棋中被将死了。但是，立场相互冲突的双方一个世纪又一个世纪地斗下去，根本没有双方都认同的将死的局面出现。

斐德洛曾经花费了难以计数的时间去研究各种开局，最终发现，它们都很糟糕。其中相当一部分时间，他用来在宇宙的古典和浪漫两个面向之间画下第一条切分线，他在第一本书中着重介绍了这一点[1]。在那本书中，他的目的是说明良质是怎样整合这两个面向的。但是，良质是整合二者的最佳方法并不能保证反过来——古典-浪漫的分割是切分良质的最佳方法——也成立。并不是。例如，美国印第安人的神秘主义在首先切分为古典和浪漫的世界里，和在首先切分为主体和客体的世界里一样都是鸭嘴兽。当一个印第安人进入孤绝之地靠禁食来获得幻象时，他所祈求的幻象并不是对世界表面之美的浪漫理解。它也不是世界的古典理性形态的景象。都不是。因为他的整个形而上学都是为了解释印第安神秘主义才开始的，斐德洛最终抛弃了把古典—浪漫作为"良质形而上学"的顶层切分这一选择。最终做出的切分真不是他苦心孤诣的选择，倒更像是这个切分选择了他。他当时正在阅读鲁思·本尼迪克特的《文化模式》(Patterns of Culture)，心里并没有在刻意寻找什么。突然一个不太重要的故事使他停了下来。这个故事一连几个星期都跟着他，他无法把它从头脑中甩掉。

这个故事是一部蕴藏着道德冲突的个案史。故事发生在十九世

---

[1] 参见《禅与摩托车维修艺术》。——译注

纪，主人公是一个生活在新墨西哥州祖尼 (Zuni) 的普韦布洛 (Pueblo) 印第安人。像禅宗公案(这个词的原始含义也是"个案史")一样，这个故事没有一个唯一正确的答案，而是有很多种可能的意味，这使斐德洛越来越深地浸没到其中的道德境况里。

本尼迪克特写道："大多数民族学家……都有这样的经验，发现那些遭到歧视不被社会主流接纳的人，和在另一文化中处于相同处境的人并不是同一种人……"

"这样的人要想摆脱困境，常见的最佳途径是背弃他们强烈的本能冲动，去扮演文化所赞赏的角色。如果社会认同对他是不可或缺的，那么对这样的人来说，这一般是他唯一可能的途径。"

她说，这个故事里的人是祖尼人中最引人注目的一个。

> 在一个完全不信任任何权威的社会，他拥有天生的人格魅力，让他从集体中脱颖而出。在一个崇尚节制和简易的社会里，他性格暴烈，好勇斗狠。在一个推崇温驯性格的社会——温驯就是"话多"，这一说法的意思是谈话者特别友善地说话——他说话尖刻，为人冷漠。祖尼人对待这类人的唯一方式，就是给他贴上巫师的标签。有人说他曾经在窗户外面偷窥，这正是巫师的标志。后来有一天他喝醉了，吹牛说他们杀不死他。他被带到战争祭司们的处所，战争祭司吊着他的大拇指把他吊到房椽上，要他供认巫术行径。这是审问巫师的常规流程。然而他设法派人给

政府军去报信。当他们到来时，他的双肩已经落下终身残疾。司法长官没有办法，只能把对这一严重罪行负有责任的战争祭司关进监狱。这些战争祭司中，有一位可能是祖尼近代史上最为德高望重的人物，当被从州监狱放出来之后，再也没有重回祭司的职位。祭司认为自己的法力已经被破了。这可能是祖尼历史上独一无二的报仇。这里面无疑包含了对神职阶层的挑战，巫师用行动对抗祭司，公然提升了自己的地位。

然而，在这次反抗之后的四十年里，他的生命轨迹大大出乎我们的意料。一个巫师并没有因为被诅咒而被摒除在异教活动之外，异教活动恰恰是获得认同的方式。他拥有卓越的言语记忆力和一副动听的歌喉。他学会了难以计数的神话故事、神秘仪式和拜神歌曲，在他去世前，根据他的口述留下了数百页的故事和颂诗，而他认为他的歌曲更为包罗宏富。他成了礼仪活动中不可或缺的人物。去世之前，他成了祖尼的首领。他性格的天然倾向使他和他的社会发生不可调和的冲突，而他运用自己其他的才智摆脱了困境。我们可以有把握地说，他并不快乐。作为祖尼的首领和异教领袖，作为社群中的显赫人物，他内心恐惧着死亡。他在温良快乐的民众中间做了一个骗子。

不难想象，如果他生活在平原印第安人中间会有怎样的人生。那里的各种社会制度都欢迎他的本性特质。他的个人威信、他的暴烈、他的高傲都会在他可以自主的职业生涯中为人称誉。他的不快乐与他本性暴烈却成为一个成功的神父和祖尼首领密不可分，但是如果他作为夏延人的战争首领，他绝不会不快乐。这不是他与生俱来的禀赋特征造成的，而是文化的规矩造成的，他的本性冲动无法在其中找到出口。

斐德洛第一次读这段文字时，有一种毛骨悚然的感觉——那种感觉就好像他从一面奇怪的镜子前走过，突然看到一个他从未见过的人的镜像。他在佩奥特掌聚会上就是这种感觉。这个祖尼印第安人其实不是别人。

这里上演的并不只是一个孤立的部落事变，这里发生的是具有普遍重要性的事件。它关系到芸芸众生。没有一个活着的人不是以这样或者那样的方式处在"巫师"的处境中。只不过他的环境如此奇特，又如此极端，我们现在可以站在外面看这个故事本身。

这个故事是关于善恶斗争的，但是它牵扯出的公案是："谁是哪一个？"这个人实际是善的，抑或他也是恶的？

初读起来，他好像是善的典型。一个被邪恶的迫害者围攻的孤独、自傲的男人。但这太轻率了。故事中的情况与此相悖。他的施刑者中有一个"可能是祖尼的近代史上最为德高望重的人物"。如果这个施刑者如此邪恶，又怎么可能德高望重？难道整个祖尼文化都是邪恶的吗？那太荒谬了。这里面大有文章。

斐德洛注意到，这个问题被"巫师"一词的含义所误导。这个词本身使这个案例站在了祭司的对立面，因为任何人如果把别人叫作巫师就显然是一个偏执的迫害者。但是他们果真把他叫作"巫师"吗？巫师是德鲁伊[1]的女祭司，在传说中被矮化成了一个丑陋的老太婆，戴着一顶尖尖的黑帽子，骑着扫帚在万圣节飞过月亮。那是他们对他的称呼吗？

像对待公案一般，斐德洛在脑海中对这个事件进行循环往复的消化吸收，他终于意识到，本尼迪克特对这个事件的解读并不公正。她在寻找故事来支持她的论题：不同的文化创造出不同的人格特征，这很重要，也无疑是正确的。但是这个人可不仅仅是一个异类，这背后有着更深的内涵。

"异类"是一个貌似能解释事物其实却没有解释的词。"异类"只能说明这个事物还没有被解释。如果他是个异类，他为什么不离开那儿？什么促使他留下来？显然不是因为怯懦。又为什么祖尼人改变了想法，让这个曾经的"巫师"成为他们的首领？没有迹象表明他改变了，或者他们改变了。她说他"运用自己其他的才智"满足了自己对社会认同的需要。也许是，但是不论在不在祖尼，都需要一种更强的社会力量，而不仅仅是一副好嗓子和对社会认同的需要，才能把一个异类和一个被折磨的受害者变成一个首领。

---

[1] Druid，凯尔特古代宗教。——译注

他是怎么做到的？他的"魔力"是什么？难道普韦布洛印第安人思维如此奇特，在他们的文化延续了一万年之后，他们要让一个酒鬼、一个窥窗者获个大奖？

斐德洛不相信。他想，有一个名字可能更适合这人，术士或萨满，或者一个西班牙词汇 brujo，这个词在该地区被广泛使用，指非常特别的一种人。brujo 不是一个骑着扫帚的半神话、半卡通式的人物，而是一个真人，自称有宗教的法力，不服从本地的教会权威，有时还反对他们。

这不是一个祭司迫害无辜者的案例，这是一场发生在祭司与萨满之间的深刻冲突。人类学家胡贝尔的一段文字印证了斐德洛的想法：

> 尽管在大多数原始文化中，祭司和萨满的职能有明显的区别，但是在发展程度更高的文化中，当异教崇拜活动变成高度组织化的教会行为之后，祭司阶层就展开了一场对萨满无休无歇的战争……祭司在一个严格的层级结构中工作，这个层级结构牢牢地嵌入稳固的传统框架中。他们的权力产生于组织本身，并被组织所赋予。他们构建了一个宗教的官僚体制。
>
> 另一方面，萨满，则是彻头彻尾的个人主义者。每个萨满都独来独往，不受官僚体制的控制，因此萨满对于组织化了的教会永远是其秩序的威胁。在祭司

眼里，他们其实是在伪装。圣女贞德就是一个萨满，因为她和上帝的天使直接沟通。她坚定地拒绝放弃信仰，拒绝承认自己看到的只是幻觉，而她的殉难是教会官员主持的。萨满和祭司之间的斗争可以说是生死之争。

一连几个星期，斐德洛都在反复思量这个问题，直到他发现关键就藏在战争祭司的那句话中："法力已经被破了。"极其严重的事情发生了。这个祭司从监狱被释放之后拒绝重新担任祭司职务。这件事非同小可。

斐德洛的结论是，在祖尼人的整个头脑与心灵中爆发了一场巨大的战争。祭司们宣称他们是善的，brujo是恶的。brujo则宣称自己是善的，祭司们是恶的。双方之间爆发了一场决战，最后brujo胜利了。

斐德洛进而猜测，本尼迪克特完全没注意这些是因为她在博厄斯的训练下要保持科学的"客观性"。她希望仅仅展示祖尼文化中独立于白人观察者的方方面面。

这解释了为什么这个brujo只在他自己的文化关系中被研究，尽管根据本尼迪克特本人的说法，他实际上与白人产生了密切的接触。正是这个白人接到他发出的求救信号，然后救了他。想必也正是这个身为白人的人类学家记录下他口述的歌谣与故事，使他在书中声名远播。他的族人不可能不知道这些书。

斐德洛得出结论，祖尼人让这个brujo成为首领的真正原因一定如此。这个brujo让族人看到，他可以成功地和一个只要愿意，随时可以把他们整个抹去的种族打交道。不只是甜美的歌喉让他成了首领。他拥有真正的政治影响力。

有时候，当你把自己社会的问题放在一个不同的文化背景下，你会看得更清楚，就像那个祖尼的brujo身上所发生的。这是人类学研究的巨大回报。随着斐德洛对这个文化背景进行一遍又一遍的思考，他看清了，这里面有两种善恶。

部落中诅咒brujo并使他受到惩罚的价值框架是一种善，对这种善，斐德洛创造了一个词叫"静固之善"。每一种文化都有它自己固定的善的模式，来自确立的法律和传统以及它们背后的价值观。这个固定的善的模式是文化本身的核心结构，并且界定了文化。在静固层面上，这个brujo非常明显是一个恶人，因为他反对部族里被认定的权威。如果每个人都这么做会发生什么？整个祖尼文化，在存续了数千年之久后将崩溃，陷入混乱。

但是除此之外，还有一种"跃动之善"，它在任何文化之外，也不能被任何规训体系所容纳，只能随着文化的演进被一再地重新发现。善恶并不完全是一个部族的习俗问题。如果是的话，任何部族的改变都是不可能的，因为习俗不能改变习俗。只有部族习俗之外的另一种善恶来源才能推动部族发生改变。

如果你问那个brujo，他所遵循的道德原则是什么，他可能无法回答你。他根本不知道你在说什么。他只是在遵循着某种模糊的"更好"的感觉。就算他想,他也无法定义它。可能战争祭司认为他只是个利己的人,想通过打倒部落的权威来树立自己的形象。但是他后来表明,他其实并不是。如果他真是一个利己者,他不会还留在部落里,维护着部落的团结。

这个brujo的价值观与部落发生冲突,至少部分地由于他从他们的新邻居身上学到了一些价值观,而他们并没有。他是一场深刻的文化变革的先驱。一个部落的价值观只能一个人接一个人地来改变,必须有人做第一个。那么做第一个的人显然会跟其他所有人发生冲突。他不必改变自己来适应文化,因为这个文化正在改变自己来适应他。正是这个原因使他看起来这么像一个领导者。或许他并没有告诉任何人去做这个做那个,而只是在做他自己。他也许仅仅把自己的斗争看作是一种个人行为。但是因为文化正处于变革之中,许多人会发现这个brujo的所作所为,和那些衰老的祭司相比,具有更高的良质,于是想要更像他。在这个跃动层面上,这个brujo是善的,因为他比部族中的其他成员更早地看见了新的善恶来源。毫无疑问,他一生中为阻止发生文化的对抗所做良多,那种对抗对于祖尼人民来说将是彻底的毁灭。

他的人格特质使他成了所在部落的叛逆者,不论这个人格特质是什么,他都不是一个"异类"。他是完整的祖尼文化的一部分。整个部族正处于演进的状态,这种演进从许多个世纪以前,当他们还孤绝地生活在岩屋时就开始了。现在,它进入了与白人合作以及服从白人法律的状态。在这样的部族社会演进中,他是一个有力的催化者，他的个人冲突其实是部族文化成长的一部分。

斐德洛想，从这个角度看，这个普韦布洛印第安老人的故事就有了更为深广的含义，也合理解释了这个故事中过于强烈的戏剧感。经过对这个故事数月的思考后，他收获了两个词：跃动之善和静固之善，二者成为他正在形成中的"良质形而上学"的基础切分。

感觉肯定是对的。不是主体和客体，而是静固和跃动，才是对实在的基本切分。当怀特海写下"对朦胧不可言说之物的隐约感知推动着人类进步"时，他其实说的是跃动良质。跃动良质是发生在理智之前的实在的前锋，是万事万物的源泉，至简而常新。它就是推动祖尼那个brujo的道德力量。它不含有固定的奖惩模式，它唯一被感知到的善就是自由，它唯一被感知到的恶就是静固良质本身——它是所有那些片面的、僵固的价值模式，它试图围困并杀死前进中的生命自由之力。

静固良质——祭司们的道德力量——是跃动良质的尾迹。它古老又复杂。它总是包含记忆的成分。善是对已经固定的价值观和价值对象的既成模式的遵从。正义和法律是等同的。静固道德中满是英雄和坏蛋、爱和恨、萝卜和大棒。它的价值不会自己改变。除非受到跃动良质的修改，否则它年复一年说着相同的话。有时大呼小叫，有时悄声细语，但是说的话总是一样的。

在这几个月的反思中，斐德洛开始把从祖尼的这场道德冲突中得到的静固—跃动切分移植到其他看似不相关的领域。在前面火炉的例子中，那个负面的审美品质通过对良质的静固-跃动切分被赋予了更多含义。当坐在炉子上的人第一次发现他处于低良质处境时，他的经验的前锋是跃动的。他并非先思考"这炉子很烫"，然后再做出理性的选择离开炉子，而是"对他未明了之物的隐约感知"使他一"跃"而"动"。然后，他才生成静固的思想模式来解释他的处境。

主客体形而上学认为这种不假思索的跃动行为是少见的，并尽可能忽略它。但是，神秘主义的学习者却走向相反的方向，他们努力抓住所有经验持续的跃动前锋，不论它是积极的还是消极的，甚至要抓住思想本身的跃动前锋。斐德洛想，假如有两种学生，一种只学习主客体化的科学，一种只学习冥想打坐的神秘主义，那么后者会比前者更快地离开火炉。神秘主义的冥想的目的并不是要使人摆脱经验，而是要带人靠近经验。它通过使人消除附着于往昔的僵化、迷惑、静固的心智来做到这一点。

在主客体形而上学中，道德和艺术是两个分离的世界。道德与主体的良质有关，而艺术与客体的良质有关。但是在"良质形而上学"中，这种分裂就不存在了。它们是一样的。当我们把何为主体、何为客体的追问完全抛弃，代之以追问何者静固、何者跃动，则不论是道德还是艺术都变得更为通透了。

他找了音乐领域的一个例子。他说，想象你沿街而行，经过一辆汽车时，听到车里的人打开了收音机，里面播放着你从未听过的曲调。你感到它妙不可言的美，不由停下了脚步。你一直把曲子听完了才继续前进。几天以后，你依然清楚记得你听到音乐的那条街道的样子，你记得你驻足的那个橱窗里陈列的东西，你记得街上的汽车的颜色，你记得街道两旁的建筑物上方流云的姿态，这一切都历历在目。你不禁想那首曲子叫什么，于是你等着哪天再听到它。如果它那么好，你还会听到它，因为别人也会听到，也会和你一样喜欢，那么这首歌曲就会流行开来。

有一天，广播中再次响起这首歌曲，你又感到美不胜收。你记下了名字，然后冲到街上的音像店里买下它，你急不可待地要回到家里播放。

你到家了，放了一遍。真的很棒。虽然还不至于让你的房间蓬荜生辉，但是真的不错。你放了第二遍，真好听。你又放了一遍，好听，但是你不那么肯定是不是再放一遍。不过你还是又放了一遍，挺好，但是现在你真的不想再放一遍了。你把它放到了一边。

第二天你又放了一遍，不错，但是有些东西已经不在了。你说你还是喜欢它，而且会永远喜欢。你又放了一遍。太棒了，这绝对是一张优秀的唱片。但是你把它收好，偶尔给朋友播放一遍，也许还会过几个月或几年拿出来回忆一下，它曾经让你如此着迷。

现在，究竟发生了什么？你可以说你厌倦了这首歌，但这是什么意思？是这首歌曲失去了它的品质吗？如果是的话，你怎么还说它是一张很棒的唱片？它要么好要么不好，如果好，为什么你不再播放了？如果不好，为什么你告诉朋友说它很好？

如果你对这个问题思考得够久,你将会看到,存在于道德领域的跃动良质与静固良质的切分,也存在于艺术领域。第一种好,让你想要购买唱片的那种好,是跃动良质。跃动良质的出现总有些意外。这张唱片当时所做的,就是使你四周所有的跃动良质一起穿透你,从而暂时松动了你已有的静固模式。它是自由的,没有静固的形式。第二种好,那种即使你已经失去了对它的激情,却还是想向你的朋友推荐的好,是静固良质。静固良质就是你通常所期待的。

没过多久,斐德洛又碰上另外一个例子,既不关乎艺术也不关乎道德,而是间接地关系到神秘性实在本身。

沃克·珀西 (Walker Percy) 在一篇随笔《Delta因子》中写道:

> 为什么在良好的环境中,比如在新泽西的肖特山 (Short Hills) 郊区,一个平常的星期三午后,一个人却容易感到烦闷?为什么在非常恶劣的环境中,比如暴风雨之夜,身处基拉戈[1]老旧的旅馆里,这个人却可能感到爽快?……为什么一个乘坐从拉奇蒙特[2]开往纽约的宜人列车上班的人,虽然衣食无忧、如愿以偿,虽然有爱妻美宅、家庭美满,虽然工作体面,享受着从未有过的

---

[1] Key Largo,佛罗里达州珊瑚礁岛群中的一个岛。——译注

[2] Larchmont,纽约市郊的一带宜居区。——译注

"文化娱乐设施",却常常感到烦闷,连他自己都不知道为什么?

又是为什么,像这样一个人,倘若心脏病突发,在新罗谢尔(New Rochelle)被带下了列车,当他意识复苏发现自己正置身于陌生的地方,然后他这么多年来,甚至是有生以来第一次找到自己,他注视着自己的手,会感到一种惊奇和喜悦?

对这些萦绕不去的问题,在将良质切分为跃动和静固两个部分之后就有了处理它们的新方法。平常的星期三午后,新泽西肖特山郊区的家,这里面全都是静固的模式。基拉戈岛上的暴风雨却把人从静固模式中跃动地释放出来。那个心脏病突发在新罗谢尔被带下列车的人,他的全部静固模式都已七零八落,他失去了它们。在这个时候,他的眼前只有跃动良质。这就是为什么他注视着自己的手,会感到一种惊奇和喜悦。

斐德洛注意到,不仅仅是心脏发病后苏醒的人,还有婴儿也会带着神秘的惊奇和喜悦注视自己的手。他想起庞加莱说过的孩子,孩子完全不能理解客观的科学的现实,却能完美地理解价值的现实。当我们把这个价值的实在切分为静固的空间和跃动的空间时,我们就可以对孩子成长过程中的很多方面做出解释,这些方面还不曾用其他方法被很好地解释过。

你可以想象,一个子宫里的婴儿能感受一些简单的变动,比如压力和声音。然后在出生的时候，他感受到更多的复杂的变动，如光、热和饥饿。我们能分辨这些变动是压力、声音、光、热、饥饿等，但是婴儿不能。我们可以把这些叫作刺激，但是婴儿并不会这样去认识它们。在婴儿的视角里，只是一些不知道是什么的东西牵引了他们的注意。这个泛泛而论的"东西"，也是怀特海说的"隐约的感知"，就是跃动良质。当婴孩只有一两个月大时，他就会研究起他的手或一只拨浪鼓。他并不知道这是一只手或是一只拨浪鼓，只是感到惊奇、神秘和激动，就像前面的例子中听到音乐的人和心脏发病后苏醒过来的人一样。

如果那个婴儿漠视跃动良质的冲击，那么可以推测，他将变成一个智障。但是，如果他和别人一样被跃动良质所吸引，他很快就会注意到它们之间的差别，然后注意到这些差别之间的关联，进而注意到这些关联反复出现的模式。但是直到他好几个月大时，他才真正开始对所谓"客体"的感知、边界、欲望之间无比复杂的关联做出充分的理解，然后才能伸手去够它。这个客体并不是原初的经验。它是从原初的经验中衍生出来的一种静固价值的复杂模式。

一旦这个婴儿形成了被叫作客体的复杂的价值模式，并且发现这个模式可以运作良好，他很快就会发展出一种能力，能飞快地掠过产生这一模式的演绎链条，就好像只是轻轻一跳。这很像学习开车的过程。一开始，为了搞清楚哪个是哪个，要经历一个非常缓慢的试错过程。但是，用不了多久，反应就迅速起来，甚至不需要思考。对于客体也是一样的过程。人在运用这些复杂模式的时候和不假思索地给车换挡时是一样的。只有当换挡不好使了，或者一个"客体"被发现只是一种错觉的时候，人才被迫去注意那个演绎的过程。这就是为什么我们以为主体和客体是最基本的。在我们生命的早期它们并不是这样，但是我们都记不起那个阶段了。

就这样，种种静固的价值模式变成了包罗万象的宇宙。诸如"之前"和"之后"、"相似"和"不相似"这类东西之间的差别，构成了基础的静固分别，由它们生长为繁复无比的知识模式，作为神话代代相传，这神话就是我们生活于其中的文化。

这，斐德洛想，就是小孩子通常能比老人更敏捷地感知到跃动良质、初学者通常比专家更敏捷、原始人有时候比来自"高级"文明的人更敏捷的原因。印第安人罕见地擅长紧随事物变动不息的中心。这就是他们说话与行动都毫无修饰的真正原因，因为那会破坏他们神秘的圆融状态。他们的一举一动、一言一行都切合至神之灵，唯此才是他们世世代代的生活中心。

他们有个词语叫"manito"，白人和印第安人经常把这个词和"上帝"互换着使用。使用它的白人常常以为所有宗教信仰都是有神论的，而印第安人自己则对任何词语上的差异都不太在意。但是，正如大卫·曼德尔鲍姆 (David Mandelbaum) 在他的书《平原上的克里人》(*The Plains Cree*) 中指出的："manito这个词基本用来指无上的存在，但是也有许多其他用途，用来表示技艺、财富、恩宠、好运的彰显或任何奇迹的发生。它意味着任何超越日常经验的现象。"

换句话说，就是"跃动良质"。

在认定静固良质与跃动良质作为对世界的基本切分之后，斐德洛感觉到某些目标已经达到了。对"良质形而上学"的第一刀切分，现在能够覆盖从原始神秘主义到量子力学的经验谱系了。下一步需要斐德洛去做的事情，是尽可能精细、得法地填补缺口。

过去，斐德洛自身的偏激使他只关注跃动良质，却忽视了良质的静固模式。在此之前，他一直认为这些静固模式是死的。它们没有爱，没有任何前景。向它们屈服就是向死亡屈服，因为不改变者不能活。但是现在他开始看到，这个偏激的观点削弱了他自己的理论。生命不能只凭着跃动良质而存在，那样它没有维系的力量。脱离了一切静固模式，只追逐跃动良质，就是在追逐混乱。他发现，研究跃动良质不是什么，而不是徒劳地想要定义它是什么，更有助于认识什么是跃动良质。

当良质的静固模式独断专行，当它要求盲目地服从并压制跃动的改变时，它就僵死了。但是静固模式，无论如何，却提供了必要的稳固力来保护跃动良质不会退化。虽然跃动良质，这自由的良质，创造了我们生活的这个世界，那些静固良质的模式，那秩序的良质，却维系着我们的世界。无论是静固良质还是跃动良质，离开了对方都无法存在。

如果你把这个概念嵌入到比如祖尼的brujo那样的事例里，就会看到它的正确性。虽然跃动的brujo和那些折磨他的静固的祭司们表面上是死敌，但他们实际上却离不开对方。这两种人都必须存在。如果大多数祖尼人到处喝酒、吹牛、扒窗偷窥，他们古老的生活方式早就维持不下去了。但是，如果没有像那个brujo一样野性的、声名狼藉的浪子去第一时间抓住各种外界的新思想并把它带回社群，祖尼就会太过僵化也无法延续。这两种力量之间的张力是推进生命演进所必需的。

那个印第安老人之美，斐德洛想，在于他好像早已理解了这一点。他的目的并不是仅仅把一切打碎，然后带着一种道德胜利的荣耀走入夕阳。旧的祭司体制会回来，他遭受的苦难会付之东流。他没有这么做。他余生一直留在那里，成为部落静固模式的一部分，活着看到他的改革融入部落前行的文化之中。

随着斐德洛越来越强烈地意识到自己行进在正确的方向上，他的关注中心从一开始的缓缓转向，到后来终于从对跃动良质的进一步阐释上移开，转向了静固模式本身。

10

莱拉坐在船舱铺位上，品咂着咖啡在她口中留下的坏味道。咖啡感觉不大对头，有一股水里的胶皮味。那股味道很糟，也跑到咖啡里了。

她感觉很不好。头还是疼，已经过去一个晚上了。她花了多少钱？她寻思着。她身上没有多少钱了。然后她想起来：大部分账都是他付的……她的头真的好疼。

天啊，她好饿。今晚她至少要让他给她买一块大号的牛排……配上蘑菇……还有洋葱……噢，她忍不住了！

又来了一次大变样。昨天她还乘着"Karma号"奔向佛罗里达，现在她却坐上了这条船。她的生活真是越过越糟。她对此心知肚明。她过去至少还做一点点规划，现在，事情变来变去，她一点准备都没有。

她心想，不知"Karma号"现在在哪儿呢。还有乔治和黛比，他俩可能还一块住呢！她希望他俩都淹死。她甚至没有把她的钱要回来，她知道他们不会给她的。

可是，她当时应该要的。她真的需要钱。那种许久以前的感觉又出现了，她要倒霉了。当她气急败坏时，总是没有好事。要不是她跟乔治和黛比大发雷霆，她现在还在"Karma号"上呢。她本可以让乔治回心转意的。她真傻，为什么要跟他生气呢？那只会把事情变得更糟。

现在，她跟这个新船长生气。这些天来，她跟每个人都生气。到底为什么呢？他并没有真的做错什么。他就是个笨蛋，就这么回事。瞧他打探理查德的那些蠢问题。她奇怪理查德怎么会跟他扯上关系。可能就是一面之交，她还以为他们是好朋友呢。

也许当他们到纽约时，理查德也会在那儿。

不管怎么说，她现在困在这个船长身边了，至少要等到达纽约，或者他们今晚停靠的地方。她能忍他那么久。

当他们到达纽约之后她可能还需要他。

她顺着梯子望上去。他在上面。她看了他好一会儿。他像是个学校老师，她心想，那种从来不会喜欢她的老师。像一个总是因她不守规矩而对她大发脾气的人。他好像早就看不惯她了。

她必须从这种坏情绪里走出来。如果不能的话，她知道会发生什么。她应该再上去一次。她不用非得看他，只要坐在那就行。

她又盯着船长看了一会儿，然后提了口气，挂上一个微笑，就顺着梯子爬上甲板，又坐了下来。

就这样，没那么难嘛。

她是带着毛衣上去的，现在她站起来把毛衣穿上。"天气有点凉了。"她说。

"这个气温，我们算是很走运了，"船长说，"每年到这个时候，什么也说不准。"

"我是说风，"他补充道，"小心横杆，在这种河谷里，风变幻不定。"

"我们到哪儿了？"她问。

"我们在波基普希 (Poughkeepsie) 南边，"他说，"这里工业多一些了。前面你能看到一些山。"

"我一直在看你。"她说。

"什么时候？"

"现在。"

"哦。"

"你总皱着眉头，自言自语。莫里斯就这样。"

"莫里斯是谁?"

"我的一个朋友。他能坐上几个小时,一句话都不说。我以为他真的生我气了,但他一点都没有生气。有的男人就是那样。他只是在想别的事。"

"是的,我也是这样。"

过了一会儿,她看见水里漂着各种各种各样的东西。她看见一些树枝,还有一些草似的东西,都被泡沫包围着。

"水里都是什么?"她问。

"它们是飓风带来的,"他说,"看样子,我们赶上了一块垃圾密集的水域,过一会儿它们就少了。"

"看上去很恶心。"莱拉说。

"在卡斯尔顿 (Castleton) 时他们说过这个,"他补充道,"他们说沿河而下有各种垃圾,树干、垃圾箱、用旧的野餐凳,很多都半沉半浮着……我用帆的原因之一就是不让螺旋桨撞到它们。"

他指着前方说:"当我们到那座山时,风向可能会变得不可捉摸,我们必须把帆降下来,开动引擎。"他手指的地方,河水好像直直地流进山里去了。"在那个叫作'世界末日'的转弯那。"他又加了一句。

几分钟过去了,突然她看见,远远的,在一根树枝还是什么东西的旁边,有东西伸出水面,看上去好像是什么动物脚朝上在水里漂着。

他们驶近后,她看到那是一条狗。它胀得圆滚滚的,身体翻向一侧，有两条腿伸进空中。

她没说话。

船长也没说话。

过了一会儿，当他们经过它，她能闻到它的气味，她知道他也能闻到。

"这条河就像臭水沟，"船长说，"它把陆地上的各种垃圾和毒素带到海洋。"

"什么毒素？"

"盐和化学物质。如果你在没有排水系统的情况下灌溉土地，土地会满是毒素，遍布死亡。什么也长不了。是河水使陆地保持清洁和新鲜。这些垃圾都和我们同路。"

"去哪儿？你是什么意思？"

"去大海。"

"哦……不过，我们只到纽约。"她说。

船长什么也不说了。

"我们多长时间能到那儿？"莱拉问。

"明天，如果不出意外的话，"船长回答，"你着急吗？"

"不着急。"莱拉说。她其实根本不是非去那不可。她其实也不知道除了杰米和其他几个人还能投奔谁，但那都是好久以前了，他们现在可能都走了。

她问："你的买家在那吗？"

"什么买家？"

"买你的船的。"

"不是我。我要去佛罗里达。"

佛罗里达？莱拉很奇怪："你不是说过要去纽约把你的船卖了吗？"

"不是我。"

"你昨晚说的。"

"不是我，"船长说，"是瑞乔。我要去佛罗里达。你肯定听错了。"

"噢噢，"莱拉说，"我以为理查德要去佛罗里达。"

"不是……我想在月底之前赶到哈特拉斯角[1]以南，"船长说，"但是各种事情拖住了我。现在秋季风暴来了，它能把船一连困上好几天。"

佛罗里达，莱拉遐想着，佛罗里达的灯火永远是橘黄泛金的颜色，一切都别有风貌。即使是佛罗里达的沙滩，光线也不一样。她还记得劳德代尔堡(Fort Lauderdale)的海滩、棕榈树、她浴巾下面暖和的细沙和照着她后背的暖洋洋的太阳。那可真好。

"你要一个人去吗？"她问道。

"是的。"

"连点食物都没有？"

"我会买食物的。"

---

[1] Cape Hatteras，位于北卡罗来纳州东海岸。——译注

在佛罗里达，有各种各样的美食。很棒的海鲜——鲳鲹、虾、啮鱼。她好想现在就大快朵颐。哦，她不该想这些！

"你需要一个厨子，"她说，"你不做饭，你需要有个人来做饭。"

"我习惯了。"他说。

她曾夜晚去钓虾，在有灯光的桥下。后来他们都把虾烹了，拿到海滩上，又喝起冰啤酒。虾多得谁也吃不了。噢，他们真好。她还记得暖风是那么温柔，他们吃得饱饱的，躺在棕榈树下，他们喝朗姆可乐[1]，他们谈天说地，他们整夜地做爱，直到太阳升上海面。她想知道他们现在都在哪里，那些小伙子们。她可能再也见不到他们了。

还有那些船，她回忆着，那些船遍布海面。

"你到那要多长时间？"她问。

"很长时间，"他说，"大概一个月吧。"

"那可够长的……你像这样航行多久了？"

"从八月十一号开始。"

"你退休了吗？"

"我是作家。"他说。

"你写些什么呢？"

"旅行，基本上吧，我想，"他说，"我到处走走看看，思考我看到的东西，然后写下来。有很多这一类型的作家。"

---

[1] rum-and-Coke，用可乐、朗姆酒，通常还有柠檬汁，加冰调制出来。——译注

"你是说,你会写我们现在看到的东西吗?"

"是的。"

"怎么会有人写这些?什么事也没发生。"

"事情时时刻刻都在发生,"他说,"当你说'什么事也没发生'时,你只是在说,没有发生符合你头脑中的套路的事情。"

"什么?"

"很难说清楚,"他说,"此时此刻有事情正在发生,但你认为它们不重要,因为你从没看过电影里上演这些。但是如果你接连看了三部人们在哈德逊河上顺流而下的航行电影,再看一部比如关于华盛顿·欧文[1]和哈德逊河历史的电视纪录片,那么当你踏上这次旅程时,你就会说:'好家伙,这可真不赖!'因为你看到的东西,符合你已经在头脑里植入的一些画面。"

莱拉不知道他在说些什么。他说这些,好像他以为这样显得他很聪明。

她盯着他看了好长时间,不知道是不是该说些什么,但是又改变了主意。她看着河水从她肘下流过。

过了一会儿,她问:"你今晚想好好吃一顿吗?"

"是啊。"他说。

"我来做。"莱拉说。

---

[1] Washington Irving(1783—1859),美国第一位具有世界声誉的作家,游历广泛,最著名的书是《见闻札记》,其中一些作品以哈德逊沿岸为背景。——译注

"你?"

"我们带些牛排上来,然后你就看着我怎么做吧,成交?"

"你不必这样。"他说。

"不,这没什么,"她说,"我会做饭,而且我喜欢做饭。烹饪是我最喜欢的事情之一。"

她看着他身上的衬衫。前面口袋上有块大大的食物油渍。她心想这件衬衫他不知穿多久了。他好几天都没换过衬衫了。

"我要把你那件衬衫丢到纽约的洗衣房里。"她说。

他微微一笑。

她又陷入对佛罗里达的遐想。

过了一会儿,她又转向他问道:"你想看看真正美丽的东西吗?"

"什么?"船长问。

"我拿给你。"她说。

她走下去,拿出她的手提箱,平放在铺位上打开。在一个角袋里,有一捆用红丝带扎着的纸。她解开丝带,拿出一本彩色的小册子。上方用大红字印着"丛林女王"几个字,下面是一条船的图画,这是世界上最美的船。莱拉把画页展开,小心地把它折了的一角折回去。

她把它拿到甲板上,坐在船长身边拿给他看。她使劲地捏住,以免风把它吹跑。

"三年前,我在佛罗里达的劳德代尔堡时,就是乘坐这只船,"

她说,"和我的女伴一起。看见那个'X'了吗?那是我们常坐的地方。"

这条船看上去像一个大大的色彩纷呈的婚礼蛋糕,上下两层,覆盖着糖霜。船的前面是佛罗里达的州旗。这条船的一切她都知道,因为她上去过,好几次呢。天空介于紫色和蓝色之间,棉絮似的云彩随风飘动。这条船刚好在夕阳西下前离港,这就是那时天空的颜色。船上所有的旗子都在和风中飘摇。那是信风。四周都是深绿色的椰子树,在信风中摇摆着。船身周围的水也被夕阳映出紫蓝色,在信风的吹拂下泛起涟漪。这就是当时的感觉。这幅画看着那么逼真,让你不禁想伸出手去触摸它,感受那水的温热。

船长一只手捏着宣传册,另一只手同时掌着舵。他盯着画看了一会儿,然后她看出他正在读底下的文字。她几乎能把它背下来。

  劳德代尔堡必游

  享誉世界的原创

  丛林女王

  好评如潮的佛罗里达极致之夜

  登上我们崭新的550人大船

  烤肉与大虾游船宴——晚上7点

  各种酒饮一应俱全

  接受酒店、旅店、电话预订

他面无表情，眯着眼睛斜视着，好像医生在检查病人。然后他皱起眉头，说："你是认识船主还是怎么样？"

"不，"莱拉说，"就是几年前我们乘过的一条船。"

"这是论人头的船。"他说。

"论人头的船是什么？"

"就是论人头收费出航的船。"

"当然，"莱拉说，她不明他为什么要皱眉头，"但他们收费不高。你打开看。"

船长翻开宣传册，看到一幅丛林女王号的大画。他问："为什么这个对你这么重要？"

"我不知道。"莱拉说。她抬眼看他，想看他是不是真的在听。"我能回想起很多个世界，"她说，"我不知道这么说恰不恰当……即便有这么多的世界，我也仅仅是蜻蜓点水，在里面待一小会儿，然后又出来了。……比如我爷爷的房子，我以前在里面玩过，还有我以前养过的狗……像这些东西。这些对别人都没有什么意义，只是偶尔你可以和有的人分享它们。"

船长低下头读道："劳德代尔超过三十年的传统……'应有尽有'的宴席、歌舞综艺演出以及一起唱，使它成为劳德代尔堡的'必游之地'。绝无仅有……"

船长抬起眼睛。"什么是一起唱？"他问道。

"她是我的最爱。"莱拉说。

"谁？"

"她是一起唱的领唱。她是我姐姐就好了,我真希望她是我的姐姐。开始的时候,大家都被食物塞得太饱了,没人想唱歌,但是她能把大家都带动起来。

"她一点不像我,"莱拉说,"她有一头黑发,非常漂亮的黑发,身材又好,她身上有你们说的那种'磁场'。你明白我的意思吧?她真心喜欢在场的每个人,大家也都喜欢她。她的举止里丝毫没有她觉得自己高人一等的感觉……有个老头坐在我们前面,他什么也不说……就像你一样……"莱拉注视着船长,"于是她在他身边坐下,用胳膊环抱他,然后开始对他唱'宝贝,用你的双臂抱住我',很快,他就忍不住笑起来了。她不让任何人坐在那有被冷落的感觉。

"你能看出她非常聪明。我是说她对每件事的反应都很机敏。有个男人想要抓住她,她甜甜一笑,就好像他伸手给了她十美元似的。她说'甜心,把那留给你妻子',然后所有人都大笑,连他也很享受。她知道怎么照顾她自己。

"她唱了《噢,你这无比美丽的大宝贝》,还有《是的,先生,那是我的宝贝》,还有《没有什么比在卡罗来纳更愉快》,还有好多别的歌。我希望我能记住所有这些歌。在她唱的时候,船一直沿河而下,在夜色中穿过两岸的棕榈树,真美啊。然后她唱了《丰收之月满辉光》,就在船转过一个河湾,棕榈树突然敞开的时候,在那,满月当空。所有人都欢呼起来:'喔噢!'你看,是她安排好的,使她在唱那首歌时,他们正好转过那个弯。"

"呃。"船长看起来有点恼怒。

"怎么了？"

"太多了。"

"什么太多了？"莱拉问。

"这些全都是静固的。"他说。

"你在说什么？"

"都是俗套，一样接着一样！"

他指着丛林女王号的图画："你看顶上伸出来的这些烟囱，这是蒸汽船才有的，但它根本不是什么蒸汽船。"

"它们只是为了好看的。"

"它们不好看。漂亮的船才不需要那些伪造的装饰和假烟囱。"

莱拉把画册拿了回来。"它是一艘非常美丽的船。"她说。

船长摇摇头。"美丽不是假扮成别的什么东西。"

他才是别的什么东西，莱拉心里想。

"美丽是事物本来的样子，"他说，"在那条船上可能没有一样东西是原创的。"

"为什么非得是原创的？"

"都是做戏，都是自欺。"

"有什么区别吗，如果大家喜欢的话？"

他回答不了这个问题。

"迪斯尼乐园也全是假的，"莱拉说，"我看你也不喜欢吧？"

"对。"

"那电影呢,电视呢?我看也都是假的,不是么?"

"那要看它们做的是什么。"船长说。

"你肯定很自得其乐!"莱拉说。她小心地把画册合上。和他争论好像会把他惹恼。他不希望任何人和他争论。

他说:"依我看,如果那条船载客达三百万人次,那他们一定做对了什么。但是,那不过是——"他摇了摇头,"卖淫。"

"卖淫?"

"没错。不过是接过顾客的钱,他们想要什么就给他们什么,最后顾客比他们来的时候更穷了。这就是那个唱歌的拿那些歌曲所做的事情。她本可以唱些原创的歌曲,让顾客更富有,但她不想这么做,因为如果她唱了他们以前没听过的歌,他们可能会不喜欢这些歌,然后无视她,甚至抱怨她。而她会丢了工作,再也赚不到钱了。她很清楚这一点,所以她从不会唱任何真正属于她自己的东西,对吧?她只是在模仿某些人,她有把握是他们喜欢的,然后他们就会跟着她走。这就是为什么她只是个装模作样的妓女。他们付钱给她,要她去装成别人跟他们做爱。"

沉住气,莱拉,她在心里说。她真的生气了。她就是她自己!他才是个装腔作势的混蛋!他怎么知道她是什么样的人?他根本都不在那里。

"人应该做自己,"他继续说道,"而不是在一条装腔作势的船上做一个装模作样的歌手。"

稳住,莱拉。

她微微一笑,说:"我冷了。"她小心翼翼地站起来,走回去,又到了下面的船舱里。

在那里,她大口喘着气。

天啊,真把她气疯了!

好家伙!好家伙!

一根大烟囱。一根自吹自擂的大烟囱,这就是他。"没错!一根装腔作势的特大号烟囱,那就是他的真面目。他以为自己聪明得不得了,看看他的脸吧。但他并不聪明,他是个蠢货。他什么都不知道,他连什么是装模作样都分不清楚。他根本不知道他有多蠢。"

莱拉又把手提箱打开,把册子小心合上,用红缎带把它和其他东西绑在一起,然后放在它的专属位置。她合上手提箱,上了锁。

稳住,莱拉。不用为这样的人生气,她在心里说。不要让自己愤怒,那正是他们所希望的。

她的手在抖。

噢——噢。

她知道那意味着什么。

她从铺位上抓过钱夹,打开,取出几片药,又到水槽边拿起一个塑料杯子,往里面接了些水,把药片吞了下去。她的动作必须快,否则药就无效了。她整个早晨一直感觉到浪潮阵阵涌来。她在浪头上挺得太久了。她应该对他发飙,那样就不会有事了。

大烟囱!他看着那幅画就好像那是只蚂蚁一样。像他这种大烟囱就是这样,就为了显示他们有多聪明。她了解他们这种人。一旦你开始对他们好点,他们就反咬你一口。像他这种人只爱一样东西——听他自己胡吹大气。

嗯,就是这么回事,她想。在这条船上没什么可做的了。一到纽约就下船。

突然,她感到冷。这常常发生在她的手开始抖之后。她希望药片及时生效,但有时候它们不好使。她又打开手提箱,拿出另外一件毛衣,套在穿着的这件毛衣外面。她再次合上箱子,上好锁,然后把箱子抛到上铺去。

如果再回到陆地上生活,感觉一定很棒,莱拉想。这种船上的生活她真是受够了。这不是她所以为的那种生活,完全不是。她用不着再忍他一个晚上,但是她又不想掏钱去乘公共汽车。

在铺位后面的壁架上有一台收音机。莱拉按下开关,试着启动它,但它没有反应。她打开所有的开关,来来回回地试,可哪个都不好使。这时她又发现了一个开关,然后她能听到静电干扰的声音了。成功了。

有许多电台,里面有一个播音员说着曼哈顿的事情。

她听了一会儿。它们离得很近了。一个电台在播放音乐,声音清楚,如梦似幻,是那种任何人都可以随之起舞的音乐。

她现在只想去纽约。如今有四年了吗?不,五年了!整整五年。转眼之间他们都去哪儿了?

杰米绝不会在那了。真想再看看他,看他以前的样子,看他以前心情好时对她笑的样子。那就是她最想要的。还有,一点钱。

他可不好找,她需要四处打听才行。明蒂可能知道,但她可能也走了。谁也不在一个地方长待。她得找到知道的人。

她想,不知那个老地方现在看起来什么样了。偶尔他们会放一首像这样慢悠悠的老歌,杰米也会跟着音乐慢下来。杰米的手在她身上,杰米抚摸她、摆弄她,昔日的情景都随着音乐回到眼前。那时她是真正的公主,但她却不知道。

"莱拉,"她能听到他说,"你心里面有事,我能看出来,什么事?"过一会儿,她就会告诉他,而他总是倾听,从不和她争论,无论她说的是什么。她真是疯了,竟然会离开。她真不该离开。

即使穿着两件毛衣,莱拉还是冷。她需要一条毯子。她这时才想起来,她昨晚醒来时身上有一条,但是这会儿不在这。她站起来,走到船头,把毯子从床上拽下来,带回到主舱里。

她的手抖得更厉害了。在她怒火中烧之后总会出现这种情况,她对此无能为力。她应该对船长大喊大叫,但是现在已经晚了。当她对人吼叫,或者动手打人,甚至只是咒骂一番之后,那股浪潮有时就会平息。

她把广播关上。

她倾听着头顶的风声和水打船身的声音,如此安静,和"Karma号"上如此不同。

她盘算着到了曼哈顿做些什么。赚钱。可能做服务员吧。别的她什么都不擅长。她会结识一些人的，她总能做到。她以为这个船长会不同，可以和他一路同行到佛罗里达去。但他是个愚蠢的大烟囱。他让她想起西德尼。西德尼就是那种让你觉得一定会成为医生或律师的人。他总是做出很友善的样子，但是你无法对他掏心挖肺。他总是瞧不起你，而且以为你看不出来。

她妈妈总是要她留意这种人。船长也是这副表情——好像他总是在思考什么事。她听说西德尼现在是个儿科医生，赚了很多钱，有四个孩子。"看见了吧！"她妈妈会这样说。

噢，天哪，可别来。为什么她的手一抖，她妈妈就出现。她妈妈喜欢的都是有钱的男人，就像这里的船长，还有西德尼。那些为钱结婚的女人，她们才是真正装模作样的妓女。她不该这样想她妈妈。她根本不该去想她。

上来了，那股浪潮涌上来了。药片没能止住它。

船长毕竟不是西德尼，他还不一样。他真是个非常奇怪的人，好像他知道什么事，他还没说出来。

她还记得，当她昨晚和他跳舞的时候，他一开始就像个平平常常的人，但是随后他就变得越来越像另一个人。他变得如此轻盈，好像一点重量都没有。

他肚子里有东西。她希望能记起他说过什么。他谈到过几个印第安人，还谈到过善与恶的事。

他为什么要那样说话？

还有别的事情，和她爷爷的房子有关。

她努力回想。

她爷爷总是谈论善与恶。她爷爷是个牧师。

和船长有关。看他注视着那条死狗一言不发的样子，不，他说了！他说他们一路和这条死狗同行。

她现在想起来了，在她爷爷卧室的墙上，有一幅很大很大的画，里面有一个男人站在一条船上，正在渡河去对面的一座岛。下面用德文写着几个字，她爷爷说意思是"亡灵之岛"。后来她爷爷死了，她一直认为他去了那座岛。那里有"好运"，当他到那时，好运会迎接他。

他总在说善与恶，还说因为她有原罪，如果不好好做人将会下地狱。那个船夫就是在载人渡河去地狱的岛上，因为他们都犯了罪。

好运是她的斑点狗。它和今天那条狗很像，那条两脚朝天在水里漂浮的狗。

为什么她现在想起那幅画？在一次火灾中她爷爷的房子化成灰烬，那幅画也烧毁了。为什么上帝烧掉她爷爷的房子，为了送他去地狱。都乱套了。

什么都说不通，莱拉想。没有一件事能说得通，但是现在更糟。

他是什么人？她想知道。这一切都不像是真的。好像她根本不属于这。她哪里不对劲,她知道,但是没人告诉她那是什么。

她倾听风声,声音更大了。船向一边斜得更厉害了。为什么这条河上空空荡荡?为什么这条河这么孤独?他们不是应该离纽约越来越近了吗?别的船哪儿去了?

为什么风越来越猛烈?

还有那些岸上的人,船经过时,他们没发出一点声音,就好像他们根本看不见这条船。

突然一阵强风袭来,船身向一边猛斜过去。莱拉在抓稳的同时抬头向舱口看去,她看到船长在那儿。他看不到她在看他,他的脸忧郁又严肃,就好像他在参加葬礼,就好像他是抬棺人。事情不对劲。

可怕的事情来了。马上要发生什么事。不是表面这样的,她可以凭直觉感觉到它。它来了。看见水里的那条狗了吧。

它就像好运。为什么它会现在回来?

她知道了!他们正在驶进山中的那个地方!船长叫它什么来着?"世界末日!"他到底是什么意思?!

他到底是什么意思!!

莱拉在铺位上向后靠。她抓起毯子盖住她的脸,听着外面的声音。只有风的呼啸和水打船身的声音。

突然响起巨大的咆哮声!!!……

她大声尖叫!

11

斐德洛把引擎降到快速的"突突突"空转状态,然后调整船头。他使船头正对着风口,狂风扯住船帆,像鞭子一样抽打它。斐德洛冲到前面,解开升帆索。他以最快的速度拉下船帆,把帆一把收拢,赶在船头偏离之前又回到船舵。

这风发飙了。这地方有该死的狂风,在卡斯尔顿时他们可没跟他说过这个。呦!

水里满是白浪与飞沫,他在到达这里前就该看到,但他没有注意。

他解开横杆吊索,把横杆放下,搁进托架卡位,随即坐了回去。

下了帆,由引擎牵引着船,这下局面才算控制住了。右边的风暴王山从头顶向他压来,左边是断头岭。前面就是西点和那个叫作"世界末日"的大转弯。很明显,风就是由于漏斗效应从山那儿来的。

过了一会儿,他察觉到风没有变得更猛烈。它只是保持在一个中等的烈度。

他买船的时候还带着一种幻想,当你行船的时候只要坐在那里欣赏风景就行了。然而这些天来,他恐怕连五分钟都坐不住,总有事情需要他注意。

此刻他看到,由于帆拢得太草率,它被风吹得越来越松。他绑上舵,又走到前面去。这回他把帆整齐地收好,并把结点仔细系好。

他奇怪莱拉怎么还在下面,而且对这一切都没有反应。他本想叫她到上面来,在他理帆时帮忙把舵,但是又有个声音告诉他自己绑更简单。对这种工作,她可不是你需要的那种听话的下手。

前方,河流方向的改变带来波翻浪涌,好像被逼着改变自己的道路让水流愤怒不已。当他走近时,他看见下面的水像沸腾了一样翻滚,打着转,形成奇怪的涡流。他调整船头躲开它们。

他对她说的那些话都是不应该的。没有理由把情况弄得更糟。她活在另一个世界里,真的。你永远不能通过把自己的模式强加于她来进入她的世界。

关于那条论人头的船,他对她所说的话都很有价值,如果她能听得进去的话。但是她不能,她不是一个倾听者。她有一整套僵化的静固价值模式,如果你与她争论,她会气急败坏,说不定还会找机会报复你,就是这么回事。他已经见得太多了。他一辈子都在和这些东西对抗。

在军事学院的南门处,风小了,变成了温和的微风。小船经过城堡一样的高墙时,他想叫莱拉上来看看,但又决定最好不要。她不会感兴趣的。

一会工夫,那所学院已经消失在视线之外了,风势又起,适合扬帆了。但他决定不起帆。今天一直在忙碌,现在他很累了。后面的路交给引擎就好了。

今晚他可不想去任何地方了,他只想睡觉。

莱拉有良质吗？又来了，瑞乔这个恼人的问题。它将这样一次又一次地冒出来，除非他给出一个答案。这就是他大脑的工作方式。为什么他当时回答"是"？她似乎决心要证明瑞乔是对的。他根本不应该做出任何回答。

一条狗有佛性吗？这是一样的问题，一模一样的问题。

你正好可以把它移植到无门的完整禅颂[1]里：

> 莱拉有无良质？
> 此问题最重要。
> 若回答"有"或"无"，
> 汝丧汝之良质。

这是一个完美的移植。这就是问题所在。他回答了"是"，这是他的失误。他使自己陷入了禅宗要避免的"从中做出选择"的处境，现在，他被困住了。

……并不是那个问题不可回答。那个问题可以回答，但是它的答案会不断生长，没完没了。

……不是莱拉拥有良质；是良质拥有莱拉。没有任何东西能拥有良质。拥有某物，意味着占有某物，而占有某物，意味着支配

---

[1] 此处出自宋代无门慧开禅师的《无门关》。书中汇集公案48则，附加评唱与颂。此处颂语，出自第一则"赵州狗子"。原公案为："赵州和尚因僧问：'狗子还有佛性也无？'州云：'无！'"原颂语为："狗子佛性，全提正令，才涉有无，丧身失命。"——译注

某物。没有任何东西能支配良质。如果有支配和占有，也是良质支配和占有着莱拉。她是它创造的。她是这良质一直改变着的静固模式的聚合，这就是她不折不扣的全部。她使用的语言，她产生的思想，她持有的价值观，都是整个世界三十五亿年历史的最终产物。她就是一片价值演化模式的丛林。她不知道所有这些是怎么在她身上发生的，正如丛林不知道它是怎么变成现在这个样子的。

但是在这片"莱拉丛林"中间，也有些古代被湮灭的文明的史前遗迹。你可以像考古学家一样一层层深入地下，挖掘出一个又一个世纪的文明的遗迹，并通过它们与地表的距离算出它们距今的时间。

这是个激动人心的想法。你可以围绕着这一个人进行系统的分析，跟她对谈，找出她的价值观是什么，然后通过一个个例来呈现整个形而上学……这个形而上学非常需要一个实例使它落到实处。在去佛罗里达的一路上他都可以问她问题。

他对这个主意思量了一会儿。

这会是一个理想的采访情境。

不过，她会告诉他什么呢？她身上可能有这样那样的模式，但她不自知。她只会坐在那里说她的打字生涯、她的论人头的游船、她喜欢的各式各样的食物、她对咖啡的抱怨，那他什么也得不到。那就是一趟有意思的旅行了。

还有些东西也不太对。这个主意太有心机了，而且充满那种客观"观察的"东西，它忽视了整个跃动的方面。跃动的不确定性总是带来开放的结局,你不可能从她说的话中做出任何预测。

另外,她并不怎么在意他。她可能什么也不会跟他说,就像印第安人对那些"客观的"人类学家一样。

杜森伯里在这就好了,他能从她那得到东西。我擅长的只是理论,斐德洛想。

但是这个理论没什么问题。莱拉由价值的静固模式构成,并且这些模式一直在朝着跃动良质的方向演变。不管怎么说,理论是有了。她在变化的道路上,正如每个人一样,而你无法说出这条道路通向哪里。

这个理论几个月前就在他头脑中成形了,还伴随着一个声音:"全部生命就是良质的静固模式向跃动良质的迁徙。"几个月来,这个声音一直在他的头脑中回响。

在传统的物质中心的形而上学中,生命没有向着任何东西演进。生命只是原子性质的延伸,仅此而已。它只能如此,因为原子和能量的各种形式就是世界的全部了。但是在"良质形而上学"中,演化着的不是原子的模式,演化着的是价值的静固模式。虽然这并不改变演化的事实,却彻底颠覆了对演化的诠释。

主客体形而上学预设世界是由物质构成的,从历史的角度说,这一预设从演化论诞生之初,就给它埋下了隐患。在它诞生的时代,人类尚不知晓在光子、电子和其他微观粒子的层面上,因果律已经不再适用了;电子和光子就这样出现又消失,在个体层面上既不可预测,也没有原因。于是有了今天这样的结果,我们有一个演化的理论，在里面人被宇宙的因果律无情地支配着；而他身体里的粒子却不受因果律的控制。这一荒谬之处似乎被忽视了，因为这个问题并不存在于哪个人的部门里。物理学家可以无视它，因为他们不关心人。社会学家可以无视它，因为他们不关心亚原子粒子。

所以，虽然现代物理学在好几十年前就抽掉了对演化论进行决定论解释的基础，演化论还是自然而然地存活下来，因为没有出现其他更合理的解释。但是从一开始，基于物质因果的演化过程就一直存在一个未解的地方，从来没有被消除过。关于适者如何生存下来有连篇累牍的论述，但是为什么如此却从没有被回答过。

这是那种听起来无所谓的问题，乍一看无关紧要，大脑会寻找一个快捷的答案好放它过去。它听起来像是一个原教旨主义的布道者想出来的充满敌意的、无知的问题。但是为什么适者要求生？为什么生命要求生？这不合逻辑。生命要求生是自我矛盾的。如果生命完全是大自然的物理和化学力量的产物，那么为什么生命在奋力求生的过程中要与这些力量对抗？生命要么与物理自然相一致，要么与物理自然相对立。如果一致，那就不需要求生了。如果相对立，那么必然有自然的物理和化学力量以外的东西驱使着它反抗物理自然。热力学第二定律说，所有能量系统都会"走下坡路"，就像一只不会给自己上弦的钟表。但是生命不但"走上坡路"，把低能量的海水、阳光和空气转换成高能量的化学物质，它还持续地自我复制，变出更多而且更好的钟表，这些钟表在"上坡路"上走得越来越快。

举例来说，为什么一团简单稳定的碳、氢、氧、氮化合物要奋斗几十亿年，把自己组装成一个化学教授？驱动力是什么？如果我们把一个化学教授扔到岩石上，让阳光曝晒足够久，自然力会把他变成简单的碳、氢、氧、氮、钙、磷和少量其他矿物质的化合物。这是一个不可逆的反应。无论我们用什么样的化学教授，也无论我们用什么样的过程，都不能重新把这些物质变成化学教授。化学教授是主要由不稳定的化合物构成的不稳定的混合物，这些化合物在只有太阳热量的条件下会不可逆地退变为更简单的有机物和无机物。这是个科学事实。

那么问题是，大自然为什么要逆转这个过程？到底是什么让无机物朝相反的方向运动？不是太阳的能量，我们刚刚看到太阳的能量会做什么。一定是别的东西，它是什么？

在读过的所有关于演化论的文字中，斐德洛都看不到对这个问题的回答。他当然知道神学的回答，但那些得不到科学观测的支持。演化论者则只是简单地回答道，在对宇宙中所有现象的科学观测中，没有出现过生命演化的目标和模式。

这最后一句话，干干净净地把矛盾扫进了毯子下面。你会毫无怀疑，演化论者一点都不关心这个问题。但是从演化论的早期历史中，斐德洛读到，并非如此。第一个重要的演化论者并不是达尔文，而是让-巴蒂斯特·拉马克 (Jean-Baptiste Lamarck)，他坚持认为所有的生命都向着完美演进,这是一个良质的同义词。阿尔弗雷德·拉塞尔·华莱士(Alfred Russel Wallace)独立地得到了和达尔文几乎一样的理论,这曾促使达尔文发表自己的理论。华莱士同样坚持认为自然选择不足以解释人类的出现。在达尔文之后,还有其他很多人依然拒绝接受生命的无目的性。

斐德洛曾在《科学美国人》上发现一篇对于整个问题的出色总结,作者是恩斯特·瓦尔特·迈尔(Ernst Walter Mayr)。

> 那些拒绝自然选择的人,有的是出于宗教信仰的原因,有的是出于哲学信念的原因,也有的只是因为觉得这一过程太过随机不足以解释演化现象。这些人在很多年里不断地提出其他理论,例如"定向进化理论"(orthogenesis)、"循规进化说"(nomogenesis)、"芒状发生说"(aristogenesis),还有德日进的"奥米加法则"(Omega Principle)等诸多名称。这些理论都落脚于某种内在的倾向或者驱力,使生命朝向完美或者进步发展。所有这些理论都是终定主义的(finalistic);他们都预设宇宙有某种形式的目的(teleology)、意图或程序。
>
> 目的论的拥护者们,竭尽所能也无法找到任何机制(超自然的除外),来支持他们所预设的终定主义。现在,这种机制能够存在的可能性已经被分子生物学上的发现从根本上排除了。

> 演化是一个莽撞的机会主义者：它倾心于任何能带给它竞争优势的变异，无论这个优势是相对于有机体种群内部的其他成员，还是相对于其他种群的个体。在数十亿年的时光里，这个过程自动推动了我们称之为演化的进程。没有任何程序控制或指导这一进程。它源于自然选择一连串心血来潮的决定。

迈尔显然认为这个问题已经解决了，而他的态度无疑反映了所有人的共识，当然，除了反对演化论的人。但是读过这个之后，斐德洛在他的一张字条上写道："看起来很明显，没有一种机械模式指引生命前进的方向，但是，是否有人研究这个问题：生命是不是在朝远离任何机械模式的方向前进？"

他猜测，这个问题从来没有被研究过。研究这个问题所必需的观念还不存在。如果一种形而上学认为，静固的普遍法则是一切的基础，那么生命会朝着逃离一切法则的方向演化的想法就令人一头雾水。它根本说不通。这犹如说生命在走向混沌，因为在一个以法则为准绳的形而上学中，唯一可以想象的结构化模式以外的东西只有混沌。

但是，跃动良质不是结构化的，也不是混沌的。它是静固模式无法涵盖的价值。以物为中心的演化论者们，在找不到终定的"机制"或"程序"之后，得出生命在机能上无目的的结论。这个结论并不是密不透风的。他们不经意中呈现的，是一个价值如何创造现实的绝佳案例。

科学认为静固模式才是有价值的。它的工作就是追寻它们。当不符合规律的东西出现时，它认为这是正常现象中的捣乱分子，而不会认为这是正常现象本身。偏离了常规静固模式的事情是需要被解释的，如果可能甚至是需要被控制的。科学所解释的现实，是那种符合机制和程序的"现实"。其他那些不遵从机制与模式的东西都没什么价值，我们完全不需要关注。

看清怎么回事了吗？一个东西不存在，是因为我们没有观察到它。而我们没有观察到它，是因为我们没有去寻找它。而我们没有去寻找它，是因为它不重要，它没有价值，我们有更重要的事要做。

因为他不同的形而上学取向，斐德洛一眼就看出，迈尔所说的那些好似不起眼、不重要的"心血来潮"的决定，那些指引着演化进程的决定，其实，就是跃动良质本身。跃动良质，这万物之源，这先于理智的实在的前锋，总是表现为一种"心血来潮"。它难道还能表现在别的地方吗？

当我们消除了对"心血来潮"的跃动良质的偏见，实在的新世界就敞开了。自然，没有哪种机制指引着生命。机制是生命的敌人。机制越静固、越死板，生命就越要躲开它或克服它。

比如说，万有引力定律，它可能是宇宙的秩序中最冷酷的静固模式。结果呢，没有一个活着的东西不是一天到晚在嘲笑这个定律。你几乎可以把生命定义为对万有引力定律有组织的违抗物。

你会看到，有机体违抗这个定律的程度，可以衡量其演化的程度。因此，简单的原生动物只能用纤毛勉强移动，蚯蚓则能控制移动的距离和方向，鸟能飞上天空，人则干脆跑到了月亮上。

类似的分析也适用于其他物理定律，比如热力学第二定律。在斐德洛看来，如果对这些蓄意违反宇宙法则的案例搜集得足够多，并从中归纳总结，那应该会得到一种全然不同的演化理论。如果生命只能在物理定律的基础上被解释，那么生命总是设法绕过这些定律的大量证据就不能被忽视。原子能变成化学教授的原因必然在于，自然中有一种力量不喜欢化学平衡定律，不喜欢万有引力定律，不喜欢热力学定律，不喜欢任何限制分子自由的定律。它们只是顺应各种定律，因为它们不得不如此，但是它们的存在不喜欢遵从任何定律。

这能够解释为什么生命的模式不会简单服从因果律，随着"机制""程序"或物理定律的盲目运作而发生改变。它们不会做无价值的改变。它们的改变会躲开、超越、绕过这些定律。生命的模式在持续地演进，感召它们的是比那些定律所能提供的"更好"的东西。

乍一看，这与演化论者们最为坚持的观点是矛盾的。他们坚称：生命只是"适者生存"的自然选择过程，不存在什么感召。但是"适者生存"，正像"变异""异类"这种抓人耳目的语言一样，只有在你不对它的含义刨根究底时才会觉得它听起来不错。适者适合了什么？适合生存下来？那就等于说"生存下来者能生存"，等于什么都没说。"适者生存"这句话只有当"适合"等同于"最优"时才有意义,而"最优"就是"良质"。并且,达尔文主义者所说的并不是任何已经存在的优良品质,而是无定义的良质!迈尔的文章中讲得很清楚,他们非常肯定,去定义什么是"最适合"没有任何可能。

非常好!他们所捍卫的这个"无定义的最适合",正是跃动良质。自然选择就是跃动良质在运作。在"良质形而上学"和达尔文的演化论之间没有争议,在"良质形而上学"和坚持生命有某种目的的"目的论"之间也没有什么争议。"良质形而上学"所做的,是在一个更大的形而上学框架内把对立的信条统一起来,使它们在这个框架中相安无事。

河面现在开阔起来,船进入一片宽广的湖水。斐德洛身旁的海图上,这片湖水被标记为"塔潘齐"(Tappan Zee)。他心想,有点像须德海[1]。很好,他们仍沿用古老的荷兰名字。他回头看身后,那里是他已经穿过的连绵山脉。这是最后一段山脉,美国大陆即将到头。很快,这艘结实沉重的船就会第一次游荡在大西洋上,那是它真正的归属。经过了这么多个星期,想到这一点不禁令人兴奋。这艘船本来就是用于穿越大洋、环航大陆的,可不只是用来在温吞的内陆航道上追着浮标的。

---

1 Zuider Zee,荷兰西北部海湾,1932年荷兰建成拦海大坝后成为荷兰内湖。——译注

现在刚过午后。船一路飞驰。他想，大山对河流的挤压一定使得速度更快了。现在，根据他的计算，潮水即将开始掉头，他要慢速前进了。

不管怎么说，他思考良多的那个"从静固模式向跃动良质的迁徙"到目前为止还站得住脚。在过去，如果类似的想法战败，它们总是被传统形而上学基于物的基本假设所打倒的，但是有了"良质形而上学"的支持，它们就站立起来了。他尝试了数十次，思考怎么用这样或那样的争论把它打倒，但一直没找到。于是，在这个思想出现后的几个月里，他努力对它做出种种完善。

把生命解释为一场"从静固模式向跃动良质的迁徙"不仅符合已知的演化事实，还允许诠释它们的新方法进入。

生物的演化可以理解为这样的过程，在其中亚原子水平上微弱的跃动力量找到了胜过超原子水平上巨大的静固无机力量的计策。它通过选择超原子水平的机制做到这一点，在那里，若干选项处于势均力敌的平衡之中，微弱的跃动力量就可以轻轻使天平倒向某一方。

微弱的跃动亚原子力量抓住了一类原子作为它的主要跳板，这类原子就是碳原子。所有生命都含有碳，而对碳原子属性的研究表明，除了晶体形态使它具有极强的硬度外，它并无其他特殊之处。就熔点、导电性、电离等其他各项物理常数而言，它的表现和从它在元素周期表上的位置所推断出来的没什么两样。当然也没什么神妙法力的迹象等在那里,能让一个无生命的星球长出一堆化学教授。

使碳不同寻常的一个物理特性是,它是第Ⅳ族元素中最轻又最活跃的原子,而第Ⅳ族元素的化学键特性介于强弱之间。通常,Ⅰ族到Ⅲ族的金属价电子为正,Ⅴ族到Ⅶ族的非金属价电子为负,二者在化学上易于结合,与同族内的其他元素则不容易结合。但是,碳原子所在的族正好介于金属和非金属之间,所以,碳有时和金属结合,有时和非金属结合;有的时候,它无动于衷,不与任何元素结合;也有的时候,它们自行结合,或形成一条长链,或组成分叉的树形,或连成环。

斐德洛想,碳在结合性上的飘忽两可正好满足了微弱的跃动亚原子力的需要。碳的结合性是它们可以掌控的一种平衡机制。它是一个它们可以驾驭的跳板,通过选择第一次和谁结合,第二次再和谁结合,就可以近乎无限种可能,通向无穷无尽的自由。

已经有多少种可能性被筛选出来了啊,今天,已知有超过两百万种碳化合物,差不多是世界上所有其他已知化合物的二十倍。生命的化学就是碳的化学。所有动植物的种间差异,归根结底,就在于碳原子选择如何去结合。

但是跃动碳键的创造只说明了一种演化计策。还有一种是保住已经创造出来的成果。一个跃动的优势还会退化到它产生以前的状态,除非能找到某种静固模式保证它不退化,否则这种优势便没有意义。演化不可能是持续不断的前进。它一定是像棘轮一样节节向前的过程。跃动力先向前发展出一点新的趋势，然后，如果效果看起来不错，静固力就锁定已取得的进益；然后跃动力再前进，静固力再锁定。

跃动力为了推动分子水平的改变并保持住这种改变，必须创造出一种碳分子，这种分子既能保护有限的跃动自由不受无机法则的约束，又能抵御向简单的碳化合物再次退化。一项自然研究表明，跃动力无法做到这一点，而是通过创造出两种分子来化解这个困难：一种是静固的分子，能够抵御耗散、热量、化学攻击之类；一种是跃动的分子，能在分子水平上保留亚原子水平上的不确定性，并在化学结合上"胡碰乱撞"。

这种静固的分子数量巨大，在化学性质上是"死"的，与塑料相似。它的名字叫蛋白质。它围绕着那种跃动的分子，为它抵御光、热和其他化学物质的攻击，否则它们会蚕食跃动分子的敏感性，甚至会摧毁它。这个跃动的分子名字叫DNA。作为回报，它告诉静固的分子做什么，替换已经报废的静固分子，替换它自身甚至还没有报废的分子，改变自我本性来克服不利的外部条件。这两种和衷共济的分子，在病毒这种最简单的生命形式中，就是它们的全部。

把所有的生命演化模式切分为跃动功能和静固功能之后，还可以把这一切分继续施用于演化的更高层次。半透性的细胞壁能让食物进入，同时把有毒物质挡在外面，它的形成就是一把静固的闩锁。骨头、壳、皮、毛、洞穴、衣服、房屋、村庄、城堡、祭祀、符号、法律、图书馆都是同样的道理。所有这些都是防止演化发生退化。

另一方面，细胞繁殖从有丝分裂到减数分裂的转变使性选择和巨大的DNA多样性成为可能，这是一个跃动的进步。细胞聚集、组织，成为被称为植物和动物的多细胞生物圈，也是同样的道理。性选择、共生、死亡和再生、社区、通信、思辨思维、好奇心、艺术都是同样的道理。如果以物质中心的演化视角来看，这些大多不过是分子机器的附属属性。但是在以价值为中心的演化诠释中，它们就接近于跃动的过程本身，把生命的模式拉向更丰富、更自由的高级阶段。

有时候跃动的增益取得进展，但是没能找到锁定的机制，结果得不到实现，又滑落回上一级锁定的位置。整个物种和文化就这样失去了方向。有时候一个静固模式变得过于强大，遏制了一切跃动的前进。在这两种情况中，演化过程都会暂时中止。但是如果没有发生中止，那么结果就是它有了更强的能力去控制敌对力量，或者有了更多样的能力，或者二者兼而有之。能力多样性的提高指向跃动良质。对敌对力量控制力的提高指向静固良质。没有跃动良质，这个有机体无法生长。没有静固良质，这个有机体无法持续。二者都不可少。

现在我们回到那个化学教授，他正在研究他收集来的实验数据，想搞清楚里面的含义，这样的化学教授更说得通。他不是什么态度中立的外星访客，只是为了观察而研究这些。他也不是什么静固的、分子的、客观的生物机器,毫无目的地做着这一切。我们看到他在做这些实验时是带着目的的,这个目的与亚原子力在数十亿年前着手创造他的时候所带的目的是一模一样的。他在寻找信息,以拓展演化本身的静固模式,使我们在对抗大自然中敌对的静固力量时能力更多样,也更稳定。他也许有"纯粹乐趣"那样的个人动机,那是他工作中的跃动良质。但是当他申请基金时,他就会自然而合理地把他的需求与人类整体的演化目标的某个分支绑定在一起。

12

斐德洛曾经把形而上学称为"思想的高地"——类比于登山中的"高山地带"。你要付出巨大的努力才能到那儿,当你到达后还要付出更多努力,但是除非你走完全程,否则终其一生你都局限在思想的某一条山谷之中。这条穿过"良质形而上学"的高山通道,可以通往另外一条思想山谷的入口。在那里,对生命的现象可以有更丰富的解读。那条山谷一直延伸到一片广阔富饶的认识平原。

在这片认识平原里,价值的静固模式被划分为四个系统:无机模式、生物模式、社会模式和心智模式。没有了。全在这了。如果你编一本有这四个主题的百科全书——无机篇、生物篇、社会篇、心智篇——没有东西会被落下。我是说,没有"东西"。只有跃动良质缺席——什么百科全书也描述不了它。

但是，虽然这四个系统是完全的，彼此之间却不是互斥的。它们并行不悖，以几乎彼此独立的方式运作。

对模式的这种分类并不那么新颖，但是在"良质形而上学"中可以对它们做出不同于以往的论断。它说它们是不连续的，是离散的。它们彼此之间只有很少的关联。尽管高层模式建立在低层模式之上，却不是低层模式的延伸。恰恰相反，高层模式常常可以被看作低层模式的对立面，它一有机会就会为自己的目的去支配、控制低层模式。

这一观察在物质主导的形而上学中是不可能的，因为那里所有的东西都只能是物的延伸。但是现在，原子和分子都不过是良质的静固模式的四个层级之一，从理论上说，某一层级支配其他三个层级并不是必需的。

关于各个层级的独立性，斐德洛想到一个绝佳的类比，就是计算机中硬件和软件的关系。他对这二者的关系有所认识源于他为复杂的军方电脑编写技术手册的那几年。他不但学会了怎样排除计算机的电路故障，还在集成电路芯片到来之前的时代，手焊过自己的数字电路，把一个个晶体管、二极管、电阻和电容，用导线和焊锡都焊在一起。他在四年中获得了所有这些知识，但是他仍然对程序只有十分模糊的概念。和他共事的电子工程师没有一个人和程序打交道。程序员在另外一栋楼里工作。

后来，当他开始和程序员共事后，他非常惊讶地发现，即使是高级程序员也很少有了解触发器工作原理的。这太有趣了。触发器是一个能存储 1 或 0 的电路，如果你连触发器怎么工作都不知道，你能对计算机知道些什么呢？

答案是，对一个程序员来说，他并不需要学习电路设计。一个硬件工程师也不需要学习编程。这两套模式是彼此独立的。除了一张内存映射表和一个叫作"机器语言指令集"的小小信息地峡[1]——后者十分精简，你在一张纸上就可以把它写下来——电子电路和同一时间存在于同一台计算机上的程序毫无干系。

这个机器语言指令集令斐德洛着迷，因为他从非常不同的视角来观察它。他为数百种设计图写过硬件说明，介绍电平怎样从这一组触发器传送到另一组，从而产生单条机器语言指令。这些机器语言指令就是所有电路的最终使命。它们是开开合合的电子交响乐的终曲表演。

后来，当他开始编程之后，他发现这支电子线路的交响乐不过是另一支宏大交响乐的一个音符，二者全然不同。门电路、脉冲上升和衰减时间、电平裕度，都不见了。就连他的触发器组也变成了"寄存器"。所有的东西都进入一个全然的逻辑关系的符号世界，与他工作于其中的"真实"世界一点都不一样了。曾经作为整个设计目标的机器语言指令集，现在成了最低级编程语言的最底层元素。大多数程序员从不直接使用这些指令，甚至不知道它们

---

[1] 沟通两个广阔区域的狭窄地带。——译注

是什么意思。

尽管电路设计者和程序员都知道"Load Accumulator"这条指令[1]的含义,二者的理解却完全不同。他们唯一的联系就在于类比。一个寄存器类比于一组触发器,一个电平变化类比于数字的改变。但它们是不一样的。即使是在沟通着"硬件"与"软件"的这个狭窄地峡中,双方的含义也不可以直接互换。"硬件"与"软件"是两种静固模式的集合,在这两个集合中,同一条机器语言指令是两个完全不同的实体。

建立在低级编程语言之上的是高级编程语言,比如当时的FORTRAN或COBOL语言。它们独立于低级语言,正如低级语言独立于电子电路一样。而在高级语言之上,还有其他的模式层级,就是应用程序,还可能是文字处理程序中的一篇小说。令他尤感不可思议的是,一个人就算永生永世地用示波器探测那台电脑的电流模式,也不可能找到那篇小说。

这些对"良质形而上学"意义重大,因为它说明,对于良质的静固模式的不同层级,其相互关系具有惊人的并行性。

的确,没有了并行的电压模式的支持,小说不可能存在于电脑之中。但这并不意味着,小说是那些电压的一种表达或者属性。它根本就不是必须存在于电路之中的。它同样可以以磁的形态存

---

[1] 这条指令的含义是将一个数字装载到名为"累加器"的寄存器中,这个数字在这里可以和其他数字进行运算。——译注

在于磁盘、磁鼓、磁带上，但是它仍然不是由磁构成的，也不是从属于磁的。它可以记录在笔记本上，但它既不是由墨水和纸张构成的，也不属于它们。它可以存在于一个程序员的大脑中，但即使在那，它也不是由大脑构成或属于大脑的。同样的程序可以运行在无数种形态的电脑中。一个程序可以在它运行时把自己变成另一个程序。它可以打开另一台电脑，把自己传送到这第二台电脑上，然后关掉离开的第一台电脑，清除一切自己来源的痕迹——这一过程很像是生物学上的繁衍。

试图用无机化学的模式来解释社会道德模式，就如同用计算机里的电子解释文字处理程序中一部小说的情节。你做不到。你可以看到电路如何能支持一部小说的写作，但是它不能为小说提供情节。一部小说有它自己的一套模式。类似地，生命的生物模式和有机化学的分子模式之间具有"机器语言"的接口，叫作DNA，但那并不意味着碳、氢、氧原子拥有或指导着生命。演化的每一层级的主要职责似乎都是为较低的演化层级提供自由。但是，随着更高的层级变得越来越复杂，它就与基础脱离，奔向它自身的目的了。

一旦理解了价值的静固模式彼此独立的本质，很多谜团都解开了。第一个就是通常的价值之谜本身。在主客体形而上学中，价值一直是最模糊不清、模棱两可的词。它是什么？当你说世界不是由别的，只是由价值所构成的时候，你在说什么？

斐德洛想，这就是为什么以前好像从没有人曾诞生出这一思想——世界主要由价值构成。这个词太模糊了。凝聚一杯水的"价值"和凝聚一个国家的"价值"显然不是一回事。因此,说世界不是别的只是价值,只会令人费解,说不清楚。

现在,根据演化层级来梳理不同的价值之后,这种模糊性就消除了。凝聚一杯水的价值是一种价值的无机模式。凝聚一个国家的价值是价值的社会模式。它们彼此完全不同,因为它们处在不同的演化层级上。它们也完全不同于生物模式,那个让疑心最重的知识分子也会从烫炉子上跳开的模式。这些模式没有任何共同之处,除了它们都是由共同的历史演化过程所创造出来的。但是这一过程是一个价值演化的过程。因此,"价值的静固模式"这一叫法对它们都适用。

这个谜团就解决了。另一个大家伙是心物之谜。

如果世界只是由心的模式和物的模式组成的,那么二者的关系是什么?如果你读遍关于这个问题卷帙浩繁的哲学著作,你可能会得出一个结论——没有人知道,至少没人对这个问题的理解足以说服其他人。唯物主义者说,只有现实是最重要的,它创造了意识。唯心主义者说,只有意识,意识创造出物质。实证主义者说,这种争论永远没有结果;放下这个话题吧。

如果你能做到,那也不错,然而不走运的是,这是物理学中最磨人的问题之一,而实证主义正是唯物理学马首是瞻。它的磨人之处不在于在实验室里发现了什么东西——数据只不过是数据——而在于一个人用以理解这些数据的心智框架是错误的。这个错误就隐藏于主客体形而上学本身。

传统的主客体形而上学使用和"良质形而上学"一样的四种静固模式，它把它们两个一组切分为两组：称为"物质"的无机-生物模式，称为"精神"的社会-心智模式。但是，这种切分就是问题的根源。当主客体形而上学认为物和心是永远分离、永远相异的时候，它创造了一个比太阳系还大的鸭嘴兽。

它不得不做出这致命的切分，因为在它的结构中，主体和客体被赋予至高无上的地位。每一样东西都必须是客体或主体，物质或非物质，因为那是对宇宙的最基本切分。无机-生物模式由物质构成，因此是"客观的"。社会-心智模式不是由物质构成的，因此被叫作"主观的"。在以"物"为基础做出这一武断的切割之后，传统的形而上学问道："心和物，主体与客体，它们的关系是什么呢？"

一种回答是把心和物二者，连同它们带来的整个问题，都揉捏成另一只鸭嘴兽，叫作"人"。"人"有一个身体（因此他本身并不是身体），还有一个精神（因此他本身并不是精神）。但是如果一个人问，什么是"人"（它不是一个身体也不是一个精神），他得不出任何答案。没有任何一个"人"是独立于模式而存在的。人就是模式。

这个虚幻的"人"还有许多同义词："人类""人民""大众"，甚至是这些代词，如"我""他"和"他们"。我们的语言是如此依赖这些词而组织起来，而且它们用起来又如此方便，想摆脱掉它们是不可能了。真的没有必要。正如"物质"一样，只要记得这些词汇只是用以表示模式的集合，那就用好了，但是它们本身不是什么独立的基本实在。

在以价值为中心的"良质形而上学"中，这四种静固模式的集合并没有被隔离为心与物的分立区域。物，不过是某些无机价值模式的名字。生物模式、社会模式、心智模式都建立在这种物的模式之上，但是独立于它。它们有自己的规律和法则，这些规律和法则并不能从物的规律和法则中推导出来。这不是我们习惯的思维方法，但是，如果你停下来认真想想，你会奇怪自己怎么会一直蒙在鼓里，竟没有早点这么想。毕竟，一粒原子在它的结构里存储着足够用来建造纽约市的信息，这种可能性有多大？物质不是生物、社会和心智模式的所有者。创造和毁灭这些模式的法则不是电子、质子和其他基本粒子的法则。创造和毁灭这些模式的力量，是价值的力量。

所以，"良质形而上学"的结论是，在心物问题上，所有学派都是对的。心装在静固的无机模式中，物装在静固的心智模式里。心和物二者是价值的静固模式截然不同的演化阶段，并且能够互相容纳，没有矛盾。

心物矛盾看似存在的原因是，这两个价值模式阶段的连接纽带被忽视了。丢了两样东西：生物和社会。心智模式并不是从无机界生长出来的。它是从社会中生长出来的，而社会是从生物中生长出来的，生物才是从无机界生长出来的。正如人类学家充分认识到的，心的所思所想受到社会模式的支配，正如社会模式受到生物模式的支配，正如生物模式受到无机模式的支配。在心和物之间，没有直接的科学联系。正如原子物理学家尼尔斯·玻尔所言："我们被语言悬在半空。"我们对自然的理智描述都是从文化中衍生出来的。

模式的心智层级在把自己从社会层级的母体——叫作教会——中解放出来的历史进程里,为了它自己的利益,需要发明脱离社会层级的独立神话。科学和理性,这个神话说,它们只能来自客观世界,而不可能来自社会。客体的世界作用于心智之上,不需要社会的干预。很容易看出这个独立神话的历史原因,没有它,科学可能根本无法存活。但是,仔细考察,情况并非如此。

被"良质形而上学"祛魅的第三个谜题,是古老的"自由意志与决定论冲突"。决定论这种哲学理论认为,人,和宇宙中的其他物体一样,遵从确定的科学法则,而且没有例外。自由意志这一哲学观点则认为,人做出种种选择,并不受制于他身体里的原子。

这场战争历时弥久,喧嚷不休。之所以如此,是因为摒弃任何一方在逻辑上都会导致严重的后果。如果对自由意志的信念被摒弃,在一个主客体形而上学中,道德恐怕也必须被摒弃。如果人类是按照物质的因果律行事的,那么人类其实无法在对错之间做出抉择。

另一方面,如果决定论者放弃了他们的立场,那似乎也就否认了科学的真理性。如果你谨遵传统上科学化的物质形而上学观点,那么决定论的哲学观念就是不可避免的结论。如果,"万事万物"都归于"物质及它的属性",并且,如果"物质及它的属性"都归于"遵从定律的事物",并且,如果"人"也是"万事万物"之一,那么，就能得到一个密不透风的逻辑推论，人永远遵从物质定律。

无可否认，人类的所作所为看上去好像并不是盲目地按照物质定律在行事，但是在决定论的解释里，这不过是另一个科学不断揭示出来的错觉之一。整个社会科学，包括人类学，都建立在一种形而上学信念的基岩之上。这种信念就是，人类行为存在物理学一样的因果规律。道德律，如果可以说它们存在的话，不过是人为的社会规范，与世界的真实本质毫无关系。一个"道德的"人，只是在依照惯例行事，"小心警察"，"别干坏事"，不过如此。

在"良质形而上学"里，这一困境不再出现。从人的行为受控于良质的静固模式这一层面看，人没有选择。但是，从人遵从跃动良质（这无法定义）这一层面看，他的行为是自由的。

然而，对于伦理问题，除了轻松解决自由意志和决定论的矛盾，"良质形而上学"还有太多太多可说的。"良质形而上学"认为，如果道德判断实质上是对价值的断言，而价值如果是世界的基础底座，那么道德判断就是世界的基础底座。

它认为，即使从宇宙最基础的层面来说，价值的静固模式和道德判断也是一回事。"自然法则"就是道德法则。当然，说氢和氧结合成水是因为道德，这乍一听很古怪、很别扭，而且也没有必要。但是，和说一个化学教授抽烟斗、去电影院是受到宇宙中不可抗拒的力量驱使相比，也不见得更古怪、更别扭、更无必要。过去的逻辑就是，如果化学教授完全由原子构成，并且原子只遵守因果律，那么化学教授也必须遵守因果律。但是，这个逻辑也可以反过来运用。我们完全可以从化学教授，一般而论，是有道德的，来推论出原子的道德性。如果化学教授能做出选择，同时化学教授完全由原子构成，那么就可以推论出，原子也一定能够选择。这两种观点的区别是哲学的，而不是科学的。一个电子的行为究竟是因为它必须如此，还是它想要如此，与电子行为的实验数据是完全无关的。

所以，斐德洛所说的是，不仅仅生命，一切事物，都是一种伦理活动。不是别的。当实在的无机模式创造出生命来，"良质形而上学"认为，它这样做，是因为这样"更好"，而且，对这个"更好"的定义——由此呼应于跃动良质——就是伦理的一个基本单位，是非对错都可以建立在它的基础之上。

当这种理解第一次在斐德洛的脑海中创生，伦理和科学突然被整合成一个系统时，他如同魔怔了一般，好几天都无法思考其他东西。他以前只有一次为一个抽象的想法更加着魔过，那是他第一次触及无定义的良质本身时。那第一次魔怔的后果是灾难性的，所以现在，这一次，他告诉自己，静下心来，慢慢挖掘就好。这对他来说，是一次重大的跃动突破，但如果他想抓住它的话，最好还是尽快彻底地进行一些静固锁定。

13

那么，锁定就是现在需要做的事了。历史上，每一次把科学和伦理结合起来的努力都是一场灾难。你不能把道德体系粘贴在一堆跟道德无关的客观事物上。跟道德无关的客观事物从来不需要这种粘贴工作,它总是将其当作多余的东西甩掉。

但是"良质形而上学"不允许道德被这样甩脱。它认为,首先,"跟道德无关的客观物质"是道德的一种低级形式。甩不掉的。其次,它说,即使物质不是道德的低级形式,在形而上学上也不需要去证明道德如何从物质派生而来。在把价值的静固模式划分为四个系统之后,传统的道德模式已经与无机性质和生物性质几乎毫无关系了。这些道德模式存在于无机性质之上,正如小说存在于计算机之上一样。它们对生物模式更多的是对抗,而不是支持。

这就是整个问题的关键。

"良质形而上学"中的演化结构所揭示出来的是,道德体系并非只有一种,而是有许多。在"良质形而上学"中,有一种道德叫作"自然法则",凭借它,无机模式战胜了混沌;有一种道德叫作"丛林法则",在其中,生物战胜了饥饿和死亡的无机力量;有一种道德,使社会模式战胜了生物,这就是"法律";还有一种心智道德,它还在试图掌控社会的道路上奋斗着。这些道德准则之间彼此的依存程度,并不比小说对触发器的依存程度更高。

今天习惯上所说的"道德"只涵盖了其中的一套道德准则,即社会-生物准则。在一个主客体形而上学中,这个形只影单的社会-生物准则被认为是宇宙中一个微不足道的、"主观的"、物理上并不实存的东西。但在"良质形而上学"中,所有这些道德准则,再加上一个跃动道德，不仅是真实的，而且就是一切。

一般来说，在其他各个方面都相同的情况下，如果给出两种选择，那么更为跃动的选择，也就是位于更高的演化层级上的选择，更符合道德。以这句话为例："医生杀死病菌比让病菌杀死他的病人更道德。"病菌想活，病人也想活。但病人具有道德上的优先权，因为他的演化层级更高。

单独来看，似乎显然如此。但是不那么显然的是，在以价值为中心的"良质形而上学"中，医生优先考虑病人符合绝对的、科学的道德。它不是一种主观任意的只适用于某些医生、某些文化的社会常情，而是适用于所有医生、所有文化。对任何人，在任何年代，不论现在还是永远，它都屹立不倒。它是像H_2O一样真实不虚的现实道德模式。我们终于能够在理性的基础上对待道德了。我们现在可以在演化的基础上推理出规则，从而比以前更精确地分析道德观点。

在病菌和病人之间的道德演化冲突中，演化的跨度巨大，导致此种情况下的道德取向一目了然。但是当冲突中的静固模式只在伯仲之间时，其道德张力就不那么明显了。

类似于病菌-患者问题的另一个争论不休的道德论题是素食主义。印度教徒和佛教徒声称，吃动物的肉是不道德的。是这样吗？以现在的道德观，我们会说，只有当你是印度教徒或佛教徒时这才是不道德的，否则就没什么问题，因为道德不过是一种社会习俗。

而演化论道德观则会说，从科学上讲，这对任何人都是不道德的，因为动物处在更高的演化层级上，也就是说，比谷物和蔬果更为跃动。但这一禁令的道德力量并不是那么强，因为与医生的病人和病菌相比，它们演化的水平更为接近。还要补充的是，这个道德原则只有在谷物和蔬果丰富的地方才能成立。对印度教徒来说，在饥荒时期不吃掉他们的牛反而是不道德的，因为那意味着他们为了低等生物而杀害人类。

因为以价值为中心的"良质形而上学"并不与物质绑定在一起，所以它可以自由地在更高的演化层级上，而不是在病菌和水果、蔬菜的层级上，探讨道德问题。在这些更高的层级上，问题变得更有趣了。

科学地看，允许一个社会杀人是否道德？这是一个非常大的道德问题，全世界的法院和立法机构仍在争论不休。

初看之下，演化论道德观似乎会说"是"，一个社会有权杀人以防止自己的崩坏。一个与世隔绝的原始村庄在受到匪徒的侵犯时，有道德上的权利和义务杀死他们进行自卫，因为村庄是一种更高级的演化形态。当美利坚合众国为内战而征兵时，每个人都知道，很多无辜的人将被杀害。北方本可以允许各个蓄奴州独立，以此拯救数十万人的生命。但是演化论道德观会说，北方进行那场战争是正确的，因为和个人的血肉之躯相比，国家是更高级的演化形态，而和国家相比,人类平等的原则是更高级的演化形态。约翰·布朗[1]的真理从来就不是一个抽象的东西。它仍然在继续前行。

当一个社会本身并没有受到威胁——例如在处决个别罪犯时,这个问题就变得更复杂了。在叛国、暴动或者战争这样的情况下,犯罪分子对社会的威胁可能是非常实在的。但是,如果一个稳固的社会结构并没有受到犯罪分子的严重威胁,那么演化道德观会说,杀死他不具有道德上的正义性。

杀死他之所以不道德,是因为一个犯罪分子不仅仅是一个生物有机体,甚至不仅仅是一个社会的残次品。当你杀死了一个人,你也杀死了一个思想的源头。人是思想的集合,这些思想比社会具有更高的道德优先级。思想是价值的模式。它们比价值的社会模式具有更高的演化水平。正如对医生来说杀死病菌比杀死病人更符合道德一样,思想杀死社会也比社会杀死思想更符合道德。

除此之外,还有一个更坚实的理由:社会也好,思想也好,原则也罢,它们本身不过是一套套静固模式。这些模式本身无法感知或调整到跃动良质。只有活人才能做到这一点。反对死刑的最有力的道德依据是,它削弱了一个社会的跃动能力——改变和演化的能力。带来真正的社会变革的不是那些"好人"。"好人"之所以看起来好,是因为他们服从。社会演进的真正跃动力量,是那些"坏蛋",那些只有一百年后看起来才好的人。这就是祖尼的 brujo

---

[1] John Brown,美国废奴主义者,一生投身于废除奴隶制的武装斗争,1859年被俘后被杀。——译注

带给我们的真正的道德教训。如果那些祭司杀了他,他们就对他们社会的成长和变化能力造成了巨大的伤害。

真想把这世界上所有的道德冲突都摆出来,看看能否用这种分析方法把它们一一理顺。但是斐德洛意识到,一旦开始着手这项工作,他将永无完成之日。无论他看向哪里,无论他想到什么案例,他似乎总能在这个框架内把它们铺排停当,而且当他这么做时,冲突的本质通常被看得更清楚了。

而事实上,这看起来是对瑞乔的回答。瑞乔的问题已经纠缠了他一整天:"莱拉有良质吗?"

在生物层面上她有,在社会层面上她没有。简单明了!演化道德观就像切西瓜一样把整个问题一切两半。由于生物模式和社会模式几乎没有任何关系,所以莱拉既有良质,同时又没有良质。这也的确是她给人的感觉——一种既有良质又没有良质的混合感觉。这就是原因。

多简单啊。这就是一个高质量理论的标志。它不是以某种复杂迂回的方式回答问题,而是化解了问题,以至于你会奇怪自己当初为什么问出这个问题。

生物层面上她还不错,社会层面上她就不入流了,心智层面上她一无是处。但从跃动层面看……哇!很值得关注。有些狂暴的跃动性在她身体里奔突。那些攻击性,那些泼辣的话,那双奇怪的迷蒙的蓝眼睛。就像坐在一座隆隆作响、四处冒着热气的山丘旁……如果能和她多聊几句，一定会很有意思。

斐德洛走到舱口处，向下看去。她好像在下面的铺位上睡着了。他自己也需要睡一会儿。今晚她可能会十分清醒，一心想赶路。他倒会呼呼大睡。

他看到一个正在接近的浮标朝着他微微倾斜，在浮标底部有一波微浪正向他涌来。河水开始回流了，慢慢走吧。天也快黑了，不过还算幸运，前面的路程不远了。

前面一艘驳船的位置表明，他的船在纽约市一侧的河道上行驶得太远了。他把船头往后拉了几度，以便避开来往的船只。在面前的一大片水面上，他看到一艘驳船被一艘拖船从后面推了过来。这艘驳船的顶部有管道，这意味着它可能是运送石油或化学品的。它正朝他驶来，虽然他认为没有碰撞的危险，但他还是让路线偏离一点，以便与它保持更远的距离。

这片海的岸边虽然很远，但他能辨认出那些建筑和岸边设施都是大都市的景象。它们背后没有山丘耸立，只有沉闷的工业雾气。他看了看表，三点半。还有几个小时的日光。看来他们会在天黑前到达奈亚科镇。这艘船今天真是一路飞奔。河里自然的流水，河流上面的潮汐，潮汐上面飓风带来的洪水，共同助力了今天的速度。

总之，瑞乔的问题有了答案。斐德洛现在可以轻松下来了。瑞乔不过是在灌输一种狭隘的囿于传统的社会生物层面的道德准则。可以肯定的是,瑞乔自己并不明白这一点。

斐德洛用心揣摩,发现这些静固道德准则之间的彼此隔离十分重要。它们其实自成一个小小的道德王国,像静固层级一样彼此分立,正是它们解决了静固层级之间的冲突:

首先,一些道德准则确立了生物生命高于无生命自然的地位。其次,一些道德准则确立了社会秩序高于生物生命的地位——也就是传统道德——禁止毒品、谋杀、通奸、盗窃等。再次,有些道德准则确立了心智秩序高于社会秩序的地位——民主、陪审团审判、言论自由、新闻自由。最后,还有第四种,跃动道德,它不是任何准则。他想,你可以叫它"艺术的准则"之类的,但是艺术通常被认为是一种修饰物,这个叫法削弱了它的重要性。祖尼的 brujo 的道德性,就是跃动道德。

有一个现象逐渐浮出水面:使某一层级的组织凝聚在一起的静固模式,通常正是另一层级的组织必须对抗的模式,由此这另一层级才能维持自身的存在。道德不单单是一套规则。它是彼此冲突的价值模式之间进行的一场极其复杂的斗争。这种冲突是演化的残余,因为当新的模式演化出来时,就会与旧的模式发生冲撞。演化的每一阶段掀起的波浪都会引发一波波问题。

正是在相互冲突的静固模式的斗争中,善与恶的概念应运而生。因此,虽然医生致力于消灭疾病是绝对道德的,但是这些疾病的邪恶,在低级的病菌的静固道德模式中却根本不是邪恶。病菌正在做出符合道德的抗争，使自己免于被更低层次的邪恶的无机力量摧毁。

斐德洛认为，其他大多数价值观的争吵都可以追溯到演化的原因。这种追溯，有时既可以为区分这些争吵提供合理的基础，也可以提供合理的解决方案。在我们当下的文化传承中，到处漂浮着各种模糊不清和晦涩难解的道德观念，将道德按照演化的层级结构化，突然使这些观念清晰可辨了。"恶习"就是一个例子，在演化道德观中，恶习是内涵相当明了的。恶习是生物良质和社会良质之间的冲突。诸如性、酒、毒品和烟草这样的东西具有很高的生物良质，也就是说，它们让你感觉很好，但是从社会的角度看，它们是有害的。它们掏空你的口袋，它们毁灭你的家庭，它们威胁族群的稳定。

就像今天早上瑞乔抛给他的那些东西，那些过时的维多利亚道德。它完全属于一个单一的道德准则——社会准则。斐德洛认为，这个准则就它自身而言没什么问题，但是它实际上没有任何建设性。它不知道自己的起源，也不知道自己的归处。而不知道这些，它就只能过去什么样，现在依旧什么样：无可救药的静固，无可救药的愚蠢，这本身就是一种邪恶的形态。

邪恶……如果他在一百五十年前这么说，可能会给自己带来大麻烦。那个时候，如果他挑战他们的社会制度，他们会暴跳如雷，很可能会惩罚他。他可能会被视为某种社会隐患受到排斥。而如果他在六百年前说了这句话，他可能会被绑在火刑柱上烧死。

但在今天，却没什么风险。这不过是廉价的一击。如今大家都认为那些维多利亚时代的道德准则愚蠢而邪恶，至少是过气了，除了少数宗教原教旨主义者和极端右翼分子以及未受过教育的盲众。这就是为什么瑞乔今天早上的说教显得如此怪异。通常情况下，像瑞乔这样的人只会宣扬他们认为别人爱听的话，这对他们比较保险。他难道不知道那些东西很多年前就已经过时了吗？六十年代革命时他在哪里？

整个二十世纪他都在哪里？这就是整个世纪的主题，心智模式与社会模式的斗争。这就是二十世纪的主题曲。是社会将主宰心智，还是心智将主宰社会？如果社会赢了，那对心智意味着什么？如果心智赢了，那对社会意味着什么？这就是演化道德观揭示出来的本质，再清楚不过了。正如社会不是生物的延伸，心智也不是社会的延伸。心智要自立门户。这么做必然要和社会开战。心智要制服社会，要把社会关进笼子里。演化道德观说，心智这样做是道德的，但是它也发出警告：正如一个社会如果削弱其人民的身体健康，就会危及自身的稳定一样，心智模式如果削弱和破坏其社会基础的健康，也会危及自身的稳定。

准确地说是"危及了自身的稳定"。这已经发生了。这是一个不可思议的心智扩张的世纪，也是一个令人难以置信的社会毁坏的世纪。唯一的问题是，这个过程还将持续多久。

过了一会儿，斐德洛可以看到前方的泊船处，就在奈亚科游艇俱乐部那儿，和瑞乔说的地点一样。他们可以结束这一天的航程了。当船驶近时，他把引擎油门关小，从甲板上解下船钩。

舱口又现出了莱拉的面容。

他一时间呆住了。毕竟，她才是真实的。所有那些理论思考都是关于一个叫作"莱拉"的高级形而上学抽象，而此刻，在他面前，才是最终的一切。

她的头发梳过了，羊毛衫罩住她的全身，只露出T恤的一角："O–V"。

"我现在感觉好点了。"她说。

她看上去并没有变得更好。她的脸被化妆品变成了更糟的东西……像一副面具。敷着白粉的脸皮，与金发格格不入的怪异的黑眉毛，仿佛濒死之人的恐怖眼影。

他看到前面一些系泊的浮子上有红白相间的标记，像是给客人准备的。他调低引擎，把船转了一个大弧度，以便接近最外面的那个浮子。当他估计船的惯性够让它自己到达浮子时，他就转到空挡，抓起船钩，走到前面去钩系泊的浮子。光线刚好够看到浮子。再过半小时，天就黑了。

14

莱拉环顾他们所在的地方。在他们前方是一座很长很长的桥。它好像一直跨越到他们所在的大湖对岸。桥上的车辆川流不息。可能是去纽约市的，她想。他们已经快到了。

在系泊区的水面上，几只船在他们周围漂浮着，但船上似乎没有人。到处空荡荡的，一派寂寥的景象。好像所有人都已经走了，离开了此地。人都去哪儿了？就好像流经这里的河水。太静了。今天下午发生了什么事？她记不太清楚了。她被什么东西吓到了。狂风和巨响。后来她睡着了。现在她又在这里。到底是怎么一回事？

她不禁茫然，她在这里做什么？她不知道。某个地方的又一座城镇，又一个男人，又一个即将来临的夜晚。这将是一个漫长的夜晚。

船长回来了，神情古怪地看了她一眼，说："帮我把小艇放到水里。我自己也行，但两个人更容易些。"

他把她带到桅杆那，小艇倒扣在他们面前的甲板上。他问她知不知道怎么使用绞盘，她说知道。然后他把桅杆上的一条绳子挂在小艇上，并让她开始摇曲柄。她开始摇，但是好重。她看得出来，他不喜欢她这样干活。但她继续用力，过了好一会儿，小艇被绳子吊起来了。船长把它悠到了船的一侧，让她把它慢慢放下来。她松开绞盘上的绳索。

"慢点！"他说。

她用更慢的速度松开绳索。船长伸出双手扶着小艇入水。然后他转身说："做得不错。"至少她做对了一件事。他甚至还笑了一下。

也许今晚不会那么糟糕。

莱拉到下面去，从她的手提箱里拿出她的旧毛巾和刚刚换下来的衣服，还有她的吹风机和化妆品。她从水池里拿了一块香皂，包在浴巾里带上。

当她再踏上甲板时，船长已经在船舷上挂了一个小梯子，这样他们就可以下到小艇上了。她下去坐进小艇，然后他拿了一些帆布手提袋跟上来。她好奇这些是做什么用的。

他几乎用不着划船。没多远就到了岸边。几根木桩子从水面伸出来，还有一个看上去摇摇晃晃的木头码头。码头旁边有一座白色的小房子，房子后面是一座山，沿山坡上去通往一个小镇，看上去像。

白房子里的一个男人告诉他们洗浴间在哪儿。船长付给他泊船和洗浴的费用。他们走过了一条长长的走廊之后，她走进"女士"间。里面的淋浴黑黢黢、脏兮兮的。一张长木椅就摆在外面。她摸索了半天才找到灯的开关。她打开淋浴，把水放热，然后把衣服脱下来，放在长椅上。

淋浴很棒，水很热。真不错。有时在这种地方，你只有冷水可以洗澡。她在花洒下面踏踏脚，感觉真好。从"Karma号"离开特洛伊以后，这是她洗的第一个澡。她好像怎么也洗不够。船上都不干净。

男人也不干净。她努力清洗自己昨晚和船长接触过的部位。

他需要一个像她这样的人。他身上像卡车引擎一样刺鼻。他穿的那件衬衫，看起来几个星期都没换过了。和他一起去佛罗里达，那是他的福气。他不懂怎么照顾自己，而她可以照顾他。

但她并不想和他发展关系。她不想和任何人发展关系。时间久了，他们就想深入发展，就像吉姆，这时麻烦就开始了。

莱拉用毛巾擦干身子，开始穿衣服。她的衬衣和裙子都皱了，但这些皱褶会被抖平。她在靠近长木椅的镜子旁边找到一个插头，她插上吹风机，对着头发吹起来。

曼哈顿已经近在眼前。如果杰米在那，他会搞定一切的。能再见到他真是太棒了。也许吧。你永远摸不准他。他可能并不在那。那她可就麻烦了，接下来如何是好呢，她不愿去想。

她突然想起来，她跟船长说过她要做晚饭。

这就是他带那些帆布手提袋的目的：用来装食物。说不定当她让他大快朵颐之后，他就会把她一直带到佛罗里达去。

她慢慢地、小心翼翼地涂上睫毛膏。涂完后，她走到大厅。她转过一个拐角时，看见船长正在那等她。她向他走近，注意到他现在看着好多了。他洗了澡，刮了胡子，还换下了那件衬衫。

外面天色已晚。他们借着路灯沿街步行上山。有些行人走过，并没有抬头看他们。

这不像是个小镇，更像是城市的一角。街道不是特别宽，还有点脏，有点萧条，像大城市给人的感觉。他们走进小镇，她张望着一个个商店的橱窗，却发现没什么可看的。

她感觉自己闻到了薯条的味道。但是她没看到周围有麦当劳、汉堡王之类的地方。

她要不要来点薯条！她快饿死了！

也许他们可以买点，她想。但那样的话有个麻烦，等他们到了船上，薯条都凉了。也许她可以做一些。但是需要一个炸薯条的容器。她问船长有没有油锅，他说他不确定。但愿他有吧。

超市里的东西价格很高。她拿了两块很贵的菲力牛排、用来炸薯条的大个爱达荷土豆和油，又拿了些巧克力布丁做甜点，还有早餐用来做吐司的面包，还需要些鸡蛋、黄油、培根，还有牛奶。

就在她弯腰拿牛奶的时候，一辆购物车撞到她身上。莱拉说："哦，对不起。"这不怪她，但那个像是商店工作人员的女人只恶毒地瞪了她一眼，没表示任何歉意。

莱拉的两个大袋子都塞满了东西，她真是饿坏了。再说，她以购买食品为乐，其中大部分东西她可能并不会吃。

但是谁又能说得准呢？说不定今晚她和船长会共度良宵，然后在纽约一起购物。有太多她想要的东西了。

把东西都装进了购物车后，她走向收银台。她看到站在那的收银员正是撞到她的那个女人，脸上还是那副恶毒的表情，让莱拉想起她妈妈。莱拉好声好气地问，他们是否可以用购物车把东西运回船上，这比拎着手提袋走要轻松许多。但回答是"不行"。

莱拉看了看船长，但他什么也没说。他只是面无表情地付了钱。

他俩一人拎起一袋货物，开始往门外走。突然传来一声大喊：

"嗷！！"然后是，"你放开我！我要告诉我妈妈！！！"

莱拉转过身，看到那个店员正一只手抓着一个黑人女孩的衣领。女孩一边打着她一边叫喊："放开我！放开我！！我要告诉我妈妈！！"

"我告诉过你，不许进来！"店员说。

那个女孩看起来十到十二岁的样子。

"我们走。"船长说。

但是莱拉听到自己说："放开她！"

"别惹事！"船长说。

"我愿意进来就进来！"女孩喊道，"你管不着我！"

"放开她！"莱拉说。

那个女人吃惊地看着她："这是我们的商店！"

"上帝啊，我们走吧！"船长说。

那个女人还是没有放开女孩。

莱拉爆发了："松手！不然我就报警了！"

那个女人松了手。女孩顺着商店出口，从莱拉和船长身边跑了出去。那个店员对她怒目而视，然后又怒视着莱拉。但已经无可奈何了。

结束了。莱拉和船长走了出去。到了外面，那个女孩看着她，飞快地对她一笑，然后溜掉了。

"你到底在干什么？"船长说。

"她惹毛我了。"

"什么事都能惹毛你。"

"我必须那么干,"莱拉说,"现在,我整晚都会觉得很痛快。"

在一家酒行,他们买了零点四夸脱的威士忌和两夸脱的混合酒,还买了一袋冰块。他们沿着狭窄的街道走回泊船的小白房那,这下真是满载而归。

"你为什么掺和到她们的争吵中?"船长问道,"一点都不关你的事。"

"人们对孩子太粗暴了。"莱拉说。

"我倒觉得你自己的问题恐怕已经够多了。"船长说。

她没说话。但这感觉很好。像这样大发脾气之后她总是感到畅快。她不知道为什么,但她总是这样。

他们往河边走的一路上,船长一言不发。他生气了。没事的,她想。会过去的。

到了码头上,天黑得连小艇都看不清了。她必须小心翼翼的,她可不想把这么多食物都掉到河里。

船长把他装满食物的袋子搁在码头上。他解开小艇的绳索,让莱拉上船。他把所有东西都递给她,然后自己也上了船。由于他俩之间堆满了袋子,他摇不开桨,所以只拿着一只桨,一边划一下,另一边再划一下。

她回头远望,那座长长的大桥就像一道影子,被纽约上空的灯光从背后照亮了。这真是太美了。她把手伸进水里,很温暖。

忽然之间,她充满喜悦。她知道他们会一起去佛罗里达。这将是一个美好的夜晚。

他们到达船舷的暗影中,船长稳住小艇,让莱拉爬上梯子。然后,他在黑暗中把装得满满的手提袋递给她。她把它们放在甲板上。

他爬上船后,把小艇和大船系牢。与此同时,她把袋子拎到下面去。

在好像是一个头顶灯的旁侧有个电灯开关,她把开关推上去,灯着了,尽管不是很亮。她从手提袋里拿出威士忌和混合酒的瓶子,把多出来的混合酒和冰块放进冰柜里。她把袋子里剩下的食物也拿出来,这样就可以拿到她的洗浴用品了。她把所有的东西都拿出来,然后走过去放进驾驶员铺位上的手提箱里,只除了毛巾,因为还湿着。她把它挂在驾驶员铺位边沿上晾干。

船长说,上来拿一下手电筒。

她爬上去,拿着手电筒为他照亮。他掀开甲板上的一个木盖子,伸手进去够东西。他先是拿出一大卷旧绳子,然后是水管和一个旧锚,接着是电线和一个生了锈的破铁盆,盆下面有四条腿,顶上覆盖着一个烤架。

他把它在手电筒的光中举起来。"炭火盆,"他说,"离开苏必利尔湖之后再没有用过了……下面有些木炭,在驾驶员铺位上。"

意思是:"去拿来。"她下去了,在铺位那找到一袋木炭,把它拿了上去。至少他又开始说话了。

从甲板梯那,莱拉注视着他把木炭从袋子里倒进去。"有了这艘船，你想去哪儿就去哪儿，是不是？"她说，"没有人对你发号施令，也没有人跟你争吵。"

"没错，"他说，"好了，把那个海图桌后面的煤油拿过来……在那个小架子上，就在我身后。"

他伸手指向它。莱拉找到递给了他。

"如果你能告诉我锅碗瓢盆都在哪儿，"莱拉说，"我就开始做薯条了。"

"在海图桌的后面，在其中一个箱子底下，"船长说，"你把盖子掀开就看到了。"

莱拉打开海图桌上方的另一盏电灯，看到一个很深的箱子，十几种不同形状的锅碗瓢盆杂乱无章地堆在一起。箱子在柜台的后面，要想够到它们，只能趴在海图桌上面，把胳膊伸到长方形的孔洞里捞。捞锅时发出巨大的声响。她希望这声音能让船长对自己的内务状况留下深刻的印象。

没有什么油炸锅。她摸到一个大煎锅，就把它抽了出来。那是个不错的不锈钢锅，几乎是新的。但是要炸东西的话它不够深。她又去翻箱倒柜一番，这次找出来一个深锅和一个能配上的锅盖。这个应该行。

"我想你应该没有装炸薯条的铁丝篮吧！"她说。

"没有，"船长说，"据我所知没有。"

那好吧。她可以用笊篱对付一下。

她又找了找就找到了，旁边还有一个蔬菜削皮器。她拿起一个土豆试了试，好用，爽利。她开始削皮了。她喜欢给又长又硬又光滑的爱达荷土豆削皮。这些土豆可以做出很棒的薯条。她把土豆皮都削进水池里，这样在削完后，她可以用手把它们都清理出来。

她对船长说："到了佛罗里达以后，你会做什么？"

"继续往前吧，可能。"他说。

一束火焰从炭火盆中蹿上来。她在火光中突然看见他的脸，上面满是疲惫。

"往前到哪里呢？"她问。

"往南，"他说，"我以前在墨西哥的一个小镇住过，在坎佩切湾那儿。我想回到那住一段时间，看看过去认识的一些人是否还在。"

"你当时在那做什么？"

"造一艘船。"

"这艘船？"

"不，一艘始终也没有造好的船，"他说，"完全搞砸了。"

他用烤架的边缘拨了一下炭火盆里的炭块。

"想造一条船，所有麻烦就会一起找上门来，"他说，"龙骨做好了，骨架也搭起来了，就在我们准备上板条时，政府宣布我们所在的那片森林为'veda'，我想他们是这么叫的，意味着我们没有木材了。"

"我们又去坎佩切买了些木材，付了钱——却根本没有发货。一个外国人没法在墨西哥起诉他们。他们知道这一点。"

"然后我们从墨西哥城买来的所有紧固件都'消失'了。油漆寄来了,但在我们给一艘小艇刷了些漆之后也消失了。"

"'我们'是谁?"莱拉问道。

"我和我的造船木匠。"

在她削土豆的时候,船长从梯子上下来了。他点燃煤油灯,关掉电灯,随后从架子上拿出一些玻璃杯,打开冰柜。他在玻璃杯里加满冰块,打开混合酒倒上。倒威士忌的时候,他拿起她的杯子,然后她告诉他什么时候停下。

他说:"为潘舒·皮奎特干杯。"

莱拉喝了。味道不错。

她拿削好的土豆给他看。"我太饿了,我能把它们生吃了,"她说,"但我不。"

她找到一块切菜板,开始切土豆。先是把土豆切成椭圆片,然后把土豆切成铅笔粗细的条。漂亮的刀,真的很锋利。船长站在一边看着她。

"谁是潘舒·皮奎特?"她问。

"那个carpentero de ribera[1]。他是个老古巴人。他的西班牙语讲得飞快,连墨西哥人都很难听懂。长得像波利斯·卡洛夫[2]。一点都不像古巴人或墨西哥人。"

---

[1] 西班牙语:河边的木匠。——译注

[2] Boris Karloff,英国演员,因在《科学怪人》中饰演怪物角色而尤为世人所知。——译注

"但他是我见过的最快的木匠,"船长说,"而且细心。即使在那种丛林的高温中,他也从来没有放慢过速度。我们没有电,但他用手工工具能比大多数人用电动工具干活还快。他当时五六十岁,而我二十来岁。他带着波利斯·卡洛夫式的微笑看着我拼命想跟上他。"

"那么,我们为什么要为他干杯?"莱拉问道。

"嗯,他们曾警告我:'El tome!'他酗酒!他的确如此。"船长说。

"一天晚上,一股很大的诺特(Norte),一股北风,从墨西哥湾吹进来,太猛烈了……哦,那真是大风!几乎把棕榈树扳到地上去。它掀翻了他家的屋顶,吹得无影无踪了。"

"但他并没有去修,而是喝得酩酊大醉。他醉了一个多月。过了几个礼拜,他妻子不得不为了口吃的而去讨钱。真够惨的。我想,他酗酒,多少是因为他觉得一切都不顺利,船永远也造不成了。这是事实。我的钱也都花光了,不得不放弃。"

"所以,那就是我们要为他干杯的原因?"莱拉说。

"对,他是一种警示,"船长说,"还有,他多少打开了我的眼界,让我看到了一些东西,对热带到底是什么样子有了感觉。说到去佛罗里达、去墨西哥让我想起了他。"

土豆条堆积成了一座小山。她做得有点太多了。但是无所谓,太多总比太少好。

"你回去想干什么?"她说。

"我不知道。那里总有一种绝望的感觉。只要一想到它我现在就能感觉到。人类学家列维-施特劳斯称之为'Tristes tropiques'[1]。不知怎么的，它总是会把你拉回去。墨西哥人会理解我的意思。你总有这样一种感觉，这种伤感才是事物的本来面目，你宁愿活在伤感的真相中，也好过在北方这里，一起床就活在那些到处是大好形势的言谈中。"

"那么你打算留在墨西哥？"

"不，有这样一艘船就不会。这艘船可以去巴拿马、中国、印度、非洲，去哪儿都行。没有明确的计划。你永远不知道会发生什么。"

土豆都切好了。"那我现在该怎么打开这个炉子呢？"她问船长。

"我给你点上火。"他说。

"你为什么不教我？"莱拉说。

"那太慢了。"船长说。

在船长给炉子打火时，她把酒喝完了，给他的酒添了冰，又给自己倒了一杯。

他到甲板上看炭火盆。她把锅放在炉子上，把他们在超市买的油整瓶都倒了进去，然后盖上盖子。这么多油，加热需要一段时间。

她把牛排从超市的包装纸里拿出来，准备撒盐和胡椒粉。在金色的灯火下，它们看起来鲜美无比。

---

[1] 法语：忧郁的热带。——译注

胡椒粉弄好了，盐罐却堵住了。她把瓶盖拿下来，在海图桌上摔打，但是小孔仍然堵着，于是她用手指捏了一大块盐，碾碎了撒上去。

她把牛排拿上去给船长。然后她开始做沙拉。她把一堆生菜切成丝放在两个盘子里，又用那把快刀切开一个番茄。她一边干活，一边把一些生菜塞进嘴里。

"哦！哦！哦！"她叫起来。

"怎么了？"他问。

"我忘了我有多饿了。我不知道你怎么受得了，像这样一整天都不吃东西。你怎么做到的？"

"喔，其实，我吃了早饭。"他说。

"你吃了早饭？"

"在你起来之前。"

"为什么你不叫醒我？"

"你的朋友，理查德·瑞乔，不想让你一起去。"

莱拉的目光穿过舱口长时间地注视着船长。他看着她，等着她说话。

"理查德有时候会那样，"她说，"他可能以为我们会在哪里吃午饭。"

他存心跟理查德过不去，她心想。他又想让她发飙。他就是不肯罢手。在这么美好的夜晚，你还以为他会罢手。这是多么美好的夜晚啊。她感觉到酒劲上来了。

"如果你让我陪你去佛罗里达,我就陪你去。"莱拉说。

他什么也没说,用叉子拨弄着牛排。

"你说话呀!"她说。

"我不确定。"

"为什么你不确定?"

"我不知道。"

"我可以做饭,给你洗衣服,还能陪你睡觉,"莱拉说,"当你厌烦我了,只要说声拜拜,我就消失。你觉得怎么样?"

他仍然一言不发。

船舱里越发闷热,她拉起毛衣要把它脱下来。

"你真的需要我,你知道的。"她说。

当她脱下毛衣时,她发现他一直在看着她脱衣服,用那种特别的眼神。她知道那眼神的意味。来了,她想。

船长开口道:"今天下午,在你睡觉的时候,我一直在想,我需要问你一些问题,帮我把一些事情想清楚。"

"什么样的问题?"

"我还说不上来,"他说,"你喜欢什么,不喜欢什么,大致这些吧。"

"哦,没问题,我们也可以先说这些。"

他说:"我想,或许我可以问问你对一些事情的态度。你的价值观是什么,你怎么有了这样的价值观,诸如此类。我就想问些问题,然后记下你的回答,其实我也不知道会谈出什么,也许以后我才会把它们都连起来。"

"好的，"莱拉说，"什么问题？"他要开始了，她想。她看他的杯子几乎没有酒了。她伸手到舱门外拿酒瓶为他添上了酒。

"一个人的好恶模式，最终构成了他这个人，"他说，"一个社会的好恶模式，最终构成了这个社会。整个世界的好恶模式，最终构成了这个世界。历史不过是从个体生命活动中抽象出来的。所有的社会科学都是。过去，人类学一直围绕着集体对象展开，而我有兴趣试试看，通过个体的价值观能不能把事情说得更清楚。我就是有一种感觉，也许世界的最终真相，不在历史或社会学中，而在个体的生命活动中。"他说道。

她不知道他在说什么。她脑子里只有佛罗里达。

她把他的杯子递给他。炉子的蓝火苗在油锅下面吱吱响着。她打开锅盖，看见里面的液体正在热力的驱使下打着旋，但是光线太暗了，她弄不准现在是不是该把土豆下锅了。

"你可以说是另一种文化，"他说，"一种个体文化。一种文化就是一个演进出来的静固良质模式，并可以跃动地改变。那就是你。这是关于你有史以来的最佳定义。"

"你可能以为你说的、你想的每一件事情都是你独有的，但事实上，你使用的语言、你拥有的价值观，都是数千年文化演进的结果。它们表面上像是一大堆不相关的鸡零狗碎，但实际上却是一个宏大结构的一部分。列维-施特劳斯认为，要理解一种文化的唯一方法，就是借助这种文化与其他文化碰撞中产生的碎片来重现它的思想历程。这么说你能理解吗？我想记录下你自己的记忆碎片，试着用它去重建事物。"

她希望他有油温计。她掰下一小块土豆，丢进锅里，土豆缓慢旋转，但没有吱吱作响。她把它捞出来，又吃了一口生菜。

"你听说过海因里希·施里曼 (Heinrich Schliemann) 吗？"他问道。

"海因里希什么？"

"他是一个考古学家，他探访了一个人人都以为是神话的城市的废墟：古特洛伊。

"在施里曼使用他称之为地层法 (stratographic) 的技术之前，考古学家们不过是受过教育的盗墓贼。他向人们展示了如何谨慎地向下挖掘一个又一个地层，在晚期的城市遗存下面找到早期的城市遗存。我认为这种方法可以用在一个人身上。我可以从你的语言和价值观中获取部分内容，追溯它们在若干世纪前的古老模式，是它们使你成了现在的你。"

"我看你从我身上得不到什么。"莱拉说。

他的酒劲真的上来了，她想。他一整天沉默寡言，现在却闭不上嘴了。

她说："伙计，看来我跟你说陪你去佛罗里达真是打开了你的话匣子。"

"什么意思？"

"这一整天我都以为你是那种不爱说话的类型，现在我是一个字都插不进去了。"

他好像被她的话挫伤了。

"不过，我不介意，"她说，"你愿意问我什么就问吧。"

油看上去终于够热了。她用笊子把一拨土豆条浸到油锅里，伴随着小泡泡噼啪作响，一股白气冒出来。"牛排快好了吧？"她问。

"还得几分钟。"

"太好了！"她说。炉子上飘出炸薯条的香味，再加上牛排的气味，她几乎要晕倒了。她不记得自己以前什么时候像这么饿过。当土豆条的气泡声渐消，她把它们捞出来，铺在一张纸巾上，撒上盐，然后下另一拨土豆条。全做好之后，她就等着船长。船长说牛排好了，她就把用来装牛排的盘子端上去给他。

当他把牛排放进盘子时，她想："哦，人间美味！"她把纸巾上的薯条抖落到上面。

船长下来了。他们撑起餐桌的侧板，把盘子、威士忌、混合酒和剩下的薯条都摆到桌子上。突然之间，应有尽有。她看着船长，他也看着她。希望每个晚上都能这样，她想。

哦，牛排真是无与伦比！她要哭了。薯条！哦，沙拉！

"你不知道这对我意味着什么。"她说。

"意味着什么？"他的脸上现出一丝笑容。

"这是你的问题之一吗？"她问道。她的嘴里塞满了薯条，不得不放慢速度。

"不是，"他笑了，"这不是问题之一。我只是想多了解你的背景。"

"就像面试官一样？"她说。

"嗯，对，可以这样开始。"

他起身把他们的酒倒满。

她想了一会儿。"我出生在罗切斯特，还有一个姐姐……这是你想要知道的东西吗？"

"稍等！"他说。他站起来拿了一个笔记本和一支笔。

"你是要把这些都写下来？"

"当然！"他说。

"噢，那算了吧！"

"怎么了？"

"我不想这么做。"

"为什么？"

"我们就一起吃饭，轻轻松松的，像朋友一样，不好吗？"

他眉头微微皱起来，然后耸耸肩，又站起来，把那个字条簿放到一边去。

她又咬了一口牛排，心里想，也许她不该那样说，如果她想去佛罗里达的话。"继续，你就问吧，"她说，"我会回答你的，我喜欢说话。"

船长把她的酒杯拿给她，然后坐到她旁边。

"好吧，你最喜欢的东西是什么？"

"美食。"

"还有呢？"

"更多的美食。"

"然后呢?"

她想了一会儿。"就是我们现在在做的事。你看到城市的灯光从大桥那边映过来了吗?突然之间,它是那么美。"

"还有呢?"

"男人。"她笑起来。

"哪一种?"

"随便哪种。喜欢我的那一种。"

"你最不喜欢的是什么?"

"恶毒的人……像小镇上那个商店里的女人。像她那样的人成千上万,我恨他们,有一个算一个。他们总想让自己显得了不起,就去羞辱其他人……你知道吗?你也是这样。"

"我?"

"对,你。"

"什么时候?"

"今天下午。你把一艘你从来没见过的船贬得一无是处。"

"哦,那件事。"

"请不要那么刻薄,我们可以相处得很好。我只会对刻薄的人发飙。"

"那除了恶毒的人呢?"船长问。

"那些自以为是的人。"

"还有呢?"

"还有很多。"

"什么?"

"好吧,有很多我不愿意的事。我不愿变老。我不愿人们那么恶毒。噢,我说过了。"

她想了一会儿:"有时候,我不愿这么孤独下去。你知道吗,我觉得乔治和我真的很合适。结果那个黛比冒出来了,然后他就好像根本不认识我了。我没做过对不起他的事。这太恶毒了。"

"还有别的吗?"

"还不够吗?没有什么特别的东西让我讨厌。除非事情发生,否则我不知道会怎样。"她看着他,"有时候,有些东西会抓住我,我很害怕……今天下午它就来了。"

"什么?"

"当你发动引擎的时候。"

"那是一阵狂风。"他说。

"不仅是风。它跟别的都不一样。就像是风暴来临,而我却没有一间屋子可以躲藏。我无处可去。"她又吃了一口牛排,"我喜欢这艘船。你在这艘船上遇到过风暴吗?"

"遇到过,不过这艘船就像一个软木塞,被海浪冲刷着。"

"真好。我喜欢。"

"为什么你孤身一人在这条河上?"

"我没有啊,我和你在一起。"

"好吧,那昨晚呢?"他说。

"我并不孤独,"她笑了,"你不记得了吗?"她伸出胳膊,用手摸着他的脸,"你不记得了吗?"

"在你遇到我之前呢?"

"在我遇到你之前,我连五分钟都没有落单过。我和那个混蛋乔治在一起。你不记得了吗?为了跟他一起踏上这次航程,整个春天我都在攒钱。然后他就这样跟别人跑了。他俩甚至都不会把钱还给我……唉,真糟糕,咱们还是不要谈他了。都已经过去了。"

"你要去哪儿呢?"

"佛罗里达。"

"噢——"船长说,"所以这就是为什么你想和我一起去佛罗里达。"

"唔——嗯。"她说。

他琢磨起来,而她开始吃她的沙拉了。"别再对我做这个了,"她说,"我们一起把这艘船塞满吃的用的,好不好?"

"不过,你并没有回答我的问题,"他说,"在你遇到我之前,在你认识乔治之前,你为什么没有结婚?"

"我结婚了,"莱拉说,"很久以前的事了。"

"你离婚了。"

"不。"

"你还是已婚的人。"

"不,他死了。"

"噢，我很抱歉。"

"你不必。"

牛排烤得很完美，但是再多一点点胡椒就更好了。她伸手去够拿菜板旁边的胡椒粉，又往牛排上抖了一小点，然后把胡椒粉瓶递给船长。

"那是很久以前的事了，"她说，"我从不会想到他。"

"他是做什么的？"

"卡车司机。大部分时间他都在路上。我总是见不着他。后来有一天晚上，他没有回家，警察局打来电话，说他死了。就是这样。"

"然后你做了什么？"

"我拿到一些保险金。他们举行了葬礼，我穿上黑衣服，就那些事，但是我已经不去想它了。"

"为什么你不喜欢他？"船长问。

"我们总是吵架。"莱拉说。

"为什么呢？"

"就是吵……他总是怀疑我，怀疑当他不在家时我都去干什么……他觉得我在欺骗他。"

"你有吗？"

莱拉看着他："你打住……我嫁了人，我就会为人妇。我绝没干过那样的事……别让我发飙。"

"我只是问问。"船长说。

她又吃了一口沙拉:"他从不尊重我。"

"你为什么嫁给他?"

"我怀孕了。"莱拉说。

"那时你多大?"

"十六岁。我十七岁时生了她。"

"太年轻了。"船长说。

那些餐前的酒使她现在兴奋起来了。她最好慢一点,她想,还要控制住自己,别做蠢事,像她喝了酒经常会做的那样。她已经说得太多了。

她有点晕。这时她看到灯光摇晃,说:"怎么回事?"

"尾浪,"船长说,"很大……这是第一个。过一秒钟还会有……来了……"

更大的浪头袭来,整个船都摇晃了。然后,过了一会儿,又一波小一点的浪,然后又一个,越来越小。

船长从桌子旁站起来,上去了。

"怎么了?"她问。

"不知道,"他说,"不是驳船……可能是什么动力船,在桥的另一边。"

他站在那儿,长时间地向四周瞭望。然后他回过头向下看着她。

"你的孩子现在多大了?"他问。

这让她吃了一惊。又来新的了。"为什么你想知道这个?"

"在我问你这些问题之前我已经跟你说过了。"他说。

"她死了。"

"怎么死的?"他问。

"我杀了她。"她说。

她盯着他的眼睛。她不喜欢那双眼睛。他看起来有些恶毒。

"你是说意外?"他说。

"我没包好她,她憋死了,"莱拉说,"都是好久以前了。"

"但没人责怪你。"

"没人需要这么做。他们能说什么呢?……还有什么我不知道的吗?"

莱拉想起来她还有那件黑色的丧服。她记得那一年,那件丧服她穿了三次。有几百人参加了她祖父的葬礼,因为他是一位牧师。也有很多杰瑞的朋友参加他的葬礼。但是没有人参加道恩的葬礼。

"别让我想这些。"她说。

她终于靠坐到铺位里,不吃了。"问点别的问题,"她说,"比如,多长时间能到佛罗里达?"

"所以你再也没有结婚?"船长说。

"没有!上帝,没有。绝不会了!我再也不会做这件事了。那些结婚的人,"她说,"这是加到一个人身上的最廉价的把戏。你要付出你所有的自由,所有的东西,就为了每天晚上可以做爱。这还不能让他们快乐。他们总是在四处寻找出口。你不想再来点炸薯条吗?

"我只想要自由,"她说,"美国就是为自由而存在的,不是吗?"

船长盛了些炸薯条。她拿起盘子起身到切菜板那里把剩余的薯条都盛到自己的盘子里。"把你的酒杯给我。"她说。

他递给她。她打开冰柜的盖子,舀出一些冰放到他的酒杯里,然后添上混合酒和威士忌,又给自己的杯子倒上。她看到酒已经到标签下面一半的位置了。就在这时,她听到"哐啷"一声!是打在船舷上的。

"又是什么?"她问。

船长摇摇头,说:"可能是一根大木头之类的。"他起身,经过她身边走到甲板上。当他的脚步声在船边上响起时,她感觉船身微微一晃。

"怎么回事?"她说。

"小艇。"

过了一会儿,他说:"以前从没这样过。……来,上来帮我把护舷放下,把它们绑在船边,等到早晨再拉上来。"

她上去,看着他拿了两个大橡胶护舷,把它们绑在栏杆上,使它们悬吊在船侧。他走到甲板另一侧,拿了一个很长的船钩子回来。他倾身出去用船钩钩住小艇,把小艇拉靠到大船边上。他做这些的时候,她一直站在他身边。

"抓住它。"他说,并把船钩给她。他走到桅杆旁边的一个大箱子那儿,打开箱子,拿出一根绳子,然后走回来。他把绳子丢到小艇上,然后迈步上前,低身越过护栏。

她四下张望。这里一片寂静。只有桥上汽车的呼啸声。天空依然是一片橘红色,那是被城市的灯光照亮的,但是它如此宁静,你永远猜不出人们都在哪儿。

弄好之后,他抓着护栏又把自己拉起来。

"我弄明白了,"他说,"是因为潮水在变……我还是第一次见到……你看看周围其他的船只。你记不记得,我们刚到这儿的时候,它们全都朝向大桥?现在它们都七扭八歪了。"

她看了看,确实所有的船都朝着不同的方向。

"再过一会儿,它们可能都会偏离大桥的方向,"他说,"外面很暖和——咱们俩坐在这儿看着它们。我对这事有点着迷。"

莱拉拿了酒和冰块上来,还拿了毛衣,并用毯子包着。她在他身边坐下,把毯子盖在两人的腿上。"你听,多么安静啊,"她说,"难以置信,纽约就近在眼前。"

他们倾听良久。

"到了曼哈顿以后,你打算做什么?"船长问。

"我要去找一个朋友,看看他能不能帮我。"她说。

"如果找不到他呢?"

"不知道。很多事我都可以做。找个服务员之类的工作……"她看着他,但看不出他对此怎么想。

"你在纽约要找的那个人是谁?"

"你是说杰米?他只是个老朋友。"

"你认识他多久了？"

"哦，两三年的样子。"她说。

"在纽约认识的？"

"是的。"

"这么说，你在那儿住过很长时间？"

"也没那么长，"莱拉说，"我一直喜欢那儿。在纽约，你可以尽情做你自己，没人来管你。"

她突然想到什么。"你知道吗？"她说，"我敢说你会喜欢他。你跟他会相处得很好。他也是个船员。他在一艘船上工作过。"

"你知道吗？"莱拉说，"他可以帮我们把船开到佛罗里达去……如果你希望的话，我是说……我是说，我可以做饭，他可以掌舵，你可以……嗯，你可以发号施令。"

船长盯着他的酒杯。

"你想想看，"莱拉说，"就我们三个人，一起去佛罗里达。"

过了一会儿，她说："他真的非常友善，大家都喜欢他。"

等了好一会儿，船长没有回答。她说："如果我能说服他加入进来，你同意带上他吗？"

"我想不行，"船长说，"三个人太多了。"

"那是因为你还没见过他。"莱拉说。

她拿过船长的酒杯，又添满了。然后她依偎在他身上，热乎乎的。他只是还没适应这个想法。

得给他点时间，她想。

汽车一辆接着一辆从桥上呼啸而过。明亮的头灯照着一个方向，红色的尾灯照着另一个方向，灯光连成一线。

"你让我想起一个人，"莱拉说，"一个我记忆深处的人。"

"谁？"

"我想不起来了……你在高中时都做什么？"

"没什么。"他说。

"你受欢迎吗？"

"不。"

"你不受欢迎？"

"不论从哪个方面说，都没人太注意我。"

"你没参加什么团体吗？"

"象棋队。"

"你跳舞。"

"没有。"

"那你在哪儿学的跳舞？"

"我不知道。我去一个舞蹈学校学了几年。"船长说。

"那么，你在高中还做过什么？"

"学习。"

"在高中的时候？"

"我努力学习，想成为一个化学家。"

"你应该努力学习成为舞蹈家。你昨晚真的好棒。"

突然，莱拉知道他让她想起谁了。西德尼·谢达。

"你不是那种很有女人缘的人，对吗？"

"对，完全不是。"他说。

"那个人也是。"

"一旦你学进去了，化学并没有那么糟，"他说，"它也很让人兴奋。我和另一个小子拿到了教学楼的钥匙。有时候我俩夜里十点、十一点回到学校，到化学实验室里做各种化学实验，一直到天亮。"

"听起来好诡异。"

"并不。其实非常不错。"

"你们做些什么？"

"青少年那些东西……生命的奥秘。我对此下了很大力气。"

"你要是沉迷于舞蹈就好了，"莱拉说，"那才是生命的奥秘。"

"我相信我能找到它，就研究蛋白质呀、基因呀，这些东西。"

"真诡异。"

"你说的那个人也这样吗？"

"西德尼？是的，我觉得是。他是个货真价实的书呆子。"

"哦，"船长说，"我让你想起了他。"

"你们说话的方式都一样。他也总是问各种问题。他有很多天马行空的想法。"

"他是个什么样的人？"

"没有人特别喜欢他。他非常聪明，总是想告诉你那些你不感兴趣的事。"

"他都说些什么?"

"谁知道呢!反正他身上有些东西,让所有人都讨厌他。他其实没做过任何坏事。他就是——我说不上来是什么——他就是不……他很聪明,但同时他又很蠢。他从来不知道他有多蠢,因为他觉得他什么都知道。大家都叫他'傻包子'[1]。"

"而我让你想起了他?"

"是的。"

"如果我这么呆的话,为什么你昨晚会和我跳舞?"船长问道。

"你邀请我的。"

"我想是你邀请我的。"

"也许是吧,"莱拉说,"我不知道。可能,你看上去不太一样。刚开始人们看上去都不一样。"

"你知道,西德尼真的聪明,"莱拉说,"大约两年前,我在一家餐厅的桌子旁坐着,一抬头,正看到他。老多了,戴着眼镜,头也秃了。他现在是一个儿科医生了,有四个小孩。他人特别亲和。他说:'你好,莱拉。'我们聊了很长时间。"

"他说了什么?"

"他非常想知道我过得怎么样,这个那个,问我结婚了没有。我

---

[1] 原文Sad Sack。Sad Sack 是一个好心却总是惹出种种麻烦的下等兵,是乔治·贝克(George Baker)于第二次世界大战期间开始创作的漫画人物。Sad Sack的字面意思是"可怜的粗布袋子"。——译注

说:'没有,那个对的人还没出现。'然后他听了大笑,说:'会出现的。'……你明白我的意思吗?"莱拉说。

她说声抱歉,去了下面的洗手间。回来的时候,她必须扶着东西才能走稳。没事的。她又不去别的地方。她又挨着船长坐下。

他问:"你认识理查德·瑞乔多久了?"

"从二年级开始。"她说。

"二年级!"

"惊讶吧,嗯?"

"上帝啊!我真想不到。"

她把毯子叠整齐,向后一靠,抬头看着天空。城市的光辉是如此耀眼,一颗星星都看不到。只有一片橙色和黑色,就像万圣节一样。

"呦!"船长说。

"怎么了?"

"我就是被惊到了,"他说,"二年级!难以置信!"

"为什么难以置信?"

"你是说,他曾经就坐在你后面,会对着老师做鬼脸,做调皮捣蛋的事情?"

"不,我们只是在同一个班级罢了。为什么这难以置信?"

"我不知道,"船长说,"他不像是那种有童年的人……不过我猜他一定有。"

"我们是好朋友。"莱拉说。

"你俩是彼此童年时代的小甜心。"

"不,我们只是朋友。我们一直是朋友。我不明白为什么你对这个感到惊讶。"

"为什么,在满满一教室的人当中,你挑了像他这样的人做朋友呢?"

"他是二年级时插班进来的,我是唯一一个对他好的人。"

船长摇摇头。

过了一会儿,他发出类似"喊"的一声。

"你不了解他,"莱拉说,"他非常安静,而且害羞。他过去说话结巴,大家都笑话他。"

"他现在确实不结巴了。"船长说。

"你不了解他。"

"那么,你从小学到高中一路都和他是同学?"

"没有,六年级以后他去了预科学校,我就很少见到他了。"

"他爸爸是做什么的?"

"我不知道。他们离婚了。他住在纽约的什么地方。或者,我想想,金斯顿,大概。我们昨晚停泊的那个地方……"

"好吧,我想,困扰我的是,"船长说,"如果你自从二年级就认识他了,你们又是这么好的朋友,为什么昨天晚上他那么轻视你?"

"理查德喜欢我。"莱拉说。

"不,事实并不是,"船长说,"这就是我百思不得其解的问题。

为什么他对你那么粗鲁?为什么他昨晚都不和你说话?"

"噢,说来话长。"莱拉说。

"昨晚他甚至没有说声'你好'。"

"我知道。他就是这样。他就是不认同我的生活方式。"

"嗯,这倒是。"船长说。

莱拉拿起酒瓶,举到船长的面前:"你知道吗?"

"什么?"

"我想,我们都有点醉了……至少我是。你喝得不多。"

"但是还有些事情没有解释。"船长说。

"什么事?"

"他去了预科学校之后你再也没见过他。"

"他去了预科学校之后我没少见他。"

"你是说,他约你出去过?"

"有的是人约我出去,"莱拉说,"你不知道我过去什么样。真希望你在我年轻的时候见过我。我的身材漂亮极了……这么说像在吹牛,但是真的。我现在看着不太像,你如果那时见过我就好了。每个人都想约我出去。我那时很受欢迎。……真是人见人爱。"

"所以,你跟他约会过。"

"有时我们一起出去,后来他妈妈发现了,制止了他。"

"为什么?"

"嗯,你知道为什么。她非常有钱,而我不属于他们的社会阶层。另外,女人们看不上像我这样的人。特别是那些发现她们的小儿子对我有兴趣的妈妈。"

酒劲真的上来了。她必须停下来了。

"不管怎么说,理查德真是个不错的人。"她说。

船长什么都没说。

"……而你不是。"她又补充了一句。

"瑞乔说,你让一个叫吉姆的人麻烦缠身。"

"他说了那事?"莱拉摇了摇头。

"到底是怎么回事?"

"哦,上帝,我希望他没说过这些。"

"怎么回事?"

"没事!我们什么都没做……没做任何比你和我现在在这艘船上做的事更坏的事。我告诉吉姆,不要跟别人说咱俩的事。然后他去告诉了理查德,然后理查德告诉了他妈妈,然后他妈妈告诉了吉姆的妻子。然后所有的麻烦就开始了。哦,上帝,真是一团糟……都是因为理查德的妈妈不肯放过我们。"

"他妈妈?"

"听着,理查德宠着他妈妈,从早到晚。他的钱都是这么来的。我估计他还和她睡觉!她恨透我了!"莱拉说。

"为什么瑞乔的妈妈恨你?"

"我告诉过你了。她害怕我会把她的小查理从她身边带走。而且,也是她让吉姆的妻子雇佣侦探的。"

"侦探!"

"我俩在汽车旅馆的时候,他们来敲门,我告诉吉姆'别应声',但他不听。他说:'我只是去和他们谈谈。'好……那正是他们要的。只是去谈谈……哦,他太傻了。那真是令人恶心。他一打开门,他们就拿着闪光照相机进来拍了个遍。然后他们让他在一份认罪书上签字。他们说,只要他签了字,他们就不会起诉他。

"你知道他怎么做的?他签了字……

"他不肯听我的。如果他听我的,他们什么也做不了。他们没有搜查令,什么都没有。

"然后他们走了,你知道吉姆怎么样了?……他开始哭起来……那是我记得最清楚的,他坐在床边上,两只大眼睛里全是眼泪。

"我才是那个应该痛哭的人!而你猜他在哭什么?……他在哭他有多怕他的妻子和他离婚……哦,他真让我恶心。他令所有人恶心。

"他太软弱了。他总是抱怨她如何操纵了他的生活,可是实际上是他愿意的。这就是为什么他想要回去。

"他们总是说他们要离开他们的妻子,但是他们绝对不会。他们一定会回去。"

"他的妻子还接受他吗?"

"不接受……她可不傻。她倒是拿走了他的钱。几乎有十万美元……经过这一切,她比我更不能忍受他。"

"从那以后你又见过吉姆吗?"

"有一段时间。但是从那以后我再也不尊重他了。后来他被银行开除了,我也厌倦他了,然后我遇到了从纽约来的这个朋友,杰米,我来这边和他一起生活了一段时间。"

"我记得瑞乔说他是吉姆的律师。"

"是的,但在他们拿到照片和认罪书之后,他也做不了什么了。"

"为什么他会接这个案子?"

"因为我。我告诉吉姆去找他。"

船长又发出"喊"的一声。他的头微微后仰,向上注视着天空。

他很长时间都没有说话。他只是盯着天空,好像是在寻找星星。

"一颗星星都没有,"莱拉说,"我已经找过了。"

"瑞乔结婚了吗?"船长问道。

"没有。"

"为什么呢?"

"我不知道。他的生活也一团糟,和别人一样……你知道吗?"

"什么?"

"你没像我喝得这么多。"她把酒瓶举到天空中,看着它说,"还有,你知道吗?"

"什么?"

"我再也不回答你的任何问题了。"

"为什么呢?"

"你是个侦探。那就是你的身份。你以为你能打探到什么,我不知道是什么,但是你什么也打探不到……你永远查不出我是谁,因为我什么也不是。"

"你是什么意思?"

"我谁也不是。你问的所有那些问题都是在浪费时间。我知道你想查出我是什么样的人,但是你什么也查不出来,因为没什么可知道的。"

她的声音变得浑浊。她可以听出她的声音正变得浑浊。

"我是说,我过去会扮演这样、那样的人,但是我彻底厌倦了这些游戏。费尽心力,没有一点好处。我的画像有很多很多,但是无法拼出我是谁。它们都不一样,都是别人眼中的我,但是没有一个是真正的我。我谁也不是。我根本不存在。就说你吧,我看得出来,你的脑子里装满了对我的坏印象,而你以为你脑子里的那个人现在正在和你说话,但是这里没有人。你知道我的意思吗?空无一人。这就是莱拉。空无一人。"

"你知道吗?"莱拉问。

"什么?"

"你想做的,就是把我弄成一个不是我的人。"

"恰恰相反。"

"你以为恰恰相反,但是你正对我做着我很不喜欢的事情。"

"什么事情?"

"你正在……你正在毁灭我。"

"不是的。"

"是的。"

"你看,你完全误解了我问这些问题的原因。"船长说。

"不,我没有。我完全理解,一点不差,"莱拉说,"所有男人都这么做,你也不例外。杰瑞就是这么做的。每个男人都是这么做的。但是你知道吗?这些没用。"

"我并没有想毁灭你。"船长说。

"那是你以为的。你正在边缘玩火,正在!你无法进入我的中心。你根本不知道我的中心在哪儿!"

这让他退却了。

"你不是女人。你不懂。当男人做爱的时候,他们真正的目的就是毁灭你。女人的内心必须一声不响,因为如果她对男人暴露出任何东西,他们都要把它杀死。

"但是他们都被愚弄了,因为除了他们头脑中的东西,并没有什么可以毁灭的。于是他们就算毁灭了那个东西,还是憎恶剩下的东西,他们把那个剩下来的东西叫作'莱拉',于是他们憎恶莱拉。但是莱拉谁也不是。真的。你不相信,但那是真的。"

"女人非常深,"莱拉说,"但是男人根本看不到。他们太自私了。他们总想让女人理解他们。这是他们唯一关心的事情。这就是为什么他们总想去毁灭她们。"

"我只是问几个问题。"船长说。

"去你的问题吧！你那些问题把我变成了某种东西，你看不明白。是你的问题把我变成了'我'。如果你认为我是个天使，那'我'就是天使。如果你认为我是个婊子，那'我'就是个婊子。你认为我是什么，'我'就是什么。如果你改变了对我的想法，'我'也跟着改变。所以理查德无论对你说什么都是对的。他没有可能说出关于'我'的谎话。"

莱拉拿起酒瓶，大口喝起来。"去他的杯子，"她说，"人人都想把莱拉变成别的什么人。大部分女人装扮成他们要的样子，因为她们要孩子，要票子，还要好看的衣裳。但这些对我都没用。我就是莱拉，永远都是。如果男人不喜欢我本来的样子，他们大可以离开。我不需要他们。我什么都不需要。大不了一死。我就是这个样子。"

过了一会儿，莱拉环顾四周，看到所有的船都直直地排成一线，正像船长说的那样。真不赖，他早就看出来了。她对他说了这一点，他什么也没说。他一言不发，长久地沉默着。

一种可怕的感觉爬上心头。他没有喝酒，他不会生气了吧？当你停下酒杯时就说明你生气了。你生气了。

她说得太多了。清醒点，莱拉，在无可挽回之前。坚持一下，清醒点。

"你知道吗？"莱拉说。

"什么?"

"我真的说够了我自己。我们聊点别的吧。"

"外面冷了。"船长说。

他站起来。"我昨晚几乎没怎么睡着,"他说,"我得早点上床。"

莱拉站起来,跟着他进了船舱。他走到船头的床铺,她能够听见他躺下了,然后就没有声音了。

她环顾船舱,这些食物、东西都要清理一下,一片狼藉。

突然,她想起来她没做巧克力布丁。

她可能永远都吃不到它了,她想。

15

在前舱,斐德洛把床罩掀开,坐在铺位上。他慢慢脱下毛衣和其他衣服。他非常疲惫。

就像考古学家的挖掘,他想。垃圾,还是垃圾。

考古学家就是干这个的,真的——一个受过高级训练的垃圾工。你能看到博物馆里那些伟大的发现,可你看不到他们为了找到这些而经历的过程……那些古代的遗迹,斐德洛记得,有一些就位于城市垃圾的下面。

瑞乔现在真可以洋洋自得了。"你现在怎么看?"他会说,"莱拉有良质吗?你怎么回答?"

一束光从舷窗扫进来又消失了。是谁的探照灯,或者是灯塔。

但是如果是灯塔就太不寻常了。斐德洛等着它再次出现，但是再没有看见。

今天真是诸事不顺。怎么一切都随着她回到了高中时代？可笑。可结果就是这样。这是高中时代的灾难之一。你把一个女孩早早带回家，但是没有吻着她说晚安，以后如果你再打电话约她出来，她就要去做别的事了。

她真的是电车上那个女孩。

而他真的是那个男孩。就是他，那个没有得到那个女孩的男孩。

她说"傻包子"到底是什么意思？"……他平时都沉默寡言……你以为那是因为他在听你说话……他才没有。他总是神游他方。化学，我猜。……我为他感到难受……他知道得很多，但是他搞不清楚状况。他不懂女人，因为他根本不懂任何人……你永远无法接近他。他在某些方面相当聪明，但是在其他方面却非常愚钝，你明白我的意思吧？……"

斐德洛明白她的意思。他知道她说的是谁。

他慢慢伸开双腿，伸到了毯子下面。他又想起一件多年不曾想起的往事。

那是他很久以前看过的一部电影，当时他还是化学系的学生。有个漂亮女孩，他好像想起来了，是普瑞丝西拉·兰恩(Priscilla Lane)扮演的，她跟年轻英俊的男主角爱怨纠缠——男主角可能是理查德·鲍威尔(Richard Powell)。为了加入喜剧效果，普瑞丝西拉有一个傻乎乎的女伴，她带给每个人笑声和良好的自我感觉，因为他们知道，就算他们可能很蠢，也并不像她那么蠢。因此，他们都爱她。

其中有一幕，这个傻乎乎的女伴从舞会回来，碰见普瑞丝西拉·兰恩和理查德·鲍威尔挽着胳膊站在一起——蓝眼睛，迷人又美丽——他们问她："舞会怎么样？"

她说："糟透了。我一直在和一个化学教授跳舞。"

他记得观众窃笑起来。

"你和化学教授跳过舞吗？"那个傻女孩问道。观众都笑了。"噢——呜，我的脚呀！"她抱怨着。

观众哄堂大笑。

除了一个人。他坐在那儿，脸上发烧，带着和此刻一样的木然的挫败感看完了电影。一种脱了臼、瘫软无力的感觉。一种瞬间被另外一种模式吞噬的感觉，那个模式使他和他所相信的一切都变得一文不值、滑稽可笑。

他不记得在那之后他做了什么。可能只是坐上电车回家了。

可能就是那晚，莱拉也在那辆车上……

……那笑。那是他记得最清楚的。是的，莱拉在那辆车上。那个春天，莱拉和丁香[1]。那半遮半掩的轻笑。那半遮半掩的轻鄙。还有他的悲哀，他想使她对他笑但不是嗤笑，却无能为力，无话可说。

他记得有一个夜晚，在一棵高大的三叶杨下面，他独自一人，

---

[1] 丁香的英文为lilac，莱拉的名字是Lila。——译注

侧耳倾听，树叶在夜风中沙沙作响。这是一个温暖的夜，他在微风中闻到了丁香的气息。

他脑海中的这些模式渐渐飘散，随他入梦。

不知道过了多久，一些新的模式，现形为粼粼水光回来了。水光在他上方。他躺在洋底，身下是沙床。水呈微蓝色，但是清澈如许，他能看见小丘和沙面的褶皱，如同没有水相隔。

从底部生长起鳗草深绿的叶片，它们随水流摇荡，好似鳗鱼要从沙中挣扎出去。他可以感受到相同的水流在摇晃他的身体。这水流宜人温柔，他内心宁静。他的肺早就停止了挣扎，现在一切都平静下来。他有一种感觉，好像他属于这里。他一直都属于这里。

高过草尖的微蓝色水中，是成百成百的嫩粉色、乳白色水母。初看它们好似在漂浮，但是他定睛观察，却看到它们一吸一吐、一吸一吐地推动着自己，好像有一个神秘的目标。最小的那些那么薄，那么透明，他主要通过它们上方的水波折射光才能看到它们。它们在他和水面上悬浮的一个黑色形状之间游过。那个黑色形状很像一艘船，从洋底看上去，更像一艘太空船悬浮在空中。它属于另一个世界，他打那个世界来到这里。现在他和那里没关系了，这感觉真好。

其中一只奇特的乳白色小生灵游向他，依贴他的身体，先是胳膊，然后是身躯，让他有一丝紧张。这个小生灵友善吗？它是在饥饿地觅食吗？他想站起来躲开它，却发现他做不到。他没有一丝动弹的力气。这个小生灵贴过来，蹭一下，又贴过来，又蹭一下,直到他感觉自己正从一个梦中渐渐苏醒。

现在一片黑暗,他又感到有东西贴近他。是一只手。他没动。这只手上下抚摸他的胳臂,轻轻地、细细地摸,然后开始经过他的身体,向深处挺进。向更深处。当手伸到足够远处,抵达了它的目的地,那目的地坚挺地等待着。梦一般的无助感和无力感还持续着。他静静地躺着,就像躺在洋底,任由这发生。他只是在远处看着,像一个旁观者面对他本不该看到,也不能理解的一场原始的仪式。

那手开始揉搓、抚摸,轻轻地抓握。接着,黑暗中莱拉的身体慢慢抬高,溜上他的身体。她的身子跪着,然后轻轻柔柔地落下去,直到把它想要的东西包裹进去。然后它缩紧了。然后,缓慢地,它抬起来,停下。然后它舒张开,又落下。然后它抬起来,缩紧——又张开,落下。然后,又一次。再一次。每一次都更慢。每一次都更熨帖。每一次都更强硬地索取它要吸纳的东西。

他身体里的兴奋之潮随着每一次索取而涌起。潮水愈涌愈烈,一浪高过一浪,终于,他抬起双手抓住她,而他的身体也随着她的身体一起一落。他的思想被这感官的洋流淹没,巨型水母一般的身体高高在上,一吸一吐、一吸一吐,不停地张开又收缩。他能感到巨大的情绪乱流,无所归依。他感到那爆裂就要来了……

来了……就要!

然后……她的身体突然绷紧,僵直地裹着他,接着她发出一声哭号。他的整个自我都向她释放了,他的思维也跃到了九霄云外。

……当他的神志恢复,他感觉到压力在缓缓疏泄,她的身体也变回柔软了。

她一动不动,过了好长时间。

然后,一滴眼泪打在他脸颊上。他吃了一惊。

"我为我非常心爱的人做这个。"她的声音吹过来,好像不是来自他上方的身体,而是别的什么地方;来自另一个人,可能也是一个旁观者,看着这一切。

然后莱拉又躺倒在他旁边,抵着他,把身体完全舒展,伸出胳膊环抱着他,好像要永远把他占有。

他们躺在一起,过了许久。她的双臂揽着他,但他的思想之潮却在衰退,谁也揽不住。他的心神已经信马由缰。

过了一会儿,他听到均匀的呼吸声,这告诉他莱拉睡着了。

有时候,在睡着和醒着之间会出现一片地带,心在那里能瞥见古老而生机勃勃的潜意识世界。他刚刚经过了那片地带。有一瞬间,他看见了什么。他如果又睡过去就会把它忘掉,而如果他再清醒一点,也同样会把它忘掉。

这是第一次,他如此听之任之。在它上面,是他的思想、他的野心、他的肉欲。现在,这顺从好像揭开了什么。

他恍惚看到的是,也许"他"与它根本毫无关系。他想要抓住它,于半醒半睡之间。

一道光又从港口照进来。可能是岸上的汽车头灯。莱拉在毯子下翻了个身,又把胳膊抬起来放在她的脸上,于是她的手掌朝着他向上摊开着。然后她又安静下来。

他挨着它伸出自己的手掌。它们是一样的。那个模式，带她走进这里、和他做爱的模式，也使得这两只手如此相像。他们像是树的叶子，关于为什么他们的细胞生成他们，又使他们如此相像，他们并不比叶子知道得更多。

或许，就是这么回事。这就是它，是莱拉和他自己以外的另一个参与者。

汽车头灯的光消失了。然后，随着她的手掌的形象在他心中渐渐散去，他想起，他还看到了些别的。在她前臂上，靠近手腕的地方，有几条很长的疤。其中一条与其他疤痕相比略显倾斜。他不禁想，那可能是她对自己做过什么留下的。

他转过身，用他的食指指尖触着她的手腕。疤痕就在那，是的，但是很平滑。一定是很久以前的事了。可能是一次车祸，当然，也可能是受了什么外伤，但是某些东西告诉他，并非如此。它看起来更像是一场内在战争曾经发生过的痕迹——她的心智和她细胞的心智曾进行了激烈的战斗，后者今晚把她带到了这里。

如果确实如此，那么细胞胜利了。也许，它们流了许多血以排出感染，然后肿胀以减缓血流，结痂，然后，慢慢地，用它们特有的智慧——与莱拉的头脑无关，它们记起被她切开以前的样子，然后小心翼翼地再次聚合在一起。它们有自己的头脑和意志。心智的莱拉想要去死，然而细胞的莱拉却想要活下去。

这就是一直以来所发生的。头脑的心智找不到一个理由活下去，但它还是存在下去，因为细胞的心智找不到一个理由去死。

这解释了今晚发生的事。船舱里的那个第一重心智不喜欢他，现在仍然如此。是第二重心智走进来和他做爱。第一个莱拉与此无关。

数百万年来，这些细胞的模式彼此就是爱侣，它们才不会被晚近的这些小小的心智模式拖累，这些心智模式对于实际情况相当无知。细胞们想要永生。它们知道自己的日子可以数得过来，所以蜂拥而起。

它们太古老了。它们在十亿年前就区别开左边的这具身体和右边的这具身体。不可思议。它们当然不在乎心智模式。在它们的时间尺度下，心智不过是片刻前到来的过客，可能片刻之后就烟消云散。

这心智模式与生物模式的汇流，就是他看到的，并且现在想要抓住的东西。二者都睁着眼，意识到了彼此，并相互冲撞着。

退潮的感觉。在退潮中，细胞层面的性行为在心智看来如此粗俗不堪、避之不及，但是当潮水再次泛起，这粗俗不堪却神奇地转化为高品质的吸引。因那完全不是心智的东西，心智失调了，并在其中感受到某种敬畏。高高在上的心智，疏离、冷淡、善断，却突然被另一种比它更强力的智慧蛮横地冲撞到一旁。然后奇怪的事发生了，当潮水再次消退，心智又看到了粗俗不堪，避之不及。

他倾听着旁边的身体发出沉静的呼吸。现在，晦明地带消隐不见了。他的心智重归上风，头脑越来越清醒，思考起他所看到的。

这符合"良质形而上学"中所强调的演化层级之间的独立性与对立性。心智的语言不对细胞们直接说话。它们不懂它的语言。细胞的语言也不对心智直接说话。它也不懂它们的语言。双方是完全分离的两种模式。此刻，熟睡中的"莱拉"并不存在，如同一个关闭的计算机中的程序并不存在一样。她的细胞心智在夜晚关闭了莱拉，正如用硬件开关关闭一个计算机程序。

我们因袭下来的语言混淆了这一点。我们说"我的"身体、"你的"身体、"他的"身体和"她的"身体，然而这不是实情。这就像一个FORTRAN程序说："这是我的计算机。""左边的这具身体""右边的这具身体"，这才是正确的说法。那个笛卡儿之"我"，那个坐在我们眼珠子后面，透过眼球向外张望，对世界上的大事小情做出评判的自主小人真是荒谬透顶。这个自我任命的加工现实的小小编辑，只是个不可能的虚构，经不起检验，一触即溃。这个笛卡儿之"我"是一个软件实在，而不是一个硬件实在。左边的这具身体和右边的这具身体都在运行同一个程序——同一个"我"的不同变体。这个"我"并不属于它们中的任何一个。这些"我"都只不过是一个程序格式。

说到来自另一个星球的外星人，这个构筑在"我"和"我们"之上的程序就是外星人。"我们"只存在了大约几千年。但是这些被"我们"所占据的身体却在"我们"到来之前存在了十倍之久的时间。而细胞呢，天呐，细胞们已经存在了数千倍之久的时间。

他想到，这些可怜、无知的身体呀，就这样被"我们"侵占了。时不时地，像今晚或者昨晚，它们会推翻程序，自行其是，使"我们"对发生的一切大惑不解。这就是方才发生的事情。

大惑不解，甚至多少有些恐惧，身体竟可以不经它的允许做这些事情。瑞乔的所有那些性道德——不仅仅是社会准则，也是这种恐惧意识的一部分。既恐惧于"我们"所侵占的这些细胞，也恐惧于"我们"到来之前就已经存在的奇异的良质模式。

这些细胞制造汗液、鼻涕和痰。它们打嗝、流血、性交、放屁、撒尿、拉屎、呕吐，还分娩出更多和它们一样的身体，裹着血和胎盘的黏液。这些身体长大后，继续分娩出更多的身体。无穷匮也。

"我们"，这个软件实体，发现这些硬件的事项真叫人难受，于是用委婉语、用服装、用抽水马桶、用医疗保密为它们遮掩。但是，"我们"所遮掩的，正是细胞们纯粹的良质。细胞们通过这些性交、放屁、撒尿、拉屎抵达了演化的高级阶段。这就是良质！特别是性功能。在细胞的眼里，性是纯粹的跃动良质，是高于一切的善。

所以，当斐德洛告诉瑞乔莱拉有良质时，他说的是实话。她有。正是这个现在被千夫所指的吸引力，创造了那些指责它的人。

说说忘恩负义吧。如果不是因为追求性的良质，身体还是一坨盲动的细菌呢。当基因的改变只有通过突变这一种手段时，生命静静地存在了三十亿年，几乎没发生什么改变。是性选择带来我们今天的动物、植物大喷发。对于后代会变成什么样，一个细菌别无选择，但是一只蜂王却可以从数千只雄蜂中进行选择。这个选择是跃动的。在所有性的选择中，莱拉，跃动地，选择符合她对未来的预期的人。如果他的良质愉悦了她的感官，她就与之结合，把它复制到下一代，他的生命就得到延续。但是如果他的良质不能征服她——如果他有病、畸形，或者在某些方面不能满足她——她就拒绝与之结合，他的缺陷也就无法被延续下去。

现在斐德洛彻底醒了。此刻他感觉自己正处于某个源头。是否他在今天晚上所看到的东西，就是他在电车上瞥见的东西？就是这些年来让他无法释怀的东西？他思量良久，慢慢地相信，它可能就是。

莱拉是一个法官。这就是今晚与他同床共枕的人：一个有数亿年历史的法官。在这个法官眼里，他只是无名小卒。几乎任何人都能做，而且大部分人比他做得更好。

又过了一会儿，他想到，也许这就是为什么卢浮宫里著名的《蒙娜丽莎的微笑》，就像电车上莱拉的微笑一样，年复一年地令目睹者心神不宁。它是法官秘密的微笑。为了社会的进步，这个法官被推翻，并被镇压了，但是他仍然不声不响地、秘密地审判着。

"傻包子"，这是她用的词。它没什么文化意蕴，但有丰富的意味。它意味着，在这个生物法官眼里，他所有的才智都是某种畸形。她抗拒它。那不是她想要的。正如心智模式对身体机能，即生物模式会产生某种恶心感一样，莱拉的生物模式也对心智模式感到恶心。它们不喜欢这个，这令它们反感。

斐德洛琢磨起威廉·詹姆斯·赛迪斯来，那个五岁就能阅读五种语言的神童。在发现了赛迪斯关于印第安的观点之后，斐德洛阅读了他的完整传记，发现当赛迪斯还是少年时，就宣称自己终其一生拒绝任何性关系。这似乎可以理解为，为了维持一种心满意足的智识生活，他感到，除了在绝对必要的情况下，必须把自己从社会和生物的控制中剥离出来。这一古代僧侣和苦行者才做出的誓言，曾经被视为道德高洁的表现，但是在二十世纪"咆哮的二十年代"[1]，一种新的道德标准出现了，于是当记者们发现赛迪斯这一宣言后，他们毫不留情地嘲讽他。这正是他余生深居简出的生活模式的开始。

"拥有智慧更好，还是对女人有吸引力更好？"这是十三世纪时普罗旺斯的诗人们辩论的问题。赛迪斯选择了智慧，但是在斐德洛看来，应该还有其他道路，你可以二者兼得。

这个问题似乎暗示了女性的愚蠢，但是一个女权主义者可以反过来问："拥有智慧和对男人有吸引力哪一个更好？"这实际上正是整个女权运动的主题曲。尽管女权主义者和普罗旺斯的男性诗人们看起来都在声讨异性，他们，事实上，都在声讨同一个东西：不是男人，不是女人，而是静固的生物模式对社会和心智良质的敌意。

斐德洛感觉到船缓缓地摇晃了一下。

他自己的细胞已经厌倦所有这些心智活动了。它们忍受一天

---

[1] Roaring Twenties，指北美地区二十世纪二十年代社会、物质、文化蓬勃发展的阶段。——译注

了。实际上，它们已经受够了，要把他关闭了。明天，当它们感到饥饿时还会需要他，它们会再开启他，让他为它们找食物。但是现在，它们正在把他抹掉。他觉得自己像 HAL，那个*2001*[1]，就像它的内在形态渐渐趋于瓦解。"黛茜……黛茜……给我你的……回答……真实的。"

莱拉，莱拉，什么是你真实的回答？

这是多么、多么奇怪的一天。

斐德洛又意识到莱拉的身体就在他旁边，又感觉到船轻柔的摇晃。这是整日里发生的唯一一件美好的事，他们的身体不理会

---

1 科幻电影《2001太空漫游》(*2001: A Space Odyssey*)中的计算机，太空飞船的人工智能控制系统HAL9000试图杀害人类，最终被人类毁坏。在被宇航员毁坏的过程中，HAL唱了一首叫 *Daisy Bell* 的歌，其中有一句歌词为 "Daisy, Daisy, give me your answer do"（黛茜，黛茜，给你的回答）。后文中，疑似作者把 "do" 误认为 "true"，即 "Daisy, Daisy, give me your answer true"。——译注

他们的社会和心智差异，仍然投入彼此，就好像那些"占有"它们的"人"并不存在一样。它们专注于生命之事已经太久太久了。

现在他平静下来，他注意到船的移动并不太像是大浪的摇晃，而是非常轻微、非常缓慢地随波上下。他想会不会是从大洋上过来的一股浪流。大概不会，他想。他们仍然在远离大洋的河流上。他又一想，还是有可能的。如果潮水能到达特洛伊，浪流也可以奔逐至此。

有可能的……

他等待着下一次轻微的起落的到来，然后下一次……心里想着它，这样过了一会儿，什么也不想了。

PART 2

第 二 部

16

肥仔觉得莱拉走进来的样子很好笑。他说她"像个钻石女王似的"走了进来,"我想知道在哪儿能找到杰米森先生。"肥仔能模仿任何人,惟妙惟肖。

肥仔说他什么也没告诉她,但是一直在听。她说她在"去佛罗里达度假的路上",她正"和一个绅士在一艘游艇上,她路过想看看老朋友叙叙旧"。

当肥仔说到这,杰米哈哈大笑。

"如果她正和一位绅士在一起,她来看我干什么?"杰米说。

"我猜她是想你了。"

"她有求于我。"

"有个办法可以知道。"肥仔说。

于是,第二天他们去了她告诉肥仔她会去的地方。她不在,于是他们坐下来。然后她从门口进来了。可悲。她看上去真老了。她过去可是个万人迷。也变胖了。啤酒喝得太多了。她总是离不开她的啤酒。她最好管住自己。莱拉看见他们,就走到他们坐的桌子跟前。杰米站起来,张开双臂做出一个拥抱的姿势,说:"你真的大老远跑来就为了看看我?真是太够意思了,太够意思了!"

然后杰米看到跟在她后面走进来的男人,他和她是一起的。捕捉到那个男人的眼神,杰米的肌肉绷起来……拥抱着莱拉,却注视着那个男人。他的头发已经全白了……像雪一样,他的眼神很冷，非常冷……好像来自冰箱……来自停尸间……不良的预感传遍他全身……自己搂着莱拉的时候，那个男人一直在盯着他们。

她把他带到这儿来干什么？肥仔根本没提这件事。都告诉她一百遍了，不要把顾客带到这儿来。这是规矩。现在出了什么乱子？

那个人伸出手来要握手。

杰米跟他握了手。

他朝肥仔伸出手。

肥仔跟他握了手。

"这位就是船长。"莱拉说。

"幸会，船长。"杰米说。

船长看起来想要坐下。

他坐下了。

这个船长满脸堆笑，就好像他是有史以来头一号善人。哄谁呢。他想请大伙喝酒，于是人人都喝了，人人都乐了，人人都坐在那谈笑风生，直到牙齿都掉光了。如果他们想的话。但是他们不想。

杰米没什么可说的。他们都看着他，好像他应该说点儿什么，但是他没说。

于是肥仔开始问问题。问船长从哪儿来、他们要去哪儿，诸如此类。又问他们的船是什么样的，船有多大，船跑得多快，等等。杰米从没听肥仔问过这么多问题。

船长只是带着一双冷眼坐在那，一本正经地回答每一个问题。像是个侦探，说不定。"当心点，胖子，别说漏了嘴。"杰米想。

莱拉一直在往这边看，好像希望杰米说点话。然后她说："你如今在做什么，杰米森？"

杰米森？！她以前从没这么叫过他。这是什么鬼？他琢磨了一下，然后说："我不知道，莱拉夫人。"他这样说是为了嘲弄她一下。"也没正经干什么，好像。"他把话说的如同他刚从阿拉巴马过来一样。

"什么也没干？"

"是的，夫人。我好像一年比一年懒了。能不干的事一点都不想干。懒得弄那些不必要的事。"

他说这些时注视着船长。船长只是微笑。这让杰米放心了一些。如果对方是个侦探，该知道那是什么意思。

"我们能给你一个机会，"莱拉说，"希望你会感兴趣。"

"噢，是吗？"杰米说，"说来听听。"

莱拉很可笑地看着他，就好像情况尽在她掌握似的。她说："有人建议过船长，他应该为他的远洋航行再找一个船员。我们希望你能考虑一下。我告诉他你是一个绝佳的人选。"她说。

杰米注意到她在眨眼。他笑了一下。然后他忍不住笑出了声。

"你笑什么？"莱拉说。

"你真是老样子。异想天开的莱拉！总是满脑子异想天开的事情。这就是你大老远跑到这里来和我说话的原因?就为了这个?"

"是呀!"她说,眼睛看着他。她把嘴角弯下去,好像他把她所有美好的感情都破坏了一样。"怎么了?"

"噢,莱拉,"他说,"你们真是不远千里。"

他看了这两个人一会儿。他奇怪他们是从哪儿冒出来的,来到这里跟他说这些话。

他说:"你是说你和这位船长想要坐在你们的豪华游艇上,品着威士忌[1],看着日落,而我站在一边,说'遵命''遵命'?"

"不是那样的。"莱拉说。

"你把我当成什么人了?"杰米说。他真的恼火了,大老远跑来就为了听这个,而他们还以为他们在对他行善。

他转向船长:"这就是你来这的目的吗?找一个下贱奴隶在你的船上干活?"

船长的样子就好像根本没听见他的话。他说的话好像只是撞上了一面石头墙。"这不是我的主意。"

"那你来这里想得到什么?"

"我不知道,"船长说,"我也想找到答案。"

船长站起来,"我还有约。"说着拿起外套,"我出去时会把账付了,"他满脸怒气地看着莱拉,"一会见。"然后走了。

---

[1] 原文为Juleps,是一种由威士忌、糖和薄荷混合成的饮料。——译注

莱拉看起来吓坏了。

"你到底想干什么，莱拉？"杰米说。

"你说你没什么事干，"她说，"你为什么让他那么难堪？他又没对你做什么。"

"你知道他在想什么？"杰米说。

"你对他一无所知，"莱拉说，"他只是个善良的人，还是一个真正的绅士。"

"噢，如果你跟这个善良的绅士能合得来，你把他带到这来干什么？如果你和这个善良的老东西合得来，你最好的选择是和他继续在一起，莱拉。肯定是因为你走投无路了。"

"我只是想帮你个忙。"莱拉说。

"帮的哪门子忙？"

"噢，想想看吧，"莱拉说，"如果我们跟他一起乘船去佛罗里达，你觉得会发生什么？你认为他会一直活下去吗？"

杰米看了一眼肥仔，看肥仔有没有听到她在说什么。肥仔以同样的眼神回看着他。

"你是说，万一他意外从船板上掉下去什么的，你希望我在那帮一把？"杰米问道。

"没错。"

杰米又看了一眼肥仔，然后低下头。他摇摇头笑起来。然后他又想了想。

他抬起头来看着她："有时候我觉得我很坏，莱拉，然后就会有你这样的人来告诉我怎么坏。"

他们聊了聊往事。米莉不在了。没人知道她去了哪儿。明蒂结婚了,他告诉她。没什么好的,他说,你想不到那有多糟。

她并没有听。她只想谈佛罗里达。

她走了以后,肥仔问:"你认识她多久了?"

"很久,"杰米说,"她过去还不错,但她总是顶撞你。看看跟她在一块的老东西,她现在本事大了。这就是她的速度。找上他了。她当初把我甩了,我根本没对不起她。现在她最好滚得远远的。"

"我对那些已经厌烦了,"杰米说,"很久以前,我曾觉得那些就是一切。你知道,那些钞票、豪车、嘻嘻哈哈和惹眼的衣服。你知道吗?那种垫肩衣服。我觉得帅呆了。后来我看清了那些到底有什么用,还有他们为什么离不开那些东西——钞票、游艇、皮草、垫肩衣服,所有那些。"

"为什么?"

"为什么?因为一旦他们失去了那些钞票,他们就一无所有了。在那些钞票后面,什么都没有!什么也不是!空空荡荡。"

"我是说真的,"杰米说,"那就是一天到晚让这些人忙忙碌碌的东西。拼命要掩饰。我们所知道的。他们以为能骗得了你,可他们骗不了任何人。"

"他们知道我们有他们没有的东西。他们来到这,想把它从我们身上夺走。但他们搞不清楚那是什么,这让他们抓心挠肝。什么东西是我们有而他们无法从我们身上夺走的？"

肥仔想知道那艘船能开多远。

"你听到她说的话了吗？"肥仔问,"那艘船能一路开到南美。"

肥仔说听说长岛有一个人收购船只，没问题。

"你觉得那艘船值多少钱？"肥仔问。

"有一艘那样的大船一定很不赖，"肥仔说，"一直开到佛罗里达。佛罗里达有很多好玩意儿。"

"各种各样的玩意儿，"肥仔说，"你知道贝尔福德么？他去了那里的安德鲁斯岛，在那得到各种好消息。这路子能赚大钱。如果你在船上，你也许能把一些好消息放在没人能找到的地方，等你回来再把它们拿出来。没人看得出来。"

肥仔笑了："如果他们真的发现了，那么莱拉那位善良的朋友可能就要进班房了。"

杰米没再对肥仔说什么。但是他在思考。

17

回酒店的路很远，斐德洛却想要走回去。和莱拉不欢而散之后，他需要走走。这座城市一直让他感到乐意行走。以前，每次到这来他都会四处走走。明天他就离开了。

此刻，摩天大楼围绕在他四周，拔地而起。街道上人车汹涌。

他估摸着,还要走上二十到三十个街区。但是在岛上,都是起起伏伏的短街区,而不是一直延伸的长街区。他感到自己的脚步加快了。

现在,到处都是纽约的眼神。匆匆、防备、冷漠。小心点,他们说。集中精神!在这里情况瞬息万变……注意汽车喇叭!

这座城市啊!他永远无法适应它。他在来这之前总是想先吃上一把安定片。那样某一天他来到这里,既不会狂乱不安,也不会目眩神迷,但是这一天还没有到来。总是这种迷狂的兴奋感。人潮、高速、精神恍惚。

这些疯狂的摩天大厦。这些3-D。它们不仅在你前面在你后面在你左面在你右面——它们还在你上面在你下面。成千上万人在数百英尺高的空中通着电话、盯着电脑、彼此商谈,就好像这一切都十分正常。如果这叫正常,那就没什么是不正常的了。

路灯转成黄色。他急急穿过……司机可以把你撞倒,让你一命呜呼。这就是你为什么没吃安定。吃了安定你可能命都没了。肾上腺素能保护你。

在路边,为了省力些,他把满是邮件的帆布口袋扛在了肩上,然后继续向前。他估摸着,里面的邮件一定有二十磅了,是自克利夫兰以来所有的邮件。今天余下的时光他可以用来在酒店里读这些邮件。他在和编辑共进的午餐上吃得太饱了,晚餐可以不用吃了,一直读到他著名的客人现身。

杂志访谈看起来进行得很顺利——意料之中的问题:他现在

在做什么(写他的下一本书);他的下一本书是关于什么的(印第安人);自他完成第一本书以来发生了哪些改变。他知道怎么回答他们,因为他自己就曾经是一名记者,但是出于某种原因,他没有告诉他们关于船的事。那是他不愿意去公布的东西。他时常听说名人都过着双重生活。这就是,发生在他自己身上。

……商店橱窗里的破烂……收音机,计算器……

……那个向他走近的女人还没有发射,那闪动的纽约式目光之簇,但是她会的……来了……发射!……然后看向旁边……她走过去了……好像相机快门咔嚓一闪。

当下是疯魔的纽约。晚些时候,将变成忧郁的纽约。现在,所有的东西因为新鲜而令人兴奋。一旦兴奋褪去,忧郁就会浮起。总是这样。

文化冲击。在这生活了一辈子的人感受不到这种文化冲击。他们不能生活在其间还总是目眩神迷。所以,为了应对,他们好像只是从所有这些中选出来一小部分,然后努力驾驭它们。但是,他们错过了什么。

……某层楼上有人在练习钢琴……咿——喔——咿——喔……警车……白花,菊花,70美元……街头的滑板小子,韩国人的面孔,奔向里奥·维托的熟食铺。暂居者,像他一样,目眩神迷,疯癫又忧郁,他们可能才是真正理解这座城市的人,他们才是仅存的还有禅语所说"初心"的人,"初学者的心"……

……他走向前去。

……手拉手的情侣。都不那么年轻了。

……二层楼上有一扇半开的窗户,挂了一面锦旗……太远了,认不出上面的字。上面写的什么永远都无法知晓了。

人们的生活千姿百态,彼此交错,却毫无关联。

……气味……多种食物的味道……香烟。

……有锦旗的那扇窗户上,是一面马克斯皮草的广告牌。无名火起……那个模特……时尚、高贵,"我是人间尤物,我可望不可即。但是如果你出得起价(你个贱种),我是可以卖的"。那个价格……如果你出得起价,全都卖吗?……这里的女人真是那样的举止吗?……某些吧,他想……卖的一定是皮草,还有珠宝和化妆品……啊,这不过是个广告套路。卖的是那些家伙。

……更多的相机眼,一些还带着看穿你的嘲弄。如果他不是在追求什么,他为什么要来这?……它让你恼火,那种"除非自证清白否则即是有罪"的态度。他不想对任何人证明任何事。他已经与这些一了百了。

就这样。他不想再证明任何事。不论是对瑞乔还是莱拉,或者莱拉的"朋友"……天啊,真是出乎意料。如果那就是她的朋友,那他决不想碰上她的敌人。

他不禁想,当自己生气时她本应看到却没有看到的那些东西是什么呢?她刚刚在咖啡馆里用了十五分钟证明他们是多棒的人,她根本看不明白发生的事情。所有的事情她都抓不住重点。她在追随良质,跟每个人一样,但是她仅仅从生物的层面定义它。她完全看不见心智良质。这在她的能力之外。她甚至也看不见社会良质。

跟她在一条船上，就像梅·韦斯特和夏洛克·福尔摩斯。这是怎样的错配。跟梅扯上任何关系都是在降低夏洛克的标准，但是对梅来说，跟夏洛克扯上关系也降低了她的标准。夏洛克很聪明，没错，但是那并不吸引梅。莱拉那些生物层面的"朋友"，才是她所追随的。

……他们可以留下她。她今晚就可以下船了。如果在酒店这次最后的会面进行得和其他人一样顺利的话，他明天就离开这继续南下。

……更多眼睛……他们看你只是为了提防你。求生者的眼睛。

他不得不走下人行路，绕过前面一片铁护网。网后面围着一个大坑，它曾经是什么东西所在的地方。坑底的水泥车正在浇筑水泥。坑的另一侧，毗邻的建筑遍体鳞伤，还有些损毁，也许下一个倒下的就是它。事物总是此消彼长，变化往复不息。没有这些土木兴修与毁弃的纽约，他还不曾见过。

突然，他撞入了高档面料和服装商店区。要描述这座城市是什么样子，就好像描述欧洲是什么样子。这取决于你处在什么区域，在一天中的什么时候，以及你的忧郁程度。

他把夹克的领口扣起来，把闲着的那一只手插进口袋里，脚步迈得更快了。他应该在夹克里面穿一件毛衣。天气又转冷了。

他第一次独自一人在这里是什么时候？可能是在军队里？不，不会的。是在二战前后。他记不起来了。他只记得路径，是从鲍灵格林公园一直向百老汇方向过了哥伦布圆环的某个地方。

他记得那天很冷，像今天一样，所以当他放慢脚步时身体就会发抖。那么，与其疲劳乏力，脚步越来越慢，还不如让自己越走越快，到最后他干脆跑了起来，穿过人群、街区、一个又一个路口，汗流浃背，满面淋漓。第二天，在旅馆的房间里，他的双腿僵硬得几乎无法动弹。

一定是在他去印度的路上。冲破了整个体系，奔跑去感受自由。他不能再像那样奔跑了，再也不能了。现在他不得不走得慢点，而更多地使用他的头脑。

他要逃离什么？那时他不知道。似乎他整个一生都在奔跑。

曾经，一夜又一夜，他的梦里全是它。在他小的时候，它是他在动画电影里看到过的巨型章鱼。这只章鱼会跑到沙滩上，用它的触角缠住他，一直把他缠死。他会在黑暗中醒来，心想自己已经死了。后来，它是一个庞大的、遮天蔽日的无脸巨人，它来取他的性命。他会在惊恐中醒来，然后慢慢意识到这个巨人不是真的。他猜想每个人都会有这样的梦，但他怀疑大部分人都不会像他梦得这么频繁。

他开始意识到，梦是对现实的跃动感知。静固的社会和心智秩序的常规模式压制它们并把它们从意识中过滤掉了，但是它们揭示了一种本原的真实：一种价值真实。梦的静固模式是虚假的，但是产生这个模式的底层价值却是真实的。在静固现实中，没有章鱼爬上来把我们缠绕致死，也没有巨人把我们吞掉、消化，变成他自身的一部分，从而越来越硕壮，而我们被分解，消失得无影无踪。

但是在跃动现实中呢？

……这些井盖总是令他浮想联翩。在许多路口似乎能看到十几个，有些是新的，表面粗糙，有些则在无数轮胎碾压过后被磨得光滑铿亮。要多少个轮胎才能把一个钢铁制成的井盖磨得光亮？

他曾看过一些图纸，画的是顺着这些井道如何深入复杂得令人咋舌的地下系统网络。这些网络是整个岛的基础：电力系统网络、电话网络、水管网络、燃气管网络、下水道网络、地铁隧道、电视线路，还有天知道有多少种他闻所未闻的专用网络，就像一个巨大的有机体身上的神经、动脉、肌纤维。

他梦中的巨人。

这很诡异，这一切竟能以一种独立的智慧运作起来，这种智慧远远超越任何一个人的智慧。这些地下的系统使一切有条不紊。他永远都不会知道怎么维修这些线路和管道系统中的任何一个，但是有人知道，而且，如果需要的话，可以通过一个系统找到那人，而这个可以找到那人的系统又可以通过另一个系统来找到。有一种凝聚力把所有这些系统结合在一起：这就是那个巨人。

年轻的时候，斐德洛曾琢磨过牛、猪、鸡，它们竟然从不知道，那个可亲的农民给它们喂食搭窝只是为了把它们卖掉，让它们被杀死，被吃掉。它们会"哼哧哼哧"或"咯咯咯"地叫，而农民则会带着食物走来，所以它们可能还以为人家倒是仆人之类的。

他也曾琢磨过，会不会有一个更高层次的农民，在对人做着同样的事情？一个他们每天都能见到却非同寻常的有机体。他们以为它是一个供养他们，给他们食物、居所，保护他们免受敌人侵犯的有机体，其实它却在偷偷地在饲养人类来供养它自身。它以他们为食物，通过他们累积的能量满足它自己另外的目的。后来他看见它了：那个巨人。人类仰望这巨人的种种社会模式，就像是牛马仰望农民：与自身不同，无法理解，但是施惠于自己，富有魔力。然而，城市的社会模式其实吞噬着他们的生命来达到自己的目的，这正如农民吃掉牲畜的肉一样确定无疑。高层次的有机体以低层次的有机体为食，通过这种方式取得低层次的有机体本身无法取得的成果。

物质的形而上学让人难以看到这个巨人。它使得人们习惯把纽约这样的城市看成是"人类的杰作"。但是哪个人创造了它？抑或哪一群人创造了它？是谁殚精竭虑地想出这一切该如何有条不紊地运作起来？

如果是"人"创造了社会和城市，为什么所有的社会和城市都令"人"如此压抑？为什么"人"会想要创造出矛盾丛生的种种标准和花样繁多的社会机构来自讨苦吃？只有在你抽象地看时，这个忙忙碌碌地创造出社会来压制自己的"人"似乎才存在，一旦你想把他具体化，他就从人间蒸发了。

有的时候，人们以为有些不知在什么地方的坏蛋在剥削他们，某个神秘的资本家集团，或"400"，或"华尔街银行家们"，或白人特权阶层（WASPs），或随便叫什么名字的定期密会研究怎么剥削他们的小团体。这些"人们"被假想成"人类"的敌人。这有点迷乱，但是没有人注意到这里面的迷乱。

物质的形而上学让我们以为所有的演化都会终止于最高级的演化物，即人类的身体。它让我们以为城市、社会和思想结构都是从属于人类身体的创造。但是这种想法是愚蠢的。把城市、社会理解为人类身体的创造物，正如把人类身体理解为细胞的创造物，把细胞理解为蛋白质和DNA分子的创造物，或者把DNA理解为碳和其他无机物原子的创造物一样。如果你沿着这条迷途一直走下去，势必会得出这样的结论：单个电子包含着建造纽约城所需的全部智慧。太荒谬了。

你能否想象这样的场景？两个血红细胞肩并肩坐着，问道："存在比我们更高级的演化形态吗？"然后它们四下看看，什么也没看见，于是得出结论，不存在。如果你能，那么你就能想象这有多么荒谬：两个人走在曼哈顿的街道上，问道："存在比'人'更高级的演化形态吗？"这里的人是指生理上的人。

正如猪和鸡不能创造出饲养它们的农民，生理的人也不能创造城市或者社会。演化的创造之力并不包含于物质之中。物质不过是这个创造性力量留下的一种静固模式。

这座城市就是这个创造性力量留下的又一个静固模式。它由物质构成，但是物质本身并不能靠自己创造它。一种叫作"人"的生理有机体也不能靠自己创造它。这座城市是一种比物质和叫作"人"的生理模式都更高级的模式。正如生物利用物质来达到自己的目的，这座叫城市的社会模式利用生物来达到自己的目的。正如农民养牛只为了吃掉它们，这个模式种植活人的躯体也只为了吃掉他们。这就是那个巨人的所作所为。它把一个个生物的能量汇集起来转化成有益于它自身的种种形态。

当社会、文化和城市不再被视为"人"的创造，而是比生理的人更高级的有机体时，战争、屠杀和所有其他形式的人类相残的现象都会变得更容易理解。"人类"绝不会希望自己被杀死。但那个超级有机体，那个巨人，那个建立在人类生理机体之上的价值模式，并不在意损失几条人命来保护它更大的利益。

在斐德洛读大学的时候，这个巨人第一次从他跃动的梦中走进现实。在他的大学兄弟会上，一位化学教授讲到，一家大型化学公司为他们学院的毕业生提供了很棒的岗位。几乎所有在场的成员都为这个消息欣喜不已。第二次世界大战刚刚结束，好工作似乎是所有人都朝思暮想的。六十年代的革命仍远在十二年后。那个时候，还没有人想过拍《毕业生》那部电影。

斐德洛一直相信，科学是对真理的追寻。一个真正的科学家是不会把这个目标出卖给企业的，后者追寻的不过是利润。或者，如果他不得不为了生存而出卖它，那也没什么值得高兴的。他这些兄弟会的伙伴们，表现得好像从不知道科学是真理。斐德洛突然之间看到巨人的一只触手伸了过来,而他是唯一能看见它的人。

现在这个巨人,这个没有名字、没有面孔的系统,向他伸出手来,想要吞食他,把他消化掉。它会在他的一生中持续利用他的能量,越长越壮。而他越来越老,越来越弱,直到他没用了,它就把他排泄掉,再找下一个充满能量的年轻人接替他,然后再找下一个。

这就是为什么他那天在车流与人流中奔跑——跑过这岛上所有的系统和子系统。他要去印度,与这些公司里徒有其表的科学一了百了,继续追寻真理。他知道,要找到真理,他必须先摆脱这个巨人。

此刻,在他头顶的天空中是那家企业的头头脑脑,就是这家企业在很多年前让那个化学教授在兄弟会上做了那番讲话。这里是企业网络的大脑中心,它的周围是其他网络:金融网络、情报网络、电子传输网络。这就是所有这些小小的身体们脚悬在几百英尺的高度上正在做的事情。加入那个巨人。

所以,当年斐德洛的奔跑是对的。但是现在——说来可笑——这里正是他的家。他所有的收入都来自这里。他现在唯一的固定地址就是这里——麦迪逊大街上的出版商地址。他也是这个巨人的一部分,和别人一样。

一旦你看透了一件事,你就不需要逃避它了。最近这些年里,每次回到纽约,他都能感觉到他对这头古老巨兽的恐惧在减轻,而一种熟悉的亲近感却在增长。

从"良质形而上学"的角度看，对人类身体的吞噬是道德的行为，因为社会模式吞噬生物模式比生物模式吞噬社会模式要更加道德。社会模式是演化的更高形态。这座城市，在对人类身体的不断吞噬中，创造了超过任何生物机体独自所能创造出的东西。

是啊，当然如此！上帝啊！看看吧！这里的力量！不可思议！一个人就算巧夺天工又怎么能与之比肩？当然了：肮脏、吵闹、粗劣、危险、奢侈，一直如此，而且恐怕会永远如此。如果你追求的是稳定和平静，这里永远是一个深渊……但是如果你追求的是稳定和平静，去墓地吧，不要来这！这里是地球上最跃动的地方！

现在，斐德洛感觉到他被包围——速度、高度、人群和他们的紧张。一开始的陌生感消失了。他已融入其中。

他想起来了，码带[1]曾经是它标志性的符号。纸带上面，不可预测的财富时刻都在涨落。它是运气的绝佳符号。运气。当E. B. 怀特写道："如果你想在纽约生活，你应希冀幸运。"他的意思并不仅仅是"幸运"，而是"希冀"幸运——那意味着，跃动。如果你执着于某些静固模式，当机遇来临时你也抓不住。你必须放松，那么该你幸运的时候，你就会幸运：这就是跃动。

---

[1] ticker tape，打印股票价格的细长纸带。在十九世纪和二十世纪上半叶广泛使用码带机来收发股票价格信息。译者未见到通行的中文译法。华尔街上曾流行当空抛洒码带的活动以示庆祝、欢迎等。——译注

当人们说"自由"的时候，其实说得并不准确。"自由"本身并不意味着任何事物，而是意味着从某种负面的事物中逃离。它备受推崇的真正原因是，当人们谈论它时，他们其实说的是"跃动良质"。

社会主义者和资本主义者对此都没有看清楚。从一种静固的观点看，社会主义比资本主义更道德。社会主义是演化的更高级形态。它是被人的心智所规划出来的社会，而不是被无意识的传统所支配的社会。这是社会主义的动力所在。但是，社会主义者们没有考虑到一点——这几乎毁掉了他们的全部努力——就是缺失了那莫可名状的跃动良质的观念。

另一方面，鼓吹自由企业价值的保守主义者们，从道德上说，只是在维护自己的私利。他们不过是为有钱人打着司空见惯的幌子掩盖对穷人世世代代的剥削。其中某些人似乎觉察到，在自由企业体制里，也有着某种神秘的道德因素。你能看到他们努力地想把这种东西诉诸言语，却和社会主义者一样，无法为它找到形而上学的词汇。

"良质形而上学"提供了他们需要的词汇。自由市场是一种跃动的建制。人们买什么、卖什么，换句话说，人们认为什么有价值，是永远不能被任何思想的模子所框定的。使一个市场运作起来的，正是跃动良质。市场总在变化，而变化的方向永远无法被预先确定。

"良质形而上学"认为，正是通过防止静固的经济模式落地生根而阻滞经济增长，自由市场才得以让每个人变得更富有。这就是为什么第二次世界大战之后，当时主要的资本主义经济体比主要的社会主义经济体发展要好得多的原因。不是因为维多利亚社会的经济模式比社会主义者心智的经济模式更道德。恰恰相反。从静固模式的角度说，他们更不道德。使自由企业更优越的是，社会主义者，心智理性地、客观地，同时也无意地关闭了买卖中跃动良质的大门。因为他们客观性的形而上学结构从来不曾告诉他们跃动良质的存在。

人和其他事物一样，齐头并举胜过一次干一个，这正是在这个自由企业之城所发生的一切。当事物都按照社会主义中的那种官僚序列组织起来时，任何复杂性的增长都会增加失败的概率。但是当事物按照自由企业的并行模式组织起来时，复杂性的增长就变成了多样性的增长，更善于呼应跃动良质，因此增加了成功的概率。其实是这种多样性和并行性在推动着这座城市的运作。

不只是这座城市。我们最伟大的国家经济成就，农业，几乎完全是并行组织的。所有的生命都被植入了并行性。细胞并行工作。大部分身体器官并行工作：眼睛，大脑，肺叶。种群并行活动，民主并行运作；甚至科学，看起来也是在科学团体的并行组织下运作得最好。

讽刺的是，尽管科学哲学不能容忍任何无定义的跃动活动，科学的得天独厚却来自它特有的应对跃动性的组织。科学取代古老的宗教形态，不是因为在绝对的意义上它说的东西更正确(无论那是什么），而是因为它说的东西更跃动。

如果科学家们只是说哥白尼是对的，托勒密是错的，却没有深入研究这个问题的意愿，那么科学就只会成为另一个小众的宗教信条。但是科学真理始终包含着一个与神学真理的巨大不同：它是暂时的。科学总是带着一个橡皮擦，通过这个机制，新的跃动发现可以在不破坏科学本身的情况下擦去旧的静固模式。因此，科学，不同于正统神学，一直能够持续地演化成长。正如斐德洛在他的一张纸条上所写："铅笔比钢笔更有力。"

这就是你要做的：同时追求静固良质和跃动良质。如果你没有科学知识的静固模式作为基础，你就会倒退为穴居人。但是如果你没有改变这些模式的自由，你就再也无法向前发展。

你能够发现，这几个世纪以来政治制度得到发展的地方，这种发展常常可以溯源到一种静固-跃动的组合：国王或宪法维持静固的部分，而议会或陪审团扮演跃动的橡皮擦；通过这个机制，新的跃动创见可以在不破坏政府本身的情况下擦去旧的静固模式。

斐德洛为《罗伯特议事规则》的一句评论惊讶不已，它如此简明，似乎用两句话就抓住了整个关键：少数无权干涉多数施行合法的组织事务。多数无权阻止少数以和平手段成为多数。这两句话的力量在于，它创造了一种稳定的允许跃动良质蓬勃发展的静固态势。

至少在抽象的意义上如此。当涉及具体事件时就不这么简单了。

情况似乎是，只要一个静固机制对跃动良质开放，也就不可避免地对退化（回落到良质的更低形态）开放。

这就产生了一个难题，如何为静固良质的涌现开辟最大的自由，同时又要防止退化摧毁曾经的演化成就？美国人喜欢对他们的自由高谈阔论，但是他们认为这与欧洲人在美国经常看到的某些东西是不相干的：与跃动相伴而生的退化。

情况似乎是，一个社会如果对任何退化都无法容忍，也就自绝于跃动成长，变得静固。但是一个宽容所有退化的社会则会退化。这两个方向都是危险的。一个使社会平衡发展却不退化的机制，如果不是不可能，也是非常难定义的。

你怎么能分出这两个方向？二者都与现状相对立。极端的理想主义者和堕落的街头混混有时候形神毕肖。

爵士乐最初亮相的时候被普遍认为是堕落的。"现代"艺术也曾被认为是堕落的。

当你把道德科学地定义为对演化的促进时，你似乎真的解决了何为道德的难题。但是当你试图说清楚什么是演进、什么不是演进以及演进的方向时，你会发现自己又掉回泥淖之中了。问题在于，当一个特定的变化发生时，你无法说清楚它到底是不是演进。只有经过一两个世纪之后，演进才被看清。

比如，那些祖尼的祭司绝无可能预见到，那个被他们系着拇指吊起来的家伙有一天会成为他们部落的救世主。一个醉醺醺的爱吹牛的窥窗者，跟首领们说他们都将下地狱，而他们奈何不了他。你能期待他们做什么？他们还能做什么？他们不能放任每个可恶的浪荡汉在祖尼的土地上为所欲为,就因为他在未来不知道哪一天有可能拯救了部落。他们必须强化规则,让部落团结一心。

这其实就是静固-跃动演化冲突的核心矛盾:你怎样从浪荡汉中识别出那个救世主?特别是当他们外表相似,言谈相仿,打破一切规则的行为如出一辙时?拯救了救世主的自由同样拯救了浪荡汉,默许了他们搞乱整个社会。但是约制浪荡汉的条规也制约了演进跃动的创造性力量。

人们来到纽约,预言这样或那样的末日,然后等着它降临,这几乎成了一种风气。他们现在还在这么做。但是直到现在,末日还没有到来。纽约一直走在通往地狱的路上,但是不管怎么说,它一直没到那儿。它一直在改变,而且看起来一直在变坏,但是就在变坏的中途,一个任何人都不曾听说过的跃动之物出现了,于是变坏一事被抛诸脑后,因为这新鲜的跃动之物(它也在变坏)取代了它。以为的地狱总是变成别的什么东西。

当新的跃动事物想要进入这个世界的时候,它通常看起来像地狱一般,但是它可以在纽约诞生。它可以发生。似乎它可以在任何地方发生,但并不是。必须要有这样一类人,他们能够在看见它的时候说:"嘿,等一下!那很不赖!"他们不需要左顾右盼地看看是不是有别人赞同他们的观点。这很稀有。这里是世界上为数不多的地方之一,在这里人们不需要关心某个事物是否得到他人的认可。

这就是"良质形而上学"做出的解释,斐德洛想,关于为何人们在这里看到最好与最坏不可思议地集于一地。它们以这样剧烈的张力并存于此，是因为纽约对静固模式从来没有任何眷恋。它时刻准备着改变。不管你有没有做好准备。这就是它的恐怖之源，也是它的力量之源。它的强力就在于它的松脱。是变坏的自由给予它变得如此精彩的自由。

看吧，这里的各种事件此起彼伏，不休不歇，其中有拯救一切的跃动火花。在一切错误之中，它熠熠闪耀。

就像蒙童。你没注意他们，但他们一直都在，像蘑菇一样在秘密的角落里生长。斐德洛曾在一个工作日的早晨去博物馆，那里有几百个孩子，在各种各样的矿石和恐龙前指指点点，挽着臂拉着手，不停地嬉笑，又不住地看他们老师有没有生气。然后，忽地他们全消失了，犹如从没在那里出现过。

你在纽约看到什么，取决于你的静固模式。这座城市的跃动性就在于，无论你的静固模式是什么，它总能予以粉碎。今天早晨在餐馆时，一个黑人走进来，黑得发亮，头上戴着一顶肮脏的羊毛鸭舌帽，穿着脏兮兮的蓝缎布运动夹克和一双同样肮脏的锐步球鞋。一副混混的模样。他点了一杯咖啡，根据法律他们不能拒绝他，然后你猜他做了什么？抽出一把枪？不，再猜猜看。他抽出一份《纽约时报》开始读。读的是书评版。他是个知识分子。这就是纽约。

哇哦！你总能看到不期而遇的事。贫与富的反差，也不完全是坏事。如果你抛出一条条静固的法律条文斩断那些最糟的事情，最好的事情也随之而去，火花熄灭，留下的只有一片片平淡乏味的沉闷。这成为一种精神燃料，驱使着许许多多人去做他们本来懒于去做的事情。如果这里的每个人都拿着相同的薪水，穿着相同的衣服，有着相同的背景和相同的机会，这整座城市就死气沉沉了。正是这种空间上的接近 (physical proximity) 和社会阶层上的悬殊赋予这块土地如此的伟力。这座城市让每个人要么升高一寸，要么下降一尺，要么升高一丈。它把人和人分门别类。它一直如此。几百万富人和穷人杂居共处，摩天大楼和公园比邻相望，橱窗里有钻石头冠，街头有醉酒后的污秽。它使你瞠目，又刺你向前。成王败寇，触目所及！就在乞讨者面前，有司机随从的成功者走进他们的加长轿车。呦吼！！加油干！不要慢！

你能看到面带微笑却随时准备着欺骗你的人。有时你会想念那些对你严词厉色，却尽其所能地在各个方面默默帮助你的人。当你和他们说话时，他们一副高高在上的姿态，但是在另一方面，你能感受到他们的防御心理。他们不过是些棱角被磨平的幸存者。他们知道城市名流是怎么一回事。

这会天黑下来了，也更冷了。抑郁的临界点在迫近，或早或晚，它一定会出现。肾上腺素目前还算正常，但是仍然在下降。他的脚步慢了下来。

斐德洛认出，他已经到达中央公园的外缘。这里的风更大了。西北风。它是这冷天气的罪魁。树叶现在都变黄了，叶片在风中翻涌。叶子没有脱落的原因可能是这里临近大洋,气候比特洛伊和金斯顿要温暖些。

他一边走一边注意到,这座公园依然保持着它静谧、文雅的风度,超然于周围的一切。

他认为,在维多利亚人留给这座城市的所有纪念物中,奥姆斯特德和沃克斯[1]的这一大师之作最为杰出。如果他们感兴趣的都是金钱、权力和虚荣,为什么会有这样一处所在?

他不禁好奇,维多利亚人现在会如何看它。围绕着它的摩天大厦会使他们震惊不已。他们会喜欢树木已经擎天蔽日的感觉。他曾经有一本关于这个公园的柯里尔与艾夫斯 (Currier and Ives) 旧画册,在那上面,这座公园光秃秃的几乎没有树木。也许他们会欣赏这座公园吧。在纽约的其他地方,他们恐怕会有不同的看法。

毫无疑问,他们在这座城市刻下了他们的印记。它们还在,在所有装饰艺术风格 (Art Deco) 和包豪斯风格的背后。维多利亚人才是真正建造起纽约的元勋,他想,而且就这座城市的内在本质而言,它仍然属于他们。当他们的褐砂石房屋连同考究的壁柱和柱上楣构都已经过时时,它们被视为丑陋的极致。但是现在,随着他们的建筑一年年减少,它们为二十世纪溜光水滑的建筑增添了一种不错的腔调。

维多利亚人洛可可风格的砖、石、铁艺,天哪,他们多么喜欢

---

[1] Frederick Law Olmsted和Calvert Vaux,中央公园的联合设计者。——译注

雕琢。这也存在于他们的语言中。他们兴起于野蛮人的终极证据。他们真的认为他们在这座城市中做到了。

你仍能在每一个角落看到他们构划这座城市的隐约痕迹。他们面临拆除的巴洛克褐砂石缎带和滴水兽、中央公园里铆钉的铁桥、恢宏的博物馆、公共图书馆前的狮子，他们在雕刻他们自己的形象。

他们留在身后的所有这些不必要的雕琢：那不只是虚荣。其中也有很深的爱。他们把这座城市装扮至此，多少是因为他们爱它。他们就像刚赚足了钞票的父亲给令他骄傲的女儿买一件漂亮裙子一样，把钱花在这些滴水兽和装饰铸铁上。

批评他们是自命不凡的势利之徒很容易，因为他们公开地欢迎这种看法，而回避把他们造就成这样的历史。他们竭力忘掉自己的历史。维多利亚人最不希望别人知道的，就是他们不过是一群有钱的乡巴佬。总的来说，他们是土气、僵化、笃信宗教的人，当生活被内战打碎之后，他们突然发现自己置身于工业时代的中央。

没有先例可循。他们对自己该做什么真的没有任何借鉴。钢铁、蒸汽、电气、科学、工程带来的可能性令他们头晕目眩。他们得到的财富超过他们最大胆的想象，而金钱还在滚滚流入，没有任何停止的迹象。所以，他们日后受到诟病的许多事情，嫌贫爱富、浮华的建筑、雕琢的铸铁，都不过是想过上这种生活的体面人的做派。他们唯一可以借鉴的富裕样板就是欧洲的贵族。

我们常常忘记的是，不同于所模仿的欧洲贵族，美国的维多利亚人是一群非常有创造力的人。电话、电报、铁路、跨洋电缆、电灯、收音机、留声机、电影,大规模生产技术——实际上,几乎所有二十世纪伟大的技术革新都是维多利亚人的发明。这座城市就由他们的价值模式构成!是他们的乐观,对未来的信念,他们的匠心、劳作、节俭和自律的操作,造就了二十世纪的美国。随着维多利亚人的远去,这整个世纪的改变都朝着让这些价值灰飞烟灭的方向。

你可以想象,几个维多利亚贵族老人重回到这些街道上,四下张望,然后一脸漠然地面对他们所看到的一切。

斐德洛看到天就要黑了。他已经快到酒店了。在横穿街道的时候,他看见一辆出租车的灯光前方,灰尘和纸屑被一阵强风从人行道上卷起。出租车上头的标志牌上写着"看看大苹果[1]",下面是某个旅行公司的名字,还有电话号码。

"大苹果。"他几乎能感觉到维多利亚人对这个名字的厌恶。

他们绝不会这样看纽约市。"大机遇""大未来"或者"帝国之城"会更符合他们的愿景。他们把这座城市看作他们自身壮举的纪念碑,而不是什么他们吃掉的东西。维多利亚人可能会说:"把纽约看作一个'大苹果',是一只虫子的想法。"然后他们可能还

---

[1] "大苹果"是纽约市的别称,源于二十世纪二十年代的赛马比赛报道,二十世纪七十年代被官方认可。——译注

会补充道:"可以肯定,虫子用这个名字只是想表达一种称赞,然而那是因为这只虫子根本不知道它吃掉这个'大苹果'的后果。"

酒店的侍者在斐德洛走近的时候好像认出了他,很职业地微笑、行礼,打开了绘着金色字母图案的大门。但是当斐德洛回以微笑时,他意识到这个侍者大概会"好像认出"每一个进来的人。那就是他的角色。这也是纽约幻觉的一部分。

走进来,大厅里是柔和的镀金色和柔软的毛绒构成的世界,在不拒绝二十世纪的现代性优势的同时,呈现出维多利亚时代的雅致。只有电梯门缝间呼啸的风声,让他想起外面的世界。

在电梯里,他想到,这些垂直方向的风一定存在于所有这些大楼里,又不禁好奇外面是否有补偿的垂直下降气流。可能没有。热的电梯气流会在离开大楼后一直升到天际。冷空气会从街道上的水平气流中涌入。

在他离开后,房间已经被打扫过了,床也铺好了。他把沉重的邮件袋子卸在地板上。他现在没有多少时间读邮件了。这一趟路程走得比他想象的要久。他觉得疲劳又放松,这感觉很舒服。

他打开客厅的灯,听到灯泡那有嗡嗡声。一开始他以为是灯泡松了,但随后发现嗡嗡声是一只大飞蛾发出的。

他看了它一会儿,心想,它是怎么飞到这么高的空中的?他觉得飞蛾总是在离地面很近的地方。

它在灯罩周围扑闪着翅膀,与这里的维多利亚饰物融为一体。

"它一定是一只维多利亚飞蛾，"他心想，"永远在追寻更高的东西。然后，达到目标，焚身而死，零落成尘。"维多利亚人钟情于这种意象。

斐德洛走向一扇大玻璃门，看似通向一个阳台。房间里面的反光太多，看不清另一面是什么，于是他把门推开一点。透过门缝，他可以看到夜空，远处，还有其他摩天大楼的窗灯组成的随机图案。他把门开大，走到阳台上，顿觉空气寒冷。这上面风大，还很高。他能看到，隔着中央公园巨大的黑暗空间，他和对面的建筑物顶部几乎处于同一高度。这个阳台好像是用什么灰色的石头砌的，但是现在太黑了，看不清。

他走向石头围栏，探头张望。

……哟！！……

远远的地面上，汽车就像小瓢虫。它们大部分是黄色的，一路缓慢爬行，就像是虫子。黄色的一定是出租车。它们移动得太慢了。其中一辆在他正下方的路边减速停下。然后斐德洛可以看到一个斑点——那肯定是一个人——出来了，走进他自己刚刚走进的那个入口……

他估摸着从这里掉下去得用多久，三十秒？用不了，他推算。三十秒是很长时间了。五秒大概就够了……

这个念头使他的身体一震，震动蹿到他的头上，使他一阵晕眩。他小心地后退了一步。

他抬头凝视良久，这天空并不是真正的夜空。它被注入了橙色的光辉，和他与莱拉在奈亚科镇看到的一样。只是现在更浓重了。他猜测这是大气污染，甚至可能是天空下方普通的海雾或海尘，把下面的街光反射回了天空，但是它给人一种根本不是在户外的感觉。这个城市的巨人甚至统治了天空。

现在多么安静啊。几近空寂。奇怪的是，在这里，俯瞰下面的嘈杂、纷扰和紧张，竟是这样的超然宁静。当你在下面的街道上，你甚至不会想到这一点。

难怪那么多百万富翁花费巨资在高空营造空间。当他们拥有一个像这样的用来喘息的地方后，才能够忍受下面纷纷扰扰的竞争生活。

这个巨人可以对你非常之好，他想……

如果它愿意的话。

18

莱拉根本不在乎她在往哪儿走。她对船长大为光火，简直要吐口水了。那个杂种！他以为自己是谁，竟敢说她是"设局让我们狗咬狗的贱货"。她应该抽他！

他知道什么？她应该说："是的，但是是谁让我成了一个贱货？是我吗？你根本不了解我！"她应该说："没人了解我。你永远不会了解我。我会在你了解我之前死掉。但是，哼，我可认识你了！"她应该这样告诉他。

她对男人厌恶至极。她不愿意听男人说话。他们就想弄脏你。那就是所有男人想做的。弄脏你，然后你就和他们一样了。然后来告诉你你有多贱。

这就是她诚实的下场。难道不滑稽吗？如果她对他撒谎，一切就好多了。如果她真是个贱货，他以为她还会对他讲关于杰米的那些事吗？不会。真是滑稽。

现在她该拿这些衬衫怎么办呢？她现在当然不会把它们拿给他了。她拿着它们很吃力。她为这些衬衫找了好几个小时，现在不得不把它们拿回去。为什么她非要去讨好他？她从不吸取教训。无论你做什么，他们总是要让你看起来比他们更差劲。

你什么都没做错，你知道的，你没伤害任何人，没偷东西，你知道的，但他们就是恨你，因为和你做了爱。在他们爬上你的身体之前，你真是个天使；但是当他们从你身上爬下去后，你就成了真正的婊子。过一阵子，他们又要来了。然后你又成了天使。

她从没做过夜里站街的事情。她并不属于那些坏女人。但是有时候，她觉得那样挺好。她喜欢。她总有这种感觉。她一直都喜欢。每晚如此。那又怎样？她不喜欢总和同一个男人做。她也不在乎别人怎么看她。她又想要钱，她需要花钱。她还喜欢酒，还有很多很多东西。把所有这些放在一起，这就是莱拉，她应该这样告诉他："休想把我变成别人。因为那没用。我就是莱拉，永远都是我自己。要是你不喜欢我这样，那么请离开。我不需要你，我不需要任何人。我会第一个死。这就是我。"她当时应该这样告诉他。

一家店铺的橱窗映出她的影子。她看上去步履匆匆。她应该慢下来。她不需要走这么快。除了去船上把她的东西拿下来，她没别的地方可去。

什么都不该告诉他，太傻了。像这样的人，你不该告诉他任何事情。一旦你说了，他们就消失了。他需要的就是用她来证明自己多了不起。当他一整天其实都在琢磨她的种种不好时，他根本不在乎她说了什么，他只想把她当成一只用来研究的豚鼠。

他从不有话直说，但是她能看出来，当她说话时，他一直在心里挑着她的毛病。假模假样地对她"好"。他一直想知道她是怎么想的，但是他从来不告诉她他是怎么想的。总是在刀尖上玩。她忍不了这个。她绝不该跟他说像他这种书呆子的那些话。把事情搞坏了。像他这种书呆子听了这话会受不了。

她知道怎么跟他这种人打交道。他们不难相处。你只要让他们讲话就好了。他这样的人你得一直顺着，否则他们就会把你赶走。如果她把嘴闭紧，她可能明天就会坐船去佛罗里达了。她可以在他需要的时候把他伺候得舒舒服服。杰米不在乎的。杰米不在乎她跟谁睡觉。这样，皆大欢喜。

杰米也不喜欢这个船长。杰米总是善察人心。如果有人以为他能给杰米造点麻烦，杰米会让他明白点。

有个坐在扫把上的黑衣巫婆透过展窗看着她。快到万圣节了。

她不认识城市的这一区域。即使她以前来过，她也已经忘记了。也可能是因为变化太大，她认不出来了。这里的一切总在变化，除了那些大高楼。

第一次来这时，她曾以为那些大楼上面有些大人物，他们对这里发生的一切了如指掌。他们永远不会走下来跟她说话。过了很久，她发现没有人知道这一切是怎么回事。

为什么杰米连地址都不肯给她？他的举动完全不一样了。出了什么事。她不喜欢他那个朋友。也许只是因为船长在那里。

她以前从没来过这条街。这里有些她不喜欢的东西。看起来倒不危险，但是肮脏。杰米总是跟她说："四处观察，如果你看不到别的女人一个人走路，就要特别当心！"但在这条街的远处有个老妇带着一条狗。

……所以，如果船长跟她彻底闹翻，也没什么新鲜的……她早就习惯了。她会找到别的什么……她总是自食其力。

一家小商店的窗台上有几只瓶子，还有灰尘和垃圾。她总以为他们哪天会把这里的一切都收拾好，但是没人收拾任何东西。一切都越来越糟。

一座老教堂的门上挂着挂锁，一张告示写着已关闭。这张告示完全褪色了，所以它一定关闭很久了。在窗户下面，木头箱子里的植物都死了。这不像她祖父的教堂。她祖父的教堂更大，也不在这样一个肮脏的城市里。

她得找个屋子待上一阵，可能几天，然后再四处看看。听起来不错。她不想再回到街上去。不值得。杰米说不要这么做，他懂的。他说那太危险了，这不像以前了。

她不喜欢这条街。

她总能找到服务员的工作。她知道怎么做。然后过一段时间,就会有好事出现。如果她试着这么想,就感到好多了。但是首先她得找个地方安顿下来。

她一个街区一个街区地走过去,留意着客房标志,但是一无所获。

她经过街上的一个大坑,坑四周用橙色和白色的路障挡着,防止行人靠近,从坑中向外冒着汽。一个拿着水泥袋的人在盯着她看。他没有做出任何举动,只是盯着她。

她开始阅读所有告示上写的文字:"消防通道,不要占用"……"雪景之旅"……"紧急情况,禁止停留"……"车辆拖拽,每小时9.95美元"……"粉刷,免费量尺,九折"……

也许这些告示能告诉她发生了什么……"毒品集会"……它的意思是"禁止毒品集会"……"欧文食品仓储"……"熟肉块"……"衣橱之王"……大喇叭的播放声……"供应犹太洁食和非犹太食品"……"天然健康食品商店,所有维生素八折优惠"……

在铁围栏后面有一棵树,结着橘红色的浆果。她记起她家的后院有一棵这样的树。她曾经采过那些浆果,但是一点都不好吃。它怎么到这来了?大铁栏杆把人挡在外面以防他们摘浆果。如果她试图跨过去,他们会把她扔出来。树下有几只鸽子……鸽子可以在那,她却不行。

有人进到铁栏杆里面,把油漆喷得满墙都是。她从来都搞不清楚那些字写的是什么。看着像是名字什么的。但是他们把字写得那么滑稽,你看不出他们想写什么。他们从来不写"肏你"之类的,他们只是写些奇怪的东西,好像只有他们知道,别人都不知道。

……"司机"……"电力公司"……"保持车道畅通"……"单行道"……他们从来不跟你说你需要什么,他们只告诉你他们要什么……

一面墙上有些希伯来文字:"那不勒斯比萨""富兰克林清洁,创自1973年……""警戒线""不要越过蓝线""警察局"……楼上有很多带刺的铁丝网。这里过去没有这些铁丝网。

人行道上躺着一个男的。一些人从他身旁走过,看都不看他一眼。

"上门服务""精洗干洗""旅馆,医院和俱乐部"……"雅典管道供暖"……"大笑不止,我笑得停不下来——麦吉利卡迪,《纽约时报》,托尼奖得主[1]"。

地上到处是塑料袋……单行道……

这双鞋磨脚。这条街越来越糟糕。这里的人行道都开裂了,路面破碎,歪歪斜斜。如果她不小心,会扭伤脚踝。她会摔到这些碎玻璃上。这些玻璃是一扇空窗户上的,看上去好像有人曾想破窗而入。

---

[1] Tony Award,美国戏剧奖。——译注

天气开始冷了。

她不应该是这样的处境。她在这里干什么？哪里搞错了让她活成这样？她应该在更好的地方。

她穿过一条街道，当她低头看它时，好像下面有水。这一定是那条河，她想。

她打算叫辆出租车。她毕竟得在天黑之前到船上把手提箱拿下来。走到那太远了，她的腿已经迈不动了。她已经很久没有走这么远了。乘出租车要花好多钱，但是没有别的办法。要是她没买这些破衬衫就好了。

但是当她走到一个街角时，她看到街区尽头有一个餐馆的招牌，在街的对侧。看上去非常棒。她可以歇一歇，吃点东西，然后在那里叫一辆出租车。

她透过餐馆的窗户张望，发现菜价高昂，里面的桌子都蒙着桌布，还配着餐巾布。

噢，管它呢，她想。我要庆祝一下。庆祝什么呢？庆祝和船长分道扬镳吧，也许。

里面人不多。一个矮小的年长女人正在房间的另一头摆放餐巾，看见莱拉，冲她微微一笑，缓步走来，引她到窗边的一张桌子上。

莱拉在桌边坐下。坐下来的感觉真好啊。

女服务员问她想不想在餐前先点些饮料。

"我要一杯苏格兰威士忌和苏打水，"莱拉说，"不，我要一杯尊尼获加黑方苏打[1]。"她笑着说。女服务员似乎面无表情，转身走向吧台。

窗外的街道看上去就像是罗切斯特的某些街道，破旧，没有多少行人。在一个旧消防通道下面，一只猫在排水沟旁的泥土里缓慢行走，寻找着什么。它把泥土先扒到一边，又扒到另一边。它好像没找到它想找的东西。

莱拉还带着她老旧的通讯录。她可以给一些老朋友打电话，也许他们会邀请她过去，大家可以谈天说地。她可以给他们打电话，说不定他们能告诉她在哪儿能找到一个好住处。他们甚至可能会让她留下来一起住一段时间。谁知道呢。

她看向窗外，街对面的那只猫已经走掉了。

重新和老朋友会面的唯一麻烦是，她不愿意。想到这件事就觉得不舒服。她不想和他们中的任何一个人说话。她想和那些一了百了。她不想和任何人说话。

当女服务员端着酒水过来时，莱拉给了她一个大大的微笑和一个大声的谢谢。女服务员微露笑容，然后走开了。

莱拉呷了一口酒。哦，从没这么好喝过！

她看了看菜单，想看看吃点什么。

她应该点些便宜的东西。可问题是她真的饿坏了。那些牛排

---

[1] JOHNNIE WALKER BLACK & SODA. Johnnie Walker是著名的威士忌品牌，Black & Soda是一种大杯冷饮料。——译注

看起来真不错,还有炸薯条。高热量,她得注意。她不想吃一大堆热量,她已经吃得太多了。但是不管怎么说,听起来真不错。她想起她在船上做的炸薯条。哦,她为什么要对他说那些事?如果她能把自己的嘴闭上,她可以做炸薯条一直做到佛罗里达。

正琢磨的时候,莱拉看到一张男人的脸透过窗户盯着她看。她吓了一跳。但是她随即想,怎么了,莱拉,你还能被男人吓着?

他长得不难看。

她对他笑了一下……

……他只是看着她。然后他看向了别处。

然后,他又盯着她看。

她使了个眼色试探。

他微微一笑,然后假装在阅读窗户上的菜单。她把目光转向自己的菜单,但是用眼角在观察。

过了一会儿,他向前走了。她等着听到门被打开的声音,然而并没有。他离开了。

她想知道是不是她说了什么让杰米生气。这次他真是太不一样了。出什么事了。他一定出了什么事,也因此他不肯透露地址。他是那种有话不说的人。他不愿意伤害你的感情。他就是那样的人。

船长当然对这些一无所知。像他这样的人从来不了解这些。他们只会提起裤子走人,还以为自己干了什么大事。那就是他们唯一会做的。所以他们必须付钱。你想给他们看些东西,但你只是在浪费时间。他们不知道你在干什么。船长从来不知道她想为他做什么。那个书呆子永远不会。他可能连衬衫的钱都不会付。

她必须让自己不去想他了。

那个女服务员走过来为莱拉点单,但是她还没想好。"我觉得我还没想好,"她说。她的目光穿透她的玻璃杯:"为什么不再给我来一杯这个?"

她不想喝醉,她还有很多事情要做,但是这个真的好喝。下一次喝不知道要过多久了,她想。

她不知道接下来做什么。好像她都做完了。她没有一点力气了。她累了。

透过窗户,她看到外面的街道已经开始变得陈旧、灰暗。她想知道刚才在街对面的泥土上徘徊的猫去了哪里。

她不喜欢这黑暗。

罗切斯特的天甚至更黑,她想。

可能她就应该回到罗切斯特,找一份普通的工作。

她不能回去。在那儿他们都恨她。那就是她被开除的原因,因为她对他们说了真话。

每个人都想把你变成一个奴仆。当你不想成为他们的奴仆时,你就没什么用了。然后你就成了坏蛋。不论你多么努力地去讨他们的欢心,你还是一无是处。你怎么讨好都没用。他们要求得没有止境。所以无所谓了;无论你做什么,他们早晚都会恨你。

她不该离开"Karma号"。假如她不是被乔治气得发疯,她仍然在那儿。现在在去佛罗里达的路上了。佛罗里达的天会更亮些，因为它在南边。她在那儿确实有过快乐的时光。她还是要去那儿，但是现在她必须先弄到一点钱。

也许她可以干脆去找船长，告诉他她很抱歉，然后他就会回心转意了。她不想那么做。那样她不得不在去佛罗里达的一路上听他那些书呆子的怪谈。她不想那样。再说，他已经对她说过，她必须离开他的船。

她想知道他在纽约干什么。她好奇他今晚去了哪里。他当然不愿意带着她。她不在乎。她也不想跟着他。但是她知道为什么。他们身边只要一出现自己妻子的朋友，他们就会让莱拉走开。

随便吧，无所谓。

她想要做的到底是什么？这事很重要，但是她不知道是什么。

没有任何她想做的事了。这就是问题所在。她不想再跟别人打任何交道。她对人厌倦了。她只想离开，一个人，独来独往。

那个女服务员又来了。莱拉点了同样的一杯。这可不好。在胃还空着的时候很不好。她的胃还在疼。她应该预先吃点阿司匹林。

她把手伸进手提包里找她的阿司匹林。找不到了。真是滑稽。她知道它就在这儿的。她其他的药品也不在了！她用手摸来摸去，寻找那个圆形的塑料瓶子。她总能靠它的形状找到它。它不在那儿。

她越来越用力地在口红、镜子、香烟和舒洁纸巾当中来回摸着。

她没把它们落在船上，因为她今天早晨还取了三颗。她把手提包拿起来看，然后她查看手提包的另一个口袋。但是它们不在那。

莱拉突然意识到，钱夹也不在手提包里。她两眼望天，心里害怕。窗户外面，街道上更黑了。

她又从头到尾彻底找了一遍，所有的口袋，手提包的每一个角落……但是找不见。真的没了。

那是她所有的钱！

又有些顾客进来了。他们好像很冷。莱拉看不到那个矮小年长的女服务员了。好像有一个服务员来顶她的班。他打了一个领结。她不喜欢他的长相。

她还是不敢相信。她怎么会把它弄丢呢？她所有的钱都在里面。它不可能掉出去，今天早上还有呢，她用它买的衬衫。她记得，因为她把收据放在了钱夹里，万一她需要退货呢。现在也都不见了。

那个新服务员在看着她。

她想起杰米的那个朋友。他坐在她旁边。钱包就在他俩之间。

一定是他。她就知道他看她的样子有些不对劲。等着吧，她要告诉杰米。

她低头看了一眼她的杯子。空空的。

她没有杰米的新号码。他没有给她。现在该怎么办？她甚至不能点餐。她必须停下来思考。她甚至没法好好思考了。这难道是杰米不给她电话号码的原因吗？这样她就跟他说不上话了？

这么说，他可能耍弄了她？

服务员走过来了。

"我还没想好。"莱拉对他说。

他给她一个没事的表情，走开了。

杰米不会那样做的。如果杰米想要钱，他就说了。他没必要偷她的。

脑子太乱了。她真希望自己没喝这些酒。里面还有一个零钱包。他没有把它拿走。她把它拿出来数了数。两个二十五美分，四个五分镍币和七个便士[1]。

她连付酒饮的钱都不够。要惹上麻烦了。

她感到一阵恶心，她必须去厕所。

当她经过服务员身边的时候，他的样子如同已经看出她不打算付账了。

厕所臭气熏天。她想洗洗，但是这里连一块肥皂都没有。该死的垃圾场，这个鬼地方。她的脸也脏了，但是没地方洗。这个肮脏的城市。她在镜子里看到，她的头发也脏了。她需要洗洗。

如果她用硬币来给朋友打电话，他们可以过来帮她。但是已经四年了，没人过了四年还待在纽约。

她找到了电话机。第一枚硬币，她尝试拨打劳丽的号码。铃声响了一声又一声。就在铃声响的时候，她意识到，如果她想，她

---

[1] 一镍币等于五美分，一便士等于一美分。——译注

可以立即从电话这里走到门外去,他们无法拦住她。

服务员正盯着她。他会拦住她的。他看上去有点恶毒。看起来他总在旁边转悠。

劳丽的电话无人接听。没事,这意味着她会拿回硬币。但就在这时它接通了,一个声音问,"你是谁"。她说"莱拉·布勒威特"。那个女人走开了,莱拉等待着。感谢上帝,劳丽还在这里。

但是过了一会儿,那个声音又出现了,说:"你一定打错电话了!"然后挂断了。

这是什么意思?

她又试了另外两个号码,都收回了硬币。她正要给另外一个地址打电话,却意识到对方其实并不认识她,就算记得她也不会帮忙。那个服务员还在盯着她。

莱拉考虑了一会儿,那个服务员会怎么做呢?她不妨搞定他。

她打起精神,走过去告诉他:"有人偷走了我的钱。我付不了账。"

他只是看着她,什么也没说。

她想他是不是没听见她说什么。

然后他说:"你往电话机里投的是什么?"

"那只是些硬币,"莱拉说,"他们拿走了我的钱包。"

他只是继续盯着她。她能看出他不相信她。

过了一会儿他说:"他们拿走了你的钱包。"

"对,"她说。

他还是目不转睛地盯着她。

然后,他说:"我只是在这里工作。经理不在这。"

他转身走向厨房。他回来时说:"他们说留下你的名字和住址。"

"我没有住址。"她说。他又盯住了她。

"你没有住址。"他重复道。

"我是这么说的!"她的火气上来了。

"你住在哪儿?"

"在一条船上。"

"船在哪儿?"他问道。她奇怪他为什么问这个。他接下来要干什么?

"在河里,"她说,"那无关紧要,我今晚就必须得离开那儿。我不知道那船现在在哪儿。"

那个服务员还是盯着她。天啊,可真能盯人呐!

"好吧,那就把船的名字写上。"他说。

他看了看她在纸上写的名字,然后鄙视地看了她一眼,说:"现在,等你回到你那条船上后,从船上拿些钱送回这里,好吗?因为别人也要生活,明白吗?"

她拿起手提包,又从电话机旁的地板上拿起衬衫,然后她回头看见他在厨房里正在对别人笑。在她走出门的时候,他摇着头。至少他没有像她本来以为的那么坏。他本可以叫警察之类的。他可能以为她是什么精神病。

现在已经很冷了,街道在黑暗中阴森可怖。

餐馆的门在她身后关上了。她想,她留下这盒衬衫抵账就好了。现在她不得不拎着它。但是他也没这么要求。

她想了想,要不要回去把盒子给他。……不,这事已经完了。再说,他不会要的……

但是他凭什么那样鄙视地看她呢?莱拉心想。她把毛衣扣子扣紧。人们花钱可不是让他摆出那副样子的。

船长要是看到它们也许会喜欢的。那么他就会给她钱去付给餐馆了,然后他们可以回去吃上一顿,他不会给那个服务员一分钱小费。不,他们会给他一笔大大的小费,让他不自在。

她现在没有钱坐出租车了。她不能找警察。也许她可以找警察,他们可能不记得她了。没人记得她。但是她不想这么做。

都走了。大家都去哪儿了?她不禁想。发生了什么,大家都走了?先是船长走了,然后杰米走了。理查德也是,连理查德也走了。她从没对他做过什么。发生了非常糟糕的事情。但是他们都不告诉她是什么。他们不想让她知道。

莱拉感到她的手有一点抖。

她把手伸到包里找药片,然后想起来药片也没了。

她开始感到恐惧。

这是自离开医院以后,她第一次没有吃药。

她不知道离船还有多远……这个方向,她想,是通往那条河的……也可能不是……她努力不去想任何不好的事,这样她的手可能会停止颤抖……她希望这个方向没错……

……现在漆黑一片。

19

天已经黑透了,斐德洛心里说。透过酒店房间的大扇玻璃拉门,天空中看不到一丝余光。房间里的光全都是壁灯照出来的,那只飞蛾还在那里扑闪。

他看了一眼手表。他的客人迟到了。晚了大约半个小时。对好莱坞的名人来说,这是传统。名头越大,来得越晚。而这位,罗伯特·雷德福,确实是个大牌。斐德洛想起乔治·伯恩斯的一句笑话:他曾参加好莱坞的聚会,在那里,有的人太过出名,以至于从没出现过。但是雷德福要来跟他商谈电影版权。这是非同小可的买卖。没有理由认为雷德福会不来。

斐德洛听到了叩门声,那声音里有全世界的酒店防火门独有的金属声。但是这回,他突然浑身紧张起来。他站起身,走过去开门。走廊里站着雷德福,那副著名的面孔上,带着期待而谦逊的表情。

雷德福看起来比银幕里塑造的形象要矮小些。一顶高尔夫球帽压住了他出名的头发;奇特的无框眼镜把人们的注意力从眼镜背后的面孔上转移开;竖起的夹克领子使他更不引人注意。今晚，他和日舞小子没有任何相像之处。

"请进。"斐德洛说，同时真的感觉到怯场的紧张。这里突然成为实时现场。就像是首夜演出，帷幕刚刚拉开，现在一切都看他的了。

他发现自己强挤出一个微笑。他紧绷绷地接过雷德福的大衣，尽力不暴露出他的紧张，表现得很老练。但是，一闪失，他笨手笨脚地把大衣折到了后面，这下日舞小子的一只胳膊抽不出来了……上帝啊，雷德福的胳膊抽不出来了……斐德洛放开手，日舞小子自己把衣服脱了下来，带着疑问的一瞥把衣服递给了他，然后又递给他帽子。

开局真不错……简直是查理·卓别林的一幕戏。雷德福向前走进里面的客厅，走到玻璃拉门那儿，眺望着公园，显然在判断着自己的朝向。斐德洛跟在后面，在房间当中一张放置好的椅子上坐了下去，这是一把覆盖着厚厚的金边丝绸软垫的维多利亚式椅子。

"抱歉来得这么晚。"雷德福说。他从玻璃门那转过身来，然后动作缓慢地，自己选择了对面的沙发坐下。

"我半个小时前刚从洛杉矶飞到这，"他说，"这样走浪费了三个小时。在夜间他们管这叫'红眼'航班……"他的眼睛瞄过来看费德洛的反应，"真是好名字……你一点觉都睡不成……"

雷德福说着话，一边说一边变得更真实了。就像《开罗紫玫瑰》中的人物走出屏幕和一个观众共同生活起来。他说什么？

"每次我回去,我对它的温情都在减少,"他说,"我在那长大,你知道……我记得它过去的样子……我讨厌它现在发生的变化……"他一直看着斐德洛,期待着他的反应。

"我仍然有很多关于加利福尼亚的美好回忆。"斐德洛说,他终于接话了。

"你在那生活过?"

"我曾住在隔壁,在内华达。"斐德洛说。

该他继续说下去。他说了一堆关于加利福尼亚和内华达的七零八碎的话。沙漠,松树,波浪般的山丘,桉树,高速公路,和那种若有所失、愿不得偿的感觉,那是他在这里时常常感觉到的。现在,说这些只是为了填充时间,好拉近关系。而雷德福听得非常专注,这让斐德洛产生一种感觉,这是他的日常习惯。真正的舞台表现。他刚刚在飞机上横跨了整个国家,可能在此之前跟很多人谈过话,但是他就坐在这,那副著名的面孔在凝神聆听,仿佛他拥有全世界的时间,仿佛在他走进这个房间之前没有任何重要的事情发生过,在他离开这个房间之后也没有任何重要的事情等待着他。

他继续自说自话,直到厄尔·沃伦[1]这个名字出现,他们有了共同点。沃伦是前任美国最高法院首席大法官。斐德洛说,沃伦代

---

[1] 厄尔·沃伦(Earl Warren, 1891—1974)1943—1953年任加利福尼亚州州长,1953—1969年任第十四任美国首席大法官。——译注

表了一种多数人会认为不属于加利福尼亚人特征的人格。雷德福真心地赞同,这反映出个人的价值观。雷德福说:"他是我们的州长,你知道。"斐德洛说:"是的,而且沃伦的家族来自明尼苏达。"

"真的吗?"雷德福说,"我竟然不知道。"

雷德福说,他对明尼苏达一直有一种特殊的兴趣。他的电影《普通人》就讲了一个明尼苏达的故事,虽然电影是在伊利诺伊北部拍摄的。他的大学室友是明尼苏达的,他去过室友家,并且终生难忘。

"你当时住哪儿?"斐德洛问。

"明尼通卡湖 (Lake Minnetonka),"雷德福说,"你知道那一带么?"

"知道,在我的书中第一章,提到了艾克塞色[1],就在明尼通卡湖。"

雷德福看起来很急切,好像错过了一个重要的细节:"关于那一带有一种……我说不上来是什么……"

"那里有一种'恩慈心'(graciousness)。"斐德洛说。

雷德福点点头,好像那正是他想说的。

"临近明尼阿波利斯,有个地方叫'肯伍德',那里也是这样。那儿的人身上也有厄尔·沃伦的那种'魅力'或'恩慈心',或者随便叫什么吧。"

雷德福专注地盯着斐德洛,有好一会儿。那是他在银幕上

---

[1] Excelsior,明尼通卡湖南岸城市。——译注

从未展露过的专注。

"怎么来的呢?"他问道。

"钱,"斐德洛回答,但是随后认识到这不完全准确,又补充道,"和其他一些东西。"

雷德福等着斐德洛继续说下去。

"那里曾是富得流油的地方,"斐德洛说,"以前的木材,还有更早的面粉厂。当你有一个女仆、一个司机,还有另外七个佣人在忙里忙外时,恩慈就很容易了。"

"你在明尼通卡湖一带生活过?"

"不,我离那远着呢。但是我曾去那里参加过一个生日宴会,那是三十年代,我还是个孩子。"

雷德福全神贯注地听着。

斐德洛说:"我并不属于那些有钱的孩子,但我曾在明尼阿波利斯的一所学校拿到奖学金,在那里,有钱的孩子……通常有司机接送。"

"一到早上,那些又大又长的黑色帕卡德(Packard)豪华轿车就在学校外面停下,一身黑制服的司机会走出来,动作麻利地打开后门,然后小孩子就从里面出来了。到了下午,那些豪华轿车和司机又会回来,孩子们又进去,一个孩子一辆轿车,他们都会回明尼通卡湖去。

"我那时骑自行车去学校,有时我会在我的后视镜里看到一辆大帕卡德从我后面开过来,我就转身向里面的孩子招手,他也向我招手，有时司机也会招手。有意思的是，我始终知道，我才是被羡慕的人。我自由自在，而他只是黑色帕卡德后座的一个囚徒。他心里清楚。"

"那是什么学校？"

"布莱克。"

雷德福的眼神闪闪发光："那就是我室友就读的学校！"

"世界太小了。"斐德洛说。

"真是太小了！"雷德福的激动说明有些东西在此连接上了，一个高亮点。事物表面的高亮点能揭示出下面有重要的结构。

"我对那里还有美好的回忆。"斐德洛说。

雷德福看起来似乎还想多听听，但是，这当然不是他坐在这里的原因。又东拉西扯地聊了几句之后，他说到了他们的正题。

他稍作停顿后说："我想我得说，首先，我非常钦慕你的著作，并在思想上受到挑战和激发。'良质'的观念是我一直在思索的。我一直那样做事。我第一次读到它是在它刚面世的时候，当时就想联系你，但是被告知有人已经把它买下了。"

他的话中出现了一个有点可笑的卡顿，犹如他对这一切都排练过。为什么他听起来像一个蹩脚的演员？"我真心希望得到这部书的电影版权。"雷德福说。

"它是你的了。"斐德洛说。

雷德福一脸惊愕。斐德洛一定说错了话。雷德福的简介上说他是个骤然临之而不惊的人，但他现在有些惊慌失措了。

"如果不想把它给你，我就不来这儿了。"斐德洛说。

但是雷德福看上去并没有喜出望外，而是大为惊讶，然后退缩到他内心的某个地方。他的专注不见了。

他想知道之前的电影版权怎么了。"真是一言难尽啊！"斐德洛说，然后讲了卖出的一连串电影改编授权，这些授权又出于这样那样的原因就失效了。雷德福又泰然自若了，聚精会神地听着。当这个话题结束时，他们把话题谨慎地转移到这本书怎么修改的问题上。雷德福推荐了一个作家，这个人斐德洛已经见过了，说没问题。

雷德福希望充分挖掘其中一幕：教师面对着全班学生，整整一个小时，一语不发，直到最后的时刻，学生们如此紧张害怕，跑着冲向门口。很明显，他想从这一幕开始，用倒叙的手法展开整个故事。斐德洛觉得这听上去非常棒。雷德福对这本书已经驾轻就熟，令人叹服。有了这一幕，他完全绕过了所有公路场景，所有的摩托车维修内容，那是其他剧本作家都会陷入困局的地方。雷德福直接进入教室，教室就是这本书缘起的地方——斐德洛本想写成一本薄薄的英文写作教学专著的。

雷德福说，公路场景会使用外景拍摄。他说斐德洛可以随时来现场参观，"但是不能每天都来。"斐德洛不明白里面有什么门道。

他们谈到了抽象思想这一核心难题。这本书主要是关于良质的哲学思想。商业大片并不形象化地展示思想。雷德福说，你必须把思想压缩，间接地展示出来。斐德洛不太明白这是什么意思，很想看看这将会怎么做到。

雷德福觉察到斐德洛的怀疑，做出一个预警："不论这部电影拍成什么样，你都不会喜欢的。"斐德洛不知他这么说是不是为了让自己免受指责。雷德福对他讲了他拍摄的另外一本书的作者的故事，这个作者看了影片之后很想喜欢它，但是你能看出对方毫无兴趣。"那很难令人接受，"雷德福说，然后又加了一句，"但是事情总是如此。"

他们又谈到其他方面的话题，但是都没那么关键。最后，雷德福看了一眼他的腕表。

"我看，现在咱们已经没有什么大的问题了，下面，我要去找那个编剧，看看他对这些怎么想。"

他在座位上向前倾身道："我非常累了，而且就这些事情整晚撩拨你也没有意义……我会打电话给其他人，之后，我们的经纪人会在某个时间和你联系。"

他站起来，走到门厅的衣柜处，自己拿出他的帽子和大衣。走到门口时，他说："你现在住在哪儿？"

"在我的船上。就在河里。"

"哦，能在那联系上你吗？"

"不能，我明天就走了。在这里天寒地冻之前，我打算到南边去。"

"好吧，那么我们通过你的律师联系你吧。"

在门口，他理了理他的帽子、眼镜和夹克。他道别后转身进入走廊，精神抖擞，像一个滑雪运动员，或者，一只猫——或者就像日舞小子——然后，消失在拐角。

然后，这走廊将又变成另一家酒店的走廊。

20

斐德洛在酒店走廊里站了很长时间，忘了身在何处。过了许久，他转身走进屋内，关上房门。

他看着雷德福坐过的沙发，现在空了。似乎雷德福的一部分气息依然在那，但是你无法再对它说什么了。

他想给自己倒杯酒……但是酒一点不剩了……他应该打电话给客房服务部。

但他并不真的想喝上一杯。喝一杯也不够应付这么多麻烦。他不知道他想要什么。

一股失意的潮水袭来。为这次会面而累积的所有紧张和躁动突然之间无处宣泄。他想要出去，在走廊里奔跑。或许再到街上走一段长路，直到绷紧的神经松弛下来……但是经过来这里时那一段长长的步行，他的双腿已经酸疼了。

他走向阳台的门。在玻璃的另一侧，依然是幻梦般的夜幕天际线。

它开始显得乏味了。

为了这样的景观而花一笔高价，在一开始时会心旷神怡，但问题是，它会变得越来越静固，直到你几乎注意不到它的存在。船就好多了，那里的景观一直在改变。

他看到天际线的灯光变得朦胧，开始下雨了。但是阳台并没有湿。风一定是把雨吹向了远离大楼的方向。

他把门轻轻打开，一股冷空气立时呼啸着灌了进来。他把门开到刚好容身穿过，随即走上阳台，又把门关上。

外面真是狂风呼啸。垂直的风。太可怕了。整个夜幕天际线在雨水的冲刷下变得时而模糊时而清晰。他只能通过灯光消失的位置，看出公园远处的边界。

疏离。这一切似乎都发生在别人身上。这里有某种兴奋，紧张，迷失，但是没有真正的情感投入。他感觉像是一只通上电的电表，现在针头卡住了，无法校准。

文化冲击。他想原因就是它。这种精神分裂的感觉就是文化冲击。你进入了另一个世界，那里的价值观全都如此不同，南辕北辙，天差地别，你不可能适应它们——被文化冲击击中了。

他现在可真是在世界之巅了，他想……在某种难以置信的社会谱系中，二十年前的他处于相反的一端：坐在硬邦邦的警用卡车里，一路颠簸摇晃，穿过南芝加哥，直奔精神病院。

现在更好吗？

他真的不知道。关于那次疯狂之行，他记得两件事：第一件是那个一路冲着他咧嘴笑的警察，意思是："小子，我们会把你的脑袋修理好。"——就好像那个警察非常享受这个。第二件是他的疯狂认识：他同时存在于两个世界，在一个世界中，他在整个人类梯队中垫着底,而在另一个世界中,他毫无疑问在最顶端。你怎么能说得通这件事呢?你会怎么做?警察不重要,但是这后一件呢?

现在,在这里,一切又再次颠倒了。现在在某种意义上,他处在第一个世界的顶端,但是在第二个世界中,他处在什么位置?在底端吗?他说不上来。他有一种感觉,如果他把电影版权卖掉了,在第一个世界中将会有大事发生,但是在第二个世界中,他会沿着一个长长的下坡滑到某个地方。他曾指望这种感觉会在今天晚上消失,然而并没有。

有一种"哪里不对——哪里不对——哪里不对"的感觉,在他的后脑蜂鸣作响。这并非只是他的幻觉。它是真实的。它是对负面良质的基本感受。你先是感受到或高或低的良质,然后你才找到造成它的原因,而不是倒过来。此刻,他感受到了它。

《纽约客》评论家乔治·斯坦纳(George Steiner)曾经警示斐德洛说:"至少你不用担心会有人把它拍成电影了。"这本书似乎太过于思想化,没人愿意尝试它。他随即告诉斯坦纳,他的书已经被二十世纪福克斯选中了。斯坦纳瞠目结舌,然后扭过脸去。

"这有什么问题?"斐德洛问。

"你会非常懊丧的。"斯坦纳说。

后来,一个曼哈顿的电影律师说:"如果你珍爱你的书,我的建议是别把它卖给好莱坞。"

"你在说什么?"

这位律师目光尖锐地看着他:"我知道我在说什么。年复一年，我在这里遇到不懂电影的人，我告诉他们的正是我对你说的话。他们不相信我。后来他们回来了。他们想要起诉。我告诉他们：'看吧，我告诉过你！你签名卖掉了你的权利，现在你只能听之任之！'"

"所以我现在告诉你，"这位律师说，"如果你珍爱你的书，别把它卖给好莱坞。"

他所说的其实是艺术控制（artistic control）。在舞台剧中有一个传统，没有剧作家的许可，谁也不能改动他的台词，但是在电影中，糟蹋作家的工作几乎成为一个标准，甚至都不用跟作家打招呼。毕竟，他把它卖了，不是吗？

今晚，斐德洛曾希望从雷德福那听到对这些事情的反驳，但是恰恰相反，雷德福证实了这一点。他同意斯坦纳和那位律师的意见。

所以，这次会面似乎不如斐德洛所期待的那般重要。名人效应，而不是交易本身，让人精神亢奋。他对雷德福说过："它是你的了。"但是什么也没有定下来，除非签署了合同。价格还有待商定，这意味着还有收回的余地。

他感到强烈的沮丧。也许只是正常的失落感，也许雷德福只是在飞行中累了，但是无论雷德福的真实想法是什么，斐德洛觉得对方今晚并没有听进去，至少没有把全部，甚至是大部分内容听进去。近距离见一位这样的名人总是令人激动的，但是当他把这种激动抽离出去，看到的是雷德福仅仅在执行一套标准程序。

整个事情缺乏应有的新鲜感。雷德福素来有行事真诚的名声，但是在一个名声相反的行业中心做事。谁也不该讲出内心的真实想法。"行事"应该遵从一套程序。雷德福的真诚不能胜过这个程序，甚至连与它交锋都做不到。

毫无共鸣感。这更像是卖一所房子，而那个潜在的房主不觉得有任何义务告诉你他要把它刷上什么颜色，或者要怎么摆放家具。这就是好莱坞的程序。雷德福让你感觉他经历过太多这样的谈判场了。对他而言，这是走某种流程，他至少已经做过几十次了。他只是照着一套旧模式操作。

这可能就是为什么当斐德洛说"它是你的了"时，雷德福看起来大为惊讶。他惊慌失措是因为程序没有被照做。斐德洛在此时应该跟他讨价还价。这本来是斐德洛争取各种权益的地方，现在却在这里把一切拱手相让了：从房地产那样的合法"对抗"程序来看，斐德洛犯了大错。那样的程序里每一方都会使出浑身解数从对方那里获得最大的好处。雷德福来这里，欲取而非欲予。当他突然之间得到了远超预期的好处却未费吹灰之力时，他就好像一瞬间失去了平衡。反正看起来是这么回事。

对于现场参观的那句注脚，"但是不能每天都来"，也表明了这一点。斐德洛绝不会成为一个共同创作者，只是一个来访的VIP。而"撩拨"这句电影圈行话的意味才是真正的关键。"撩拨"正是程序的一部分。无论是制片人、编剧、导演还是哪一个开始这件事的人，都是从"撩拨"作者开始的。他们告诉他会赚到多少钱，并在一份授权上得到他的签名，然后他们转身去"撩拨"投资方，说他们即将拿到的是一本多么棒的书。当他们得到了书也得到了钱，撩拨就终止了。出钱的人和作者都被尽最大可能地挡在外面，而"有创造力的人"则开始拍摄电影。他们会改动斐德洛的写作，加上他们认为能对电影有利的东西，卖掉，然后又转向别的什么东西。留给他的，是很快被花光的钱和很久忘不掉的苦涩回忆。

斐德洛哆嗦起来，但他依然没有走进屋去。门另一侧的房间像是一座玻璃笼子。而这里，在外面，雨似乎已经止息，灯光变得如此强烈，使天上的云看似某种顶棚。他选择在外面忍受寒冷。

他放眼城市，又俯瞰街道，汽车如微虫一般。从此处到那里，比从那里到此处要容易得多。也许这就是那么多人会跳下去的原因吧。这是更容易的路。

疯了！他从水泥护栏退后。是什么让一个人脑袋里蹦出这样的念头？

"文化冲击"，原因就是它。那些"众神"。他长年累月地注视着它们。"众神"就是静固的文化模式。它们从未放手。它们多年以来想通过让他失败来杀死他，如今它们假装放弃了。现在，它们在尝试另一种方法，让他成功。

并不是癫狂的风，也不是公园上空雨雾迷蒙的灯光，让他产生了如此异样的感觉。造成文化冲击的，是两种对他自己天差地别的文化评价——两个真实的他——并排坐在一起。一个他像雷德福那样身处灯光环绕的名人世界,另一个他像瑞乔、莱拉以及每个人一样脚踩在大地之上。只要他待在这两种文化之一的界限里,他就能习以为常。但是当他想同时抓住两根导线时,冲击的电波就会流经他的身体。

"盛名通向地狱",一位日本禅师曾这样警告斐德洛所属的一众人。那时听来,这像是那种令人莫名其妙的禅宗"箴言"。现在这句话一语中的了。

他所说的跟但丁描绘的那个没有任何关系。但丁的基督教地狱是无尽煎熬的身后之世,但是禅宗的地狱就是此时此世——你看见生活川流不息,却无法投入生活。你始终是自己生活的陌路人,因为你生命中的某些东西滞碍着你。你看见别人沐浴在熙攘的生活中,你却只能借一支麦秆啜饮,渴不得解。

你可能以为名声和财富可以带你走近他人,但其实恰恰相反。你分裂成了两个人,他们以为的你,和真正的你,这就是禅宗地狱的来源。

这就像在嘉年华的镜子厅里,有的镜子把你拉长,有的镜子把你压扁。这一个礼拜,他已经看到了三种截然不同的镜像:在瑞乔眼中,他是一个道德堕落的形象;在莱拉眼中,他是一个乏味老朽的书呆子;现在在雷德福眼中,他大概会被塑造成某种英雄形象。

你接触的每个人都是一面不同的镜子。而你也不过是和他们一样的又一个人,因此,你或许也只是另一面镜子,并且你永远无法知道,你对你自己的认识是否只是又一种形式的扭曲。也许一直以来你所看到的都是虚像而已。也许镜子就是你能触及的全部。一开始是你父母的镜子，然后是朋友的、老师的，后来是老板和官僚的、神父和牧师的，可能还有作家和画家的。这也是他们的工作，树立镜子。

但是，控制所有这些镜子的是文化：那个巨人，众神；一旦你对抗文化，它就会抛出种种虚像，用它们来毁灭你，或者它会用收回镜子的方式毁灭你。斐德洛可以看到，出名这件事会变成某种麻醉一般的镜子，你必须要有越来越多拥戴你的虚像以获得满足。镜子会接管你的生活，很快你就不知道自己是谁了。此后文化控制了你，当它拿走你的镜子，当大众把你遗忘时，戒断症状就开始出现了。你来到了名声的禅宗地狱……海明威的头顶被轰开，普莱斯利呢，泡在处方药里，玛丽莲·梦露被没完没了地反复榨取。随便列举，还有很多很多。看起来，就是出名，这"众神"的镜子，一手造成了这一切。

主客体形而上学认为所有这些镜子都是主观的，因此并不真实，也不重要。但是这种假定，和其他许多假定一样，似乎刻意地忽略了显而易见的事实。

它忽略了雷德福这样的人物走在街上所看到的现象，用雷德福自己的话说，人们看到他时就"呆掉"了。他的经理说，他几乎无法出席公开会议，因为当人们看到他在那里时，就都转过去关注他了。

斐德洛想起，当雷德福走进门时，自己也"呆掉"了，被一件大衣搞得像查理·卓别林一般。这种"呆掉"现象怎么解释？这不是主观幻象，这是非常真切的基本实在，一种经验感知。

它似乎有生理根源，像饥饿、恐惧或贪婪一样。它是类似于怯场吗？就好像失去了当下的意识。一个著名人物根深蒂固的形象，比如日舞小子，似乎会在一个人遭遇它的瞬间，震慑住这个跃动的、活生生的人。这就是为何斐德洛在开场时麻烦不断的原因。

但是还有更深的东西。

整个名人产业也具有某种明显的淫逸之气。放纵、淫逸，极其魅惑，有时让人上瘾。这和性非常相像，有时放纵、淫逸，极其魅惑，让人上瘾。

性和名气。在斐德洛拿到船，从明尼苏达逃离之前，他记得聚会上的女士们拥上来挤蹭着他。一个青春期的女孩在他的一次发言中心驰神迷地尖叫。一个女广播主管在午餐的时候抓着他的胳膊说："我一定要拥有你，就是你。"你会以为他是个三明治之类的东西。四十年来，他都在琢磨，什么东西能让女人多看你一眼。他显然缺少这种东西。就是名气吗？仅此而已？他认为不仅如此。

这里面有一种双重性，他想。出名的感觉里有种隐隐的猥琐。这和你在报摊上看到性爱杂志时的感觉是一样的。在那里看到那些杂志令人不安。但是如果你认为没人会注意，你可能会想看一看那些杂志。一部分你想躲开这些杂志，一部分你想看它们。这是两种良质模式的冲突，社会模式和生物模式。

这和出名是一样的——不同的是，冲突发生在社会模式和心智模式之间！

名声之于社会模式，正如性之于生物模式。现在他懂了。名声是在一个静固的社会演化层级上的跃动良质。短时间内，看上去或感觉起来，它都像是纯粹的跃动良质，但它并不是。性欲是原始的生物模式曾经用来组织自身的跃动良质。名声是原始的社会模式曾经用来组织自身的跃动良质。这赋予了名声一种新的重要性。

名声在主客体的世界中没有任何意义。但是在一个结构化的价值世界中，名声作为一个举足轻重的基础参数，势不可挡地冲到了实在的最前列。它变成整个社会演化层级的组织力量。没有这种名声力量，先进、复杂的人类社会恐怕无法实现。甚至简单的也不行。

有趣，问题本来岿然不动，突然在你最不经意的时候，答案开始显露。

名声是文化力量。这就是它。至少看起来如此。

这真是疯狂。人们坐在桶里翻下尼亚加拉大瀑布，为了出名而自杀。刺客为此杀人。也许各国宣战的真正原因是为了提升他们的名望。你可以围绕它来组织一部人类学。

当然可以。当你追溯西方历史上最早的文字，巴比伦泥板上的楔形文字时，你知道它写了什么？为什么这么问，因为它们是关于名声的：我，汉谟拉比，是这里的老大。我有这么多马，这么多妻妾，这么多奴隶，这么多牛，我是历史上所有最伟大的国王中最伟大的一个，你最好相信这一点。这就是发明文字的目的。当你打开印度教最古老的宗教文献《梨俱吠陀》时，你知道它在说什么？"即便天和地，于我一半尚不及：我岂未饮苏摩汁？以我之伟力，我超过了天堂，和这宽敞大地：我岂未饮苏摩汁？"这被解读为对上帝的献身，但名声显而易见。斐德洛现在想起来，在《奥德赛》中，荷马有时似乎把良质和名声等同起来，这曾让他有些奇怪。也许在荷马的时代，当演化还没有超越社会层级进入心智层级时，两者是一回事。

金字塔是名声的装置。社会当权者的那些雕像、宫殿、长袍和珠宝，都不过是名声的装置。印第安头饰的翎毛。被告知偷看皇帝会被弄瞎的孩子。欧洲人的演讲中那些爵士、大人、牧师、博士等，都是名声的符号。那些徽章和奖杯、那些蓝丝带[1]、业务梯队中的晋升、进入高层的选举、所有茶话会和鸡尾酒会上的恭维和吹捧，都是对名声的放大。学术界和科学家之间那些争名夺利，"羞辱"中的那些伤害，东方人的"面子"，都是名声，名声。

甚至一个警察的制服也是某种名声装置，它使你按他说的照做，而不去质疑。没有名望，没有人会听命于他人，你也就没有办法使社会运作起来。

……高中。高中可真是名气之地。那些橄榄球小子每天下

---

[1] blue ribbon，用蓝色丝带编织成的扭结，用于对表现优异者或比赛中领先者的奖励。——译注

午出去玩球的动力，那些啦啦队女生的心之所系，就是名气。他们在名声之河里溯流而上。斐德洛以前竟然不知道。或者他知道，但是他没有理解它的重要性。可能这就是为什么他是一个书呆子。这就是为什么他和那些饥渴的眼睛、漂亮的衣服、说说笑笑的人群渐行渐远。

他记得，在大学里名气的力量仍然存在，特别是在兄弟会和学生活动小组中。但它的力量弱了。事实上，你可以通过比较名气模式和心智模式的相对力量来衡量一所大学的质量。即使在最好的大学里，你也无法避开名流们，但在那里，知识分子可以无视他们，在教室里泰然自若。

反正这是斐德洛永远无暇研究的一整个领域——名声人类学。

这个领域中有些已经被研究过了——人类学家仔细研究了部落模式以了解谁服从于谁，但是和整个领域的研究图景相比，就不值一提了。

金钱和名声就是名利，历来被相提并论，是社会价值的两种跃动生成力。名、利是两个举足轻重的跃动参数，为社会赋予形态和意义。在大学里我们有完整的系，事实上，是完整的学院，致力于研究经济，也就是利，但是我们有什么相似的机构来研究名呢？文化究竟是用什么样的文化机制控制着镜子的形状，产生了这些形形色色的名人形象的？对这种操控镜子的力量进行分析，能带来种族冲突的解决方案吗？斐德洛不知道。

你在，比如说德国，是个好人，但是当你越过国境走进法国，就突然发现你变成了一个恶棍，而你什么都没做，为什么？什么改变了镜子？

也许是政治，但是政治将名声和静固的法律模式混为一谈，并不纯粹是对名声的研究。事实上，现在政治学的教学方式，使名声看起来是政治的附属品。但是，随便去哪个政治集会看看是什么让它运作起来的，观察一下争夺名声的候选人，他们都知道是什么让它运作的。

思想源源不断地涌现着。

但是"良质形而上学"做出过一个断言，有一个实在超越所有这些社会之镜。他已经到达那里。实际上，在那些镜子之上有两个实在层次：心智实在，以及它上面的，跃动实在。

"良质形而上学"认为，沿着社会的名声之镜向上移动，是从演化的低级形态向高级形态的移动，是符合道德的。如果可能，人应该走这条路。

现在，斐德洛看到他的种种想法都贯通起来了，连同使他开始思考名声的问题：把他的书拍成电影。电影是一种社会媒介；他的书基本是属于心智的。这是问题的核心。这也许是雷德福如此放不开的原因。他对此也有所保留。当然，使电影主要用于心智的目的是可能的，比如拍一部纪录片，但是雷德福来这不是为了拍纪录片的，完全不是。

正如山姆·戈德温[1]所说:"如果你有消息,就发个电报。"别把它拍成电影。图像不是心智媒介。图像就是图像。电影业属于名流,他们不会就此知道如何把他的这种思想型书籍展示成画面。即使他们这样做了,公众可能也不会买,他们的钱也就没得赚了。

斐德洛还不想做出决定。他还要思考一阵子,事情自然会有眉目,那时再看看他想怎么做。

但是他在这件事上看到的是,价值的社会模式,一部电影,吞吃掉了价值的心智模式,他的书。这是低级生命吃掉高级生命。这是不道德的。这恰恰就是这件事给人的感觉:不道德。

就是它制造了那些"哪里不对,哪里不对,哪里不对"的感觉。镜子要接管真理。他们以为,因为他们给了你钱,这种人见人爱的社会形式,他们就被授权对一本著作的心智真理为所欲为了。呵呵。

那些众神。它们什么都要。

21

外面真是冷透了。

斐德洛走向大扇玻璃拉门,拉开门,狂风旋即呼啸而入。

啊,又暖和起来了。真安静。这个房间仍然有点像是散场后

---

[1] Sam Goldwyn, 1879—1974, 好莱坞著名制片人。——译注

空荡荡的舞台。他之前注意过的飞蛾现在绕着壁灯盘旋，就在雷德福坐过的沙发上方。它飞进灯罩，在灯罩上造出轻轻的杂音，然后停了下来。他等着它再次发出声响，但它没有。也许在休息……也许被灯泡的热量烤死了……

这就是名声能带给你的东西……

斐德洛听见一阵呼噜声，好像是楼上下水管的冲水声，然后又听到好像是小女孩的哭声。她三岁上下。可能只是电视吧。一个女人的声音在哄她。那女人的声音听起来不错，有涵养，没有责骂。然后它停下了。不是电视。

他想知道这家酒店有多少年了。大概建于二十年代吧，那是最好的时期。维多利亚人创建了这座城市，但在二十年代，它才真正蓬勃兴旺。

……维多利亚飞蛾的隐喻其实是个笑话：根据科学研究，飞蛾其实并不飞向火焰。飞蛾其实想直飞。飞蛾通过与太阳或月亮保持恒定的角度来保持方向。因为太阳和月亮极远，与它们保持恒定的角度实际上就是一条直线，所以这个办法行得通。但是对于一个近在眼前的灯泡，保持恒定的角度就会形成一个圆圈。这就是飞蛾一圈一圈不停旋转的原因。杀死飞蛾的不是对"更高生活"的跃动向往。那只是维多利亚式的谬论。杀死飞蛾的是一个静固的生物价值模式。它们无法改变。

这就是斐德洛对这座城市的感觉。他就像一只处在危险之中的飞蛾，正滑向一条绕着名声转圈的轨道里。也许在某个史前时代,在名声还没那么重要的时候,人们可以相信他们的自然欲求,来保持笔直的前进方向。但是一旦名人这种人造太阳被发明出来,人们就开始绕圈了。大脑在史前时代能够处理物理和生物模式,但是大脑足够跃动来处理现代的社会模式吗?也许那个科学解释并没有削弱那个维多利亚隐喻。说不定它们配合得正好。

和雷德福的谈话突然找到了布莱克学校这个交点,真是奇怪。当斐德洛说他曾去过那所学校时,雷德福惊讶地仰起了头,看起来好像一直等着斐德洛说出些自己想要知道的东西。

"世界真小啊!"斐德洛当时说,雷德福说是。斐德洛还想说更多,但是他们没有说下去。那是什么来着?

哦,对了,他想继续说的是,这里面涉及的不仅仅是钱,尽管有帕卡德和明尼通卡湖的豪宅以及所有其他资本主义的符号,他所说的"恩慈心"却是维多利亚时代的遗存。

那些维多利亚人似乎也令雷德福兴奋,他拍过很多关于这一时期的电影,一些关于他们的东西可能让他感兴趣,很多人都对这些感兴趣。维多利亚时代代表了我们有过的最后一个真正的静固社会模式。也许有人觉得自己的生活太混乱、太多变,于是可能会不无钦羡地回望他们。他们对于何为正确、何为错误的僵化信念,可能会吸引任何在四五十年代的南加州自在成长起来的人。雷德福自己似乎就是一个相当有维多利亚色彩的人:克制,彬彬有礼,有恩慈心。也许这就是他住在纽约的原因。他喜欢维多利亚的恩慈感,这种恩慈感仍在这里的一些地方存在着。

可以深入的地方多得说不完，但是斐德洛可以跟雷德福讲讲那所五年制学校的一出名叫"财迷之梦"的戏剧。他曾扮演过戏里的财迷，这个财迷通过一系列事件学会了慷慨。对于布莱克学校，这是用心良苦的。那个微型舞台上坐满了小小的未来百万富翁。事后，一个光头的维多利亚老人到更衣室和他握手并表示祝贺，还很感兴趣地和他亲切地聊了很久。有一个老师后来问他："你知道他是谁吗？"斐德洛当然不知道。但是二十年后，当他在杂志上读到一篇关于世界上最大的面粉加工公司通用磨坊[1]的文章时，他突然认出了这个小个子光头老人的面孔，就是通用磨坊的创始人。

这副面孔是他脑海中无法自洽的记忆碎片之一。这里，是邪恶贪婪的维多利亚资本主义传承下的庞大巨人之一，但是最初的直接印象却是一个善良、友好又恩慈的人。

斐德洛不知道今天的布莱克是什么样子，但在当时，它建立在维多利亚的传统和价值之上。校长以堪比西奥多·罗斯福的敬业和激情，每天早上在小教堂里就维多利亚的道德主旨进行宣讲。他是如此激扬，即使这么多年过去，如果斐德洛在人群中看到他的脸，也能够一眼把他认出来。

在校长的头脑中，从来不会对何为良质有任何迟疑。良质就是一个受到良好教养的人所表现出来的风度和精神。尊长们心知

---

[1] General Mills，始创于1886年。——译注

肚明，小子们可不懂。如果小子们努力学习，努力玩耍，表现出对自己的人生充满渴望，那么大有可能，他们未来会成为有价值的人。但是在尊长眼中，看不出他们对短期内发生这种事有什么信心。尊长们总是如此肯定什么是好什么是对。你知道，无论你多么努力，你永远也达不到他们的标准。这就像加尔文主义的恩慈[1]。你有机会。仅此而已。他们给了你一个机会。

恩典和道德总是外在的。它们不是你所体现出来的东西。它们只是你可以追慕的东西。你做坏事，因为你就是坏。当你做了错事而吃了一顿狠揍时，那是为了把旧的你形塑为一个更好的人。"形塑"这个词很重要。他们试图形塑的东西，本质上是坏的，无法改变。但是尊长们认为，就像形塑黏土一样，通过体罚、限制行动、斥责，他们可以把他形塑成表面很好的样子，尽管每个人都明白，他仍然是败絮其内。

真理、知识、美，人类的全部理想都是外在的对象，如同火炬一般代代相传。那位校长说过，每一代人都必须高擎火炬，用他们的全部身心守护它，否则它就会熄灭。

火炬，那是整个学校的象征。它是校徽的一部分。它应该代代相传，照亮人类的道路。传递它的是那些理解它的意义，强大、纯粹，足以捍卫它的理想的人。如果火炬熄灭了会怎样呢？从来

---

[1] Calvinistic Grace，宗教语境下grace通常被译为"恩典"，本书中将grace和通常被译为"亲切""仁慈"的gracious都译为恩慈，以保持原文中grace和gracious的同源性。——译注

没人说过。但斐德洛曾想，那就像世界末日。人类摆脱黑暗的所有成就都戛然而止。毫无疑问，校长在那里的唯一目的就是把火炬传给我们。但我们是否有资格接受它？这是每个人都应该严肃对待的问题。斐德洛这样做了。

在某种稀释了和转变了的意义上，他想，这是他至今在做的事情。那就是"良质形而上学"，一把怪异的火炬，没有维多利亚人会接受它，而他想用它来为人类照亮一条穿越黑暗的道路。

多陈旧的意象。很糟。但就是它，从小烙印在他身上。

二三十年后，他仍然梦见自己在叶子发黄的橡树之间沿着道路上山，来到布莱克学校的教学楼前。但这些房子都被锁住，弃置了，他进不去。他试过每一扇门，但是没有一扇能打开。他向图书馆的窗户里看去，一只手窝成杯状，这样反光就不会干扰他看里面。他可以看到里面有一架座钟，钟摆来回摆动着，但房间里没有人。唯一运动的就是钟摆。然后，这个梦就结束了。

飞蛾又在壁灯旁嗡嗡起来了。

也许他应该把通向阳台的大玻璃门打开，把它赶到夜色中……

这样道德吗？……

他对蛾子的了解真的不多，不知道那是否道德。

它可能只会去找另一个有光的地方，说不定是探照灯，然后真的消失。

但是假如它从阳台往上飞，因为太高，它摆脱了城市的灯光，然后看到了月亮，并开始沿直线飞，那么把它放出去是否就道德了？"良质形而上学"对此怎么说呢？

最好不要去干预。也许那只飞蛾有它自己的模式要实现，而他有他的，不管他的模式是什么。也许就是这个"良质形而上学"吧。当然不是像个维多利亚浪漫主义者一样跑前跑后，把飞蛾赶到户外去。

这就是维多利亚人的立场，为社会良质带来了浪漫化的观念，却对良质的含义缺乏真正的心智洞察。

无论如何，他们都已逝去，那些恩慈的维多利亚恐龙们。你现在看他们的时候，可能比他们回头看你的时候少一点紧张和对立。

斐德洛想，他的思绪——可能还有雷德福的思绪，可能还有很多其他人的思绪——总是回到他们身上的原因，是有一些极其重要而神秘的事情，在将我们与他们拉开的时代里发生了。他认为，在回到他们并试图理解他们是什么人的时候，人们可以开始对自他们的时代以来改变了世界的社会力量理出些许头绪。他们之所以在今天像恐龙一样与众不同，是因为我们和他们之间存在着一条鸿沟。曾发生过巨大的文化嬗变。他们确实是一个不同的文化物种。"良质形而上学"的火炬将要照亮的似乎就是对这一鸿沟的理解，以及对这一鸿沟之深刻的认识，其深刻程度可跻身于历史之最。

如果他要准确地谈论维多利亚人，他就必须小心翼翼，不要暗示他在谈论特定的一群人。他所说的"维多利亚人",是从美国内战到第一次世界大战期间占主导地位的一种社会价值模式,而不是一种生物模式。马克·吐温的一生与这一时期相吻合,但斐德洛并不认为他是一个维多利亚人。他最拿手的幽默就是嘲讽维多利亚人的浮夸。他是维多利亚人中的逃逸分子。另一方面,赫伯特·胡佛和道格拉斯·麦克阿瑟,在生物上的人生大部分都不属于维多利亚时代。但他们还是维多利亚人,因为他们的社会价值观是维多利亚时代的。

斐德洛认为物质的形而上学无法烛照出我们和维多利亚人之间的鸿沟,因为它认为社会和心智都从属于生物。它认为社会和心智不具有实质,因此不可能是实在。它认为实在止步于生物。社会和心智只是实在转瞬即逝的附属。因此,在物质的形而上学中,社会与心智的区别有点像生物上的人右口袋里的东西和左口袋里的东西之间的区别。

另一方面,在价值的形而上学中,社会和心智是价值模式。它们是实在。它们是独立的。它们不是"人"的属性,就像猫不是猫食的属性、树不是土壤的属性一样。生物学上的人并未创造他的社会,正如土壤没有"创造"树一样。树的模式依赖于土壤中的矿物质,没有矿物质就会死亡,但是树的模式并不是由土壤的化学模式创造的。它与土壤的化学模式是对立的。它"利用"土壤,"吞噬"土壤以达到自己的目的,正如猫吞噬猫食以达到自己的目的一样。以这种方式,生物的人为本质上与其生物价值相对立的社会模式所利用和吞噬。

心智和社会也是如此。心智有自己的模式和目标，它独立于社会，就像社会独立于生物一样。价值的形而上学使我们可以看到，心智与社会之间的冲突，就像社会与生物之间的冲突或生物与死亡之间的冲突一样激烈。生物在数十亿年前战胜了死亡。社会在数千年前战胜了生物。但是心智和社会仍在争斗，这也是理解维多利亚人和二十世纪的关键。

维多利亚时代的价值模式，与随之而来的第一次世界大战后时期的价值模式的区别，按照"良质形而上学"的看法，是静固价值层级的剧变；价值的地震。地震的后果如此巨大，以致我们仍在为之震惊，震惊如此强烈，以至于我们仍然没有弄清楚在我们身上发生了什么。民主社会主义和共产主义社会主义的出现以及法西斯的应声而起，是这场地震的后果。二十世纪那批"迷茫的一代"，还有继续着迷茫的一代又一代，是它的后果。二十世纪的道德崩塌也是它的后果。还有更多的后果没有显现。

使维多利亚文化与今天的文化区别开的，是维多利亚人是最后一个相信心智模式从属于社会模式的人群。维系维多利亚模式的是一套社会准则，而不是心智准则。他们称它为道德，但实际上它只是一种社会准则。作为一种准则，它就像他们的装饰性铸铁家具一样：表面华贵，制作廉价，脆硬，冰冷，很不舒适。

兴起的新文化在历史上是第一次，人们相信社会模式必须服从于心智模式。本世纪的一个主导问题就是："究竟是这个世界的社会模式操控我们的心智生活,还是我们的心智生活操控社会模式?"在这场战斗中,心智模式已然胜出。

现在,有了这种洞察,各种事情就明了了。维多利亚文化之所以让今天的我们听起来如此肤浅和虚伪,是因为价值观的差距。尽管他们是我们的先辈,他们却属于另外一种非常不同的文化。不考虑价值观的差异,想要理解另一种文化中的人是不可能的。如果一个法国人问:"德国人怎么能忍受他们自己那种生活方式?"只要他用法国的价值观来看这个问题,他就得不到任何答案。如果一个德国人问:"法国人怎么能忍受他们自己那种生活方式?"只要他用德国的价值观来看这个问题,他也得不到任何答案。当我们问,维多利亚人怎么能忍受他们自己那种虚伪而肤浅的生活方式时,只要我们把他们所没有的二十世纪的价值观叠加在他们身上,我们就无法得到有用的答案。

如果认识到维多利亚价值模式的实质是将社会提升到高于一切的地位,那么所有事情都理顺了。我们今天所说的维多利亚人的虚伪,那时并不视为虚伪。那是一种将自己的思想保持在社会礼节范围内的道德努力。在维多利亚人心中,良质和心智之间的关系并非良质必须经得起心智方式的检验。在维多利亚人心中,对任何事物的检验都是:"社会是否认可?"

将社会形态置于心智价值之下检验是"无礼的"(ungracious)。那些维多利亚人确实信奉社交礼仪(social graces)。他们把它视为文明的最高属性。"恩慈"(grace)是个有意思的词,有着重要的历史,而他们这样使用它的事实使它更加有趣。加尔文主义者所定义的"蒙受恩慈"(state of grace),是一种宗教的"启悟"(enlightenment)状态。但是经过了维多利亚时代,恩慈的含义已经从"神圣"变成接近于"社会门面"。

早期的加尔文主义者,也包括我们自己,对这个词的降格似乎无法容忍。但是当你看到,在维多利亚人的价值模式中,社会就是上帝,这就变得可以理解了。正如伊迪丝·沃顿(Edith Wharton)所说,维多利亚人害怕丑闻甚于害怕疾病。他们已经失去了对先辈的宗教价值的信仰,转而把信仰寄托于社会。只有穿着社会的紧身胸衣,才能使自己免于重堕邪恶的状态。形式主义和克己守礼是压制邪恶的努力,要让邪恶在一个人"更高"的思想中没有立锥之地。对于维多利亚人来说,精神层次上的更高意味着社会层次上的更高。二者之间没有区别。"上帝是个不折不扣的绅士,而且十有八九,还是个主教。"做一个绅士,是你在尘世最能够接近上帝的方式。

这些解释了为什么美国的维多利亚强盗们会以我们今天看来如此可笑的方式模仿欧洲贵族。它也解释了为什么维多利亚的暴发户们不惜高价,也要将自己列入"杰出公民"的传谱是一种风尚。它还解释了为什么维多利亚人如此鄙薄美国人个性中的边疆性格,为了掩盖它还可笑地走上极端。他们想要把它从他们的历史中抹去,想方设法地掩盖它。

这解释了为什么维多利亚人如此强烈地厌恶印第安人。"只有死掉的印第安人才是好的印第安人"，这句话就是维多利亚人说的。在十九世纪以前，对所有印第安人实行灭绝的想法并不普遍。维多利亚人要消灭"劣等"社会，因为劣等社会是一种邪恶形态。殖民主义，在那之前是一种经济机会，在维多利亚人那里变成了一种"道德的"过程，一种"白人的重担"，这个重担就是在全世界散播他们的社会模式和与之相伴的美德。

校长说，真理、知识、美，人类的全部理想都如同火炬一般代代相传。每一代人都必须高擎火炬，用他们的全部身心守护它，否则它就会熄灭。但他所说的那支火炬，是静固的维多利亚社会价值模式。而他或者不知道，或者为免去麻烦而无视的是，维多利亚人浪漫的理想主义火炬早已在他三十年代说出这些话之前就熄灭了。也许他只是想重新点燃它。

但是在维多利亚的价值模式中，点燃这把火炬是绝无可能了。心智一旦从社会约束的瓶子里放出，几乎不可能再被装回去。这样尝试也是不道德的。一个为了自己的目的而约束真理的社会，相比为了自己的目的而约束社会的真理，是演化的低级形态。

只要真理看起来不是社会层面上可接受的，维多利亚人就会压制它，就像他们压制着对马粪粉尘的想法一样。当他们驾着马车穿过这座城市时，这些粪尘飘浮在他们周围。他们知道它就在那里。他们把它吸进呼出。但他们认为谈论它在社交上是不合适的。直白地、公开地谈论它是粗俗的。除非极端的社会环境迫使，否则他们绝不会谈论，因为粗俗是一种邪恶。

因为公开谈论真相是邪恶的,所以他们社会的自我纠正机制就萎缩、瘫痪了。他们的房子、他们的社会生活开始充满了不断增加的修饰线。有时候,这些无用的装饰太过繁复,以至于搞不清楚这个东西的用途。它原本的目的,在上面被摆放了各种摆设和饰物之后已经丢失。

到头来,他们的思想变成同一模式。他们的语言也充满了不断增加的修饰线,直到几乎无法理解。如果你不明白,你也不敢表现出来,因为表现出来就意味着你粗俗,没有教养。

由于社会束缚,伴随着维多利亚人的精神退化和思想封闭,除了社会良质之外,所有通往其他良质的道路都被关闭了。于是,这个没有心智意义也没有生物目的的社会基础慢慢地、无望地走向了它愚蠢的自我毁灭:让它数以百万计的孩子,在第一次世界大战的战场上白白送命。

22

当自然气候突然从高温变为低温,或从高气压变为低气压时,其结果通常是一场风暴。当社会气候从社会荒谬地束缚所有心智,变为一切社会模式都几乎被扬弃时,其结果就是一场社会力量的飓风。这场飓风就是二十世纪的历史。

也有其他可参照的时代,斐德洛忖度着。第一批原生动物决定聚集在一起,形成后生动物群落的那一日。或者第一条怪鱼,或随便叫什么吧，决定离开水的那一日。或者在历史视域内，苏格拉底以死确立了心智模式从它的社会源头中独立的那一日。或者笛卡儿决定把自身作为实在的最终源头的那一日。这些都是演化发生转变的日子。正如大多数转变的时刻一样，在当时没有人知道什么发生了转变。

斐德洛想，如果他必须选择一个从社会支配心智到心智支配社会的转变日，他会选择1918年11月11日，停战日，第一次世界大战结束的日子。如果要他必须选一个比其他任何人更能象征这一转变的人，他会选伍德罗·威尔逊总统。

他的照片，斐德洛会选择这一张：威尔逊坐在一辆敞篷游览车里穿过纽约市，脱下了象征着他在维多利亚社会中的高级地位的华丽丝帽。对于照片说明，他会从威尔逊富有穿透力的演讲中进行选择，这些演讲代表了他在知识界中的高级地位：我们必须用我们的智慧来阻止未来的战争；我们不能相信社会机构可以自己有道德地运作；它们必须由心智来引导。威尔逊属于两个世界，维多利亚社会和二十世纪的心智新世界：他是唯一一位当选美国总统的大学教授。

在威尔逊时代之前，院士在维多利亚人的权力结构中是次要的、边缘的。智慧和知识被认为是社会成就的高级表现，但知识分子并不应该管理社会本身。他们被视为社会的仆人，就像部长和医生一样。他们应该装点社会的检阅队伍，而不是领导它。领导权是给那些务实、精干的"能管事"的人的。几乎没有维多利亚人意识到即将发生的事情：没过几年，他们心目中作为高级文化最佳代表的知识分子，将对他们发起攻击，并带着蔑视摧毁他们的文化。

导向了第一次世界大战的维多利亚社会制度和道德观念，把战争描绘成具有理想主义报国情怀的高贵人物之间的历险式冲突：一种意义延伸了的骑士。维多利亚人喜欢他们的画室里精心绘制的英勇战斗场景。英姿飒爽的骑兵提着军刀向敌人走去，或者一匹战骑空空地归来，标题是"噩耗"。一个士兵在战友的怀抱中，无力地望向天空，看见了死亡。

第一次世界大战并不是这样。加特林枪抹去了高贵和英雄主义。维多利亚画家们从未描绘过一个满是泥浆、炮弹孔、铁丝网的战场，上面还有五十万具腐烂的尸体，有的盯着天空，有的盯着泥浆，有的面孔全无，无法看向任何方向。仅仅在一场战斗中，就有那么多人被杀害。

幸存下来的人精神恍惚，茫然若失，憎恨这个竟然如此对待他们的社会。他们也开始持有这样的信念：心智一定要从维多利亚时代曾经的"高贵"和"美德"中找到一条出路，通向一个更加清明、理智的世界。似乎一瞬间，势利、浮华的维多利亚世俗世界已经烟消云散。

新技术推动了这种变化。人口从农业转向制造业。电力将黑夜变成白天，并消除了数以百计的苦力活。汽车和高速公路改变了地面的景象，也改变了人们做事的速度。大众传媒出现了。广播和广播广告到来。要掌握所有这些新变化，不再取决于社交技能。它需要一个经过技术训练的、分析性的头脑。如果你的意志坚定，心情愉悦，没有恐惧，你可以驯服一匹马，所需的技能是生物的和社会性的。但是面对新技术则大不相同，个人的生理素质和社会素质对机器来说毫无分别。

新技术解放了大量人口的身体，使他们从农场到了城市，从南方到了北方，从东部到了西海岸；新技术也在道德上和心理上使他们与过去维多利亚时代的静固社会模式脱离了。人们几乎不知道如何是好。"潮妞"[1]、飞机、泳装选美比赛、收音机、自由恋爱、电影、"现代"艺术……突然之间，维多利亚监狱的大门打开了，他们自己都不曾意识到里面的陈腐和教条。对新技术和社会自由的亢奋令人头晕目眩。F. 斯科特·菲茨杰拉德捕捉到了其时的欣喜若狂：

> 会有管弦乐队
> 好极喽！好极喽！
> 来为我们演奏
> 去跳一支探戈，
> 然后人们会鼓掌
> 在我们起身后，

---

[1] flappers, 二十世纪二十年代美国的反传统女性，她们喜欢穿短裙、化浓妆、吸烟、喝酒等。——译注

为她美艳的容光

还有我的新衣装。

没有人知道该如何应对这种迷茫。那个时期的解释者是最迷茫的。"天旋地转"(Whirl is King),沃尔特·李普曼(Walter Lippmann)在他的《道德序言》(A Preface to Morals)中写道。旋转、混乱似乎掌控着这个时代。几乎没有人知道为什么,也没有人知道自己要去哪里。人们从一股风潮转向另一股风潮,从一个头条热点转到下一个头条热点,希望这次真的是他们迷惘的答案,却发现并不是,然后继续奔逐。老一辈维多利亚人嘀咕着社会的堕落正在撕裂社会,但是年轻人再也不在乎老朽的维多利亚人了。

时代是混乱的,但这只是社会模式的混乱。对于受旧的社会价值支配的人来说,似乎一切有价值的东西都已经没落了。其实被摧毁的只是社会价值模式罢了,摧毁它的是新的心智构想。

二十年代让人们兴奋的事件,是那些生动演绎了心智开始主导社会的事件。在混乱的社会模式中,新鲜狂野的思想实验粉墨登场了:抽象艺术、不和谐的音乐、弗洛伊德的精神分析、萨科-万泽蒂审判[1]、对禁酒令的蔑视。文学注重描绘高尚的自由思想者与邪恶的社会教条对人的压迫之间的斗争。维多利亚人遭到唾弃,因为

---

1 Sacco-Vanzetti trial,1920年5月,参加罢工运动的萨科和万泽蒂被指控抢劫杀人,在二人提供无罪证据并多次上诉之后,最终被判处死刑。该事件引发抗议浪潮。——译注

他们的思想狭隘和他们社会的装腔作势。检验何为好，何为良质，不再是"社会是否认可"，而是"我们的心智是否认可"。

正是这种心智与社会的对立，使得1925年的斯科普斯审判案引发了轩然大波。在那次审判中，田纳西州一名教师约翰·斯科普斯(John Scopes)被指控非法教授达尔文的演化论。

那场审判有些不对劲，有点假。它被描述成是在为学术自由而战，但是这种战斗已经持续了几个世纪，却没有像斯科普斯审判那样受到关注。如果斯科普斯是在他可能因异端邪说被绑在刑架上拷打的日子里受审，他的立场会更显出英雄气概。但在1925年，他的律师克拉伦斯·达罗只是在对一只没牙的老虎恣意放枪。只有宗教狂热分子和无知的田纳西乡巴佬才反对演化论的教学。

但是如果把这场审判视为社会价值和心智价值的冲突，其意义就显现出来了。斯科普斯和达罗是在捍卫学术自由，但更重要的是，他们是在控诉过去旧的静固的宗教模式。他们给知识分子带来了一种"向往已久，终于抵达"的暖意。教会的老顽固们，作为社会支柱，多少个世纪以来恶毒地攻击和毁谤与他们意见相左的知识分子，现在他们终于得到了一点报应。

心智推翻社会所释放出的社会力量的飓风，欧洲的感受最为强烈，尤其是在第一次世界大战中备受摧残的德国。共产主义和社会主义这些以心智控制社会的方案，遭到法西斯主义这种以社会控制心智的方案的反动力量的阻击。知识分子以无比强烈的决心要推翻旧秩序。而旧秩序则想方设法要斩绝新兴的心智主义的泛滥。

斐德洛心想，其他的历史或政治分析都没有像"良质形而上学"那样清楚地对这些巨大的力量做出解释。它把笼罩了这个世纪的社会主义和法西斯主义的巨大力量，用演化层级的冲突来解释。在这一解释下，希特勒背后的驱动力不是对权力的疯狂追求，而是对社会权威不遗余力的美化和对心智主义的仇恨。他的反犹主义是由反智主义所激发的。他对共产党人的憎恨也是由反智主义所激发的。他对德国民族[1]的推崇还是由它所激发的。他对任何形式的心智自由的狂热迫害也是由这种思想推动的。

在美国，经济和社会的动荡没有欧洲那么剧烈，但是富兰克林·罗斯福和新政，不管怎样，却成为社会力量和心智力量之间的风暴中心。新政包含很多东西，但其核心是相信政府的精心规划是社会恢复健康所不可或缺的。

新政被描述为针对各地农民、工人和穷人的一套方案，但它也是美国知识分子的新政。突然间，他们第一次处于规划过程的中心——图格威尔(Tugwell)、罗森曼(Rosenman)、伯尔(Berle)、莫利(Moley)、霍普金斯(Hopkins)、道格拉斯(Douglas)、摩根索(Morgenthau)、法兰克福特(Frankfurter)——以这些人所处的阶层，在过去通常只能以略高于工人的工资被雇用。现在，知识分子却爬上了可以对美国最优秀、最古老、最富有的社会群体发号施令的位置。"那个人"，老贵族们有时这样称呼罗斯福，正在把整个美利坚合众国交到外国

---

[1] 原文为德文volk。——译注

激进分子"书呆子""共产佬"之类的人手里。他是"他的阶层的叛徒"。

突然间,在老去的维多利亚人眼前,一个全新的社会阶层,一个知识分子的新贵阶层,在他们自己的军事和经济阶层之上被创造出来。这些新贵们觉得自己可以小看他们,并通过民主党进行政治控制,对他们推来搡去。人们趋附的东西从社会资源转向心智水平。顾问团、智囊团、学术基金会正在接管整个国家。有人开玩笑说,索尔斯坦·凡勃伦(Thorstein Veblen)对维多利亚社会进行攻击的知识分子名作《闲暇阶级之理论》[1],应该更名为《理论阶级之闲暇》。一个新的社会阶级已经来了:理论阶级。很显然,它已经把自己置于之前占统治地位的社会阶级之上。

心智主义,曾经是维多利亚社会值得尊敬的仆从,现在却成了社会的主人。涉足的知识分子清晰无误地表明,他们觉得这种新秩序最有利于国家。这就好比拓荒者取代了印第安人。这对印第安人来说坏透了,但是要取得进步这是不可避免的。一个建立在科学真理基础上的社会,必然优于一个建立在盲目无主见的社会传统基础上的社会。随着新的现代科学观对社会的改善,这些老维多利亚人的怨恨终将随风而逝,无人记起。

于是,人们的观念从人的最高成就是社会,在二十世纪转向了人的最高成就是知识。在学术界,一切都方兴未艾。大学的招生

---

[1] *The Theory of the Leisure Class*,国内常见译名为《有闲阶级论》。——译注

人数扩大了。博士学位逐渐成为最高社会地位的象征。涌入教育的资金如洪流一般,这在学术界前所未有。新的学术领域以令人窒息的速度扩张到人们做梦都不曾想到的新领域。而在所有领域中,扩张最迅速、最令人窒息的领域,也是斐德洛最感兴趣的领域是:人类学。

现在,回首他在蒙大拿山间阅读人类学并深感沮丧的日子,"良质形而上学"已经走出了很远的路。他看到,在本世纪初的几十年里,人类学不可动摇的奥林匹克山般的"客观性"有着它自身非常具有党派性的文化根源。它曾是一种政治工具,用来打击维多利亚人及其社会价值体系。他怀疑在学术的谱系中是否还有另外一个领域能如此清楚地暴露出维多利亚人与二十世纪新知识分子之间的鸿沟。

这条鸿沟存在于维多利亚的演化论者和二十世纪的相对主义者之间。像摩根(Morgan)、泰勒(Tylor)和斯宾塞(Spencer)这些维多利亚人认为所有原始社群都是"社会"本身的早期形式,它们想要"成长"为像维多利亚时代的英国那样的完整"文明"。而追随博厄斯的"历史重建论"的相对主义者们说,没有任何经验性的科学证据表明所有原始社群都在向着那样一个"社会"发展。

文化相对主义者认为,用A文化的价值观去诠释B文化的价值是不科学的。一个澳大利亚布须曼(Bushman)人类学家来到纽约,发现这里的人很落后、很原始,原因是几乎没有人能够正确地投掷回旋镖。这是不对的。而一个纽约的人类学家去澳大利亚,发现布须曼人落后而原始，原因是他们不能读写。这同样是错误的。文化是独一无二的历史形态，包含着自己的价值观，不能用其他文化的价值观去评判。文化相对主义者倚靠着博厄斯的科学经验主义，实际上抹去了老派的维多利亚演化论者的公信力，使人类学第一次有了完整的形态。

这一胜利总是被描述为科学的客观性对非科学的偏见的胜利，但"良质形而上学"认为，其中涉及更深的问题。鲁思·本尼迪克特的《文化模式》和玛格丽特·米德 (Margaret Mead) 的《萨摩亚人的成年》 (Coming of Age in Samoa) 的现象级销售揭示了一些其他的东西。当一本关于南海岛国社会风俗的书突然成为畅销书时，你就知道除了对太平洋岛国风俗的学术兴趣外，还有其他的东西在里面。那本书中的某些东西"触动了人们的神经"，才会引起公众如此巨大的赞誉。在这个例子里，那根"神经"就是社会与心智之间的冲突。

这些书都是标准的人类学文献，但它们也是主导力量由社会开始转向心智的政治手册。其中运行着这样的逻辑："如果我们从科学的角度看，他们在萨摩亚可以自由地发生性关系，而且看不出伤害了任何人，那么就证明我们在这里也可以如此，同样不会伤害任何人。我们必须要运用我们的心智去找出何为对、何为错，而不是盲目地遵循自己过去的习俗。"新的文化相对主义之所以流行，是因为它是心智用来统治社会的利器。现在心智可以对一切形式的社会习俗进行审判，包括维多利亚的习俗，但社会却不能对心智进行审判。这就把心智明明白白地放在了驾驶位。

当人们问道："如果哪一种文化，包括维多利亚文化，都不能说什么是对的，什么是错的，那么我们怎么能知道什么是对的，什么是错的呢？"回答是："这很容易。知识分子会告诉你。知识分子，不同于被研究的文化中的成员，知道他们说的和写的是什么，因为他们说的不具有文化相对性。他们所说的是绝对的。因为知识分子遵循科学，而科学是客观的。一个客观的观察者不会有相对性的观点，因为他并不在他所观察的世界里。"

好家伙，老朋友杜森伯里。这正是他在二十世纪五十年代的蒙大拿所痛斥的歪理邪说。现在，有了"良质形而上学"对二十世纪提供的额外视角，你可以看到它的起源。一个美国人类学家不可能拥抱非客观性，正如一个斯大林主义官僚不会炒股票一样，而且是出于同样的意识形态和从众心理的原因。

现在，在这一点上应该说，"良质形而上学"支持由心智来主导社会。它认为心智处于比社会更高的演化层级上；因此，也具有比社会更高的道德层次。思想毁灭社会好过社会毁灭思想。但是说到这里，"良质形而上学"继续说道，科学，这个被选定来接管社会的心智模式，内部有一个缺陷。这个缺陷就是主客体的科学不能提供道德。主客体的科学只关心事实，而道德并没有客观实体。你可以用显微镜、望远镜、示波器看上一辈子，也绝不会找到一丝道德。道德不在那儿。它在你的头脑中。它们只存在于你的想象中。

从主客体的科学视角来看，这个世界是一个完全无目的、无价值的所在。任何事情都没有意义。没有什么是正确的，也没有什么是错误的。一切只是像机械一样运作。懒惰没有什么道德上有的错误，说谎没有什么道德上的错误，偷窃、自杀、谋杀、种族灭绝都一样。不存在道德上错误的东西，因为根本没有道德，只有功用。

现在，心智在历史上第一次掌控着社会，可这就是让社会运转的心智模式吗？

据斐德洛所知，这个问题从来没有得到圆满的回答。实际发生的却是从整体上对所有社会道德准则的抛弃，把"压抑的社会"用作替罪羊来解释任何形式的犯罪。二十世纪的知识分子注意到，维多利亚人相信所有的小孩子生来就有罪，需要严格的管教把他们从这种状况中解救出来。二十世纪的知识分子称之为"胡扯"。没有科学证据表明小孩子生来就有罪，他们说。整个有罪的观念没有客观实在性。罪过不过是对某一套社会规则的触犯，不能指望小孩子能够意识到这些规则，更不用说遵守了。对"罪过"更客观的解释是，一个已经变得老旧、腐坏和堕落的社会模式的集合，它还不承认自身有任何邪恶之处，反而通过宣称所有不遵从它的人都是邪恶的，来证明自己存在的合理性。

知识分子说，有两个办法可以摆脱这种"罪过"。一种办法是强迫所有儿童遵守古老的规则，而不去质疑这些规则是对还是错。另一个办法是研究引发这种宣判的社会模式，看看如何改变这些模式，让天真的孩子满足自己需要的自然倾向得到允许，而无需遭受这种有罪的指控。如果孩子的行为是自然的，那么说他有罪的社会才是需要纠正的。如果给孩子们以善意和关爱，让孩子们自由、自主地去思考和探索，孩子们自然会抵达对自己和世界都最好的地方。他们怎么会往其他的方向走呢？

二十年代的心智主义认为，如果存在正确的社会行为的原则，那么这些原则要通过社会实验来发现，看看什么能产生最大的满意度。最大多数人的最大满意度，而不是社会传统，才是决定何为道德、何为不道德的准绳。对"罪恶"的科学检验，不应该是"社会赞成还是不赞成"而应该是"它合理还是不合理"。

例如，会导致车祸、丢掉工作以及家庭问题的饮酒是不合理的。这种饮酒是一种罪恶。它无益于使最大多数人得到最大的满意度。另一方面，当饮酒仅仅是为了社交或心智上的放松时，它就不是不合理的。这种饮酒不是罪恶。同样的检验方法也可以用在赌博、咒骂、撒谎、诽谤或任何其他"罪恶"上。决定答案的是心智方面而不是社会方面。

在所有的"罪恶"中，没有什么比婚前和婚外性行为更有争议了。它是维多利亚人谴责得最强烈的堕落，也是新知识分子捍卫得最激烈的自由。知识分子说，从科学的角度来看，性行为无所谓善恶。它只是一种生理功能，就像吃饭或睡觉一样。为了一些伪道德的理由而否定这种正常的生理功能是不合理的。如果你打开了婚前性行为的大门，你只是允许了一种自由，它没有危害任何人。

《查泰莱夫人的情人》和《北回归线》等书籍被认为是反对社会压迫斗争中的伟大飞跃。卖淫和通奸法被放宽。人们期望，随着理性开始被运用，性可以像其他东西一样被对待，而不再有社会压抑下的极度紧张和挫败感，像西格蒙德·弗洛伊德所揭示的那样。

因此，在整个世纪，我们一再看到，知识分子并不把犯罪归咎于人的生物本性，而是归咎于压抑这种生物本性的社会模式。似乎一有机会，他们就要嘲笑、谴责、打击和削弱维多利亚这类压抑的社会模式，相信这就是治疗人犯罪倾向的药方。在这种新兴的主导社会的方式下，知识分子对人类学兴致勃勃，他们希望这个领域能够提供事实，以其为基础来制定科学的规则，从而妥善治理我们自己的社会。这就是《萨摩亚人的成年》的意义所在。

在这个国家，美国印第安人——自从"卡斯特的最后一站"[1]后，他们被维多利亚人贬低到近乎贱民——突然被当成原始社会的典范而重获生机。维多利亚人鄙视印第安人，是因为他们如此原始。印第安人与美国维多利亚人所崇拜的欧洲人处于社会的两个极端。但是现在，"搞人类学的"从各地蜂拥而至，去他们能找到的每一个部落的小棚子、帐篷、木屋，争相参与到这场伟大的寻宝行动中来，为探索新的符合道德的美国本源生

---

[1] Custer's Last Stand，乔治·阿姆斯特朗·卡斯特（George Armstrong Custer，1839—1876年），美国著名军官，在南北战争中因骁勇表现而知名。1876年6月25日，在和印第安人的战斗中，卡斯特和他的部队全军覆没，这一战被称为"卡斯特的最后一站"。——译注

活方式找寻新信息。

这不符合逻辑。因为,如果主客体的科学在任何地方都看不到道德,那么任何科学研究都无法填补维多利亚社会被扬弃后留下的道德真空。心智的放任和对社会权威的破坏,并不比维多利亚的规训更科学。

斐德洛认识到,这一逻辑上的闪失奇妙地契合了他一开始的论题:美国人的性格有两个组成部分,欧洲人的和印第安人的。取代了旧的欧洲维多利亚时代道德价值观的,是美国印第安人的道德价值观:善待孩子、自由最大化、言论开放、热爱简单、亲近自然。整个国家并没有真正意识到新的道德观从何而来,却朝着它感觉对的方向前进了。

新的心智主义将"普通人",而不是过去的维多利亚时代的欧洲典范,视为文化价值的源泉。三十年代的艺术家和作家,如格兰特·伍德(Grant Wood)、托马斯·哈特·本顿(Thomas Hart Benton)、詹姆斯·托·法雷尔(James T. Farrell)、威廉·福克纳(William Faulkner)、约翰·斯坦贝克(John Steinbeck),以及数以百计的其他人,深入到美国白人文化的根底,那些未受过教育者那里,寻找新的道德观。他们不知道的是,正是这种美国白人中未受教育者的文化,最接近印第安人的价值观。二十世纪的知识分子为自己的努力寻求科学的认可,但是在美国真正发生的变化却是向印第安价值观的转变。

甚至连语言也从欧洲式的转为了印第安式的。维多利亚的语言就像他们的墙纸一样具有装饰性:充满了转折、曲线和花纹图样，它们没有任何实用功能，还会让你从其内容上分心。但二十世纪新的风格在简单和直接方面是印第安式的。欧内斯特·米勒尔·海明威（Ernest Miller Hemingway）、舍伍德·安德森（Sherwood Anderson）、约翰·多斯·帕索斯（John Dos Passos）和其他许多人都在使用一种在过去被认为是粗鄙的风格。现在，这是回归到普通人的直接而诚朴的风格。

西部电影是这一变化的另一个例子，它展示了印第安人的价值观。这些价值观已经变成了牛仔价值观，而牛仔价值观已经变成了二十世纪全美国的价值观。每个人都知道银幕上的牛仔与实际的牛仔并没什么关系，但这不重要。重要的是价值观，而不是历史的准确性。

科技成就勃兴、权威的社会模式衰落、科学带来无道德性、"普通人"受到推崇、无意识地转向印第安人价值观，正是在这个新世界中，斐德洛成长起来。脱离欧洲的社会价值观在一开始没出现任何问题，而且维多利亚人的第一代子女，这些受益于深入骨髓的维多利亚社会习惯的一代，似乎在新的自由中心智得到了极大的解放。但是到了第二代，也就是斐德洛自己这一代，问题就开始出现了。

印第安价值观对于印第安人的生活方式来说是没问题的，但是在复杂的科技社会中却不太行得通。印第安人自己从保留地迁移到城市的时候也面临重重困难。城市的运作靠的是准时和对物质细节的关注。人们需要有服从权威的能力，无论这个权威是警察、办公室里的经理还是公交车司机。印第安人让孩子"自然"成长的养育方式并不一定保证他们能非常良好地适应城市生活。

在斐德洛的成长时期,心智取得对社会的主导地位,但前所未有的社会松绑到头来并未出现预想的结果。有些东西出了问题。这个世界在心智和技术上无疑处于更好的状态,但尽管如此,不知为何,它的"良质"却不佳。你完全说不出来为什么良质不佳。可你就是能感觉到。

有时,在反思哪里出了问题时,你能看到一些零碎的片段。但它们只是碎片,你无法将它们拼合起来。他记得他看过田纳西·威廉斯(Tennessee Williams)的《玻璃动物园》(*The Glass Menagerie*),舞台的一个边缘有个箭头形状的霓虹标志不停地闪烁,箭头下面有字,"天堂",也不停地闪烁着。它一直在说,天堂,就在箭头所指的地方。

天堂→天堂→天堂→

但是天堂总是在某个被指向的地方,总在别的地方。天堂从不在此处。天堂总是在某个心智与科技之旅的尽头,但是你知道,当你到了那儿,天堂也就不在那里了。你会看到另一个标志,显示着:

天堂→天堂→天堂→

并指向另一个前行的方向。

　　在一个剧院的广告牌上,"无因的反抗"(Rebel without a Cause)这个标题也出于同样的原因引起了他的注意。它指向的是同样随处可见的低品质东西,但他却无法用语言描述。

　　你不得不在无理由的情况下做一个反抗者。知识分子已经抢占了所有的理由。理由之于二十世纪的知识分子,就如同礼节之于维多利亚人。你不可能在礼节上打败维多利亚人,你同样不可能在理由上打败二十世纪的知识分子。他们把所有的事情都弄明白了。这就是问题的一部分,这就是被反抗着的东西,所有这些理应指导世界的美妙的科学知识。

　　斐德洛没有可以向任何人解释的"理由"。他的理由就是他生命的良质,它不能用知识分子"客观化的"语言来框定,也因此在他们眼中根本不是理由。他知道,作为心智产物的技术设备在数量和复杂性上都在提高,但他不认为从这些设备中获得享受的能力也成比例地提高了。他觉得你并不能肯定地说,人们比维多利亚时代的人更幸福了。这种"对幸福的追求"似乎变成了对某个科学创造出来的机械兔子的追求,你以什么样的速度追逐它,它就以什么样的速度向前跑。如果你真有那么一会儿捉住了它,它身上那种特别的、合成出来的科技味,也会使你的追求变得索然无味。

每个人似乎都受到一种"客观的""科学的"人生观的指引。这种人生观告诉他，他的本质自我就是他演化出来的物质身体。思想和社会都是大脑的一个组成部分，而不是相反。两个大脑无法在生理上融合，因此，两个人也无法真正地沟通，他们的沟通方式，只能像舰艇上的无线电操作员那样在午夜把信息发过来传过去。一种科学的、智性的文化已经变成了数以百万计的孤独者的文化，他们被禁闭在小小的精神囚牢里，生来死去，不能对别人说上一句话，真的不能，而且也不能对别人做评判，因为科学地说，这是不可能的。每个人，在他孤绝的囚笼里都被告知，无论他怎样挣扎，无论他怎样奋斗，他的一生都和动物一样，活着然后死去，和任何别的动物一样。他可以为自己发明道德目标，但这些目标只是人为的发明。从科学上讲，他没有目标。

二十年代后的某个时候，一种神秘的孤独感降临到这片土地上，这种孤独感如此有穿透力，又如此无涯无际，我们只是刚刚开始意识到它的强度。这种科学的、精神上的孤绝和无力，已经成为比过去的维多利亚"美德"还要糟糕得多的心灵监狱。那辆载着莱拉的有轨电车，恍若隔世，就是那种感觉。他永远不可能接近莱拉，也不可能理解她，而她也不可能理解他。因为这心智和它的错综关系，还有它的生成和营造全都阻隔其间。他们已经失去了一部分真实性。他们好像生活在由心智创造的电机设备所投射出来的电影中，这台机器是为他们的幸福而创造出来的，电影上写着：

天堂→天堂→天堂→

但是这在无意中隔绝了他们对生活本身的直接体验——也隔绝了他们彼此。

23

这一切在莱拉看来就像是身处某个梦境。从哪里开始的？她不记得了。当她受到惊吓的时候，脑子总是像这样越转越快，越转越快。为什么他要从她的手提包里拿走那些药片？那些药片可以减轻她的恐惧。他一定以为那些药片是兴奋剂之类的东西，所以才拿走了它。她能判断自己什么时候需要这些药片，看看周围有多让她恐惧就知道了。现在她急切地需要它。

她应该像自己说的那样，今天下午去拿她的行李箱。那她就不用像现在这样回到船上了。现在天已经黑了。

那个该死的服务员。他本可以给她一些钱来帮她解困。然后她就可以叫一辆出租车了。现在她什么都没有。他表现得就像她骗了他一样。但她没有骗他，他知道她没有骗他。他能看出来。但这不重要。他就是要让她看起来好像做了什么错事，即使他知道她什么错事也没做。

现在太冷了。风直接穿透了这件毛衣。这里的街道真脏。这里的每样东西都脏。一切都破旧，冰冷。

开始下雨了。

她甚至不知道这条路对不对。看上去她离河越来越近了。

她顺着一条街望去，可以看到一条高速公路，汽车在上面疾驰。但是并没有看到公园，她以为公园会在那里。也许她把方向搞糊涂了，走错了路。雨丝在车前灯的光束中闪耀着。她记得她和船长从船上下来的时候，那有一个公园。

也许她可以直接坐上一辆出租车，但不给钱。她看到一辆关着灯的出租车驶来。她想向它招手，但她没有。换作以前，她会这么做的。当出租车要收钱的时候，她还会啐到他脸上。但她现在太累了。她不想打架。

也许她应该干脆向别人要点钱。不，那没用的。他们不会给的。在这里不行。在这个城市里，无缘无故地走向别人是危险的。他们可以做出任何举动。

她可以去找警察，或者去找个收容所……但他们会把她查出来的。在这个城镇上，一旦他们知道你有案底，你就再也不想见到他们了。

她不想沿着河一直走到船所在的地方。她恐怕受不了在河边走。她不如一直待到天亮，直到看到码头的大概位置，然后再渡过去。

那个透过餐厅窗户看她的男人。真糟糕。换作十年或十五年前，他一定会以别人拦不住的速度飞快地走进那扇门。现在他一走了之了。她还记得艾莉曾经说过："你永远不会变，亲爱的，但他们会变。"她曾经说过:"当你不需要他们的时候,他们到处都是。但当你需要谁的时候,你怎么都找不到。"

她想知道艾莉现在在哪儿。艾莉现在肯定有五十来岁了吧,可能变成了一个无家可归的老太太,就像她昨天看到的那个。莱拉也会变成那样。一个流浪女人。为了让自己暖和一点,坐在某个下水道孔盖上,满身都是破旧的衣服……

……就像商店橱窗里的女巫。长着瘊子的大鼻子几乎挂在下巴上……

她应该理理头发。她现在真是狼狈透了。雨水把她的头发淋湿了,她看上去一定也像个巫婆。

她记得,应该有一座高大的城堡,城堡顶上有一个高高的绿色尖塔伸进空中。当她到达城堡时,她应该朝着河向下走,船就在那儿。从他们离开时起,她就一直把这记在心里。

她的鞋子都变得软绵绵的。就像她的衣服和这盒衬衫。也许她应该立刻停下来等待雨停。但那样她就到不了城堡了。在到达城堡之前,她无处可停。

为什么她总也学不会不对别人发火?你总以为有个人会出现并拯救你,但这次太晚了。会有个好男人出现并拯救你,就像那个船长,你总是这样以为,不是吗?但他们现在都没影了,莱拉。船长是最后一个。不会再有了,莱拉。他是最后一个。

这是窗户外面那个人告诉她的。

她给船长买的这些衬衫都湿了。他现在甚至不会付给她钱了。如果她能躲进一个门洞之类的地方直到雨停，可能她就不会让这些衬衫被淋湿了。她保留好装衬衫的袋子就好了，那它们就不会被淋湿。那么她就可以把衬衫拿回店里，然后她就有坐出租车的钱了。但她需要坐出租车才能回商店。再说，这个时候商店已经关门了。

收据在钱夹里。说不定他们会记得她。不，他们不会……

……也许船上还有些钱。她可以进去把所有抽屉之类的地方都翻一翻。但她立刻想起来她无法进到船里面。她没有密码。她只能等着船长来让她进去。但是如果他在那儿，她就不能到处翻抽屉。可能他会给她一些钱的。不，他真的气坏了。他什么也不会给她。

或许她走上一整夜也找不到那条河。说不定她已经错过了城堡。她会一直走一直走，却始终找不到它。她甚至没法问船在哪里。她不记得停船的地方叫什么名字。她只是觉得是在这个方向。可能她永远也找不到它了，只能走啊走啊，一直走下去。

船长到时候就走了，驾船离开，她再也见不到他了。还带走了她所有的东西！他要拿走她的行李箱！她所有的东西！她所有的东西都在里面！

她没看到一点河流的迹象。她应该找人问问河边停船的地方在哪儿，但她不知道该问什么。建筑物随着她的脚步慢慢变化着。她一个都不认识。

有个人骑着自行车朝这来了。他从她身边骑过去了。现在这里越来越安静了。这一带看起来好点了，但是谁知道呢。这就是他们来的地方。

她一定是走出太远了。她对这一带没有印象。她不应该远离河边。很快她就到哈莱姆区的什么地方了，她可不想去那儿。晚上不行。一些窗户上蒙着铁皮，下面装着铁丝网。

连城堡的影子都没有。城堡应该是瘦瘦的，有个绿色的尖尖的顶，像一艘太空船。但是连影子都没有。

她为什么偏要去骂船长，把他气成那样？现在她不知道自己该怎么办了。如果她一直跟他油嘴滑舌而不说那些难听话就好了。那她现在就在去佛罗里达的路上了。

她不应该试图让他带上杰米。她能看出来她话一出口他就绷紧了。她应该把嘴巴闭上。

她不应该和他争论。如果你不小心翼翼，嘴上抹蜜，他们就会为此记恨你。他们会让你付出代价。他们全都要让你知道他们有多强大。如果你胆敢说你觉得他们不像他们装的那么强大，他们会恨死你。他们忍受不了那样。他们只有这个能耐。杰米让他看起来很弱。所以他不高兴了。

她就是要让船长看看她到底什么样。他说他想知道她的一切，他希望看到她真正的样子，所以她就给他看看，结果怎么样。杰米也看出他是什么人了。他一眼就看出来了。

你千万不要把他们有多弱的秘密说出来。他们以为你看不出来。如果你说出来了，他们会气急败坏，恨透了你，然后咒骂你。

他们在罗切斯特就是这样的。但她说的是实情。这就是为什么他们要说她恶心。他们不想听实话。如果你对他们说了,他们就要想法子对付你。

她的脚疼得厉害。她应该把鞋脱掉,光脚走。即便很冷。光脚走路的感觉会很好。她还要再走一会儿。然后,如果她还是没有看到河,她也许就该把鞋子脱下来了。可能她应该把所有东西都脱掉。

她还记得那时她走路回家,天开始下雨。她身上穿着新衣服。她躲到树下站着,觉得可怕极了。她知道她到家会挨骂,果然如此。她的衣服都湿透了,好像她穿着它游过泳。鞋子在她走路的时候发出水挤出的声音。她穿着新衣服坐在水沟边哭起来,任由雨水滂沱。然后她觉得好些了。

也许她现在应该坐下。不,不能在这。还不是时候。

她用一只手扶着一个标志杆,脱下一只鞋,然后把另一只也脱了。感觉好多了。光脚走路的感觉真好。

她想把所有的东西都脱掉。都脱掉。然后就会有人停下,过来帮她。就是衣服让他们以为你并不存在。如果她把所有的衣服都脱掉,他们才会看见她就在眼前。

"你这样下去永远找不到幸福,莱拉。"妈妈的脸总是在这种时候出现。她小小的细眼睛。妈妈总是对的。只有两件事能让她开心:一件是保持正确,另一件是琢磨她比其他人好多少。如果你做好了什么事,她不置一词;但如果你做坏了什么事,她就会说你,一遍又一遍地说。

但是你并没有做错什么,你知道的。你没有伤害谁,你没有偷东西,你知道的。但人们还是为此恨你。

如果你真的爱别人,他们会因此杀了你。你必须恨他们,然后假装爱他们。那样他们才会尊重你。但是如果你能做的只是去恨人和让别人恨你,那活着还有什么意义?这个每个人都应该恨其他人的世界,令她如此厌恶又如此厌倦。

他们怎么能日复一日满怀憎恨地活着?从不罢手。看见了吧,现在她也加入进来了。现在,他们也让她这样了。世界就是这样运作的。他们终于把她拉进来了,她逃不出去。她一直想逃掉,但她逃不掉。什么都没有了。他们把一切都抢走了。

他们就是想玷污你。那就是他们想要的。就是要把你弄脏,然后你就和他们一样了。把他们的脏东西射到你身上,然后说:"看见了吧,莱拉,你是个妓女!你是个荡妇!"

在做爱的时候,他们充满仇恨。然后他们要去打一架,,当有人真的受伤了,浑身是血,他们就开心了。要么就是战争之类的。他们的头脑都混乱不堪,他们想把他们的混乱拿出来施加到你身上,这样你也混乱了。他们想把你搅乱,就像他们一样,然后你也会混乱不堪,这时他们就喜欢你了。他们会说:"莱拉,你真的很棒。"他们才是真正发疯的人。他们不了解你,莱拉。没人了解你。他们永远不会了解!但是,哼哼,你认识他们了!

他们在事后总是那么平静。那是他们开始琢磨如何离开你的时候。在他们高潮前的那一分钟,你是世界女王,但是那一分钟一过,你就是垃圾。

就像那个船长。现在他爽过了。现在他只想让她滚蛋。现在,他要驾着他的船,拿着他的钱和东西南下佛罗里达,而把她丢在这里。

这条街道上没有其他人,但她有种感觉,有人在看着她。似乎如果她突然回头,会看到有人就在她身后。

黑黢黢的建筑物,看起来像是她从未见过的地方。像那种可怕的电影里有人被杀害的地方。

什么让她如此害怕?没有什么好怕的。至少她不会被抢劫。他们能抢到的只是这些衬衫。她会大笑一声,"拿去吧,"她会说,"拿走这些衬衫。"他们会不知所措。

她突然回头,看看后面有什么。什么也没有。大多数窗户都黑着。只有少数几扇的窗帘后面有些光亮。其中一扇窗户里有一只橙色的圆形小灯,看起来像一张脸。

有人在那窗户后面放了一只杰克灯笼[1]。就像商店橱窗里的女巫。万圣节到了。

就像昨天那个形似巫婆的街头老太太,看莱拉的眼神很奇怪,好像认出了她。也许老太太真的是个女巫,所以才会用那样的眼神看她。

---

[1] 用南瓜、萝卜等镂空出骇人面孔,内置蜡烛制成,用于万圣节。——译注

她不想当女巫。在她小的时候，她想穿海盗服，却被艾姆[1]穿上了。莱拉只好穿上女巫的服装。就是街头那个老太太的模样，像她小时候穿的那套女巫装上的面具。她不想穿，但她妈妈非要她穿。

她妈妈的脸又回来了。"莱拉，你为什么就不能学学艾玛琳？"

"我恨艾玛琳！"莱拉说。

"艾姆可不恨你。"

"那是你以为的！"莱拉说。莱拉知道艾玛琳到底是什么样。总是要得到想要的东西。总是撒娇取宠。她妈妈就喜欢这样的。撒谎。艾姆得到了所有新衣服，莱拉只能做女巫。

在她爷爷的葬礼上，她妈妈让她穿上艾姆旧的蓝色连衣裙，并把所有的青花瓷盘子都给了艾玛琳。今天早上，她看到一只蜜蜂在车顶上，她想到了那个岛和她的爷爷。

她希望自己现在就在岛上。她爷爷养蜜蜂，经常用蜂蜜做土司，并拿给她吃。她记得他总是把土司放在青花瓷盘子里。后来就是他的葬礼，他们卖掉了他的房子，把青花瓷盘子给了艾玛琳。莱拉再也没有见过那些蜜蜂。她曾经想，蜜蜂和她爷爷一起去了岛上，那么它们有时会飞回来，她又会看到它们，它们总是知道她爷爷在哪儿。今天早上，当看到车顶上的蜜蜂时，她想起了这些。

"我告诉过你，你这样下去永远找不到幸福，莱拉。"她妈妈说。妈妈脸上现出那种微笑，想让人不快时总是露出这种微笑。

---

[1] 艾玛琳的昵称。——译注

"我听够这些了，妈妈，"莱拉回答说，"你找到了什么幸福？"

小小的细眼睛，眯缝着，眯缝着……

她妈妈认为莱拉会下地狱，因为她坏。但那个岛，当你到那里时，你坏不坏都无关紧要。到那里去。它在画里，挂在她爷爷的墙壁上。

风从拐角吹过来，吹透了她的毛衣，还把什么东西吹进了她的眼睛，可能是沙粒或者尘土什么的，她无法看东西了。她只好停下来，站在一面砖墙旁边，眨着眼睛好把它弄出来。

在那儿！在大楼的拐角后面，她看见它了！它一直跟着她！她凝神观察，拿出全部的注意力观察。她真是个女巫，因为慢慢地，那张脸显现出来了。她可以使东西向她靠近。

但现在她看清了，跟在后面的根本不是一个人，不过是一条狗。

那条狗一看见她看见了自己，就消失在大楼后面。

她又凝神等待。过了一会儿，慢慢地，它又出来了。她没有动，而是紧盯着它。然后慢慢地，一步一步地，它向她走来。等它经过街道中央的时候，她看清了它。是好运！过去多少年了啊。

"哦，好运，你回来了，"她说，"你又好好地回来了。"

她向它走去。她想俯身用手去摸它，好运却退开了。

"你不认识我了吗，好运？"莱拉问道，"你又好好的了。你不记得我了吗？"

看不出它被车撞到哪儿了。

"你是怎么从岛上回来的，好运？你是游回来的吗？岛在哪里，好运？我们现在一定离它很近了，你给我带路。"

但是莱拉一向它走去，好运就走到她前面去了。当她跟在它后面时，她看到它的脚几乎没有着地，好像没有一点重量。

从街道前方的黑暗中驶出一辆卡车，没开车灯，而且几乎悄无声息。吓人。当卡车靠近一杆路灯时，她看清了是谁的车，她的心跳起来。现在她惊恐万分。是他！他找到她了！

她上一次看到这辆卡车，是在他们把它拖到废车场的时候。面目全非。就像他一样。卡车门上全是血，他的头在车门上耷拉着。在停尸房里，她一眼没有看他。他们休想让她瞅他。

现在他来了。开着他的皮卡车，就在街道那边。他就要打开门，说："上车！"

接下来他知道要做什么。他会找到杰米那个该死的混账朋友，对方拿了她的钱，他会让对方把钱还回来，然后将其撕成碎片，用一只手就行。他知道怎么做。他总是把人打得稀巴烂。那个狗娘养的……你不应该对死了的人说这个。她刚一说完，卡车就向好运撞上去。

但好运跳开了。

卡车直直地开过去，她看到了，那就是她所想的那个人。他看着她，那样子好像他不想跟她有任何关系。但他知道她是谁，她也知道他是谁。然后他加速，卡车走远了。

她还记得那些血。每个人都表现得好像非常为她难过。所有的伪善家们都说:"哦,莱拉,我们非常难过!"但他们只是伪善。他们和她一样恨他。那个混蛋。你不应该这样说死人,但他就是个混蛋。他活着的时候她就这么说过。现在并没有理由改变。这是事实。

当她走到拐角时,就在那儿,城堡!好运找到它了!但它在她出乎意料的地方。不过她看到她可以在这里转弯,然后往下走就是公园和水泥地。她觉得船也在那里。

多好的狗啊!它总是那么好。一定是有人派它从岛上过来给她引路的。现在她可以上船去等船长,他会带她沿河而下去岛上。

那片水泥地,她没有什么印象。那里有点吓人。它看起来像是会有狮子扑出来咬你的地方。另一边有个台阶出口,你不知道会不会有人在那里等着。她慢慢地走,一步,一步……

她没听到什么,但她很害怕……

她又走近了一步。她没别的办法。她必须穿过去。她屏住呼吸,向拐角另一头张望……

那里有码头!还有那一片河水,全都在这里!哦,又回到这里的感觉太好了。她能听到船缆在风中叮叮当当地响。

在码头的门口有一个黑人,他对她说了些什么,但她听不懂他在说什么。他一直挥舞双手,还指着她。但是当她经过他走向船时,他并没有碰她。

她走下码头,船就在那里!好运找到了路。

好运哪里去了?

她四下张望,但没有看到它。她喊它,但它没有跑来。她向河里望去，看它是不是又朝岛游回去了，但她能看到的，只有远处雨中朦胧的灯光。

她跨过护栏，踏上船，坐在驾驶舱里。哦，又能坐下来的感觉真好！她的牙齿在打战，浑身上下湿透了，但现在都没关系了。她要做的就是等待船长，然后他们将向小岛进发。

从河上的什么地方涌来一股波浪。她看见它向她袭来，因为她看见浪尖上波光的游移。它把船托起，贴着码头摇晃。过了一会儿，又平静了。

船边的水看起来很脏，里面有很多垃圾。有旧塑料瓶的碎片、脏兮兮地转着圈的泡沫、一块海绵、一些树枝，其中一根枝条上挂着一条死鱼。那条鱼侧身翻着，身体缺了一块。然后鱼和树枝从她身边漂了过去，她能闻到鱼的气味。树枝又漂了回来，它被那个漩涡抓住了，旋即沉入漩涡的中心，不见了。

那些垃圾在漩涡周围转了一圈又一圈，好像那个漩涡把所有的垃圾都吸进了河底。她想起来有一次看鱼，其中一条鱼总是翻倒身子，其他那些鱼都想从它身上咬下一口。这时它又直起身。但是过了一会儿，它又倒向一边，然后就再也直不起来了。然后其他鱼开始吃它，它没有挣扎。

她希望当好运向岛上回游时，它们不会咬它。一旦你慢了，鱼会活活地吃掉你。你的动作要小心，不能让它们觉得你慢下来了，否则它们就会一直跟着你。

它们不敢咬好运。

她希望船长能来。

她在河的这一边已经待够了。如果有必要,她甚至想游过去。她不知道船长要多久才能来,她不想再等了。

莱拉脱下毛衣。脱掉它感觉好多了。

然后她把手伸进水里。

水真暖和!河里真暖和。如果她向岛上游过去,就不会再冷了。

她又看了看水面。

她不想再感到寒冷。她已经没有力气与它抗争。放弃吧。就这样逝去。

就这样逝去,跟着水里的那只手。那只手伸出水面,就在刚才树枝所在的地方。那只手伸向她,要她抓住。那只手离她更近了,这时水里的一个小漩涡把它带走了。它像是一只婴儿的手从水里伸出来。一只婴儿的手。

那只小手从水里往外伸。这是一只婴儿的手。她能看清它小小的手指。那只手正进入漩涡,就在她差一点能够到的地方。然后它又离近了,她一把抓住它,把它从水里提起来,她的心跳都停止了。

它小小的身体硬邦邦的,浑身冰冷。

它的眼睛闭着。谢天谢地,她抹掉它身上的渣滓,看到它身上完好无损。鱼一点都没有吃掉它。但是它没有呼吸。

然后,她从驾驶舱的地板上拿起毛衣,放在腿间,把小婴儿包起来,紧紧地抱着。她前后摇晃着婴儿,直到她感觉到它的身上的寒气少了一些。"没事了,"她说,"没事了,你现在没事了。一切都过去了。你现在没事了。没人能伤害你了。"

过了一会儿,莱拉能感觉到婴儿贴着自己的身体变得温暖起来。她开始前后轻轻摇晃它。然后她给它哼起了一首歌,那是她在很久以前学会的。

PART 3

第 三 部

24

"莱拉有良质吗?"这个问题似乎难以穷尽。斐德洛之前想出的答案是:"从生物层面上说她有,从社会层面上说她没有。"还是没能对这个问题穷根究底。这牵扯到的不只社会和生物。

斐德洛听到走廊里有些声音,渐渐大了、近了,然后又消失了。

第一次世界大战结束以后发生的事情是,心智层级扎下了根,并接管了一切。也正是这个心智层级把一切都搞糟了。滥交是否道德?这个问题,从史前时代到维多利亚时代结束,一直都有定论。但是突然间,新兴的心智至上把一切都颠倒了,它说性滥交既不是道德的,也不是不道德的,它只是一种无关道德的人类行为。

这可能就是在金斯顿时瑞乔如此愤怒的原因。他认为莱拉是不道德的,因为她破坏了一个家庭,毁掉了一个男人在社会圈子里的地位——一种良质的生物模式,性,毁掉了良质的社会模式,一个家庭和一份工作。让瑞乔气急败坏的是,像斐德洛这样的知识分子掺和到了这一局面当中,还说压抑生理欲求是愚蠢的。要对这些事情做判断,你必须以理性为基础,而不是以社会准则为基础。

但是,如果瑞乔认为斐德洛对心智和社会准则的对立,及其引发的社会剧变负有责任,那他肯定是挑错了人。"良质形而上学"

把这种乱局的认识根源连根拔除了,那种学说认为:"科学不关心价值。科学只关心事实。"

在主客体形而上学中,这句老生常谈是无可非议的,但是"良质形而上学"要问:哪些价值是科学不关心的?

引力是一种无机价值模式,科学不关心吗?真理是一种心智价值模式,科学不关心吗?一个科学家可能会理性地争辩道,"谋杀你的邻居可不可以"这一道德问题不是一个科学问题。但是他能争辩说,"伪造你的科学数据可不可以"这一道德问题不是一个科学问题吗?作为一个科学家,他能说"伪造科学数据跟科学无关"吗?如果他刁钻起来,想说这是一个"关于"科学的道德问题,而不是科学的"一部分",那么他就患上了精神分裂。他是在承认存在一个科学无法理解的实在世界。

"良质形而上学"厘清的是,科学不关心的只是社会价值和道德,尤其是教会价值和道德。

这有重要的历史原因。

科学与社会道德相脱离的说法可以一直追溯到古希腊人的信念,即思想是独立于社会的,它茕茕孑立,无父无母。苏格拉底和毕达哥拉斯等古希腊人为科学的基本原则铺平了道路:真理独立于社会舆论而存在。它要通过直接的观察和实验来确定,而不是通过道听途说。宗教权威一直攻击这一原则,称之为异端邪说。对于它的早期信徒来说,坚持科学独立于社会的想法是非常危险的。人们曾为之付出生命。

为保护科学不受教会控制而战斗的卫士们争辩说,科学与道德无关。知识分子把道德问题留给教会来决断。但是,"良质形而上学"更开阔的认知结构表明,这场科学把自己从社会道德规范的支配中解放出来的政治斗争,实际上就是一场道德斗争!这是一场更高级的、心智的演化层级为使自己不被较低级的、社会的演化层级所吞噬而进行的战斗。

当这场政治斗争胜负已分,"良质形而上学"就可以回过头来重新发问:"科学,究竟在多大程度上,其实是独立于社会的?"它给出的答案是:"完全不。"一门科学,如果完全不需考虑社会模式,就如同一个社会完全不需考虑生物模式一样,是不现实和荒谬的。没有这种可能性。

如果社会根本无法进入科学发现的视野,那么科学假说从何而来?如果观察者是完全客观的,只记录他观察到的东西,那么他从哪儿观察到了假说?原子并不会把关于自己的假说当成一件行李背在身上。只要你持有一种排他性的主体−客体的、精神−物质的科学观,那么整个问题就是一个无法逃避的心智黑洞。

我们对自然的科学描述总是源于文化的。自然告诉我们的,只是我们的文化使我们倾向于听到的。观察哪些无机模式,忽略哪些无机模式,这些选择是基于价值的社会模式做出的,如果不是,则是基于价值的生物模式做出的。

笛卡儿的"我思故我在"是一个震古烁今的独立宣言,它宣告演化的心智层级摆脱了演化的社会层级。但他如果是一个十七世纪的中国哲学家，他能说出这句话吗？如果他能的话，十七世纪的中国会有人听他的话，称他为"杰出的思想家"，并在历史上留下他的名字吗？如果笛卡儿说："十七世纪的法国文化存在，故而我思，故而我在。"那他就是正确的。

"良质形而上学"把心智与社会、主体与客体、精神与物质都嵌入到一个更大的认识体系中，从而理清了它们的关系。客体是无机的和生物的价值，主体是社会的和心智的价值。它们不是在什么主体-客体的迷梦中飘来飘去，没有实际关联的两个神秘的宇宙。它们有一种实实在在的演进关系。这种演进关系也是一种道德关系。

在这种演进关系中我们才有可能看到，心智的功能要早于科学和哲学。心智的演化目的从来都不是为了发现宇宙的终极意义。那是一种相对晚近的热潮。它在历史上的目的是帮助一个社会找到食物、探查危险、打败敌人。它做得好与坏，取决于它为这一目的创造出来的观念。

细胞跃动地创造了动物，以维持并改善自己的状况。出于同样的原因，动物跃动地创造了社会，社会跃动地创造了知识。因此，对于"这些心智知识的目的到底是什么"这个问题，"良质形而上学"这样回答："知识的基础目的是跃动地改善和维持社会。"知识的成长已经脱离了这一历史性目的而自成一体，正如社会的成长已经脱离了维持肉体的人类这一原本目的而自成一体一样。而且，这种脱离原本目的而向着更高良质的成长，是一种道德的成长。但是那些最初的目的依然存在。当事情迷失方向、步入歧途的时候，记住这个出发点是有用的。

"良质形而上学"提出，二十世纪的社会纷扰，可以通过回到这个出发点，重新评估它所走过的道路来得到缓和。它说，心智被社会支配是不道德的，原因和孩子被父母支配是不道德的一样。但这并不意味着孩子应该杀掉父母、心智应该杀掉社会。心智可以支持社会的静固模式，而不必担心被支配，只要仔细区分属于社会-生物间的道德问题和属于心智-社会间的道德问题，并确保这二者不会彼此侵犯。

这里的问题不仅仅是社会和生物的冲突，而是两种完全不同的道德规范的冲突，而社会正处在中间。你有一个社会-生物间的道德规范，你还有一个心智-社会间的道德规范。瑞乔攻击的不是莱拉，而是心智与社会间的道德规范。

在社会与生物的斗争中，二十世纪的新知识分子站在了生物一边。社会单单通过监狱、枪、警察、军队就可以对付生物。但是，当掌控社会的知识分子站在生物的一边与社会对抗时，社会就陷入了交叉火力之中，毫无遮挡。

"良质形而上学"认为，不止有两种道德规范，其实有五种：无机-混沌的、生物-无机的、社会-生物的、心智-社会的、跃动-静固的。这最后一个，即跃动-静固的规范认为，生命中什么是"好"，不由社会或心智或生物来定义。"好"是不受任何静固模式束缚的自由，但这种自由并不一定要通过破坏这些模式来获得。

瑞乔对近些年道德历史的解读大概很简单：旧规范和新混乱

的对立。但"良质形而上学"说，根本没那么简单。对不同的道德体系进行分析，会以完全不同的眼光看待二十世纪的历史。

在第一次世界大战之前，维多利亚的社会规范一直处于主导地位。第一次世界大战到第二次世界大战期间，心智处于无可挑战的主导地位。从第二次世界大战到七十年代，心智仍处于主导地位，但受到的挑战越来越大——称之为"嬉皮士运动"——但这个挑战失败了。然而从七十年代初开始，慢慢出现了一种令人费解的伪维多利亚道德姿态的无意识回流，同时伴随着无法解释的犯罪率空前高涨。

在这些时期中，最后两个时期似乎是被误解最深的。嬉皮士被解释为一些被宠坏的轻佻孩子，他们淡出后的时期则被称为——且不论什么意思——"价值的回归"。然而，"良质形而上学"却说那是倒退：嬉皮士运动是符合道德的改变，当前的时期才是价值的崩溃期。

六十年代的嬉皮士运动是一场针对社会和心智两方面符合道德的革命。它是一种全新的社会现象，既没有哪个知识分子能够预测，也没有哪个知识分子能够解释。它是一场孩子的革命，这些孩子的父母都是社会上富有的、受过大学教育的"现代"人。他们突然以一种令人难以置信的仇恨反抗他们的父母、他们的学校和社会。这不是任何一个二十世纪的知识分子在摆脱了维多利亚时代的束缚后想要实现的天堂。这是一场发生在他们眼前的想象不到的爆裂。

斐德洛认为，这场运动如此难以理解的原因在于，"理解"本身，静固心智，正是它的敌人。这一时期的文化承载之书[1]，杰克·凯鲁亚克的《在路上》，就是一场反心智的长篇大论。"……我在纽约的所有朋友，都一副消沉的、梦魇般的心态，把社会说得一无是处，讲他们种种令人疲倦的理由，书生气的、政治学的或精神分析的，"凯鲁亚克写道，"但迪恩（书中的主人公）却在社会中狂奔，对面包和爱情满怀渴望；他才不管这个那个。"

在二十年代，社会被认为是人类不快乐的原因，心智是药方。但在六十年代，社会和心智一起，被认为是所有不快乐的原因，而超越社会和心智才是药方。无论二十年代的知识分子曾努力开创的是什么，六十年代的花童们都在竭力破坏。蔑视规则，蔑视物质财富，蔑视战争，蔑视警察，蔑视科学，蔑视技术，这些都是标准路数。头脑的"打开"最重要。摧毁一个人理性思维能力的药物几乎成了一种圣物。许诺把人从理智的监狱中释放出来的东方宗教，比如禅宗和吠檀多，被当成了福音。黑人和印第安人的文化价值，从它们反智的意义上，被纷纷效仿。无政府主义成为最流行的政治，肮脏、贫穷和混乱成为最流行的生活方式。为了堕落而堕落。只要能摆脱社会–心智制度令人瘫痪的心智魔爪，随便什么都是好东西。

---

[1] 作者曾在《禅与摩托车维修艺术》的再版后记中，提出过"文化承载者"的概念。"一本承载特定文化的书，就像一头骡子，背负着文化的重担。……文化承载者不同，这种书向传统的社会价值观发起挑战，而且通常出现在社会文化发生变革的时代，这样的时代欢迎新思想的冲击。"——译注

到了六十年代末，二十年代的心智主义发现自己陷入了一个进退两难的陷阱。如果它继续主张从维多利亚式的社会约束中获得更多的自由，它所得到的只是更多的嬉皮士，而这些嬉皮士实际上只是将反维多利亚主义推向了极端。另一方面，如果它站在嬉皮士的对立面，主张更多建设性的社会规矩，它将得到的是更多以反动右翼势力面目出现的维多利亚人。

这把政治双向锯是无可匹敌的。在1968年，它斩掉了新政时期最后一位伟大的自由主义知识分子领袖，民主党总统候选人休伯特·霍拉蒂奥·汉弗莱[1]。

"我已经看够了，"汉弗莱在1968年灾难性的民主党大会上宣称，"我已经看得实在太多了！"但是他对此没有解释，也没有对策。其他人也没有。二十世纪上半叶伟大的心智革命，由人的心智建造一个人道的"大社会"[2]的梦想，被扼杀了。摆脱了社会束缚的自由最终玩火自焚。

斐德洛认为，这场嬉皮士运动差点就可以像二十世纪二十年代心智模式对十九世纪九十年代社会模式的飞跃一样，成为对二十年代的飞跃。但他的分析表明，这场"跃动的"六十年代革命犯了一个灾难性的错误，使它在真正开始之前就被毁掉了。

---

[1] Hubert Horatio Humphrey(1911—1978)，第38任美国副总统，1968年参加总统竞选，落败于共和党候选人理查德·尼克松。——译注

[2] Great Society，美国第三十六任总统林登·贝恩斯·约翰逊（Lyndon Baines Johnson）为消除贫困、降低犯罪率等于1964年提出的一系列政治措施。——译注

嬉皮士对社会模式和心智模式的抗拒，使他们只有两个方向可走：走向生物良质和走向跃动良质。六十年代的革命者认为，既然两者都是反社会的，而且两者都是反心智的，那么这两者一定是一回事。这就是他们的错误。

这一时期美国人所写的禅宗书籍就显示出这种混淆。当时禅宗往往被认为是那种心无杂念的"自然而然"。如果你所行随心，不考虑社会约束，在当下的时刻随心所欲，就会显现出你的佛性。对来到这个国家的日本禅师来说，这一定非常奇怪。日本禅宗和社会礼法极为紧密地结合在一起，到了谨言慎行的程度，相形之下，清教徒看起来几乎是堕落的。

早在五六十年代，斐德洛也曾有过这种对生物良质和跃动良质的混淆，但"良质形而上学"似乎有助于问题得到澄清。当生物良质和跃动良质被混淆时，结果不是跃动良质的增加，而是一种极具破坏性的堕落形式，就像在曼森谋杀案[1]、琼斯镇疯狂事件[2]，以及蔓延全国的犯罪和药物成瘾的增加中我们所看到的。在七十年代初，当人们开始认识到这一点时，他们从这场运动中脱离出来。嬉皮士运动，就像二十年代的心智革命一样，变成一场失败的道德反叛。

---

1 原文"the Manson murders"，查尔斯·曼森年轻时是一个嬉皮士，后来召集很多女性信徒建立了"曼森家族"。这个团伙策划并实施了一系列震惊全美的凶杀案。——译注

2 原文"the Jonestown madness"，琼斯镇是美国人民圣殿教领袖吉姆·琼斯带领他的信众在南美圭亚那定居的地点，1978年11月18日，吉姆·琼斯令他的信徒喝下有毒的饮料，致900多人遇难。——译注

今天，在斐德洛看来，总的情况就是一次道德运动破产了。正如心智革命破坏了社会模式，嬉皮士把静固模式和心智模式都破坏了，还没有更好的东西来取代它们。其结果是社会良质和心智良质都降低了。在美国，从SAT[1]成绩可以看出，国民智力水平已经下降。有组织的犯罪势力日益强大和猖獗。城市中的贫民区越来越大，也越来越危险。二十世纪末的美国，似乎是一个心智、社会、经济的锈带[2]，整个社会已经放弃了跃动提升，并缓慢地滑回到上一个静固锚位，维多利亚主义。更为跃动的外来文化正在接管它，并且实际上是侵入它，因为它现在已经无力竞争。城市贫民窟里，旧的维多利亚社会道德规范几乎被摧毁殆尽，从中走出的并不是革命者所期待的什么新天堂，而是回到了充满恐怖、暴力和帮派杀戮的统治，这是"强权即真理"的古老生物模式道德，是史前的强盗道德，原始社会正是为战胜这种道德而被建立起来的。

斐德洛看着酒店房间对面的玻璃窗，看着窗外的黑暗。每次回到纽约，他脑海中都会潜滋暗长的一个问题是：这座城市到底能不能活下来？它总是有社会问题，也总是能抗下来，而且不知怎么的，它总是能因此变得更为强大，也许这种情况会再次发生。但这次看起来并不乐观。他想起在维多利亚时代约瑟夫·拉迪亚

---

[1] Scholastic Assessment Test，学术评估测试，是美国高中毕业生申请大学时需要参加的主要考试之一。——译注

[2] rust-belt，一般指工业产业衰落的地区。——译注

德·吉卜林(Joseph Rudyard Kipling)曾为加尔各答取过一个名字:"噩夜之城"(The City of Dreadful Night)。这座城市正在变成那种样子。

这里是地球上最跃动的地方,但跃动的代价就是不稳定。任何跃动状态都易于衰退和腐坏,甚至彻底崩溃。当你举步走向未知时,你永远要承受被未知击溃的风险。这里一直进行着激烈的军团战斗,一边是最跃动、最道德的军团,另一边是最生物性、最不道德的军团;是甲类人和己类人之间的战斗。乙类人和丙类人在别的区或者郊区做着静固的事情。但是现在,在这里,己类人似乎要赢了。

从酒店的窗户向公园对面望去,就好像你可以从北边,从那里的贫民区,看到一片噩夜,看到由于未经省察的生物模式的侵入,一个社会模式的销蚀,这次销蚀将近终点,纽约正缓缓沉入一场大梦,可能是一场永远不会醒来的梦。这不是一场种族或文化的战争。这是一场社会对抗理性模式和生物模式的战争,后者是拜这个世纪的错误所赐。

关于罗马帝国的灭亡,最可怕的地方在于,灭亡它的人从来不明白他们灭亡了它。他们使罗马的社会结构模式彻底瘫痪,以至于没有人记得那个结构是什么。税收收不上来了。雇佣的野蛮人组成的军队领不到军饷。所有的东西都失效了。文明的模式被遗忘,黑暗时代[1]来临了。

---

[1] Dark Age, 指中世纪前期。——译注

斐德洛不确定,但他似乎察觉到这里的街道上现在有一种奇特的温和,他不记得过去有这种温和。那是一种不祥的、在古老的衰败的文化中发现的温和。人们在那不勒斯街头的歌声中,在古老的墨西哥歌曲中听到过这种温和。它不是来自暴力的消除,而是来自暴力的过度。活着,活下去。躲开麻烦。这是一个公开放弃了战斗的人的温和,因为战斗太过危险。他有一种病恹的感觉,好像罗马帝国的衰亡这种事正在这里发生。关于纽约,现在最可怕的事情是,建立纽约的模式似乎不再被人理解——或者,理解它的人无法再控制不理解的人。

使这死气沉沉的夜晚得以来临的,似乎是本应掌管一切的心智模式——本应认识到威胁并领导反抗威胁的心智模式,瘫痪了。它瘫痪,不是因为任何外力,而是因为它自己内部的构建使它无法理解正在发生的事情。

就好像眼看着蜘蛛在等待猎物,而黄蜂正准备对它发起攻击。蜘蛛随时可以离开以保全性命,但它没有这样做。它就在那等着,瘫痪了,因为某种内在的反应模式使它无法认识到自己的危险。黄蜂在蜘蛛的体内产卵,而后蜘蛛继续活着,黄蜂的幼虫则在这期间慢慢地吃它,直至毁灭它。

斐德洛认为,"良质形而上学"可以取代瘫痪的心智体系,这个心智体系正在允许这些破坏不经反省地发生。美国的瘫痪是一种道德模式的瘫痪。道德不能正常运作,是因为主导当前社会思想的主客体形而上学宣布道德在心智上不合法。这些主客体模式从来就不是为了治理社会而设计出来的。它们干的不是这个。如果它们被放在控制社会的位置上，被用来设定道德标准和宣布价值观，那么当它们宣称没有价值也不存在道德时，结果就不是进步。结果是社会灾难。

这种无关道德的"客观的"的心智模式，正是美国社会恶化的罪魁祸首，因为它破坏了防止恶化所必需的静固社会价值。在它谴责社会压迫是自由的敌人时，它从来没有提出过一条道德原则把反抗社会压制的伽利略和反抗社会压制的普通罪犯区别开来。其结果是，它成了这两者的共同拥趸。这就是问题的根源。

斐德洛还记得五六十年代的聚会上，充满了像他这样的自由派知识分子，他们实际上很欣赏有时出现的犯罪形式。"在这里，"他们似乎相信，"我们是毒品推手、花童、无政府主义者、民权工作者、大学教授——我们都是反对残酷腐败的社会制度的战友，而这个制度才是我们所有人的真正敌人。"

在这些聚会上，没人喜欢警察。任何限制警察的东西都是好的。为什么？嗯，因为警察在任何事情上都没有智慧。他们只是社会制度的傀儡。他们崇尚社会制度，讨厌知识分子。这里有一种阶层问题。警察是低阶层的。知识分子高于那些犯罪、暴力之类的东西，而警察则不断地涉身其中。并且警察大多没受过很好的教育。你能做的最好的事情就是夺走他们的枪，这样他们就会像英国的警察一样了，那里的情况更好些。是警察的镇压造成了犯罪。

在这群人中，被当成道德的是一种模糊的、说不清道不明的情绪汤，被叫作"人权"。你还应该"理性"。这些词语究竟是什么意思，斐德洛从未听过任何阐明。你只要为它们欢呼就对了。

他现在知道，从来没有人把它们阐明的原因，是从来没人能做到。在对世界的主体–客体式理解中，这些词语没有任何意义。没有"人权"这种东西。也没有道德的理性这种东西。只有主体和客体，没有其他。

这种关于逻辑上不存在的事物的情绪汤，可以通过"良质形而上学"来理顺。它说，"人权"这一说法的含义通常是一种心智–社会间的道德规范，是心智摆脱社会控制的道德权利。言论自由、旅行和集会自由、陪审团审判、人身保护权、主权在民——这些"人权"都是心智与社会的问题。依据"良质形而上学"，这些"人权"不仅仅有情绪的基础，而且有理性的、形而上学的基础。在从低级生命向高级生命的演化中，它们是不可或缺的。它们是实实在在的。

但是，"良质形而上学"同时弄清了，这种心智–社会间的道德规范与史前时代的社会–生物间的道德规范完全不一样。它们是完全不同的道德层次，绝不该被混为一谈。

把这两种道德规范相混淆的中间项是"社会"。社会是善还是恶？这个问题之所以纠缠不清，是因为"社会"这个词同时存在于这两个层次中，但在一个层次中，社会是较高的演化模式，而在另一个层次中，社会是较低的演化模式。除非你把这两个层次的道德模式区分开，否则对于社会是道德的还是不道德的这个问题，你就会因混乱而陷入瘫痪。这令人瘫痪的混乱，主导着今天关于道德与社会的种种思潮。

"人生而自由，却无往不在枷锁之中"，这个观点从来都不符合事实。每个孩子生来就处在生物需求的枷锁之中，没有什么枷锁比这个枷锁更严酷了。社会的存在主要就是为了把人从这些生物枷锁中解放出来。它这一工作完成得如此令人赞叹，知识分子竟忘掉了这个事实，以忘恩负义的可耻姿态攻击起社会来。

今天我们生活在心智和科技的天堂中，也生活在道德和社会的噩梦中，因为演化的心智层级在挣脱社会层级的束缚中，忽视了社会层级在使生物层级得到控制方面所扮演的角色。知识分子未能理解一直在社会秩序压制之下的生物良质的汪洋浩瀚。

生物良质是生命存活所必需的。但是，当它发出威胁，要主导和毁掉社会时，生物良质本身就成了邪恶，成为二十世纪西方文化的"大魔头"(Great Satan)。原教旨主义的穆斯林文化之所以激烈地憎恨西方，原因之一就是西方释放出了邪恶的生物力量，那是伊斯兰多少个世纪以来一直在极力降伏的。

"良质形而上学"指出，二十世纪的知识分子相信"人自发和自然的本性就是好的"，这是一种灾难性的天真。在他们理想的和谐社会里，每个人都为了所有人的共同利益，不受强迫，愉快地互相合作。这是一个毁灭性的幻象。

这不符合科学事实。对穴居人遗骨的研究表明，人吃人，而非合作，在社会形成以前是常态。像美洲印第安人这样的原始部落，没有与其他部落甜蜜合作的记录。他们伏击对方，折磨对方，把孩子的脑袋在岩石上摔碎。如果说人的本性就是好的，那么也许，它首先好在发明了社会制度来压制这种生物上的野蛮。

突然间，我们绕了一圈，回到了美国文化的奠基者，清教徒那里。他们对"原罪"和从原罪中解脱抱有无与伦比的关切。他们用来解释这种原罪的神话传说，在科学的世界里似乎已经没什么用了。但是当我们回到他们当时的社会，看看他们认为和原罪有关的东西，就会发现一些值得注意的事情。喝酒、跳舞、性爱、拉小提琴、赌博、闲散：这些都是生物层面的快乐。早期的清教道德在很大程度上是对生物良质的压制。在"良质形而上学"中，没有老朽的清教教义，但是清教在实践中的道德观念却可以得到解释。

维多利亚人并不像清教徒那样真正信奉那些旧的施加于生物层面的清教约束。他们正处于挣脱它们的过程中。但他们只是口头上说，那种压制生物性的"棍棒出孝子"的老式学校仍在流行。当人们读到这些传统下的孩子们的作业时，他们会注意到，这些孩子看起来比今天的人要得体、成熟得多。在二十年代，知识分子为打破旧的社会规范而奋斗，但他们体内从小就根植了这些规范，所以他们造成的社会规范崩塌并没有对他们产生影响。但是他们的后代，由于在没有这些规范的社会中长大，却遭了殃。

"良质形而上学"做出的结论是，旧的清教式的和维多利亚式的社会规范不应盲目遵循，但也不应盲目攻击。应该为它们拂去灰尘，公正无偏地重新检视，看看它们在建设一个强大社会的目标上，想要取得，以及实际取得了什么成就。我们必须认识到，当一个社会为了自己的目的而破坏心智自由时，它在道德上绝对是坏的；但是当它为了自己的目的而压制生物自由时，它在道德上绝对是好的。这种道德上的坏和好不仅仅是"约定俗成"的。它像岩石和树木一样实在。六十年代及此后的知识分子对不法行为所具有的破坏性同情，无疑来自被认为是共同敌人的社会制度。但"良质形而上学"得到的结论是，这种同情实在愚蠢。六十年代之后的几十年，已经证明了这一点。

斐德洛记得在六十年代初与芝加哥大学一位教师的谈话。这位教师要搬出大学旁边的伍德朗地区，原因是黑人犯罪团伙在那里扎根了，再住在那里太危险了。斐德洛当时说，他认为搬出去不是解决的办法。

教授对他大发雷霆。"你知道什么！"他说，"我们什么都试过了！我们搞过研讨会、学习小组、委员会，我们在这上面花了好几年时间。如果还有什么是我们没想到的，我们真不知道是什么了。一切都没用。"

教授补充道："你不明白这对我们来说是多大的打击。就好像我们的一切努力都是泡影。"

斐德洛当时没有答案，但他现在有了。认为生物层面的犯罪仅靠心智就能终结、想对罪犯长篇大论的想法是行不通的。心智模式不能直接控制生物模式。只有社会模式才能控制生物模式，而社会与生物之间对话的工具不是语言。社会与生物之间对话的工具永远是警察、士兵，还有他们的枪。历史上所有的法律、论辩、《宪法》《权利法案》《独立宣言》，都无非是对军队和警察的指令。如果军队和警察不能或不会正确地遵照这些指示行事，那么它们可能根本不会被写出来。

斐德洛现在认为，教授的举措瘫痪，一部分原因是他投身于二十世纪的知识宣教之中，他的大学在其中扮演了重要角色；另一部分原因可能来自罪犯是黑人的情况。如果进入这个地区的是一伙垃圾白人，抢劫、强奸、杀人，无恶不作，反应会激烈得多。但当白人谴责黑人抢劫、强奸、杀人时，他们会受到种族主义的指控。在当时的公众舆论氛围中，没有知识分子敢让自己被人指控为种族主义者。哪怕是想想就会让他闭嘴。举措瘫痪。

这一指控是这个城市瘫痪的部分原因。此时此刻。

"种族主义"这一指控的根源可以直追到原点，主客体形而上学。在其中，人是一个客体，拥有一堆属性，叫作文化。主客体形而上学把生物的人和文化的人混为一谈，将二者视为一个分子构成个体的不同方面。它进而推论说，由于一个族群的遗传特征而贬低这个族群是不道德的，因此，由于一个族群的文化特征而贬低这个族群也是不道德的。人类学的文化相对主义学说强化了这一认识。它说，你不能用另一种文化的价值观来评判这一种文化。科学说，在文化意义上的道德之外没有道德。因此，在这个城市里，任何对少数族裔犯罪模式的道德审查本身就是不道德的。

举措就是这样瘫痪的。

相比之下,"良质形而上学"也回到了原点。它认为人是由演化模式的不同静固层级组成的,并具备对跃动良质的响应能力。它说,生物模式和文化模式通常被归为一类,但是,把文化模式说成是生物人的一个组成部分,就如同说Lotus 1-2-3[1]程序是IBM计算机的一个组成部分。不是这样的。文化不是所有道德的源头,只是有限的道德集合的源头。文化可以根据其对生命演化的贡献从道德上进行分级和评判。

支持社会价值高于生物价值的文化,绝对优于不提供同样支持的文化;而支持心智价值高于社会价值的文化,也绝对优于不提供同样支持的文化。因为一个族群的肤色或其他任何遗传特征,而贬低一个族群是不道德的,因为这些是无法改变的,也是不重要的。但是,如果一个人的文化特征是不道德的,那么因为他的文化特征而贬低他就不是不道德的。这些特征是可以改变的,而且它们很重要。

黑人无权违抗社会规范,也无权在有人试图阻止他们时说这是"种族主义",如果这些规范不是种族主义的规范的话。这是诽谤。维护社会规范的斗争不是黑人与白人的战争,不是西班牙裔与黑人的战争,不是穷人与富人的战争,甚至也不是愚人与聪明人的战争,不是任何一种对立文化之间的战争。这是生物与社会的战争。

---

[1] Lotus 1-2-3 是二十世纪八十年代流行于IBM PC机上的电子表格软件。——译注

这是一场"生物的"黑人和"生物的"白人对抗"社会的"黑人和"社会的"白人的战争。遗传模式只是给这个问题带来了混乱。而在这场战争中，心智要终止社会的瘫痪，就必须知道自己站在哪一边，并去支持这一边，决不能削弱它。在生物价值破坏社会价值的地方，知识分子必须找出"社会"行为，不管它与哪个民族有关，都要无所顾忌地全力支持。知识分子必须找出"生物"行为，不管它与哪个民族有关，在这些生物模式摧毁文明本身之前，在道德上以完全的冷酷，就像医生消灭病菌一样，来限制或消灭破坏性的生物模式。

这个噩夜之城。真是一场灾难！

斐德洛想知道莱拉怎么样了，想象着她在这四处游走，从一个地方到另一个地方。她在这里待过很久，应该知道如何照顾自己，他想，但他仍然被吓到了。他很遗憾看到她以这样的方式走了。

他起身走进卧室。看着床铺，他想现在是不是该睡觉了。他决定还是洗个澡。下一次洗澡不知道是什么时候了。

在酒店的房间里待下去真的没什么意思了，他想。他和雷德福的交易已经结束了。他应该回到河上去照看一下。他昨天已经检查过船缆，但是谁说得准呢。哪只经过的拖船带出一股波浪就能把事情搞得一团糟。莱拉说她只是下去把她的行李箱拿走，但在当时的情况下，以她对他的火气，他也许应该检查检查。特别是在这个城市，在这噩夜之中。

冲洗完毕的时候，他已经决定收拾行李，回到船上去睡。

他穿上衣服，收拾好旅行包，准备出发。然后，他一只胳膊上挎着满是未读邮件的手提袋，另一只手拿着旅行包——刚好平衡——穿过客厅向门口走去。在那里，他注意到那只飞蛾还在灯罩下嗡嗡作响，还在和黑暗的力量进行着它的个人战争。他最后看了一眼房间另一边那个有魔力的阳台窗户，然后永远地关上了房门。

在走廊里等电梯的时候，他听着电梯井里呼啸的风声。呼啸的风声。对于驾船的人来说，它们有着别人很少能理解的意义。

他忽然想到，那只飞蛾根本不是奋力向上飞到这里来的。它是搭乘电梯上来的，和其他人一样。这是一只二十世纪飞蛾。只有维多利亚飞蛾才会和黑暗抗争。

他对此微微一笑。

25

当斐德洛的出租车到达第79街船港时，他觉察到河面上吹来的风已经转向西北。这预示着雨就要停了。

大门旁边，一个黑人坐在栏杆上盯着他。斐德洛一时没想明白他为什么会在那里，然后意识到他一定是个守卫。不过他没穿制服。

斐德洛给司机付了钱，从出租车座位上拿好他的行李，然后走了出来。

"没什么事情吧？"他对守卫说。

那人点了点头，然后问道："那边最后面那条船是你的吗？"

斐德洛说："是的，怎么了？"

"没什么。"他看着斐德洛，"就是有个人在上面。"

"他在干什么？"

"是个女士。她就在那坐着，没穿雨衣。我问她什么事，她说她'属于'那儿。她就傻看着我。"

"我认识她，"斐德洛说，"她一定是把密码忘了。"

码头的木板很滑，他带着一大堆行李小心翼翼地走。他看到她了，在横杆托架下面。

他心下生厌。她应该永远消失才好。他想知道她现在在打什么算盘。

当他走过去时，莱拉的眼睛张得大大地盯着他。她看起来好像没有认出他是谁。他怀疑她是不是嗑药了。

他把行李甩过救生索，自己上了船。"你怎么不进去？"他问。

她没有回答。

他很快就会知道的。

他在黑暗中旋转着锁的密码盘，数着咔嚓声，然后猛地一拉锁头，打开了。也许这就是她进不去的原因。

"你不会用这个锁吗？"

"他们偷了我的钱包。"

哦,这就是她的问题。

他稍微松了一口气。如果她需要的只是钱,他可以给她足够的钱,让她天亮时离开。多收留她一晚也无妨。

"好吧,我们进去吧。"他说。

"我们现在准备走了。"莱拉说。她很别扭地站起身来,仿佛抱着很重的东西。那东西在她的怀里,包裹着。

"我们"是谁?斐德洛很奇怪。

在下面,他递给她一条毛巾,但是她并没有用它擦拭自己,而是打开她一直抱着的东西开始轻抚。那看起来像是一个婴儿的脸。

他凑过去看,那不是一个婴儿。那是一个玩具娃娃的头。

莱拉冲他微笑。"我们一起走。"她说。

他仔细看着她的脸。她的脸非常平静。

"她回来找我了,"莱拉说,"从河里来的。"

"谁?"

"她会帮我们找到那座岛。"

什么岛?他纳闷。这个玩具娃娃是怎么回事?……"你在说什么?"他问道。

他贴近了观察着她。她对他报以相同的凝视。突然,他又看到了——他在金斯顿那间酒吧里看到的,那道光。它让他感到不应有的松弛。

跟毒品没关系。

他在铺位上坐靠下去。他需要一点空间好好想想。这来得太突然了。

过了一会儿,他说:"跟我说说那个岛。"

"好运可能已经到那里了。"她说。

"好运?"

"我们都去,"然后她又说,"你看,我知道你是谁。"

"谁?"他问。

"船夫。"

再问下去也没什么意义了。越问问题越多。

她又低下头,用一种爱慕的眼神看着玩具娃娃。不是什么毒品,他想。这是真正的麻烦。他认识她现在说话的这种风格,叫作"词语沙拉"。他自己也曾被这样认定过。这些话对她来说有意义,但是她把很多东西漏掉或省略了,从一个地方一下跳到另一个地方。

他看了她很久,然后看到她越来越恍惚。

"你最好擦干身子,换件衣服。"他说。她没有回答。她只是低头看着玩具娃娃,小声地哼哼着。

"你怎么不上来休息一会儿?"

她仍然没有回答。

"你想吃点东西吗?"

她摇摇头,陶醉地笑着。

他站起来，摇晃着她的肩膀。"醒醒，"他说，"你要睡着了。"

她清醒了一点，茫然地看着他，然后仔细地把玩具娃娃包起来，站起身。她像梦游一般在他前面走进前舱，在那轻轻地把玩具娃娃放在她面前的铺位上，然后慢慢爬进去。

"睡吧，多睡一会儿。"他说。

她没有回答。她好像已经睡着了。

他走回去，坐下。

没有那么难，他想。

他不知道天亮时该拿她怎么办。也许她突然就好了。这种事也发生过。

他找来一只手电筒，抬起船舱底板查看舱底的水位。

还相当低。

然后他拿来一个扳手，打开饮水箱的顶盖，用手电筒照进去。看上去大概还有一半。他可以明天早晨把水添满，他想，在他出发前。

怎么搞的？他明天怎么走呢？她怎么办呢？

他又回去坐下来。这真让他措手不及。

过了一会儿，他想他可以叫警察。

怎么说呢，他琢磨着。

"喏，你们看到了，我在船上看到了这个疯女人，我希望你们把她带走。"

"她是怎么到你船上的？"他们会问。

"哦，她是在金斯顿上来的。"他会说……太荒诞了。他不可能在这样的谈话中成功。

他想，摆脱这一大团乱麻最简单的合法途径是带她去看精神科医生。然后，不管她结果怎样，都跟他没关系了。他们就是干这个的。但是他怎么说服她去医院呢？他好不容易才把她弄到铺位上。

而且谁付钱呢？那帮家伙可不便宜。他们会对她走慈善通道吗，对一个在纽约的外地人？不太可能。还有，光是要写那些文件，跑各个部门，就得用掉好几天，然后他才能走。

他渐渐看清了自己所处的困境。好家伙！果然没有免费的午餐啊。她真的把他困住了。他现在休想摆脱她了。他可怎么办才好？

这不是悲剧。这件事蠢透了，这是喜剧。他真的和她绑在一起了！

他看到自己的余生都和这个疯女人在前舱度过，永远不敢把她公之于众，从一个港口浪迹到另一个港口，像个游艇上的"飞翔的荷兰人"[1]——一辈子都是她的仆人。

他觉得自己像伍迪·艾伦 (Woody Allen)……那是适合在电影里扮演他的人。伍迪·艾伦。他一定能演好。

---

[1] Flying Dutchman，源于中世纪传说，有多种版本，基本情节为一艘荷兰大船受到祖咒，永世在海上漂泊，不能靠岸。——译注

怎么办？这无法接受。

他意识到，他可以直接带她出去，然后把她丢到海里。他想了一会儿，直到这个想法使他产生了一种恶心的压抑感。这些荒唐想法没有任何意义。他真被困住了。

船舱里很冷。一定是这一切带来的冲击太大，使他一直没有注意到。他拿出木炭球，在煤炉里生火，但所有的火柴都划不着。更伍迪·艾伦了。突然之间，什么都不好用了。

他在脑海中回顾了一遍自他在金斯顿第一次见到她以来发生的所有事情。对于可能发生这种情况，她表现过隐约的征兆。但她和他只是初识，他没有看出来。无缘无故的突然恼怒，在奈亚科时发生在前舱的疯狂性爱。她的言行举止一直都是这样。

他猜想，这就是瑞乔想要警告他的吧。

他想打开炉子煮点咖啡，又决定算了。他自己也该尽量睡一会儿。他现在什么也做不了，就算有什么能做的也可以留待明天早晨再做。他把睡袋在床铺上摊开，脱了衣服钻进去。

她说的"船夫"是怎么一回事？

他感到费解，在那间酒吧里，在那么多人当中，她为什么挑上他了呢。

她一定是把他当成了一个避难所。一个救星。

他不禁想，她到底有多孤立。

过了一会儿，他想，这一定就是这一切的答案。她今晚回到这里就是因为这个。显然，他是她唯一能投奔的人。

他不知道自己该拿她怎么办。先听听她的动静吧，他心想，然后再想办法。他只能做到这些了。

在这听不到任何港口的声音，很奇怪。他本以为，在纽约港，夜里会有拖船和驳船往来，还有沉重的海船。并不像这样。这里就像某个宁静的内陆湖……

没有睡意……

……那道光，他在她身上看到的光，好像要对他说什么。

它说："醒来。"

但是醒来做什么？

醒来履行你的责任，也许。

什么责任？

也许是，不要这样静固。

那已是经年往事了。斐德洛也曾是一个精神病人。那时，他变得非常静固。他现在对正常人来说更容易理解了，因为他离他们更近了。但是对于像莱拉这样的人，他却越来越远了。

他现在看她，正如很多年前别人看他一样。而现在他的做法和他们当初一模一样。他们可以被宽宥，因为他们不懂。他们不懂那是什么感觉。但是他没有这个借口。

这种看法合情合理。这是个救生艇难题。如果你和太多有各种问题的人牵扯太深，他们会把你拖下水。你救不了他们。他们会拖着你沉没。

当然，她不重要。当然，她会浪费你的时间。她会干扰生活中其他更重要的目标。没人承认这一点，但这其实就是疯子们被关起来的原因。他们这些人令人厌恶，你想摆脱他们却做不到。不仅仅是因为他们有别人都不相信的荒谬想法。使他们成为"疯子"的是，他们有这样的想法，并且成了别人的麻烦。

唯一不合情理的就是掩盖，假装在努力帮他们，其实是想摆脱他们。但莱拉其实不可能拖着他沉没。她现在只是个麻烦，他能处理好。也许这就是那道光想告诉他的。除了帮助她，他别无选择，不管她是不是个麻烦。否则，他只会伤害自己。你无法在不伤害自己的情况下背弃别人。

好吧，他想……她或者回到最好的可能，或者变到最坏的可能。现在没法知道。

他翻了个身，静静地躺着。

他了解他以前听她说过的那些话，那种腔调。现在他想起在精神病院时一些和他说过话的人。当人们精神失常的时候，往往变得非常童真，就像她那样。

……他想起了什么？一切都似乎如此久远。

爱伦阿姨。那时他七岁。

黑暗中，楼下传来声响。他的爸爸妈妈以为是窃贼，其实是爱伦。她眼睛睁得大大的。有个男人在追她，她说。他要对她催眠，要对她做什么。

后来，在精神病院里，斐德洛记得，她恳求道："我没事。我没事!他们偏要把我留在这,我知道我没事。"

后来他妈妈和妹妹在离开的时候都哭了。但是她们没看到他所看到的。

他永远忘不掉他所看到的,他看到爱伦并不害怕发疯,她害怕他们。

在他自己住院的时候,这才是最难处理的事。不是精神失常。精神失常是自然发生的。最难处理的是,正常人的正确。

当你和正常人一致时,他们是有力的安慰和保护;但当你和他们不一致时,就是另一回事了。那时,他们是危险的,他们会无所不用其极。最让他不寒而栗的邪恶是,他们的所作所为都是以善良的名义。他最关心的人,也是最关心他的人,突然间,都像曾经背弃爱伦一样背弃了他。他们一再地说:"我们无法触及你。如果我们能让你明白就好了。"

他看到,正常人总是知道自己是好的,因为他们的文化这样告诉他们。如果有谁说他们不好,这个人就是有病,是妄想症,需要进一步治疗。为了避免这种责难,斐德洛在医院里必须小心翼翼地说话。他只说正常人想听到的,把真实的想法藏在肚子里。

他又翻回身。这个枕头像石头一样。好枕头都在她那里,现在没法拿出来。……无所谓了。

这就是把他的书拍成电影的问题。你无法拍出失常的精神。

也许可以,如果能这样的话:在电影播放的当口,电影院彻底崩塌,观众们发现自己置身于星空之中,周围只有虚空,无依无靠。他们禁不住纳闷,坐在星星当中,看着这部和自己毫无关系的电影,这真是傻透了。然后他们突然意识到,这部电影是这里唯一的真实,他们最好对它发生兴趣,因为他们所见和他们所是是一回事,电影停下那一刻,就是他们死去之时……

就是这样。一切的一切!消散!!

空无!!

然后,过一会儿,这个梦继续,他们都在里面。

就是这么回事。他在这个被叫作"正常"的梦中已经习以为常,几乎不再去思考它了。只是偶尔地,像这样的事情发生,才会提醒他想起这一点。现在,他几乎看不到这道光了,难得一遇,就像今晚。但是回到那时,这光就是一切。

并不是哪样特定的东西看起来不一样了,而是所有东西的整个背景彻底不同了,尽管包含的东西是一样的。

他想起一个曾经出现在脑海的虫子隐喻。一只虫子一生都在一只臭袜子里爬来爬去,现在有个人或东西把这只袜子从里到外翻了过来。它爬过的地形,他生活的细节,都丝毫未变,但是现在所有的东西都敞开了,自由了,熏人的闷臭气也消散了。

他想过的另外一个隐喻是,他一生都在一根钢丝上行走,现在他失足掉落,却发现自己并没有摔死,而是飞了起来。他从不知道自己有这种特殊的新能力。

他还记得他怎样隐藏着自己的欢跃。那欢跃来自对旧谜团的破解和对新谜团的探索。他还记得自己从没进入过麻木的出神状态。他已经走出来过一次。从生命中曾以为不可改变的一种静固模式中,他解脱了。

船微微摇晃了一下,他又意识到自己身在何处。疯了。如果他再不睡会儿觉,他又要精神失常了。一团乱麻……街道、噪声、一年多没见的人、罗伯特·雷德福,突然与船内背景并列在一起……而现在又有莱拉的事情压在这一切上面。太乱了。

……一切都在变化,变化,变化。他不愿陷在某个静固模式里,但是,眼下太流动不定了。最好是混乱和稳定相混合的中间物。他已经老了,受不了这些了。

也许他应该读一会儿东西。现在他是在码头,几周来设备第一次全都插上了120伏电源,而他还没有享受过一次。他可以读一读那些新邮件。这或许能让他平静下来。

过一会儿,他起来了,从柜子里拿出120伏的阅读灯,插上电,打开开关。灯没亮。可能是码头上的电源线断开了。好像经常出现这种情况。而且这里太冷了,他必须得让火再烧起来。

他穿上裤子和毛衣,从工具箱中拿出一把手电筒和一只电压表,打开舱门去修灯。

外面雨已经停了,但是天空依然阴云密布,反射着城市的灯光。可能雨过会儿还会下。天亮他就知道了。

在码头上,他看到他的电源线是插着的。他走到电桩那儿,拔下插头,插上电压表引线。没有电。

这可不太妙，他心想，像这样光脚站在湿淋淋的码头上检查120伏的电路。他打开电桩一侧的一个盖子。找到了。一个闸门，很明显，处于"关闭"的状态。他们总是这么干。他把它推上去之后，电压表显示114伏。

回到船上，电灯也亮了。他拿了一些酒精，又把炉子里的火点燃。

他觉得他还不想读信。那需要格外的专注。读过数以百计大同小异的读者来信之后，越来越难以用新鲜的眼光读下去了。又是名声问题，但他今天不想再研究它了。

还有他买的那些书。他可以读书。船上生活的一个缺点是，你无法使用公共图书馆。但是他找到了一家书店，买到了一本旧的两卷本威廉·詹姆斯（William James）传记。够他读一阵子了。没有比老旧的"哲学学"[1]更让人昏昏欲睡的了。他从帆布袋中拿出最上面的一卷，爬进睡袋里，盯着书的封面看了一会儿。

26

他喜欢"哲学学"这个词。它恰到好处。它有一个不错的形式，沉闷、臃肿、繁复，正好契合它的内容。他已经用了一段时间

---

[1] philosophology，作者自创的词语，由"哲学"和"学问"两个词合成。——译注

了。哲学学之于哲学，就像音乐学之于音乐、艺术史和艺术鉴赏之于艺术、文学批评之于文学创作一样。它是一个衍生的、次级的领域。有时它还采取一种寄生性的生长模式，通过对宿主的行为进行分析和理论化，它常常以为自己控制着它的宿主。

文学界人士有时感到不解，为什么许多创作者对他们如此愤恨。艺术史学家也不能理解遭到的恶意。他猜音乐学家也是一样，不过他对音乐了解得不多。但是哲学学家根本没有这个问题，因为正常来说会攻击他们的哲学家是一个空类（null-class）。他们不存在。哲学学家，自称哲学家，几乎就是他们的全体了。

你可以想象这荒诞的一幕。一个艺术史学家带着他的学生去博物馆，让他们就在那里看到的东西从历史或技术的角度写一篇论文。这样过上几年以后，他给他们颁发学位，说他们已经是卓然有成的艺术家了。他们从来没有亲手拿过画笔或者木槌和凿子。他们知道的只是艺术的历史。

然而，尽管听起来可笑，这正是在自称为哲学的哲学学中发生的事情。学生并不被期望去做哲学思考。如果他们这样做，他们的导师简直不知道该说什么。他们可能会拿学生的文章与穆勒或康德等人物的文章作比较，随即发现学生的作品极其差劲，于是告诉他们把它丢进废纸篓。作为一个学生，斐德洛曾被警告说，如果他太过执着于自己的哲学思想，他会"摔得很惨"。

文学、音乐学、艺术史和哲学学在学术机构里枝繁叶茂，是因为它们容易教。你只消把某个哲学家说过的东西复印下来，让学生们讨论，再让他们背下来就好了，如果他们忘了，就在期末让他们不及格。真正的绘画、音乐创作和创意写作几乎不可能被教授，因此几乎进不去学术的大门。真正的哲学完全进不去。哲学学家常常对创造哲学感兴趣，但作为哲学学家，他们会把它视为附属工作，正如文学学者可能会把自己对创作的兴趣视为附属工作一样。除非他们非同凡响，否则他们不会把创造哲学当作自己真正的工作追求。

作为一个作者，斐德洛一直把哲学学推后又推后，部分是因为他不喜欢，部分是为了避免把哲学学这辆车放在哲学这匹马的前面。哲学学家不仅是一上来就把车放在前面，他们通常完全忘记了马。他们说，首先你应该读完历史上所有伟大的哲学家说过的话，然后再决定你想说什么。这里的陷阱是，等你读完了历史上所有伟大的哲学家说过的话时，你至少已经两百岁了。第二个陷阱是，这些伟大的哲学家都是非常有说服力的人，如果你头脑简单地读他们，你可能会被他们所说的带着走，永远看不到他们疏漏的地方。

斐德洛呢，与之相反，有时忘了车，只着迷于马。他认为检验各种哲学学马车里的内容的最佳方法是首先想清楚你相信什么，然后再看看伟大的哲学家们跟你的哪些观点一致。总会找到一些。这样你的阅读会有趣得多，因为你会为他们说的话叫好，还会向他们的敌人发出嘘声，当你看到他们的敌人怎样攻击他们时，你也能插上几句，并对他们是对是错投入真正的兴趣。

有了这种技巧，你就可以以一种与普通的哲学学家截然不同的方式来领会威廉·詹姆斯这样的人。由于你在阅读詹姆斯之前已经进行了创造性的思考，你不会只是跟着他走。通过对比他所说的和你已经相信的，你会产生各种各样的新思想。你不会被困在他思想的死胡同里，总是能看到绕过他的路。斐德洛读到现在，这种情况一直在发生。他形成了一个明确的印象，詹姆斯的哲学是不完整的，而"良质形而上学"有可能改进它。一个哲学学家很可能会义愤填膺——竟然有人如此狂妄，以为自己可以超过哈佛的大哲学家。但是从斐德洛迄今所读到的内容来看，詹姆斯本人对他的工作一定会抱有强烈的兴趣。说到底，詹姆斯是哲学家。

言归正传，斐德洛之所以买这些关于詹姆斯的书，是要保护他的"良质形而上学"。他有必要临阵磨磨枪以抵御攻击。到目前为止，他一直极大地无视了哲学学家们，而他们却对他报以极大的赞美。但是这下一本书，他可能就不会那么幸运了，因为形而上学是任何人都可以挑毛病的。他们之中，至少一部分人，会继承文学评论家、音乐学家和艺术史学家历史悠久的传统，不遗余力地挑剔和讥诮。他最好为他们做好准备。

《哈佛教育评论》(*Harvard Educational Review*)上有一篇对他的书的评论，说他对真理的看法和詹姆斯一样。《伦敦时报》(*The London Times*)则说他是亚里士多德的追随者。《今日心理学》(*Psychology Today*)又说他是黑格尔的信徒。如果每一方都是对的，他无疑实现了了不起的融合。但是与詹姆斯的比较让他最感兴趣，因为看起来里面可能有深意。

这同时是一个非常好的哲学学消息。詹姆斯通常被认为是一位非常主流的美国哲学家，而斐德洛的第一本书常常被人描述为一本"邪祟"之书。他有一种感觉，使用这个词的人希望它是一本异端邪书，好像异端邪书一样消失，可能因为它干扰了他们自己对某些哲学学的邪祟崇拜吧。但是，如果哲学学家们愿意接受"良质形而上学"是詹姆斯哲学的旁支，那这个"邪祟"的罪名也就不攻自破了。在一个政治因素举足轻重的领域，这是一个政治上的好消息。

在本科时代，斐德洛曾因为詹姆斯一本书的标题对他不屑一顾：《宗教经验之种种》(The Varieties of Religious Experience)。詹姆斯应该是一个科学家，但是什么样的科学家会选择这样的书名呢？詹姆斯要用什么样的工具来测量这种种的宗教经验？他将如何实证地检验他的数据？它散发的气味更像是维多利亚时代的宗教宣传家试图将上帝偷渡到实验室的数据中。他们曾这样做过，以期对抗达尔文。斐德洛读过十九世纪早期的化学课本，说氢和氧精确结合产生水是如何说明了上帝心灵的神奇造化。这本书看起来更像是故伎重演。

然而，在这次重读詹姆斯的过程中，他已经发现了三件开始消解他早期偏见的事情。第一件事其实不是原因，却是如此不可思议的巧合，使斐德洛无法忘怀。詹姆斯是那个五岁就能说五种语言，认为殖民地的民主来自印第安人的神童威廉·詹姆斯·赛迪斯的教父。第二件事是某处提到詹姆斯不喜欢把宇宙分成主体和客体的二分法。这一点，当然让他自动站在了斐德洛的天使一边。但是第三件事,可能看起来无关紧要,但比其他任何事情都更能消解斐德洛早期的偏见,是詹姆斯讲的关于一只松鼠的轶事。

詹姆斯和一群朋友在某处郊游。其中一个人绕树追着一只松鼠。松鼠本能地攀在树的另一侧躲避,并且当那个人绕着树转的时候,松鼠也总在另一侧绕着树转。

看到这个场面之后,詹姆斯和他的朋友们对这个问题展开了哲学讨论:那个人是不是在绕着松鼠转?这群人分成了两个哲学阵营,但斐德洛记不得这场争论是如何收场的。令他印象深刻的是詹姆斯对这个问题的兴趣。这表明,虽然詹姆斯无疑是一个专家级的哲学学家(当然了,他必须在哈佛教这些东西),同时在创造性的意义上,他也是一个哲学家。一个哲学学家会对这样的讨论或多或少抱有轻视态度,因为它不具有"重要性",那就是说,关于这个问题没有相关的哲学文献。但是对于詹姆斯这样有创造力的哲学家来说,这个问题就像是开胃小菜。

它具有那种味道,那种吸引真正的哲学家进入哲学的味道。那个人是不是在绕着松鼠转?他到过松鼠的北面、南面、东面、西面,所以他一定是绕着松鼠的。然而他又从来没有到过松鼠的后面或侧面。那只松鼠可以带着绝对的科学自信说:"那个人从来没有绕着我。"

谁是对的?"绕"这个字难道有不止一个意思?这真是个惊喜!这就像发现了不止一个正确的几何学体系。到底有多少种含义,哪一种才是正确的?

看起来，好像松鼠是以相对于自己的方式来使用"绕"这个字的，但那个人是以相对于松鼠和自己之外的一个绝对的空间点来使用这个字的。但是，如果我们丢掉松鼠的相对视角，而采取绝对的固定视角的话，我们会让自己陷入什么境地？从一个固定的空间点来看，这个星球上的每个人每天都在绕着其他任何一个人或东或西地旋转。整条东河[1]每天早上在哈德逊河上方绕半圈，每天晚上又在哈德逊河下方绕半圈。这就是我们想说的"绕"吗？如果是的话，它有多大用处呢？如果松鼠的相对视角是错误的，它是没有用的吗？

这里显露出来的问题是，"绕"这个字，看似是世界上最清晰、最绝对、最确定的词汇之一，却突然变成相对的、主观的。什么是"绕"，取决于你是谁和你使用它的时候在想什么。你越敲打它，事物被揭示得就越深。有一个这样的哲学敲打者，就是阿尔伯特·爱因斯坦（Albert Einstein），他得出的结论是，整个时间和空间都是相对于观察者的。

我们永远处在那只松鼠的位置。人永远是万物的尺度，即便是对于空间和维度。像詹姆斯和爱因斯坦这样浸染着哲学精神的人，并不把松鼠绕树这样的事情想当然地视为不值一提的，因为解决这样的谜题正是他们从事哲学和科学的目的。真正的科学和真正的哲学，不是在"哪些是值得思考的重要问题"这种预设观

---

[1] East River，位于纽约。——译注

念的指引下前进的。

这包括了对莱拉这类人的考虑。整个精神失常的问题是一个极其重要的哲学话题，却一直被忽视——他认为，主要是因为形而上学的局限。在传统的哲学分支——伦理学、本体论等——之外，"良质形而上学"还为一个新的分支提供了基础：疯癫哲学。只要你陷在常规旧论之中，精神错乱就是"主体对客体的错误认识"。客体是真的，主体错了。唯一的问题就是如何改变主体的思想，回到对客观现实的正确理解上。

但是在"良质形而上学"看来，感知经验不是对"客体"的经验，而是对"价值模式"的经验。价值模式是从多个来源产生的，而不仅仅是无机模式。当一个精神失常的人——也可以是一个被催眠的人或一个来自原始文化的人——对宇宙的解释与当前的科学事实完全不符时，我们不需要就此认定他已经跟经验世界拜拜了。他只是一个认同某种心智模式的价值的人，只不过这种心智模式由于不在我们自己的文化范围之中，我们感觉它具有很低的良质。某种生物或社会力量，或者跃动力量改变了他对良质的判断。它使他冷酷地过滤掉我们称之为正常的文化心智模式，就像我们的文化冷酷地过滤掉他的心智模式一样。

显然，没有一种文化希望自己的法定模式受到侵犯。当侵犯发生时，一种免疫系统就会以类似于生物免疫系统的方式接手。非法文化模式那异常的危险源，作为一个文化实体，首先被识别出来，然后被隔离，最后被消灭。这就是精神病院的部分作用。还有异端审判。它们保护文化抵御异质思想。如果任由它们不受审查地生长,可能会毁掉文化本身。

这就是斐德洛在精神病院里看到的,人们想扭转他,把他带回到"客观现实"。他从不怀疑精神病医生是善良的人。他们必须有超出一般人的善良才能承受这份工作。但是他看到,他们是文化的代表,他们总是受命作为文化代表来处理精神失常的问题。他对他们没完没了的角色扮演极其厌倦。他们总是在扮演拯救异端的牧师角色。他不能对此发表意见,因为那听起来就像是妄想症,是对他们良好目的的误解,证明他病得的确不轻。

几年以后,在他被鉴定为"精神正常"后,他读到了对他的经历所作的"客观的"医学描述。他为这些如此丑恶的描述感到震惊。它们就像一个教派对一个敌对的不同教派所作的描述。精神治疗不是在寻找真相,而是在推行一种教条。精神病医生似乎害怕精神病的污染,就像曾经的审判官害怕屈服于魔鬼一样。精神病医生如果精神失常,是不允许从事精神治疗的。这等于是要求他们实际上不知道自己在说什么。

对此,斐德洛估计,他们会反驳说,你不需要染上肺炎才知道怎么治疗肺炎,你也不需要患上精神病才知道怎么治疗精神病。但是对此的反驳却触及整个问题的核心。肺炎是一种生物模式。它可以被科学地确诊。你可以通过在显微镜下研究肺炎球菌来认识它。

精神病则不同,它是一种心智模式。它可能有生物原因,但它没有物理或生物上的实在。没有任何科学仪器可以在法庭上呈现出谁疯了，谁没疯。疯癫不符合宇宙中任何一条科学定律。宇宙的科学定律是由正常人发明的。正常人不可能用他们自己造的仪器，测量到在他们的头脑和发明物以外的东西。"疯癫"不是一个观察的对象。它是观察本身的一种变异。根本没有心智模式的"疾病"这回事，有的只是异类。这才是疯癫的实质。

试问："如果世界上只有一个人，他有任何可能精神失常吗？"精神失常总是存在于与他人的关系中。它是一种社会和心智上的偏差，而不是生物上的偏差。在法庭或其他任何地方，检验精神失常的唯一方法就是是否遵从文化现状。这就是精神病专家与过去的神职人员如此相似的原因。两者都使用人身限制和虐待作为稳固现状的手段。

基于此，可以得到一个结论，指派学医的人治疗精神失常是对他们所受训练的误用。心智上的异类其实不在他们的工作范围内。医生们接受的训练是从无机的、生物的角度看待事物。这就是为什么他们这么多治疗方法都是生物式的：电击、药物、脑叶切除，还有身体限制。

就像警察，他们活在两个世界里，生物的和社会的，精神病医生也活在两个世界里，社会的和心智的。像警察一样，他们对下层秩序拥有绝对的控制，并被要求对上层秩序绝对地服从。一个精神病医生批评心智，就像一个警察批评社会。事情搞错了。要说服一个精神病医生他所维护的心智秩序已经烂掉了，成功的可能性就相当于说服一个警察他所维护的社会秩序已经烂掉了。如果他们相信你,他们肯定会辞掉工作。

所以,斐德洛看出来了,如果你想离开精神病院,办法不是努力说服精神病医生,对于你有什么"毛病"你比他们知道得更多。那是没有希望的。出院的办法是说服他们,你完全明白他们比你知道得更多,而且你已经完全承认,他们是心智上的权威。这就是异教徒避免被烧死的方法,宣布放弃自己的信仰。你必须做出一流的表演工作,容不得一丝怨恨的眼神出现。如果你暴露了,他们可能会当场识破你,你的处境恐怕会比你没假装时还要糟。

如果他们问你感觉如何,你不能说"很不错",那是妄想的症状。但你也不能说"糟透了",他们会相信的,并增加镇静剂的剂量。你必须说"哦……我想我可能好一点了……"并且说话时要配上点谦卑的表情和恳切的眼神。那样,他们就露出笑容了。

终于,这种策略为斐德洛带来了足够多的笑容,他出院了。它使他变得不那么诚实,同时变得对文化现况更加顺从。但这就是每个人都最想看到的。它让他出院,重新回归家庭、工作,再次在世界上找到自己的位置。但在这个学会了如何唯唯诺诺做事的前精神病人身上,顺从、表演的新人格已经变成一种永久的舞台人格,他再也脱不下去了。

这不是一个圆满的解决办法,总是假扮别人去面对他曾经坦诚相待的人。这让他不可能和他们推心置腹。现在他比在精神病院里更加孤立了,但他对此却无能为力。在他的第一本书中,他曾把这个孤立的角色扮演者塑造成叙述者。这个家伙很得人心，因为他明显是一个正常人，但他难以应对自己的生活，因为他已经毁掉了自己诚实为人的能力。正是这种孤立，间接导致了他家庭的破裂，也导致了现在的生活。

如今，这么多年以后，他对医院往事的怨恨已经消退。他开始明白，我们当然需要精神病医生，就像我们需要警察一样。总得有人来对付社会和心智的退化形态。要明白的是，如果你要改良社会，你不能从警察开始，如果你要改良心智，你也不能从精神病医生开始。如果你不喜欢我们当前的社会制度或心智体系，你对警察或精神病医生能做的最好的事情，就是别妨碍他们。你要把他们留在最后。

那你要从谁开始呢？……人类学家么？

其实，这也不是个馊主意。人类学家，当他们不那么刻意地"客观"时，往往对新事物非常感兴趣。

这个想法是斐德洛在蒙大拿州波兹曼近旁的群山间第一次想到的，他在那第一次开始研读人类学。在那里，他读到了鲁思·本尼迪克特的言下之意：要纠正祖尼族的 brujo 的问题，可以将他驱逐到哪个平原部落去，他的性情冲动会在那里更好地得到融入。这个想法怎么样？把精神病人送到人类学家那，而不是送到精神病医生那去治疗！

鲁思·本尼迪克特坚持认为，精神病学从一开始就弄错了，它不应该从一系列固定的症状开始，而应该从对精神病人的个案研究开始，这些人的典型反应在他们的社会中被认为是不正常的。另一位人类学家 D. T. 坎贝尔 (D. T. Campbell) 也同意，他说："实验室心理学家仍然不自觉地假定，他的大学二年级学生为人类的普通心理学提供了充分的研究基础。"他说，对社会心理学来说，与人类学文献的对抗，使这种倾向得到了极大的遏制。

精神病医生的方法是分析 brujo 的童年，找到他行为的原因，弄明白他为什么会成为一个窥窗者，然后劝说他不要偷窥，如果他继续这样，可能会"为了他好把他关起来"。但是人类学家，从另一方面，会研究这个人有什么不满，然后找到一种可以消解他的不满的文化，把他送到那里。在 brujo 这个案例中，人类学家会把他送到北方的夏延人那儿。但是如果一个人被维多利亚文化的性压抑折磨，可以把他送到玛格丽特·米德的萨摩亚；或者，如果他患有妄想症，就把他送到中东某国，在那里，多疑的心态就显得正常多了。

人类学家一再看到，疯癫是由文化定义的。它在所有的文化中都会出现，但是每种文化对构成疯癫的标准都不同。克拉克洪曾提到一位只会讲一点英语的西西里老人，因为身体上的小毛病去旧金山的一家医院接受治疗。给他做检查的实习生注意到，他一直在嘀咕自己被某个女人施了巫术，这是他难受的真正原因。实习生立即把他送到精神病院，他在那里被关了几年。他来自意大利殖民地，在那里，他这个年龄段的人全都相信巫术。在标准的意义上，这是"正常"的。如果该实习生所属的经济和教育群体中有人抱怨受到巫师的伤害,那才可以被正确地解读为精神失常的征兆。

还有很多人揭示了精神症状的文化相关性。M. K. 奥普勒 (M. K. Opler) 发现,爱尔兰的精神分裂症患者抱有强烈的与性有关的罪恶感和内疚感。意大利人不会。意大利人总是怀疑自己有病,过分关注身体。在意大利人中普遍存在对权威的公然排斥。克利福德·格尔茨 (Clifford Geertz) 说,巴厘岛人对疯子的定义是,这个人在没有什么可笑的时候笑,像美国人一样。在一本杂志上,斐德洛读到了根据不同文化分别描述的各种发疯表现:齐佩瓦–克里人会患有windigo,某种形式的吃人;在日本,有imu,一种被蛇咬后的诅咒;在极地爱斯基摩人中,它是pibloktog,撕掉衣服,在冰面上奔跑;在印度尼西亚,有著名的amok,阴郁的消沉,继而爆发出危险的暴力。

人类学家发现,精神分裂症在与文化传统最疏离的人群中最为强烈:吸毒者、知识分子、移民、大学一年级的学生、刚入伍的新兵。

对明尼苏达州的挪威裔移民的一项研究表明,在四十年的时间里,他们因精神障碍住院的比率远远高于非移民美国人或在挪威的挪威人。艾萨克·弗罗斯特 (Isaac Frost) 发现,精神病常发生在英国的外国佣人中,通常在他们抵达英国后的十八个月内。

这些精神病作为文化冲击的一种极端形式在这些人中出现,是因为他们神志的底层价值的文化定义被改变了。支持他们神志的不是对"真理"的觉知,而是他们对自身文化指令的确知。

现在的精神病学其实无法处理所有这些情况，因为它受制于主客体的真理体系，它宣称只有一种特定的心智模式是正确的，其他所有的都是假象。精神病学被迫采取了这样一种立场：它与历史相矛盾，因为历史一再表明，一个时代的假象会成为另一个时代的真理；它也与地理学相矛盾，因为地理学表明，一个地域的真理可以是另一个地域的假象。但由"良质形而上学"派生出来的疯癫哲学说，所有这些相互冲突的心智真理只是种种价值模式。一个人可以从某一共同的历史和地理的真理模式中跳出，而不至于发疯。

人类学家明确了另外一点：不仅疯癫随文化而改变，而且理智本身也随文化而改变。他们发现，"能够看见现实"不仅是正常人和疯子的差别，也是不同文化中的正常人之间的差别。每种文化都假定自己的信念对应于某种外部现实，但是宗教信仰的地理分布表明，这种外部现实简直可以是随便什么玩意儿。即使是人们观察到的符合"真理"的事实，也取决于他们所处的文化。

某一特定文化中并非必要的范畴，博厄斯说，总体上，将不会出现在它的语言中。文化上重要的范畴则会非常详尽地出现在语言中。博厄斯的学生鲁思·本尼迪克特说：

> 任何一种文明的文化模式，都要用到一定的人类目的和动机，正如……每种文化都要用到某些筛选出来的物质技术或文化特征。面对所有潜在的人类目的和动机

的巨幕，文化只能使用它的一个片段。这个巨幕上分布着所有可能的人类行为，如此浩瀚，又如此矛盾重重，任何一种文化都无法利用其上任何一片哪怕是大点的区域。筛选是首要的。没有筛选，一个文明连可理解性都达不到。而文明选出来并作为自身一部分的意向，是比技术或婚姻仪式的特定细节要重要得多的问题。后者也是以类似方式筛选出来的。

一个长于金钱社会中的孩子会比处于原始文化中的孩子画出更大的硬币。不仅如此，金钱社会的孩子还会根据硬币的币值成比例地高估硬币的大小。穷人的孩子会比富人的孩子高估得更多。

因纽特人能看到十六种不同形态的冰，这些冰对他们来说，就像树木和灌木对我们来说一样，各不相同。另一方面，印度教徒对冰和雪都使用同一个词。克里克 (Creek) 和纳奇兹 (Natchez) 印第安人不区分黄色和绿色。类似地，乔克托人 (Choctaw)、图尼卡人 (Tunica)、克雷桑普韦布洛[1]印第安人和许多其他民族也没有在术语上区分蓝色和绿色。霍皮人 (Hopis) 没有时间这个词。

爱德华·萨丕尔 (Edward Sapir) 说：

> 实际情况是，"现实世界"在很大程度上无意识

---

[1] Keresan Pueblo，讲克雷桑语的普韦布洛人，原文"Kerasian"疑似有误。——译注

地建立在一个群体的语言习惯基础上……在外人看来很明显的形式和意义，却被背负着这些模式的人完全摒弃了；对这些人来说如此清楚的轮廓和含义，在外人的眼中却并不存在。

正如克拉克洪所说：

> 任何一种语言都不仅仅是传达思想的工具，甚至也不仅是调动他人感受和用于自我表达的工具。每一种语言同时还是一种将经验分门别类的手段。"现实"世界中的事件绝不会被一台机器感知和表达出来。反应的一举一动都存在一个选择的过程和对它的诠释。外部情境中的某些特征被放大，其他的都被忽略或者不会被悉心辨别。
>
> 每个人都有他自己的特征门类，个体会把他的经验分门别类地摆放在里面。语言说："注意这个"，"总要把这个和那个分开"，"这类和那类东西总是在一起的"。由于人从婴儿开始就被训练用这些方式做出反应，他自然而然地使用这些模式分辨事物，这成为他生命中不可逃遁的东西之一。

这解释了斐德洛听闻的很多关于精神病院的事情。患者们表现出来的不是哪一种普遍特征,而是普遍特征的缺失。缺失的正是那种标准的社会角色,那是"正常"人都会投入表演的。正常人意识不到他们在扮演一大堆角色,但是疯子能看到这种表演,并且嗤之以鼻。

有一个著名的实验,一个正常人假装疯子进入精神病院。工作人员完全没有看出他举止异常,但是其他病人却发现了。病人们看出他在表演。医院的工作人员看不出异样,他们自己就扮演着标准的社会角色。

对精神分裂症患者进行的罗夏墨迹测验(Rorschach ink-blot)也表明,精神病人缺乏普遍特征。在测验中,把随机形成的墨迹形状向病人展示,问他看到了什么。如果他说"我看见一位漂亮的女士戴着有花的帽子",那不是精神分裂症的特征。但是如果他说"我就看见一个墨水点",他就表现出了精神分裂症的特征。能用最精巧的谎言作答的人,在理智程度上得分最高。原原本本讲实话的人则相反。理智不是正确。理智是对社会预期的遵从。真理有时是服从,有时是不服从。

斐德洛为这种现象选用了一个词语"静固过滤器"。他看到这个静固过滤器在各个层级上都发挥了作用。比如,当有人称赞你的家乡、你的家庭、你的观点时,你会相信并记住。但是当有人鄙薄这些时,你会勃然大怒,咒骂这个人,把他说的话当成耳旁风,抛诸脑后。你的静固价值系统过滤掉不想听的意见,保留那些合意的。

但是不只观点会被过滤掉。还有数据。当你买了某一款车，你可能会惊讶地发现，高速路上怎么有这么多人都驾驶着同样的车型。因为你现在更加重视这款车型的价值，你看到的也就更多。

当斐德洛开始阅读驾船的资料后，他碰到过一次对太阳"绿闪"的描述。那是什么东西，他纳闷。为什么他从没见过？他敢保证他从没见过太阳绿闪。然而，他一定看过。但是如果他曾看过，他为什么没见过？

这个静固过滤器就是解释。他没看见绿闪，是因为从没有人告诉过他可以看见绿闪。但是，后来的某一天他读到一本驾船的书，里面说的，其实就是，去看绿闪。于是他照做了。然后他看见了。太阳在天，绿色历历在目，像是闹市街口"通行"的信号灯。可他此前的生活中都没见过。文化没有告诉过他，于是他就看不见。如果不是读了那本驾船的书，他敢说自己一辈子都不会见到。

几个月前，这个静固过滤机制差点带来灾难。那是在俄亥俄的一个港口，当时他刚从伊利湖的夏季风暴中驶出来。他连夜逆风航行，躲避着岩石，几乎力不能支，终于到达了距克利夫兰沿岸二十英里远的港口。

当他到达那里，并安全地驶进防波堤的避风港时，他走下舱，抓过一张海港图带到上面。他在雨中拿着这张海港图，湿透了，借着船的探照灯光一边读，一边驶过一个个水泥墙、突出码头、港口浮标和其他标志，终于找到了一个停船港湾。他停在泊位上把船系好。

他筋疲力尽地睡下，第二天几乎睡了一整天。当他睡醒走到外面看时，已经是下午了。他问别人还有多远到克利夫兰。

"你就在克利夫兰。"那人告诉他。

他简直不敢相信。海图上显示，他在离克利夫兰几英里远的一个港口。

然后他想起来，他进来时在海图上看到了一些小小的"不一致"。当某个浮标上的数字"错了"，他就推测它在海图做好之后被更改过。当一面墙出现在了海图上没有记录的地方，他就推测那是最近才建的，或者是他还没有到那里，他没有在他以为的地方。他根本没有想过，他是在一个完全不同的码头！

这是给学习科学客观性的学生的一个寓言。每到海图与他的观察不一致的时候，他都拒绝观察结果，遵照海图。因为他的头脑自以为是，于是建造了一个静固过滤器，一个免疫系统，把所有不一致的信息都拒之门外。看见不等于相信。相信就会看见。

如果这只是个别现象，就没那么严重了。但它也是一个宏大的文化现象，而且非常严重。我们基于过去的"事实"建造了整个文化的心智模式，这种模式具有极强的选择性。当一个新的事实出现，但不符合这个模式的时候，我们不会把这个模式丢开。我们丢开事实。一个与模式矛盾的事实必须不断地敲打，敲打，敲打，有时要敲打上几个世纪，也许才会有一两个人看到它。然后，这一两个人必须去敲打别人，经过长久的时间，他们也终于看到了它。

生物免疫系统会竭力摧毁移植过来救命的皮肤，就像竭力与肺炎战斗一样。与之相似，文化免疫系统也会竭力消灭有益的新认知(比如祖尼的brujo)，就像竭力消灭犯罪一样。它不能区分二者。

斐德洛认识到，在一种没有准备好接受跃动事物的文化中，没有什么是不道德的。静固锁存对于保持文化在过去取得的成果是必要的。解决办法不是责骂这种文化的愚蠢，而是去寻找那些能让新信息被接受的因素：钥匙。他认为"良质形而上学"就是一把钥匙。

那法身[1]之光。那是一个被文化过滤机制切掉的浩大的人类经验领域。

年复一年，对于这道光的知识也变成了他的一副重担。它斩断了他和别人理性交流的一整个领域。如果他谈论它，必然会受到文化免疫系统的攻击，被认为是疯了，有他的病历在先，最好不要招来这样的怀疑。

但是今晚，在莱拉身上他又看到了，而他在金斯顿的时候曾看得清清楚楚。那或多或少就是把他带到这一步的东西。它告诉他，这里有些很重要的东西。它告诉他醒来，不要套用书本来处理她的情况。

他并没有把这道光当成是什么没有物理现实基础的超自然现象。事实上，他很确定它就是物理现实的产物。但是没有人看到它，因为对于何为真实、何为虚假的文化定义，把法身之光从二十

---

[1] Dharmakāya。——译注

世纪的美国"现实"中过滤掉了，正如时间从霍皮人的现实中被过滤掉、绿色和黄色的差别对纳奇兹人毫无意义一样。

他无法科学地把它说清楚，因为你无法预测它什么时候会发生，因此不能设置一个实验来检测它。但是，在没有任何实验检测的情况下，他认为这种光不过是由于观察者的眼睛虹膜不由自主地放大，导致额外的光线进入，使事物看起来更亮了，是一种视觉刺激产生的幻觉光。有点像盯着某样东西看久了会产生的光。就像眼花一样，人们认为它对"真正"看到的东西是一种无关紧要的干扰，要么就认为它是一种不真实的主观现象，而不是客观现象，那才是真实的。

但是，尽管遭到文化免疫系统的过滤，对这道光的借用还是出现在了很多地方，分散、零乱、互不相关。灯有时被作为学习的象征。为什么？火炬，比如老布莱克学校的火炬，有时被作为理想主义精神的象征。当我们突然明白了什么的时候，我们会说"我见到光了"，或者"曙光来临"。当漫画家想表现某人想出了一个好主意时，他就在人物的头上放一个电灯泡。每个人都会立刻明白这个符号的含义。为什么？它是从哪儿来的？它不可能很古老，因为在本世纪之前不久，还没有什么电灯泡。电灯泡和新的想法有什么关系？为什么漫画家从不需要解释他画那个电灯泡是什么意思？为什么大家都明白他的意思？

在其他文化中，或在我们过去的宗教文献里，在"客观性"的免疫系统还很弱或根本不存在的地方，对这道光的引用无处不在,从新教的赞美诗《引导我,慈爱之光》(Lead, Kindly Light) 到圣人的光环。西方神秘主义的中心术语"启悟"[1]"启示"[2]都是直接指它。Darsana,是印度教基本的宗教指导形式,意为"给予光明"。对禅宗"开悟"(sartori) 的描述提到了它。它在《西藏度亡经》[3]中被广泛提及。阿道司·伦纳德·赫胥黎 (Aldous Leonard Huxley) 称其为北美仙人球毒碱经验的一部分。斐德洛在与杜森伯里参加过佩奥特掌聚会后一直记得它,尽管他认为这只是药物产生的一种光学幻觉,并不重要。

马塞尔·普鲁斯特 (Marcel Praust) 在《追忆似水年华》中写到过它。在埃尔·格列柯 (El Greco) 的《耶稣诞生》(Nativity) 中,从基督之子身上发出的Dharmakāya之光是画中唯一的光源。埃尔·格列柯被一些人认为有视力缺陷,因为他画出了这种光。但在他为西班牙宗教裁判所检察官格瓦拉红衣主教所作的画像中,红衣主教长袍的花边和丝绸都带着精美、"客观的"光泽,却没有这道光。埃尔·格列柯并不是非画它不可。他画的是他眼中的东西。

有一次,当斐德洛站在波士顿美术博物馆的一个画廊里时,他在一面墙上看到巨幅的佛陀画像,旁边还有一些基督教圣徒的画。他再次注意到他以前曾思考过的一些东西。虽然佛教徒和基

---

[1] enlightenment, 或译为开悟,本意为点亮。——译注

[2] illumination, 本意为照亮。——译注

[3] *The Tibetan Book of the Dead*, 由藏文原名直译的汉译名为《中阴闻教得度》。——译注

督徒在历史上没有互相接触过,但他们都画了光环。光环的大小不一样。佛教徒画着大大的光环,有时环绕整个人的身体,而基督教的光环较小,在人的脑后或上方。这似乎意味着这两个宗教并没有互相照抄,否则他们会把光环画得一样大,而是他们都在画他们各自看到的东西,这意味着他们所画的"东西"是真实、独立的存在。

然后,正当斐德洛思考着这些的时候,他注意到墙角的一幅画,心想:"看啊,其他人只是象征性地画,而他是实际地呈现。他们看到的是二手的。他看到的是第一手的。"

这是一幅完全没有光环的基督画。但是在他头后面的天空中,靠近他头部的云彩比远处的云彩要稍微亮一些。靠近他头部的天空也更亮一些。就是这样。但这是真正的光照,根本没有具象的东西,只是光线强度的变化。斐德洛走近画布,阅读底部的标牌。又是埃尔·格列柯。

我们的文化免疫系统使我们不对这些予以重视,因为这道光没有"客观的"实在性。这意味着它只是一些"主观的",因此是不真实的现象。然而,在"良质形而上学"中,这道光很重要,因为它常常与"未明的吉兆"有关,也就是跃动良质。它标志着跃动良质进入了一个静固情境中。在不顾及静固模式的情况下,这道光亮就出现。它常常伴随着一种松弛的感觉,因为静固模式受到动摇,已经放松了。

他猜测,这可能就是婴儿看到的光,在他们的世界还新鲜、完整的时候。那时,意识还没有把一切区分成种种模式。在死亡时,一切都会消隐于这道光中。在有过"濒死体验"者的叙述中,也提到过极美的"白光",在从那里返回时,他们恋恋不舍。在个人心智的静固模式碎裂的过程中,这道光就会出现,这时心智回到了在婴儿时就浮现过的纯粹的跃动良质中。

在斐德洛精神失常的那段时间,当他在文化现实的界限外自由地漫游时,这道光一直是个宝贵的伙伴,给他指出了一些他本来会错过的东西。这些东西在某个时候被他的理性思维视为不重要,但他后来发现比他曾以为的更重要。另一些时候,它发生在他无法弄清其重要性的事件中,但这些事情会引他深思。

他曾在一只小猫身上看到过它。此后很久,他走到哪里小猫都跟着他,他不知小猫是不是也看到了。

他曾看见它环绕着动物园里的一只老虎。那只老虎突然用一种似乎很惊讶的眼神看着他,并走到铁栏杆旁仔细看他。然后那光明开始围绕着老虎的脸显现。就是那样。后来,这段经历和威廉·布莱克 (William Blake) 的诗句联系了起来:"老虎!老虎!光耀如火。"

双目灼灼,似乎是内在的光。

27

在梦里,他以为有人在朝他开枪,然后他意识到,不,这不是梦。有人在敲打船壁。

"来了!"他喊道,"一分钟就好。"一定是码头管理员来收费什么的。

他穿着睡衣起来了,推开舱门。一个他不认识的人。黑人,咧嘴笑着,一款白色的束腰外套极为光鲜,一尘不染,其他的一切都相形见绌了。他看起来就像是刚从"本叔叔"米袋子[1]上走下来的。

"大副杰米森报到,长官!"他说着,利落地敬了个礼,嘴还咧着。外套上有又大又亮的黄铜纽扣。斐德洛心想他在哪里找到这样东西的。他似乎在为自己的可笑而笑。

"你有什么事?"斐德洛问道。

"我来这干活。"

"你找错船了。"

"不,没有。我穿着制服你认不出了。莱拉在哪儿?"他说。

斐德洛突然认出了他。他是杰米,在酒吧里和他见过面。

"她还在睡觉。"斐德洛说。

"睡觉?!"他后颈一挺,笑了起来,"老兄,你不能这么由着她。现在是上午十点多了。"

杰米指着他的金腕表说:"是时候让她起来了!"他的声音非常洪亮。斐德洛注意到一个脑袋从另一艘船上探过来看着他们。

---

[1] Uncle Ben's rice,"本叔叔"是美国即食大米品牌,其包装袋上印有一个打着领结的黑人头像。——译注

杰米又开始笑了，然后咧着嘴上下打量着这条船："喔，你们还真把我给蒙了。按照莱拉的说法，这艘船至少有现在的五倍大。到头来就是这么一个小不点。"

他的眼睛朝斐德洛瞟了两次，看他对此有什么反应。"也凑合吧，也凑合。对我来说也算绰绰有余了。只是莱拉把我蒙了。"

斐德洛想要把脑袋里的一头雾水甩出去。这到底是怎么回事？

"莱拉跟你说了什么？"他问道。

"莱拉告诉我今天早上来这工作。所以我来了。"

"太荒唐了，"斐德洛说，"她跟你说的不对。"

笑容从杰米脸上消失了。他一脸不解，一副受了伤害的样子。然后他说："我想我应该跟她说几句话。"说着迈步上船了。他跃过救生索的举止说明他并非水手：未得到允许，还穿着街头用的脏鞋。斐德洛正要为那双脏鞋叫住他，却突然看到理查德·瑞乔从码头上走下来。瑞乔向他招手，然后走了过来。他从哪儿冒出来的？

"我要下去跟她谈谈。"杰米说。

斐德洛摇摇头："她很累。"

杰米也对他摇摇头。"无意冒犯，"他说，"但你对莱拉一无所知。"

"不，她累了。"

"得了，老兄。她总是那样说话。我知道怎么处理。"杰米从舱门下去了,"我们很快就上来。"

斐德洛开始感到紧张。他看见瑞乔正盯着他。他对瑞乔说:"我不知道你在这。"

"我来这有一阵子了,"瑞乔说,"那个人是谁?"

"他是莱拉的什么朋友。"

"她还在这?"

"她有麻烦了。"他抬眼看着瑞乔,"她真有麻烦了……"

瑞乔眯起眼睛。他看起来好像想说什么,但是没有说。最后他说:"你打算怎么办?"

"我不知道,"斐德洛说,"我刚起来。我脑子里还空空如也。"

瑞乔还没回答,他们就听见沉闷的响声从下面传来,然后是一声喊叫,接着是打斗声,然后又是一声大叫。

杰米的脸忽然出现了。他雪白的本叔叔款外套上有一个大血点,在一个扣子旁边。他的手捂着下颌,沾着血。

"那个该死的婊子!"他吼道。

他走出舱门,来到甲板上。

当他伸手去够舱口的护栏时,斐德洛注意到他的下颌有一道血淋淋的伤口。

"天杀的臭婊子!我要弄死她!"

斐德洛琢磨着去哪儿能找到布条给他止血。可能在下面能找到。

"让我离开这,"杰米说,"我要叫警察!"

"出了什么事?"瑞乔说。在他的肩膀后面,又一个船主的脸探出来,往这看。

"她想要杀了我!"

杰米看着瑞乔。瑞乔的表情中似乎有什么东西阻止了他。杰米跨过救生索,走到码头上。他又看了看瑞乔:"真的!"他说,"她真的想杀了我!"瑞乔的表情毫无变化。杰米于是转身沿着码头走向船港管理处。他猛地转过头,看着身后说:"我要报警。她想要杀了我。她要付出代价。"

斐德洛抬头看着瑞乔和那个还在往这看的人。"我最好下去看看发生了什么事。"斐德洛说。

"你最好离开这。"瑞乔说。

"什么?为什么?我什么也没做。"

"那无关紧要。"瑞乔说。他一脸愠怒,跟他在金斯顿的那顿早餐上一样。

在船港的另一头,斐德洛能看到杰米正在船港管理处对站在那里的人说着什么。他比比画画,一只胳膊挥舞着,另一只胳膊支撑着他的脸。瑞乔身后那个男人向那边走过去。

瑞乔说:"我也到那边去,看看他在说什么。"他离开了。斐德洛顺着他前行的方向望去,船港管理处那里几个人还在你一言我一语地说着什么。

莱拉现在在做什么?下面是一片骇人的寂静。他走下梯子,看见前舱的门关着。

斐德洛走到门口，缓缓把门推开。他看见莱拉在铺位上。她的鼻子在流血。手上有一把折刀。昨晚那副梦游似的神情已经一扫而光。她身下的单子上有斑斑点点的血迹。

"你为什么这么做？"他问。

"他杀了我的孩子。"

"他怎么做的？"

她指着铺位下面的地板。

斐德洛看见那个玩具娃娃脸朝下倒在地板上。他看了她一会儿，对要说出口的话再三权衡着。

最后他说："你希望我把它捡起来吗？"

莱拉一言不发。

他用两只手非常小心地捡起玩具娃娃，又轻轻把它放在她身旁。

"这是个不好的地方。"莱拉说。

斐德洛走到船头，拿了一把给她擦鼻血的卫生纸，递给了她。

"让我看看。"他说。

她的鼻子看起来没断，但她的一只眼睛下面开始肿起来了。他看到她的一只手紧紧地攥着折刀。

还不是说它的时候。

他听到船壁上有敲击声。

他爬上梯子，看见又是瑞乔。

"他走了，"瑞乔说，"但是他们都很烦躁，有些人想叫警察。

我对他们说你就要走了。如果你现在就走,事情会简单得多。"

"警察会怎么做?"斐德洛说。

瑞乔好像发火了:"你可以在这再待上五秒钟,也可以在这再待上五个星期。你想要哪个?"

斐德洛思考了一下。"好吧,"他说,"把艉缆解开。"

"你只能自己解开。"

"你出了什么毛病?"

"协助和教唆……"

"我的上帝呀。"

"你离开后,我必须得面对那帮人。"

斐德洛看着他,摇了摇头。上帝啊,真是一团糟。他跳上码头,抓起电线扔上船,解开艉缆,也扔上船。正当他走过去解艏缆时,他看到聚集在管理处的人都在朝他这边看。不敢相信,瑞乔怎么正好在这一刻出现。和往常一样,他是对的。

斐德洛把艏缆扔上船后,双手扶着船艏,使尽全身的力气把沉重的船身推离码头。水流已经开始把船尾推开了。然后他抓住一根立柱,把自己拉上了船。

"桑迪胡克(Sandy Hook)里面有一块锚地,"瑞乔说,"马蹄湾(Horseshoe Bay),在海图上有。"

斐德洛利落地穿过纠缠的船缆,走向船尾去控制船。但是在驾驶舱里,他看到钥匙没在引擎上。船现在失去了控制,但是这会儿没关系,因为水流正把它带入河中,远离码头。他跳到下面,打开海图桌下最上面的抽屉，找到了钥匙，然后三蹦两跳地跑回上面，插上钥匙，开动引擎。

如果现在打不着火可真是太棒了。

并没有。它转起来了。他让它空转了一会儿。

在离他六七十英尺远的码头上，瑞乔正在和一些聚拢在他周围的人说话。斐德洛换上挡，加大油门，向他们挥挥手。他们没有向他招手，而是注视着他。

其中一人拢着双手喊着什么，但柴油机的声音太大，他听不见。斐德洛向他们挥了挥手，然后向着新泽西的河岸，一头冲进河流中。

嘘！

当他回过头张望，他看到船和码头之间的河水越来越宽，而那些人变得越来越小。随着他们的身形变小，他们似乎也变得无关紧要。

现在，从水面上看，整个城市开始显现它的形状。码头正被吸入城市的天际线。现在，林荫路的绿树凸显在天际线上，林荫路上方的公寓楼又凸显在绿树之上。现在，他可以看到几座岛中心高耸的摩天大楼在公寓楼上方崛起。

巨人！

他生出一种诡异感。

这一回，他差点没逃出它的手心。

28

接近河对岸时,斐德洛掉转船头,使船朝下游行驶。他已经感觉到,开阔的水面和他与城市间的距离开始让他平静下来。

这个早晨啊!他甚至还没穿衣服呢。码头现在真的远去了,那些盯着他的人似乎也不见了。身后,乔治·华盛顿大桥渐渐隐入悬崖。

他看到驾驶舱旁的甲板上有一些血迹正在变干。他降低引擎,把船舵绑上,到下面找了一块抹布。他在铺位上找到自己的衣服,然后把所有东西都拿到甲板上。他解开船舵,让船重新回到航道上。然后他把所有能找到的血迹都擦干净。

现在不用着急了。真奇怪啊,刚才一片慌乱凶险,现在他突然拥有了世界上所有的时间。没有负担,没有事务。

……除了莱拉,她就在下面。但她哪儿也不去。

他要拿她怎么办呢?

……一直往前吧,他想。

他真的没有任何压力。没有截止日期……

除了冰雪的期限。但那不是问题。他可以靠自己驾船南下,让她在前舱待着,如果她想待在那里的话。

如梦的一天。太阳出来了!河上仍然没有什么船。

在他穿上衣服时,他看到沿着曼哈顿河岸有些老旧的绿色建筑，好像仓库一样凸出来伸进水里。它们看起来腐朽不堪，已经被废弃了。它们使他想起了什么。

很久以前，他看见过这些建筑……

……一条舷梯向上，向上，向上，一直向上——通向一艘大船，大船有一个巨大的红色烟囱。他一直在妈妈前面走着——她看起来特别担心——当他驻足看舷梯下面的水泥时，她对他说："快点！快点！船就要开了。"就在她说话的时候，雾笛发出震耳欲聋的声响，吓得他在舷梯上跑起来。他只有四岁。这艘船是开往英国的毛里塔尼亚号。

……但是这些码头建筑，依稀就是那艘船离港时的码头建筑。现在它们都成了废墟。

那是很久以前的事了……塞利姆……塞利姆……那是怎么回事？是他妈妈给他读过的一个故事。叫塞利姆的渔夫和叫塞利姆的面包师，还有一个神奇的岛。他们在岛屿沉入大海之前侥幸逃离了那里。在他的记忆中，它和这个地方有关。

好奇怪。除了下游的一艘驳船和另一艘帆船，河上仍然什么也没有。向南远远望去，在地平线上挤挤挨挨的建筑里，他看到了自由女神像。

奇怪的是，在童年的那次航行中，他记得毛里塔尼亚号旁边的老码头，却不记得自由女神像。

后来又一次去纽约游览，他和其他游客一起，爬到了自由女神像里面。他记得那里到处都是铜绿色，看着很旧，像维多利亚时代的老桥那样用铆钉梁支撑着。向上的铁梯变得越来越薄,越来越小,上去的队伍走得越来越慢,越来越慢,他突然感到一股幽闭恐惧症的强烈冲击。他根本不能离开这个队伍!他前面是一个很胖的女士,看她的动作已经爬不动了。她好像随时都可能瘫倒。他能预见整个队伍像一排多米诺骨牌一样瘫倒在她身下,包括他自己,除了和别人压在一起没有任何希望。他不禁想,如果她瘫下去,他有没有足够的力气原地扶住她。

……在自由女神像里,被困在一个胖女人身下,在幽闭恐惧症中发疯。后来他想,这是一个多棒的寓言式主题,一个关于美国的故事。

斐德洛看到甲板上的缆和线还是一团乱麻,需要收起来。他把船舵绑好,走到前面拾起一根船缆,拿回驾驶舱,然后一边把船转回航道,一边把线卷起来,收进线舱内;然后再次绑好船舵,重复这个过程,直到他把四根船缆和电源线都收好,并把护舷拿到了船上。当他干完时,已经接近曼哈顿市区了。

泽西岛那边有一些相当好看的维多利亚式房屋,有几栋高层大楼,但出乎意料地少。岸上有一座高高的教堂和一条通往悬崖的路。他能看到悬崖多么陡峭。这也许就是和对岸相比这里的发展缓慢的原因。

随着自由女神像越来越近,斐德洛看到了往昔布莱克学校的火炬仍然被高举着。这是一个维多利亚时代的雕像,却仍然令人印象深刻,特别是从水上这样看。主要是尺寸的作用。还有位置。

如果它只是一座普通的公园雕像，它的震撼多半会消失。

现在水上的船只更多了。在总督岛那边，几艘拖船正拖着一艘大船驶向东河 (East River)。他能看到远处可能是一艘斯塔滕岛 (Staten Island) 的渡船。更近处，有一个河上旅游团正朝他的方向驶来。

他奇怪为什么船身歪向一边，然后意识到这是因为所有的乘客都在船对着曼哈顿的那一侧，他们正在观赏一望无际的天际线。

宏伟的天际线！一些最高的楼上，玻璃倒映着云朵。蓝色狂想曲。此刻，世贸中心的塔楼似乎已经赢得了向上的竞赛，但其他那些摩天大楼似乎并不知晓。这些大楼已经不再只是建筑或城市的组成部分，而是谁都不曾料想到的东西。一种人力之外的能量与巨力似乎在持久地震撼着每一个人：这一切多么伟大。没人做到这些。它自生自长。那个巨人是自造的。

韦拉扎诺大桥时 (Verrazano Bridge) 越来越近了。在它下面，他可以看到一条线，大概是下湾的远端。这是最后一座桥了。最后一座！

当斐德洛迫近大桥时，他开始感觉到了一种深沉的、周期性的波动。一种好似荡秋千的感觉。但很慢，非常慢。它把船抬起，又放下，然后又抬起，又放下。然后又一次。是海洋。

突然，他意识到自己不知道往哪儿去。他又把船舵系上，走到下面，从海图抽屉里拿出一沓海图——还是没有莱拉的动静——然后回到甲板上。他一页页翻看海图，找到一张写着"纽约港"的海图。这张海图的背面是下湾，星星点点的浮标标示着船只的航道。下湾的底下是桑迪胡克，桑迪胡克的中间是马蹄湾。那一定就是瑞乔跟他说的那个海湾了。

海图上显示，从大桥到海湾大约有十海里。海湾里的浮标这么多，很难分出哪个是哪个，但海图上说没关系，他不可能搁浅。事实上，离开航道之后他更安全了，因为大船不能来这里。

随着大桥在他身后越来越远，他注意到引擎的声音不太对，然后他看到温度表快要升高到红色区了。他把油门降到略高于怠速的位置。

可能是水中的垃圾进入了引擎的冷却水进水口。这种事以前也发生过。麻烦的是进水口在水线以下很深的地方，而船体的弧度又很大，他看不到堵塞物，也无法用船钩钩住它。他只能下船到小艇里，然后试着把它弄出来。现在他不能弄，因为涌入海湾的海浪会把小艇撞得摇来晃去。他必须等进入海湾以后再弄。

一阵清新的微风好像从新泽西西南岸吹来。他或许可以扬帆走完剩下的路。

他关掉引擎，暂时享受着这片宁静。只有清风的低吟和浪击船身的声音。船速减慢，愈显寂静。借着仍有的惯性，他将船驶入风中，走到桅杆前挂起主帆。

船随浪摇摆，他艰难保持着平衡，但是一升起船帆，船离开风口，它就在微微的倾斜中稳住了，速度逐渐加快。他突然感觉好极了。他在驾驶舱把它驶入航道，拉起三角帆，船速又加快了一些。他又感觉到一丝曾经的航海狂热。这是自安大略湖以来第一次到达真正的开阔水域,海潮又把它带回来了。

向东看去,眼前,是一望无涯的地平线。远处有艘什么船显然在往这边驶来。没问题。他只要让帆船躲开它的航道就可以了。

现在,老潘舒一定会微笑了。

这股航海狂热就像疟疾。它消失了很久,有时是好几年,然后突然又回来了,就像现在,一波又起,正如这浪潮一样。

他记得很久以前,他着迷于一首叫作《单桅帆约翰》(The Sloop John B.)的歌曲,那首歌有一种不同寻常的加速又减速的节奏。他不知道自己为什么这么喜欢这首歌,直到有一天,他恍然大悟,原来它的加速和减速跟大海的浪潮是一样的。那是持续不断的浪潮,当海风和海浪都在你身后,帆船向前挺进,船会随着每一波流过脚下的海浪升起,然后随着海浪翻滚向前而下降、迟疑。

这种起伏从未让他不适,可能因为他太热爱它了。这些都和航海狂热混合在一起。

他还记得这股狂热开始的那一天。那是在他六岁生日后的圣诞节,父母给他买了一个他们能承受的最贵的地球仪,沉甸甸的,在一个硬木架上。他把它在轴上转了一圈又一圈。从它身上,他认识了各个大洲以及世界上大多数国家与海洋的形状和名字:阿拉伯、非洲、南美洲、印度、澳大利亚、西班牙,还有地中海、黑海、里海。想到他生活的整个城市只是这个地球仪上的一个小点,而这个地球仪的大部分是蓝色的,他感到心驰神往。如果你想真正看看这个世界，除了通过那片蓝色，别无他法。

在那之后的几年里，他最喜欢的书是一本关于旧时代各种船只的书，他一次又一次慢慢地翻阅，想象着自己住在其中一间狭小的船尾舱里，房间的装饰考究，有小小的窗户，他像弗朗西斯·德雷克爵士[1]一样看着窗外，注视着下面翻滚的汹涌海浪。似乎在他此后的人生中，每当他长途旅行，总会落脚在某个港口的码头，在那注视着过往的船只。

船接近桑迪胡克了，自从韦拉扎诺和哈德逊的木船驶过后，它看起来没有多大变化。最北端有些无线电塔和看起来很旧的建筑，似乎是某个废弃的防御工事的一部分。其余的地方看起来几成废墟。

船驶入桑迪胡克的怀抱，它钩形的陆地把大海拦在外面，海浪绝迹了，只剩下西南风带来的阵阵涟漪。海湾变得像内陆湖一样平静，斐德洛环顾四周，都被陆地包围着。他卷起三角帆使船速慢一点，又去了下面一趟，打开测深仪。前舱里还是没有莱拉的动静。

回到甲板上，他放眼海湾，心旷神怡。它向西风敞开着，但是海图上显示西边有一片浅水和一个可能会把大浪挡在外面的防波长堤。现在当然没有一点大浪。只有一片安静的海岸和几艘停泊的帆船，帆船的甲板上都没有人。真美。

---

[1] Sir Francis Drake(1540—1596)，英国探险家，也是一位著名的海盗，曾环游地球。——译注

当测深仪显示水深约十英尺时，他走进微风中，放下帆和锚，启动并反转引擎来固定锚，然后关上引擎，卷起主帆，走到下面。

他收起海图，然后打开"海岸护卫"气象台收听预报。播音员说，在转冷之前，还会有几天好天气，只有轻微的西南风。很好。这让他在出海前有了一点时间去思考怎么处理莱拉的事情。

29

他听到莱拉在动。

他走到她门前，敲了两下，然后推开门。

她醒了。但是她没有看他。现在他才第一次看到她的右脸已经变色，肿了起来。那个家伙真是下狠手了。

过了一会儿，他说："嗨。"

她没有回答，只是直直地看着前面。她的瞳孔似乎散大了。

"你好受些了么？"他问道。

她的目光一动不动。

这不是一个非常聪明的问题。他换了一个试试："情况怎么样？"

还是没有回答。她的凝视直直地穿过他。

噢——他想他知道是怎么回事了。他应该料到它会来。它从外面看就是这样。紧张症的出神。她与任何东西的联系都切断了。

过了一会儿，他轻柔地说："没事的，我会照顾你一段时间。"

他观察着，期待她目光中出现一丝认出他的眼神，但是并没有。只有被催眠般的凝视——直直向前。

她知道我在这儿，他想，她知道我在这儿，可能比我知道她在这儿知道得更清楚。她只是不予确认。她像一只树上的猫，在一根树枝上远远地伏着，靠近她只会吓得她向树枝更远端跑，要么就会迫使她反抗。

他不想那样。尤其是在发生过码头上的事情之后。

他轻轻关上门，又回到了船舱里。

现在，怎么办呢？

他记得，在人类学的书中，这种出神般的状态被认为是危险的。在码头上发生的事情符合马来人"暴狂"(amok)的描述——深深的阴郁，有时伴随突然的暴力。但是在他个人的记忆里，它没有那么危险。如果出现暴力，也是被有恶意的人激起的，因为这些人想要把他们从出神中拉出来。而他不会那么做。

事实上，他有一种感觉，最糟的已经过去了。最可怕的是昨晚在曼哈顿，她看起来那么幸福。她没有感到痛苦。当她怀抱玩具娃娃并摇晃着它时，你就像听到一个快要冻死的人说他感到了温暖。你想说："不！不！你很冷！只要你能感受到痛苦你就没事了。"

现在她变了。问题是，变得更好了还是更糟了？现在唯一能做的，他想，只有等待，等待下去，看看她在哪条路上。看起来，好天气可能会持续一段时间。他有很多事可以做，他要让自己忙起来。

……比如，吃。已经下午了。他本想在亚特兰大高地（Atlantic

Highlands)停泊,并在那买点吃的,但是现在距离那好几英里远了。如果明天风平浪静的话,也许他可以把舷外马达放到小艇上开过去,或者看看岸上有没有公共汽车,乘公共汽车去。至于现在,他们只能用从奈亚科剩到现在的食物将就一下了。

奈亚科。已经是很久以前了。东西肯定全坏了。

他打开冰柜顶盖,向里面看了看。他把手伸到冰柜里面,有什么就拿出什么,放到厨房台面上。

……有些小罐香肠……有一些小罐头,肉的、火腿的、烤牛肉的。……还有面包。他拿出来,摸起来有点硬了……他打开面包袋……看起来还能吃……罐装金枪鱼……花生酱……果酱……黄油看起来不错。在十月航行的一个好处是食物坏得慢……一些巧克力布丁……他必须尽快买点东西了。要不就麻烦了。

那么,喝点什么呢?只有威士忌和水,还有混合酒……

这些香肠都卡在罐子里。他把罐子在厨房水槽里倒扣过来,直到香肠周围的汤汁全部流出来。但香肠还是卡着。他拿了把叉子,剜一根到盘子里。出来已经不成样子了。然后,突然"扑通"一下,它们全都出来了!它们有点软了,黏糊糊的,但是闻起来还好。

他想,他就拿给她威士忌和混合酒喝好了。嗯,那应该不错。她可能会拒绝食物,但是酒会更有诱惑力……

他把黄油抹到硬了的面包上,在上面放上三根香肠,再把另一片面包放在最上面。然后,他给她倒了一杯真正的浓酒,把玻璃杯和三明治一起放到盘子上,端起来走过去。

他轻声敲门,说:"午餐来了,美好的午餐!"

他推开门,把盘子放在她对面的铺位上。"如果我把酒弄得太浓了,告诉我,我会加点水。"他说。

她没有回答,但是她看起来没有生气,也并不恍惚。有进步,也许。

他关上门,回到主舱里,开始做他自己那份饭……

她有三条路可走,他想。第一条,她进入永久的幻觉,依恋着那个娃娃或她自创的别的什么东西,那么最终他不得不甩掉她。有点棘手,但是可以做到。只要在他们到达的某个城镇叫个医生,让他看看她,并告诉他们接下来怎么办。斐德洛不希望这样,但是如果必须如此,他会的。

麻烦在于那里有一种自我助燃的东西,发疯使人们越来越排斥你,这使你疯得更厉害,那就是他卷进去的结果。不太道德。如果走了这条路,她可能余生都会在精神病院里度过了,像一只笼子里的动物。

她的另一条路,他想,就是向她所抗争的东西投降,并学会"适应"。她可能会养成某种文化依赖性,周而复始地去找精神医生或什么"社会咨询师"寻求"治疗",接受文化"现实",明白她的反抗是无益的,然后忍受下去。在这条路上,她还能继续过一种"正常"的生活,同时也在一种传统文化的界限内继续着她的问题。

麻烦在于，他并不觉得这个结果比第一条好多少。

问题不是"什么使人发疯"，而是"什么使人理智"。多少个世纪以来人们一直在追问怎么处理疯癫，在他看来，他们没有取得什么成果。真正要处理疯癫，他认为，方法是调转方向，谈谈什么是真实。疯癫是一个所有人都认为不好的医学课题。真实是一个所有人各持己见的形而上学课题。关于真实有如此之多的不同定义，其中一些，相比主客体形而上学，可以对发生在莱拉身上的事情给予多得多的洞察。

如果客体是终极的实在，那么对事物只有一种正确的心智构建：与客观世界相对应的那一种。但是，如果把真理定义为心智价值模式的高级良质的集合，那么疯癫就可以被定义为心智价值模式的低级良质的集合。这样，你就得到了一幅完全不同的图景。

当文化发问："为什么这个人不能像我们一样看待事物？"你可以回答说，他看不到，因为他认为不重要。他走入了不合理的价值模式，因为不合理的价值模式解决了文化所无法处理的价值冲突。疯癫的原因有很多，从化学物质失衡到社会冲突，都有可能，但是疯癫通过貌似高级良质的不合理模式解决了这些冲突。

莱拉似乎处于一种出神的状态，但是这意味着什么？在一个主客体的世界，出神和催眠都是大个鸭嘴兽。这就是为什么会存在这种偏见，既然出神和催眠都无法否认，那它们一定"有毛病"。最好把它们扫进被称为"神秘主义"的经验主义垃圾堆里，留给那些反经验主义的家伙，那些迷恋占星术、塔罗牌、易经之类的人。

如果眼见为实，那么催眠、出神就不能被承认。但是，由于它们确实存在，所以你得到了一个满足经验主义可观察性的经验主义被推翻的案例。

讽刺的是，有的时候，文化其实会催生出神和催眠来进一步实现它的目的。剧院是一种催眠。电影和电视也是同理。当你进入一家电影院时，你知道你要去看的就是屏幕上每秒24帧的闪影，它给你一个移动着的人和物的幻觉。然而，即便你知道这一点，当这每秒24帧的闪影给你讲了一个笑话时，你还是会笑；当这闪影展示了一个演员假死时，你还是会哭。你知道这是幻觉，你还是走进幻觉，成为它的一部分。当这幻觉发生时，你没有意识到这是幻觉。这就是催眠。这就是出神。这也是一种暂时的疯癫。但它还是一种巩固文化的强大力量，由于这个原因，文化推动并审查电影，使自己获益。

斐德洛想，对于长期疯癫来说，离开剧院的路行不通了，通常是因为他们知道，外面的演出实在太糟了。精神失常的人在放映一部不被认可的私人电影，比当前文化提供的更合他们的心意。如果你想让他们放映大家都能看的电影，斐德洛想，方法是想办法向他们证明，这么做"有价值"。否则的话，为什么他们要变得"更好"？他们已经觉得"更好"了。构成"更好"的模式才是焦点。从内部的视角来看，疯癫不是问题。疯癫是解药。

对莱拉而言，什么才更"有价值"呢？斐德洛不确定。

他吃完了三明治，收拾好食物，在水槽里刷了盘子。他想，接下来应该操心的是那台引擎，为什么它会过热呢？

如果他走运的话，应该是什么东西进入或挡住了引擎冷却系统的进水管。如果他不走运的话，应该是什么东西阻塞了引擎内部的水流管道。这意味着需要卸下汽缸盖，从汽缸盖到气缸套捞个遍，看看能不能找到它。想想都很烦躁。真傻，他在买船的时候竟然没有买一套清水冷却系统，那样的话就不会发生第二种情况了。

你不可能事事料定。

在甲板上，他用桅杆升降索把小艇吊起来，悬挂在船舷上，然后慢慢放下，以免艇板栽到水里。然后他登艇，解开升降索，把着船舷，靠双手交替把它移动到船尾。

他脱掉衬衫，平躺在小艇上，把手伸进水下够着，直到水几乎没过肩膀。冷啊！他摸来摸去，但是好像没有塑料袋或什么垃圾蒙住引擎进水管。坏消息。他把胳膊抽回来在衬衫上擦干。

他想，不管那是什么东西，当引擎停下来以后它可能在行进中就掉落了。他下艇之前应该先让引擎转一会儿，看看问题是否还存在。你总是缺乏先见之明。脑子里装的东西太多了。

他把小艇绑到支柱上，上了船。他走回驾驶舱，发动引擎。在它慢慢热起来的时候，他又想到了莱拉。

她是那种你可以称之为"异类"的人。"你是个独行侠，跟我一样。"他们离开金斯顿那天她说过。那句话印在他脑子里，因为她说中了。但是她这句话的意思并不只是说一个人孤独，而是说一个异类，一个看起来总是出于性情而把什么事都做错的人。

有的时候，异类好像对他们能找到的任何一种静固道德模式都要发起粗暴的攻击，就如同他们出于一种报复心理要摧毁道德。

他在人类学书中学到了这个词。它表明，对异类的解读，不仅仅是个人"问题"那么简单。它在很多文化中都存在。那个祖尼的brujo就是一个异类。夏延人的社会中到处是异类，在他们的社会结构中吸纳了这种现象。夏延人的异类倒着骑马，倒着走进帐篷，很多事情他们都按照相反的方式操作。当他们感到有很大的错误、不公发生在他们身上时，就好像走入了一个颠倒的社会，显然，他们感觉这是一种解决不公正的方式。

一旦你在此类不同的文化中见过它，再回到我们自己的文化之后，你就会看到我们也有我们的异类社会，以一种非官方的方式存在着。维多利亚时代的"波西米亚人"就是异类。在一定程度上，六十年代的嬉皮士也是。

……引擎好像到现在也没有过热。可能问题消失了？……哈——不太像……可能只是因为引擎处于空挡，没有大负荷工作。斐德洛把引擎调到倒挡，让它拖着锚转一会儿。他等待着，观察着温度表……

反正，在他看来，如果你在对世界的理性认知上加入"跃动良质"的观念，你就能对异类有更深的理解。他们中的一些人不仅仅是跟静固的道德模式唱反调，他们还在积极地寻求跃动的目标。

每个人都会在不一定什么时候沾染上这种消极的异类色彩，

比如当他们被要求去做他们最不愿意做的事情时，不论这事情是什么。有时它是退化的消极主义，是生物力量驱使的。但有时它是一种自我的模式，它发声："我如此重要，不该做这些愚蠢、静固的东西。"

有时，这种颠覆的反静固驱力会变成它自身的静固模式。这股颠覆之力可以让你骑虎难下，你只能继续骑着向前、向前，直到老虎把你甩下来吃掉。退化的异类常常走上了这条路。毒品、乱性、酒精，诸如此类。

但是有时，当你整个身心感觉到静固的状态是生命本身的敌人时，它是跃动的。那是真正有创造力的人——艺术家、作曲家、改革家等等——的驱动力，那种不打破别人为他们建造的囚笼就活不下去的感觉。

但是他们不会以那种其实是堕落的方式去颠覆。他们活力四射、积极进取，不可能堕落。他们在为摆脱静固模式，获得某种跃动自由而奋斗。但他们为之奋斗的跃动自由也是一种道德，而且是道德的整体进程中极为重要的部分。它经常和退化混为一谈，但它实际上是一种道德再生的形式。没有它的持续更新，静固模式只会衰老死亡。

当你以这种方式看莱拉，就有可能比心理学的立场更能读出她当前状态的重要意义。如果她看起来在逃离什么，那就是在逃离她自己人生中的静固模式。但是"良质形而上学"增加了一种可能性，即她也是在逃向什么。它允许我们做出这样一种假设，如果她停下逃亡的脚步，如果有一种静固模式占有了她——不论是她自己的疯癫模式占有了她，还是她关在门外想要逃开的静固文化模式占有了她——她就失败了。

他所思考的是，除了治疗疯癫的常见办法——被关起来或者学会服从——还有第三种方法，即拒绝所有的电影，无论是私人的还是文化的，走向跃动良质本身，它不是电影。

如果你把组成一个人的静固模式层级与一片森林的生态相比较，并且能看到不同的模式有时相互竞争，有时共生互利，但是始终处于两者互相转变的张力之中——转向哪一方取决于演化环境——那么你会发现，演化不仅在社会中发生，也在个体中发生。相比传统的社会学或人类学对莱拉可能的描述，可以把莱拉视为一个更为伟大的存在。那样莱拉就变成一个向着跃动良质趋近的复杂生态模式。个体的莱拉，她本人，处于一场对抗着自己人生静固模式的演化着的战争中。

这就是为什么昨天晚上没有痛苦的状态似乎那么令人害怕，而她今天好像变得难受却令斐德洛感到她正在好转。如果你把痛苦从这个世界上抹去，你也就抹去了生命。演化没有了。没有痛苦的物种不会存活。痛苦是良质的背面，而良质驱动着一切进步。所有演化模式的战争都在痛苦的个体中进行着，就像莱拉。

莱拉的战争就是所有人的战争，你明白吗？

有时，疯子、异类和那些处在自杀边缘的人，是社会中最宝贵的人。他们有可能是社会变革的前驱。他们把文化的重担扛在了自己的肩上，在他们为解决自己的问题而挣扎的时候，他们也在解决文化的问题。

所以，斐德洛所期待的第三种可能性是，通过某种奇迹般的认识，莱拉摆脱了所有这些模式，不论她自己的还是文化的，然后看见了她一直努力走向的跃动良质，最后回过头，理清这一团乱麻，而没有被它毁掉。问题是，她将会冲决所有必然的障碍，还是会绕过它们。如果她冲决过去，她就找到了跃动的解。如果她绕过了，她只是回到了曾经宿命般的轮回，痛苦，暂时的喘息，然后又是痛苦。

显然，造成引擎过热的原因已经消失了。他确信现在不能复现它了。他关上引擎，船向着锚位缓缓前移。

海水那边的太阳走到了下午的尽头，他开始感到一丝忧郁。不是最好的日子。他看到岸上的一只海鸥从沙滩上衔起一只牡蛎，也可能是蚌之类，然后飞上天空。那东西突然掉下来，另一只海鸥随之下降，要把它夺走。紧接着，它们发出凄厉的尖叫。他看了它们一会儿。它们的争夺也使他忧郁。

他注意到，在那边停泊的帆船中，有一艘上面有人。如果他继续站在甲板上，他们可能会招手，并过来跟他认识。他不想。他拿起他的东西到下面去。

这是漫长的一个星期。上帝啊，怎样的一个星期啊！他需要回到过去的生活。那整个城市和它命中注定的问题，还有现在莱拉和她命中注定的问题，太乱了。也许他应该放松一阵子。

在驾驶员铺位上是那个装着邮件的手提袋。他终于可以打开看看了，一个不错的消遣。他支起餐桌的折叠板，把那个手提袋放上去，拿出最上面的一大把邮件来，摊在桌子上。

整个下午剩下的时间，他都把脚翘在桌子上坐着读信，时而为之微笑，时而为之皱眉，时而为之笑出声来，并且为每一封要求回信的信件写回信，当他们要求他写得尽可能"优雅"的时候，他回答"不"。他感觉自己像安·兰德。

他有一两次听见莱拉动了。只要她站起来，运用她的头脑！她没有那么严重的紧张症。在一艘停泊的船上，这样的安静和乏味是世界上治疗紧张症最好的药。

到天黑下来的时候，他已经倦于回信了。就到这吧。该放松一下了。白天的微风已经毫无踪迹，此刻，除了小船的微微摇晃，一切都无声无息。幸甚至哉。

他从万向架上拿下煤油灯，点着后放在靠近橱柜水槽的地方。他用从奈亚科剩下的食物又做了一顿饭，继续想了想莱拉的事，但没有任何结论，除了他已经想清楚的：除了等什么也做不了。

当他把莱拉的食物端进去的时候，看见他先前拿进去的盘子和杯子都空了。他又试着和她说话，但她仍旧不回答。

现在太阳已经西沉，他感到越发冷了。但是他今晚并不想开暖气，而是想早点钻进睡袋里。这是漫长的一天。也许再翻几页关于威廉·詹姆斯的新书。

这些书是传记。他读过不少詹姆斯的哲学。现在他想深入他的传记获得这些思想的背景。

他尤其想知道，詹姆斯全部的目的就是"统一科学与宗教"这种说法有多少实际证据。很多年前，这一说法使斐德洛站在了詹姆斯的对立面，现在他也并未改变他的态度。当你磨那样一把斧子开始你的工作时，几乎可以肯定你会得到错误的结论。那句话似乎更像是某个对哲学的目的一知半解的人所做出的哲学学的简化。把哲学放在服务于任何社会组织或教条的位置上都是不道德的。这是一种演化的低级形态想要吞噬演化的高级形态。

斐德洛把邮件袋子收起来放到驾驶员铺位上，然后把煤油灯放到冰柜上面，那个位置高于他的肩膀，他可以借着光阅读。他坐下来开始读。

过了一会儿，他注意到灯光变暗了，他停下来，拨了拨灯芯。

又过了一会儿，他把他的小木匣从驾驶员铺位上拿出来，就他读到的东西写一些字条。

在接下来的几个小时，他写了十几张字条。

有一会儿，他从阅读中抬起头，侧耳倾听。一点声音都没有。小船一会儿歪向这边，一会儿歪向那边，仅此而已。

他没有读到任何证据，表明詹姆斯是个想去证明某一宗教预言的宗教理论家。理论家们常常用大而无当的术语说话，而斐德洛所读到的，似乎倒印证了詹姆斯与他们没有一点相似之处。特别是在他早年，詹姆斯对于终极实在的观念都是关于具体而个别的事物的。他不喜欢黑格尔或任何德国唯心主义哲学家——他们在他年轻时主导着哲学——就是因为他们的方法如此大而无当。

当然了，随着詹姆斯的年岁增长，他的思想看起来也越来越具有一般性。这是理所应当的。如果你不一般化，你就不能哲学化。但是对斐德洛来说，詹姆斯的一般化看起来朝着非常像"良质形而上学"的方向发展。当然，这可能是"克利夫兰港效应"(Cleveland Harbor Effect)，是斐德洛自己的心智免疫系统在筛选出詹姆斯哲学中符合"良质形而上学"的方面，忽略了那些不符合的。但是，他并不这么认为。在他读到的每一个地方，似乎他看到的都是契合的，那不是选择性阅读所能达到的结果。

詹姆斯实际上有两个主要的哲学体系：一个他称之为"实用主义"(pragmatism)，另一个他称之为"彻底的经验主义"(radical empiricism)。

实用主义是他最为人铭记的思想：它认为，对真理的检验在于它的实用性或有用性。从实用主义的观点看，松鼠对"绕"的定义是正确的，因为它是有用的。从实用角度说，那个人从来没有绕过松鼠。

斐德洛像其他人一样，一直认为实用主义和实用性其实是一回事，但是，当他深入到詹姆斯关于这个问题一字不差的原话时，他发现了不一样的东西。

詹姆斯说："真理是'好'的一个种类，而不是像通常认为的，是一个跟'好'相区别，并与'好'相协调的范畴。"他说："真理是任何能通过信念自证其'好'的东西的名字。"

"真理是'好'的一个种类。"正中下怀。这正是"良质形而上学"所认为的。真理,在被叫作良质的更大的存在中,是一种静固的心智模式。

詹姆斯曾尝试使实用主义借实用性的东风而流行开来。他总是迫切地使用着"现金价值""成效""利润"这样的表达,使得实用主义对"街头百姓"也明白易懂。这却使詹姆斯掉进了火坑。批评者批评实用主义是把真理贱卖给了市场的价值。詹姆斯对这种误解非常恼火,他奋力抗争去纠正这种误读,但他从未彻底打败对他的攻击。

斐德洛看到,"良质形而上学"通过明确真理所从属的"好"是一种心智和跃动的良质,而不是实用性,避开了这种攻击。对詹姆斯的误读之所以发生,是因为缺乏一个清晰的认知框架来区分社会良质、心智良质和跃动良质。在他所生活的维多利亚时代,这些完全混淆不清。但"良质形而上学"说,实用性是一种"好"的社会模式。使真理从属于社会价值是不道德的,因为这是演化的低级形态吞噬了演化的高级形态。

根据"良质形而上学",认为令人满意是对任何事情的唯一检验标准,这一思想非常危险。存在不同类型的满意,其中一些是道德的噩梦。纳粹的满意带来大屠杀,那是他们的良质。他们认为这很实用。但是这是一种低级的静固社会模式和静固生物模式独裁下的良质,它的全部目的是阻碍真理和跃动良质的演化。詹姆斯可能会对纳粹像其他人那样自如地运用其实用主义而惊恐万分。然而斐德洛看不到什么能阻止它发生，但是他想"良质形而上学"对"好"的静固模式的划分可以防止这样的倒退。

詹姆斯的两个主要哲学体系中的第二个，他说是独立于实用主义的，是他的彻底的经验主义。他这一概念的要义是，主体与客体并不是经验的起点。主体和客体是第二位的。它们是从某种更基础的东西中衍生出来的概念。他把这个更基础的东西描述为"生命的瞬时之流，它提供素材，供我们随后结合它的概念范畴去反思"。在这个基本的经验之流里，反思性思想所做的区分，比如意识与内容、主体与客体、心与物，还没有以我们造出来的形态浮现。纯粹经验既不能被称为物理的，也不能被称为心理的：逻辑上，它在这种区分之前。

在他最后未完成的作品《哲学的若干问题》中，詹姆斯把这一描述压缩成了一句话："观念和存在之间必然永远存在差异，因为前者是静固的、不连续的，而后者是跃动的、川流不息的。"这里，詹姆斯选择的词汇，和斐德洛为"良质形而上学"做基础切分时所用的词汇完全一样。

"良质形而上学"为詹姆斯的实用主义和彻底的经验主义补充的思想是，诞生了主体和客体的基本实在是价值。如此一来，似乎就把实用主义和彻底的经验主义整合进了单一的结构中。价值，既是对真理的实用检验，也是基本的感知经验。"良质形而上学"说，纯粹经验就是价值。不被认为有价值的经验是不会被经验的经验。二者是一回事。这就是价值契合的地方。价值不是处于一系列肤浅的科学推论的末尾，这些推论只能把它置于大脑皮层的某个说不清道不明的地方。价值处于经验过程的最前锋。

在过去，经验主义者努力使科学从价值观中解放出来。价值观被认为是对理性的科学程序的污染。但是"良质形而上学"阐明了，这种污染来自演化的低级阶段对科学的威胁：静固的生物价值，比如威胁到詹纳[1]做天花实验的生物性恐惧；静固的社会价值，比如使伽利略受到行刑架威胁的宗教审查。"良质形而上学"说，科学对生物价值和社会价值的经验性排斥不仅在理性上是正确的，在道德上也是正确的，因为科学的心智模式比旧的生物模式和社会模式处在更高的演化层级上。

但是"良质形而上学"同样认为，跃动良质这一价值力量——能够在优雅和繁琐的数学解法中选择优雅的，在精巧和混乱模糊的实验中选择精巧的——完全是另外一回事。跃动良质是比静固的科学真理更高的道德秩序，科学哲学家们想要压制跃动良质，正如教会权威压制科学方法一样，是不道德的。跃动价值是科学不可分割的一部分。它就是科学发展的前锋。

好了，这些自然回答了这个问题："良质形而上学"是否是一种异质的、着魔的、离经叛道的世界观。"良质形而上学"是二十世纪美国主流哲学的延续。它是实用主义和工具主义的一种形式，

---

[1] Edward Jenner(1749—1823)，免疫学之父，发明了天花疫苗。——译注

它说，对真理的检验标准是"好"。它进一步说，这里的"好"不是一种社会规范或什么黑格尔式的绝对精神的心智化。它是直接的日常经验。通过指出纯粹价值就是纯粹经验，"良质形而上学"为一种更宽广的看待经验的方式铺平了道路，它能解决所有那些传统的经验主义所无法处理的怪诞问题。

斐德洛想，他可以读完所有这些詹姆斯的材料，但他怀疑还能不能找到不同于他目前已经读到的东西。研究有时，总结有时，而他觉得，后者的时机已到。他的手表显示现在才九点半，但他很高兴这一天结束了。他把煤油灯的灯芯调小，吹灭，把它放到墙壁的位置上，然后在睡袋里躺好。

好好睡一觉吧。

30

他在一阵晃动中醒了过来。耳畔有低低的风声和拍水声。风向一定改变了。他很久没有听过这种声音了。船向左舷动了一点，然后，过了一会儿又向右舷动了一点……又过了好一会儿，再次向左舷移动……这样反复着。舷窗外面，是一片阴沉的天空。

船上这种声音与晃动总被他和孤独联系起来。一艘停泊在外、任风吹打的船几乎总是在一个孤独的地方，一个只有船才能到达的地方。

这是一种令人放松的声音。灰色的天空和风意味着这一天你可以愉悦地待着,哪儿也不用去。就在船舱里转转,修修一直没修理的东西,看看海图和港口手册,规划一下下一步去哪儿。

然后他想起来,今天要去镇上买点吃的。

然后他又想到莱拉,说不定今天他会看到她好点了。

他从睡袋里爬出来。当他把脚搁在舱板上时,没有通常的冰凉刺骨。船舱温度计显示55度[1]。不错。

这是大海的功劳。内陆的湖泊和运河将在大概一个月内开始结冰,但他怀疑这里的水根本不会上冻。潮汐和洋流会使它一直运动。当然,在这个环带外面的海水是永远不会上冻的,所以他已经脱离了这种危险。他随时可以驶出去。冰凌休想逮到他。

他攀上梯子,推开舱门,把头探出去。

真美啊。灰色的天空。南风。暖风带着海洋的气息。另外那两艘停泊的船已经不见了。

环带的曲线遮挡着曼哈顿和布鲁克林。他望向海湾西面,只能看到一艘停在那的驳船和几英里外一座高耸的公寓楼,那是另一个世界了。

他突然感到一阵狂野的自由。

风向的改变使他的船现在离岸近了一点,他注意到一些昨天没注意的东西。岸上全是垃圾,有塑料瓶、一个旧轮胎,更远处,一根半截没在沙中的涂了焦油的杆子,好像是过去的电话线杆。

---

[1] 华氏温度,大约13摄氏度。——译注

在它旁边是一只船壳,舭板已经碎了。桑迪胡克,好像是所有流入哈德逊河的文明弃物最终的安息场。

他看了看手表。九点了。他真的睡饱了。他又走下去,卷起睡袋,把昨晚用的书和字条都收起来。他重新点着火,并注意到剩下的木炭只够烧两天了。当火着起来以后,他走到海图桌,拉开第二个抽屉,抽出所有哈德逊河的海图,叠在一起,拿到靠椅铺位上方的柜子里存放好。他再也用不着它们了。为了取代它们,他拿出一卷从桑迪胡克到五月岬(Cape May)和特拉华河的海图。在海图桌上,他把它们铺开,挨个研究起来。

海岸线上有不少小叉号,表示失事船只。瑞乔提醒过他,不要在新泽西海岸附近撞上东北风。但是如果天气好的话,到五月岬的三天是很轻松的,先一路奔向马纳斯宽因莱特运河[1],然后有一段稍长的路到大西洋城(Atlantic City)。

斐德洛把海图叠好,放到海图桌的抽屉里。他给自己做了简单的早餐,吃过后又给莱拉做了一份。

当他把早餐拿进去时,她已经醒了。她脸上看起来并没有明显消肿,但是她又开始看他了,现在是"真的"在看他:目光相接。

"为什么船在摇晃?"她说。

"这很正常。"他说。

"它让我头晕,"她说,"让船不要摇晃了。"

---

[1] Manasquan Inlet,马纳斯宽河与大西洋连通的一条运河。——译注

她不仅是在说话,他想,她是在抱怨。真是有进步。"你那只眼睛感觉怎么样了?"他问。

"很糟。"

"我们可以敷上一块热毛巾什么的。"

"不要。"

"好了,你的早餐,吃吧。"

"我们在岛上吗?"

"我们在新泽西的桑迪胡克。"

"其他人都在哪儿?"

"在哪儿?"

"岛上。"她说。

他不知道她在说什么,但是有一个声音告诉他,不要问。

"这里不是岛,这里是沙嘴。没有人在这,至少在这附近没有。附近只有很多垃圾。"

"你知道我说的是什么。"她说。

他感到麻烦出现了。如果他排斥她跟他说的话,那么她也会排斥他。他不想那样。她现在正试着向他伸出手来。他也该伸出手去迎接她。

"哦,这差不多是一个岛。"他说。

"理查德来了。"

"瑞乔?"

她什么也没说。他想她一定是说瑞乔。没有别的理查德了。

"瑞乔说他要去康涅狄格把他的船卖了,"斐德洛说,"这里是新泽西,所以他不会往这边来。"

"我准备好了。"莱拉说。

"太好了,"他说,"那太好了。我要去街上买点东西。你想一起去吗?"

"不想。"

"好吧。你可以在这休息,多长时间都行。"他说。他向后退,把门关上。

准备好干什么?进入主舱的时候,他在心里揣度着。他们要把他们的电影强加给你。这就像对一个宗教疯子说话。你不能跟她争论,你只需要找到共同的基础。她无疑好多了,但是还有很长的路要走。

他不知道把她一个人留在这是否安全。他没有别的什么办法。这比在码头上让她可以和其他船上的人接触要安全多了。上帝知道那会发生什么。

海图上表明,紧邻海岸有一条路,他可以步行或搭便车往南走三英里,到一个叫作纳维辛克高地 (Highlands of Navesink) 的地方,那里可能有商店。

他从一个小抽屉里拿出他的皮夹子,塞入二十美元,然后从海图桌旁的一个储物柜里拿出两个帆布手提袋用来装东西。他跟莱拉道了别,然后又从甲板上下到小艇,划到岸上去。

海滩上好像都是浅灰色的细沙。他举步走到细沙上,把小艇拉上海滩，然后把它绑在一根钉在粗大的浮木末端的铁钉上。他在船上就注意到的垃圾遍地都是，他一边往路上走一边留心观察：一些玻璃瓶子；许多泡白了的小块浮木，上面的棱角和凹沟都磨光滑了；一只鞋垫；一只箱子，上面有褪色的"百威"啤酒标签；几张旧垫子；一个木头的玩具火车头。

他想他会不会像莱拉一样看到一个玩具娃娃，但是他没看到。

更远处有一个泡沫塑料咖啡杯，一只轮胎，又一个咖啡杯，几根被烧过的大木头，上面有生锈的铁钉，他必须从上面跨过去。所有这些看着都破旧、褪色，好像是从海湾那边漂过来的，而不是被游客带来的。对游客来说，这里毫无价值。这样一个荒村野店般的地方，却与曼哈顿近在咫尺，使人有异样的感觉。这里其实不是农村，只是被荒废了罢了。它是什么东西的遗迹。植被就是植被的遗迹。

垃圾后面有几株常青树，好像是紫杉或者桧柏。灌木只剩下稀疏的红叶。后面更远处，是不同种类的湿地杂草，一片金黄中点染着绿色，看上去就像史前植物一样纯洁无染。

湿地另一头，一个立标旁边，站着一只白鹭。

斐德洛找到了海图上说的那条路，平整的柏油路面，干净、幽僻。放开腿走路的感觉好极了。

这儿的漆树刚刚变红。

又一条道路。他走过多少这样的道路？

十月是步行的好时候。

他沿着两旁是大树与灌木的道路前行，有一种奇妙的感觉：此时此刻他就置身于这里。跃动。

莱拉开口说话了。这是一个成就。它说明他走在正确的道路上。

还弄不清她关于岛和瑞乔的话是什么意思，但是会弄清的。关键是不要去逼她，不要制造对立。把莱拉这样的人送到萨摩亚去治疗是一个诱人的想法，但那没用。精神病人的问题在于他们处于任何文化之外。她自己就是一个文化。她具有任何其他文化都看不见的现实。那是必须被重构的。如果接下来的几天他不给她任何麻烦，她自身的某一种文化就有可能自行把一切理顺了。

他不会把她送往任何一家医院。他现在明白了。在医院里，他们只会给她注射各种药物，并告诉她去调整。他们看不见的是，她一直在调整。那就是精神失常的本质。她一直在调整以适应什么东西。疯癫就是调整。疯癫不一定是在错误的方向上迈步，它可能是朝着正确的方向走出间接的一步。它并不一定是一种病。它可以是疗愈的一部分。

他不是这方面的专家，但是在他看来，"治愈"一个精神病人的问题，就像"治愈"一个穆斯林、"治愈"一个共产主义者，或者"治愈"一个共和党人或民主党人的问题一样。告诉他们错得多么离谱是没什么用的。如果你能说服一个毛拉[1]，一旦他改信基督，所有的东西都会变得更有价值，那么这种改变不但有可能，而且是很有可能的。但是如果你不能，那就算了吧。如果你能说服莱拉，把她的"婴儿"看成一个玩具娃娃比把她的玩具娃娃看成一个婴儿更有价值，那么她"疯癫"的情况就会好转。但是在此之前并不能。

玩具娃娃这件事是为了解决其他问题的，孩子的问题，但是他不知道是什么。重要的是支持她的幻觉，然后慢慢地使她走出来，而不是打击这些幻觉。

这里的陷阱，几乎任何一个哲学家都会看出来，就是"幻觉"这个词。产生"幻觉"的总是别人，或我们过去的自己。现在的我们从来不会产生"幻觉"。幻觉可以是一群人共有的，只要我们不在其中。如果我们是这群人中的一员，那么这个幻觉就变成了"少数派意见"。

一个精神病人的幻觉根本不可能被一群人共有。如果很多人相信同样的幻觉，那么这个人就不会被认为是精神病。疯癫也不被认为是会传染的疾病。如果又有一个人，或两个人三个人开始相信他，那么这就是一种宗教。

因此，当精神正常的意大利或西班牙成年人扛着基督的雕像行走在街道上，这不是精神失常产生的幻觉。这是一种有意义的

---

[1] 毛拉，Mullah，伊斯兰国家（或地区）对人的一种敬称。——编者注

宗教行为，因为他们的人太多了。但是，如果莱拉无论走到哪儿都带着一个孩子的胶皮像，那就是精神失常的幻觉，因为只有她一个人。

如果你问一个天主教牧师，他在弥撒时端着的圣饼是否真的是耶稣基督的肉，他会说是的。如果你问："你是说象征上是么？"他会说："不，我是说实际上是。"类似地，如果你问莱拉，是否她怀里的孩子是一个死去的孩子，她会说是。如果你问："你是说象征上是么？"她也会回答："不，我是说实际上是。"

人们会认为这样说是没错的：除非你能理解圣饼真的是基督的身体，否则你无法理解弥撒。用相同的力量，可以这样说：除非你理解那个玩具娃娃真的是一个婴儿，否则你永远无法理解莱拉。她自成文化。她自成宗教。主要的区别在于，基督教，自从君士坦丁的时代以来，就得到巨大的官方社会模式的支持。莱拉则不是。莱拉的个人宗教无人问津。

这倒也不是完全公平的比较。斐德洛想，如果世界的主流宗教只由雕像、圣饼和其他这类物品组成，它们早就在科学知识和文化变革面前消失了。使它们继续发展的是其他东西。

把宗教和疯癫摆在同一个平面上比较，听起来有亵渎之嫌，但他的用意并不是要贬低宗教，而只是想阐明疯癫。他认为，把"疯癫"和"宗教"这两个主题在认识上分割开来，同时削弱了我们对二者的理解。

当前关于宗教的主客体化观点认为——这种观点一直以来保

持静默,以免激起信徒的不满——宗教神秘主义和疯癫是一回事。宗教神秘主义是一种心智垃圾。它是过去迷信的黑暗时代的遗存,那个时候人们没有知识,整个世界都越来越深地陷入污秽、疾病、贫穷和无知之中。这种幻觉没有被称为发疯,仅仅是因为信他的人太多了。

相似地,直到很晚近的时候,东方宗教和东方文化因为深陷迷狂的神秘主义,遭受着疾病、贫穷和无知的摧残,还被视为"落后"。如果不是因为日本突然退出主客体的文化,使它看起来有点落伍,围绕这一观点的文化免疫系统将是坚不可摧的。

"良质形而上学"将宗教神秘主义视为与跃动良质相同的东西。它说,持主客体思想的人把宗教神秘主义和疯癫等同起来"几乎"是没错的。这二者"几乎"是一回事。疯子和神秘主义者都把自己从他们文化的传统静固心智模式中解放了出来。唯一的区别是,疯子转向了他自己私人的静固模式中,而神秘主义者弃绝了所有的静固模式,追求纯粹的跃动良质。

"良质形而上学"认为,只要精神治疗方法还处在一个主客体形而上学的理解框架之内,它就总会对疯癫寻求一个模式化的解决方案,而不是一个神秘主义的解决方案。乔克托印第安人不分蓝绿,讲印地语的人不辨冰雪,出于完全相同的原因,现代心理学家分不出模式化的现实和非模式化的现实,因此也分不清疯子和神秘主义者。他们看起来都一样。

当苏格拉底在他的一篇对话中说:"我们最高的福祉以疯狂的

形式到来，如果这种疯狂是神赐给我们的礼物。"精神病专家根本不知道他在说什么。或者，当同样的意思在"头脑被触摸"(touched in the head)这一表示被上帝触摸的表达中显露蛛丝马迹时，这一表达的根源被看作是无知和迷信而被无视了。

这是克利夫兰港口效应的另一个例子，你看不到你没在寻找的东西，因为当一个人在文化记录中翻找对疯癫和宗教的认识有什么联系时，他很快会发现它们到处都是。甚至连疯癫是"被恶魔占据了"的这种思想，都可以被"良质形而上学"解释为一种低级的生物模式，那个"恶魔"，想要僭越到服从文化信念的高级模式之上。

"良质形而上学"表明，除了已有的对付疯癫的解决方案——要么服从文化模式，要么被关起来——还有另一种方案。这个方案就是瓦解一切静固模式，不论是正常的还是疯癫的，找到现实的基础，跃动良质。它独立于所有的静固模式。"良质形而上学"认为，正常人通过压制导致疯癫的跃动驱力来强制达到对文化的服从是不道德的。这种压制是演化的低级模式试图吞噬高级模式。静固的社会和心智模式只是一种演化的中级阶段。它们是生命进程的好仆从，但是如果容许它们成了主人，它们就会毁掉生命的进程。

当这个理论框架可用时，它就为当前精神病治疗中的一些谜团提供了解决方案。比如，医生们知道电击疗法"有效"，却喜欢说没人知道为什么。

"良质形而上学"提供了一个解释。电休克疗法的价值并不在于它们把精神病变回了正常的文化模式。它当然做不到这一点。它的价值在于，它摧毁了所有的模式，不论是文化的还是个人的，使患者暂时处于跃动的状态。电击做的事情和用棒球棒击打患者的脑袋产生的效果是一样的，就是把他打得失去意识。事实上，它就是为了模拟棒球棒击打头颅的效果又避免头颅受伤的风险，乌戈·塞尔莱蒂 (Ugo Cerletti) 首先开发了电休克疗法。

但是在主客体的理论框架内，人们看不到这一事实：这种失去觉知的无模式状态是存在的宝贵状态。当患者处在这种状态时，精神病医生当然不知道如何是好，于是患者常常又回落到发疯的状态，结果不得不被一次又一次电击。但是有时，在片刻的禅慧中，这个患者看到了他自己彼此冲突的模式表象，也看到了文化的模式表象，一个让他日复一日遭受电击，一个让他从制度中解脱出来。因此他做出一个明智而神秘的决定，离开这里，有什么法子用什么法子。

以价值为中心的形而上学还解释了另一个精神病治疗中的谜，就是平和、安静和孤独的价值。几百年来，这一直是精神病治疗中的主要方法。别管他们。真是讽刺，精神病院和医生们做的最好的事，正是他们没做的事。可能他们害怕某个主持正义的记者或改革者找上门来说："看看那些可怜的疯子，在那里没人管没人问。非人的待遇。"所以他们不会对这一部分大肆宣传。他们知道这样有效，但是无法自证，因为他们的工作离不开文化背景，而整个文化背景都说，什么都不做和做错是一样的。

"良质形而上学"说，一件在精神病院里偶尔发生，却在神秘主义的隐修中刻意达成的事情，是一种在梵语中被叫作dhyāna[1]的自然的人类生命状态。在我们的文化中，dhyāna被模糊地说成"冥想"(mediation)。正如传统的神秘主义者们寻找寺庙、道场、远僻处作为孤独、安静的归隐之所，精神病人也会因被隔绝于相对平静、简朴和沉寂的地方而得到疗愈。有时，由于这种隐修一般的清静和与世隔绝，患者会达到一种被卡尔·门林格尔[2]描述为"比治好还好"的状态。他实际上处在比他得精神病之前更好的状态。斐德洛猜想，在很多此类"偶然"的案例中，患者自己学到了不去依附任何静固的观念模式——无论是文化的还是个人的，或其他任何一种。

在精神病院里，这个dhyāna被低估了，甚至遭到了破坏，因为没有一种可以科学地理解它的形而上学基础。但是在宗教神秘主义者中，特别是东方神秘主义者中，dhyāna属于所有练习中被修习得最为深入的。

西方对待dhyāna的方式是一个完美的例子，展示了文化的静固模式是如何使一个事物消失不见的，即使这个事物明明白白地存在着。在这个文化中的人被催眠了，以为他们没有冥想，即使他们实际上处于冥想之中。

---

[1] 中文常译为"禅定"。——译注

[2] Karl Augustus Menninger(1893—1990)，美国精神病学家。——译注

dhyāna就是这艘船全部的意义。这就是斐德洛买它的目的。在这里可以一个人安安静静地待着,不引人注意,从而让自己得到安顿,以自己真正的样子,而不是以别人认为的或期望的样子活着。这么做,他认为自己并没有把船用于一个特殊的目的。像这样一艘船的目的从来就是如此……傍海木屋也是这样……湖滨小筑也是……远足小径……高尔夫课程……这一切的背后就是对dhyāna的渴望。

还有假期[1]……这是多完美的名字……假期,一次清空……那就是dhyāna,清空生命中所有静固的杂物和垃圾,进入无法定义的安宁。

这就是莱拉现在的状态,一个巨大的假期,清空她生命中的垃圾。她抱紧新的模式,因为她认为这能抵挡旧的模式。但是她必须做的,是离开任何模式,不论新旧,去放个假,在空白中度过一段时间。当她这么做时,文化有义务不去打搅她。最道德的行为就是为生命创造出前进的空间。

"良质形而上学"把宗教神秘主义和跃动良质联系了起来,但是,如果以为"良质形而上学"在为哪一种宗教教派的静固信仰背书,那显然是个误会。斐德洛认为宗派信仰是跃动良质堕入社会的静固残余,尽管有些教派比另一些堕落得少些,但是没有哪个教派说出了全部真理。

---

[1] vacation,根意为"空"。——译注

他最喜欢的基督教神秘主义者是约翰尼斯·埃克哈特(Johannes Eckhart)，他说："汝果欲完美，勿呼告上帝。"埃克哈特指出了一个深奥的神秘主义真相，但是你可以猜到，它从静固的教会权威那得到的是怎样的掌声。"歪曲之声，冒进，有异端倾向"，这就是通常的裁决。

从斐德洛所能观察到的情况来看，在几乎所有的宗教组织中，神秘主义者和牧师都常常以猫狗关系共存着。这两伙人互相依存，又互相憎恶。

有一句谚语说："教区有圣徒，主教心如堵。"这是斐德洛最爱的谚语之一。圣徒的跃动认识，使其难以预测，无法被控制。而主教的日历排满了要去出席的静固仪式、要推动的募资计划、要付的账单、要会见的信徒，要是他不用点手腕，那个圣徒会把一切都弄乱。即便这样，圣徒还是可能做出完全无法想象的事情，让所有人不得安宁。真是为难啊！主教们花费几年，几十年，甚至几百年才关上的地狱之门，圣徒一天就能打开。圣女贞德就是一个有代表性的例子。

在所有宗教里，主教们都想用各种静固的诠释给跃动良质镀金，因为他们的文化要求如此。但是这些诠释变得好像是缠绕大树的金藤蔓，遮蔽了大树的阳光，最终扼死了它。

斐德洛听到身后有汽车驶过来。当它接近的时候，他伸出手，竖起拇指。车停了。他告诉司机，他想找一家商店。司机把他载到大西洋高地后离开了。在一家超市里，斐德洛把所有看着不错的食品都塞进手提袋，然后又搭了一辆车，回到离桑迪胡克旁边那条路最近的路口。他扛起袋子——现在相当重了——期待着再遇到一辆顺路车，但是没有。

他继续思考莱拉的精神失常问题，还有它和宗教神秘主义的联系，以及二者怎样被"良质形而上学"整合到理性之中。他推想，一旦这种整合发生，跃动良质和宗教神秘主义合而为一，那么对于何为跃动良质，将产生排山倒海般的信息。当然，很多宗教神秘主义都只是"呼告上帝"的低级形式罢了，但是如果你追溯它的源头，不拘泥于呼告的表面，就会看到很多有趣的东西。

很久以前，当他第一次探索良质的思想时，他推想，如果良质是我们一切认识的本源，那么最好的观察它的地方就是在历史的开端。那个时候还没有被如今泛滥的静固心智模式塞满。他在古希腊哲学中追溯到了良质的源头，并且认为他已经到达了他所能到达的最远处。后来他发现，他可以追溯到古希腊哲学家之前的时代，修辞学家的时代[1]。

哲学家通常把他们的思想说成是来自"自然"，有时也说是来自"上帝"。但是斐德洛认为二者都不完全准确。哲学家研究事物的逻辑秩序，这种秩序是从"神话"中衍生出来的。这个神话就是社会文化及其发明出来的一套话语，必然是先有后者，哲学才成

---

[1] 这部分论述的详情见作者关于良质的前作《禅与摩托车维修艺术》。——译注

为可能。当然了,大多数古老的宗教言论都是荒诞的,但是不论荒诞与否,它们都是我们现代的科学言论之父。这一"神话先于逻各斯[1]"的论题与"良质形而上学"的论断是一致的:良质的心智静固模式建立在良质的社会静固模式之上。

当斐德洛挖掘古希腊的历史,追溯到神话向逻各斯嬗变的时代,他发现古希腊的修辞学家,那些智术师,曾教授过他们称为"areté"的东西,它是良质的同义词。维多利亚人曾把"areté"翻译为"美德",但是维多利亚人的"美德"隐含着对性的压制、谨小慎微的言行和一种"我比你高贵"的势利。这与古希腊人的意思相去甚远。在早期的古希腊文学,特别是荷马史诗中,areté是一个非同小可的核心词。

溯源到荷马,斐德洛确信,他已经追溯到人类所能到达的最远的地方。但是有一天,一些碰巧读到的东西震惊了他。上面写道,通过语言分析 (Linguistic Analysis),你可以走得更远,回到荷马以前的神话。古希腊语不是独创的语言。它的前身,现在被叫作原始印欧语 (Proto-Indo-European language),还要久远得多。这种语言没有留下任何残迹,但是被学者们从梵语、古希腊语和英语这些语言的相似性中推衍出来,这些语言表明,它们都是一种共同的史前语言的余绪。在与希腊语和英语分化了数千年之后,印地语中的"母亲"一

---

[1] 逻各斯,Logos,是欧洲古代和中世纪常用的哲学概念,一般指世界可理解的一切规律,有"理性"的意义。希腊文这个词本来有多方面的含义,如语言、说明、比例、尺度等。——编者注

词仍然是"Ma",yoga不但形似、而且被翻译为"yoke"[1]，一个印度的rajah[2]头衔听起来之所以像是"regent"[3]，是因为这两个词都是原始印欧语的遗存。今天，一本原始印欧语字典包含超过一千个条目，以及散入一百多种语言中的派生词。

仅仅为了满足好奇心，斐德洛决定看看areté是不是在里面。他在"a"词条下面查看，失望地发现并没有。然后他注意到一句话，说古希腊人并不特别忠实于原始印欧语的拼写。在他们的诸般过错中，古希腊人在很多原始印欧语词根前加上了"a"前缀。他在"r"下面查看有没有areté来验证这一说法。这一回，大门洞开。

areté的原始印欧语词根是词素 rt。在areté旁边，是装满其他rt 衍生词的宝库："arithmetic"(算术)、"aristocrat"(贵族)、"art"(艺术)、"rhetoric"(修辞)、"worth"(价值)、"rite"(仪式)、"ritual"(礼节)、"wright"(木工)、"right"(右)、"right"(正确)。除了算术，所有这些词都似乎和良质有着同类词般模糊的相似性。斐德洛仔细地研究它们，沉浸其中，揣摩着是一种什么样的观念，一种怎样的看待世界的方式，能够产生出这样一个词汇表。

当这个词素在aristocrat和arithmetic中出现时，意指"第一"。rt 意味着首要。当它在art和wright中出现时，它似乎意味着"被创

---

[1] yoke的词意为"轭"，根意为"连结"两头动物一起干活。yoga一词源于梵文，即"连结"之意，引申为与灵的连结，即"瑜伽"。——译注

[2] 意为邦主、王公。——译注

[3] 意为摄政者。——译注

造的"和"美的"。ritual的蕴意是"重复的秩序"。词汇right有两个含义:"右手的"和"道德与审美上正当的"。当所有这些含义交缠在一起,关于词素rt更完整的图景就浮现出来了。rt 意指"首要的,被创造出来的,具有道德与审美正当性的美的重复秩序"。

有趣,在今天的科学中,算术仍然享有这一地位。

后来,斐德洛发现,虽然希伯来人来自"河的另一边"[1],并不属于原始印欧语族群,但他们有一个相似的词,arhetton, 意思是"唯一",并被认为是极为神圣的,不允许说出来。

那个右手性也很有意思。他读过一本罗伯特·赫兹 (Robert Hertz) 所写的人类学著作,叫作《右手的优势》(La Prééminence de la Main Droite)。书中展现出,将左手视为"邪恶"几乎是一个普遍的人类特征。我们现代的二十世纪文化是少数例外之一,但是即使在今天,在法律宣誓、军人敬礼、互相握手的时候,或是当总统在就职典礼上承诺支持国家的首要的被创造出来的具有道德和审美正当性的美的重复秩序的时候,都必须伸出右手。当学童对象征着族群之美和道德正义的旗帜宣誓效忠的时候,他们必须做相同的举动。史前的 rt 仍然在我们身边。

关于这个原始印欧语的发现,只有一个地方不太对,斐德洛一开始想要无视它,但是它总要冒出来。这些含义,放到一起来看,跟他对areté的诠释并不是一个意思。这些含义中有"重要"的

---

[1] 指跨过红海海峡,出自希伯来人逃出埃及的典故。——译注

意味，但是这种重要是正式的、社会性的、程序上的、人造的，几乎就是他所说的良质的反义词。rt的意思是"品质"，这没问题，但是它所指的品质是静固的，不是跃动的。他本来希望它是另外的样子，但是看来它真的不是。礼节，那是他最不希望areté成为的东西。坏消息。看起来，可能维多利亚人把areté翻译为"美德"倒是更好的，因为"美德"蕴含了在礼节上对社会规则的服从。

当他在灰暗的心境中苦思rt这个词素的种种含义时，另一个"发现"到来了。他本来以为，这一次他无疑追到了Quality[1]-areté-rt这条线索的尽头。但是随后，从他久远记忆的沉沙中，他的头脑打捞出一个他已经很久没有想到或听到的词：ṛta。

这是一个梵语词汇，斐德洛还记得它的意思：ṛta是"万物的宇宙秩序"。然后他想起来，他曾读到过，梵文被认为是最忠实于原始印欧语言根源的，可能是因为它的语言模式被印度祭司们极为谨慎地保存了下来。

想起ṛta，他的脑中就浮现出一间阳光明媚的教室，明亮的棕黄色墙壁上挂满了粉笔灰。在教室前头，穆克吉先生，一个满头大汗、裹着腰布的婆罗门，正在把几十个古代梵文词汇灌输到这群学生的脑袋里——advaita, māyā, avidyā, brahmān, ātman, prajñā, sāṃkhya, visīṣṭādvaita, Rg-Veda, upaniṣad, darśana, dhyāna, nyāya——很多很多。他日复一日地教授它们，每讲到一个，就微

---

[1] 良质。——译注

微一笑，那预示着后面还有几百个。

斐德洛坐在教室的最后面，挨着墙壁，木头桌子破旧不堪。他浑身是汗，被嗡嗡的苍蝇烦透了。热量、光线和苍蝇都从那边墙上的开口自由进出。那个开口没装玻璃窗，因为在印度，你不需要玻璃窗。他的手搁在笔记本上，下面都洇湿了。他的钢笔不能在洇湿的地方写字，所以他避开它。当他翻页之后，发现汗水也洇湿了下一页。

在这样的高温里，要记住所有那些词是什么意思，真是苦不堪言——ajīva, mokṣa, kāma, ahiṃsa, suṣupti, bhakti, saṃsāra。它们左耳进右耳出，好似烟云。透过墙上那个开口他能看到真正的云——巨大的季风云耸立在数千英尺的高空——下面，白驼峰的辛地(Sindhi)牛正在吃草。

他以为这些词汇他很多年前就忘光了，但是现在，这个 ṛta 又回来了。ṛta 来自《梨俱吠陀》中最古老的部分，而《梨俱吠陀》是已知最古老的用印度-雅利安语写成的文献。太阳神苏利耶(Sūrya)从 ṛta 之居所开始驾车穿过天庭。伐楼拿神(Varuṇa)——斐德洛求学的城市就以它命名——是ṛta的主要支柱。

伐楼拿是全知全能的，并被描述为一直在见证着人类的诚实和谎言——"永远是两个密谋者身旁的第三只眼"。他实际上是正义之神，是一切宝贵和美好事物的护卫者。文献上说，伐楼拿的显著特点就是他始终如一地坚守着崇高的原则。后来，他的锋芒被因陀罗(Indra)掩盖，因陀罗是雷神，也是印度-雅利安人的敌人的毁灭者。但是，所有的神都被想象为"ṛta的护卫者"，崇尚正义并确保正义得到发扬。

斐德洛有一本老教材，M.西里亚纳 (Mysore. Hiriyanna) 写的，上面有一个很好的总结："ṛta，词源上表示'路径'，最初意味着'宇宙秩序'，所有神祇的目的就是维护它；后来，它又表示'正确'，于是，众神不仅被认为是维护世界免于在物质上失序，也被认为是维护世界免于在道德上陷入混乱。一个观念隐含在另一个之中：宇宙中之所以存在秩序，是因为它被操控于正义之手……"

宇宙的物质秩序也是宇宙的道德秩序。ṛta 兼为两者。这正是"良质形而上学"所宣称的。它不是新思想。它是人类已知的最古老的思想。

斐德洛认为，ṛta 和 areté 是一回事这种认识价值连城，因为它提供了一幅巨大的历史全景图，在其中静固良质和跃动良质的基本冲突被解决了。它回答了为什么areté意味着礼节的问题。ṛta也有礼节的意思。但是，不同于古希腊人，印度人在他们数千年的文化演进中，为仪礼与自由之间的冲突付出了巨大的精力。他们在佛教和吠檀多哲学中对这一冲突的解决是人类心灵最深湛的成就之一。

ṛta的原始含义，在印度史上被称为婆罗门教的时期 (Brāhmaṇas) 经历了一次向极端仪式化的静固模式的转变，其严苛繁冗程度在西方宗教中都闻所未闻。正如西里亚纳所写的：

最初，祈求诸位自然神灵的目的，主要是讨他们的欢心，获得今生和来世的成功。于是这些祈求者自然而然地带上简单的礼物，如谷物和酥油。但是这样一种简单的膜拜形式却变得越来越复杂，随着时间的推移，产生了费尽心机的祭祀，还产生了一个特殊的阶层，专业的祭司，人们认为，只有他们能主持祭祀。后来的唱诵提到关于仪式的典故，这些仪式流传得非常久远，在仪式上献祭者会聘请好几个祭司。在这一时期，把供品奉献给神灵时的精神发生了改变。驱动着祭献活动的不再是祈求神灵降福避祸的心理，更确切地讲，是强迫、要挟他们满足祭献者的心愿……

祭祀的观念出现了深刻的转变，人与神的关系也随之发生了转变。现在，人们所要坚守的就是小心翼翼地操办各种仪式中的每一个细节，同时相信，从中积攒的福报，无论在此处还是在别处，都会自动地随之而来……于是，恪守仪礼被视为与自然法则和品德端正处于相同的层次上。

斐德洛想，在现代世界，你不用费力就能找到相似的情况。但是，使印度人的体验如此深刻的原因在于，跃动良质退化成了静固良质并不是故事的结局。在婆罗门教时代之后到来的奥

义书时代 (Upanisadic Period)，印度哲学百花齐放。跃动良质在印度思想的静固模式中再次涌现出来。

"ṛta"，西里亚纳写道，"几乎在梵文中不再被使用；但是，以dharma[1]的名义，同样的思想在印度人后来的生命观中再次占据了极为重要的地位。"

dharma更常见的含义是"一种宗教功德，被认为以某种不可见的方式运作，能保佑一个人未来的安康，不论在此处还是在别处。因此，人们相信特定的祭祀活动能引领祭献者在此生之后进入天国，在其他一些方面，则保佑他们此生此世得到健康、子嗣等"。

但是他还写道："它有时被作为一种纯粹的道德观念来使用，代表正确或美善的行为，能够达到某种形式的善果。"

dharma和ṛta一样，意味着"聚系"。它是一切秩序的根基。它等价于正义，它是伦理规范，它是使人获得圆满的稳定条件。

dharma是责任。它不是由别人主观强加的外部责任，也不是可以被立法修改或废止的一套人为规约。但它同样不是由自我的良知主观决定的内部责任。dharma超越所有这些内部和外部的问题。dharma就是良质本身，是光明的中心。它不但给予所有生命的演化以结构和目的，也给予演化着的认识——对生命创造的大千世界的理解——以结构和目的。

---

[1] 佛教中常译为法，或音译为达摩。——译注

在印度教传统中，dharma是相对的，依赖于社会条件。它总是具有社会层面的含义。它是维系社会的纽带。这与这个词古老的原义是吻合的。但是在现代的佛教思想中，dharma变成了现象世界——感知、思考和认识的对象。比如，一把椅子，不是由物质的原子组成的，而是由dharma组成的。

对于传统的主客体形而上学来说，这样的说法实属胡说八道。一把椅子怎么能由一个个微小的道德秩序组成？但是如果一个人运用"良质形而上学"，就能看到一把椅子就是一种无机的静固模式，而所有静固模式都由价值组成，并且看到价值就是道德的同义词，那么就豁然开朗了。

斐德洛意识到，这是一个答案，可能还是一个根本答案，回答了为什么在日本和中国台湾以及其他远东地区的工人，比起西方的工人更能保持如此优良的品质水平。在过去，神秘主义传统对无机静固模式、"自然规律"的低估，使得在这些文化中受科学驱动的技术乏善可陈，但是自从东方人克服了这种偏见，时代就转向了。如果一个人来自这样一种传统，在这个传统中，装配电子器件基本是一种道德秩序，而不仅仅是一堆中立的物质，那么他更容易感到，把工作做好是一种伦理责任。

斐德洛认为，东方的社会凝聚力和毫无怨言地长时间辛苦工作的能力，不是一种基因特质而是一种文化特质。它来自很多个世纪以前对dharma问题的解决以及它糅合自由与仪礼的方式。在西方，进步好像来自一系列自由和仪礼痉挛似的交替。反抗旧仪礼的自由革命建立了新秩序，这新秩序很快就成了另一个旧仪礼，又成为下一代革命的对象，如此反复。在东方，有各种各样的冲突，但是在历史上，这种类型的冲突并不占据主导地位。斐德洛认为，这是因为dharma同时包含了静固良质和跃动良质，没有矛盾。

例如，你可以从关于禅的文献中，以及里面对于"无字dharma"的执着寻求中推知，它是强烈反对仪轨的，因为仪轨就是"有字的dharma"。但那并不是实情。禅宗僧人每天的生活就是一个仪轨接着一个仪轨，一个时辰接着一个时辰，终生不辍。他们没有跟他说，打碎这些静固模式，去寻找无字的dharma，而是要他把这些模式做到极致！

这一矛盾现象的背后是这样一种信念：你不能通过用一种静固模式打败另一种静固模式的方式从静固模式中获得自由。这有时被叫作"恶业逐尾"。你要通过让静固模式归于沉寂来获得自由。方法就是，你对静固模式的掌握渐入化境，使它成为一种你无意识的本性。你如此习惯它以至于完全遗忘了它，那么它就消失了。就在静固的仪轨模式最单调最枯燥的中心，跃动的自由出现了。

在斐德洛看来，只要把这些仪轨仅仅看成是跃动良质的一个静固呈现，一个让世间被模式驱使的人们看见跃动良质的路标，那么这种仪式化的宗教没有任何问题。但始终有存在一种危险，就是把仪轨这种静固模式，误认为是它所代表的东西，而让它毁掉了它原本用来护持的跃动良质。

突然，两旁的树叶豁然敞开，眼前一片汪洋。

他在岸边驻足片刻，看着无尽的排排海浪从天边缓缓涌来。

这里的南风更强，让他感到凉爽。风力平和，像是季风。在开阔的大洋上，风毫无阻碍地吹向他。"空冥无际，何关神祇。"如果跃动良质有一个可见的具象隐喻，那么这就是了。

从这里看沙滩，比从桑迪胡克那一侧看到的沙滩干净得多。他很想前去漫步一会儿，但是他必须回船上去了。

……去看看莱拉。

对她从哪儿着手呢？这是个问题。从 ṛta 对良质的诠释角度，她需要更多的程式——不是那种和跃动良质对立的程式，而是显现着跃动良质的程式。但是，是什么样的程式呢？她不会去遵从任何一种程式。她所反抗的就是程式。

但这也可以是一个答案。莱拉的问题不在于她缺少跃动的自由。你简直看不出她还能怎么更自由。她现在需要的是稳固的模式来承载她的自由。她需要以某种方式重新融入日常生活的程式当中。

但是，从哪儿开始呢？……

……也许，可以从那个玩具娃娃开始。她必须抛弃那个娃娃。她不可能让任何人皈依她的宗教。她执着于这个念头越久，这个静固模式恐怕就印刻得越牢靠。这个防御性的模式和她想要逃离的模式一样糟，甚至更糟！如今，她不得不挣脱两套模式了，文化的和她自设的。

……他琢磨着，有没有可能利用那个玩具娃娃让她的防御性模式归于沉寂呢。干脆接受这个想法，把那个娃娃当成她唯一真实的孩子，以某种方式对待这个孩子，平息她心中所有的牵挂。她说过，那个娃娃，她的孩子，已经死了。她认为这里是什么岛屿。为什么不庄严地安葬这个娃娃呢？

这将是一个仪式，斐德洛心想。这正是莱拉需要的。不要对抗她的模式，而是吸收它。她好像已经把他看成是某个牧师一样的人物了。为什么要令她失望呢？他可以利用这个角色，试着埋葬她的娃娃，连同埋葬她疯癫的模式。他想，这是逢场作戏，有点假，但是这就是葬礼的本质：一个剧场。它当然不是给尸体准备的，而是帮助还要继续生活的人们放下牵挂和过去的模式。这场葬礼对于莱拉而言将是真实的。那个娃娃可能体现了她几乎所有的挂念。

rta。这就是她生命中缺失的东西。仪式。

星期一早晨回到工作中是 rta。星期五晚上拿到工资是 rta。走进便利店从货架上拿下给孩子的食物是rta。把星期五拿到的薪水用来付账更是rta。从始至终，整个社会机制就是rta。莱拉真的需要这些。

他只能悬想，这个仪式与天地的关联已经存在多久了？也许五万年，也许十万年。穴居人常被描绘成浑身长毛的无知蠢物，但是对当今原始部落的人类学研究表明，石器时代的人有可能从早到晚都活在仪式当中。清洗有仪式，造房子有仪式，打猎有仪式，吃饭有仪式，凡此种种，举不胜举，以至于"仪式"和"知识"的界限已经无法分辨。在没有书籍的文化中，仪式好似教化青年的公共图书馆，保存着共同的价值和信息。

这些仪式可能是连接演化的社会层级和心智层级的一环。你可以想象，与某些宇宙故事和神话有关的原始歌唱仪式或舞蹈仪式产生了最早的原始宗教。由此，最早的心智真理得以生发出来。如果总是仪式在先，心智原理在后，那么仪式就不会一直是心智的堕落腐坏。它们的历史顺序意味着，原理来自仪式，而不是相反。这就是说，我们不是因为信仰上帝才举行宗教仪式，而是因为我们举行宗教仪式才信仰上帝。如果是这样，这本身就是一个重要的原理。

但是过了一会儿，随着斐德洛继续前行，他对那个玩具娃娃的葬礼的热情又开始走下坡路了。他不想配合一套他并不真正相信的仪式。他有一种感觉，真正的仪式必须从你的内在本性中生发出来。它不是可以靠心智设计出来并修修补补的东西。

那场葬礼将是一次虚情假意的表演。当你带他回到的这个现实只是一场精心设计的骗局时，你怎能把一个人带回"现实"？这样不好。他在精神病院时从来没有配合过那样的表演，他敢说现在也不会有用。圣诞老人一样的玩意。谎言早晚会破……然后你怎么办？

斐德洛继续思考着，一会倾向这个念头，一会又倾向另一个念头，直到他看见一个路标，告诉他已经回到了马蹄湾。

当马蹄湾展现在他眼前，他看到他的船还好好地在那里，但是另一艘船停在它旁边，绑靠着它。

一股丝毫也不神秘主义的焦急袭上他的心头。

31

当斐德洛走近一些，他看到那是瑞乔的船。如释重负。但瑞乔应该去往康涅狄格啊。他来这做什么？

接着斐德洛就想起，莱拉说过瑞乔要来了。她怎么知道的？

到了小艇所在的位置，斐德洛把装货物的袋子放下，着手从原木的铁钉上解开小艇的缆绳。

"等等！"他听到有人说。

他转过身，看见瑞乔正站在船的甲板上，双手在嘴边拢成一个喇叭。

"我一会儿上岸。"瑞乔大声喊着。

斐德洛停手了。他看见瑞乔下船登上小艇。他很奇怪，为什么瑞乔不在那等着他过去。

斐德洛看着瑞乔慢慢地小心划过那不长的距离；他那高贵的身形越来越近，越来越清晰可辨。面带着微笑。当他的船靠岸后，斐德洛帮他连拉带抬地把船弄到沙滩上。

"我想，不如上岸来和你聊一会儿。"瑞乔说。他的笑容很正式，是计算出来的——一个律师的笑容。

"什么事？"斐德洛问。

"首先呢，我是来收钱的，"瑞乔说，"我在码头替你付了账。"

"我的上帝，"斐德洛说，"我把这事完全忘了。"

"可是他们没忘。"瑞乔说，并从口袋里拿出一张收据。

当斐德洛一边看着收据，一边摸出他的钱夹时，瑞乔说："我多给了他们一点钱，好安抚他们一下。他们以为是毒品交易什么的，不想卷进去。你一走，他们就平静下来，把整件事都抛到脑后了。"

"那太好了！"斐德洛说。

当斐德洛付给他钱时，瑞乔问："你这段时间在做什么？"

"我刚刚买了些东西，"斐德洛说，"至少够我们到大西洋城了。"

"哦，"理查德·瑞乔说，"不错。"

片刻的停顿。他的脸有些绷紧了。

"比尔·格派拉哪儿去了？"斐德洛问道。

"他必须得回去了。"瑞乔说。

"那太糟了。"

瑞乔似乎在等着他说下去，但不知为何，他没有那个心情。由于两人都无话可说，瑞乔看上去明显地紧张起来。

"我们何不散散步呢，"瑞乔说，"就沿着这条小路。"

"哦，如果你喜欢你去吧，"斐德洛说，"我只想回到船上去。"

我已经走了一整天了。"

"有些事我想和你谈谈。"瑞乔说。

"比如说？"

"重要的事情。"

瑞乔总是会为他没有说出的事情焦躁，但是现在看起来更严重。他的口头语言和他的肢体语言似乎南辕北辙。

"你还记得在金斯顿时我们讨论过莱拉吧？"

"是的，"斐德洛回答说，"我记得很清楚。"他想说得若无其事，但口气里还是流露出讽刺。

"在那以后，"瑞乔说，"你说的话一直在我的脑际徘徊不去。"

"你觉得对吗？"

"我好像无法停止对这件事的思考，所以我想再谈谈这个问题。如果莱拉在场，我们不太方便谈它，所以我想也许我们可以边走边聊。"

斐德洛耸了耸肩。他又重新把小艇的绳缆绑在生锈的铁钉上，然后和瑞乔一起走上离开公路的小径。

在这个方向上，木屑像地毯一样铺满了小径。随着他们继续前行，他看到这张地毯的材料变成了黑色的细石。小径的一侧有一块他之前没有注意到的路牌，上面写着："美国内政部。"湿地里还有那个旧立标，看起来和之前一样，但是那只白鹭不见了。

"你记得吧，你说过莱拉有良质。"瑞乔说。

"是的。"

"你是否介意告诉我你怎么得出这一结论的?"

哦,看在上帝的分上,斐德洛想。"这不是什么结论,"他说,"这是一种感知。"

"你怎么得出来的?"

"我没有'得出'它。"

他们无言地继续前行。瑞乔的手紧握着。他几乎可以听见齿轮在他头脑里旋转的声音。

他忽然气恼地说:"有什么好感知的!"

"良质。"斐德洛说。

"噢,别逗了。"瑞乔说。

他们继续走着。

瑞乔说:"那天夜里她跟你说了什么吗?那就是让你觉得她有良质的原因吗?你知道她有精神问题,没错吧?"

"是的。"

"我只是想确认一下。我从来都不太确定她到底在干些什么。她有没有告诉过你,自从我离开罗切斯特之后,她一直满纽约不停地追我?"

"没有,她没跟我说过。"

"每一间酒吧,每一家餐馆,该死,我到哪里,哪里就有莱拉。我告诉她,我不想跟她有任何关系。吉姆的案子了结了,跟我没关系了,但是到现在,我肯定你也很清楚她有没有听进去。"

斐德洛点了点头,什么也没说。

"她之所以走进金斯顿那间酒吧,是因为她知道我在那儿。那天晚上她在酒吧和你套近乎,你知道,那不是意外。她看见了你是我的一个朋友。我试着警告你,但你不听。"

斐德洛现在想起来了,莱拉在酒吧问过很多关于瑞乔的问题。这是真的。然后他又想起了一件事。"我当时醉得太厉害了,实在想不起来发生的事情,"他说,"但我模模糊糊记得一件事。在我们穿过你的船甲板去上我们的船时,我跟她说要轻轻地,别弄出任何声音,因为你可能就睡在甲板下面。她说'在哪儿?'我指了指船舱的位置,结果她提起行李箱,举过头顶,用全身力气砸向那里。"

"我想起来了!"瑞乔说,"就像发生了爆炸!"

"她为什么那么做?"

"因为我和她再也没有任何关系了!"瑞乔说。

"她为什么追着你不放?"

"噢,那不知从何说起了。"

"从二年级开始,她说过。"

瑞乔突然用一种近乎惊恐的眼神看着她。不论是什么让他如此紧张,都与这件事有关。

"她说她是唯一对你好的人。"斐德洛继续说道。

"不是那样的。"瑞乔说。

前方,灌木丛掩映着一些难以辨认的水泥残骸,像是从杂草中长出的现代雕塑。被麒麟草阻断的水泥板上露出锈蚀的金属螺栓。这看起来像是两台钢铁起重机的基座。

"她和以前不一样了,"瑞乔说,"你现在不会相信,但是在小学的时候,莱拉·布勒威特是你能遇到的最安静、最讨人喜欢的女孩。这就是为什么当你说她有'良质'时我会那么震惊。我怀疑你是不是看到了什么。"

"什么改变了她?"

"我不知道,"瑞乔说,"我怀疑同样的事情也发生在我们所有人身上。她长大了,发现这个世界并不是我们小时候以为的那样。"

"你和她有过性关系吗?"斐德洛问道。这是黑暗中的一声枪响。

瑞乔惊讶地看着他。然后他轻蔑地笑了起来。"每个人都和她有过!"他说,"在这上面你也不例外!"

"她是在那之后怀孕的吗?"斐德洛问道。

瑞乔摇摇头,做出一个推开的动作。"不,不要这么仓促下结论。谁都有可能。"

他们继续走着,斐德洛开始感到压抑。这条小路似乎没完没了,到不了任何地方。"我们还是掉头吧。"他说。

他产生了一种感觉,好像自己是一场谋杀案告破时的那个侦探,除了一点,那个侦探由于真相大白而心满意足,而斐德洛却没有一丝一毫的满足感。

他真的不想再跟这个人有任何关系了。

他们掉转头。在往回走时瑞乔说:"还有一个问题需要说一下。"

"什么?"

"莱拉想跟我回去。"

"现在?"

"是的。"

"去哪儿?"

"去罗切斯特。我认识她的家人和朋友,能让她得到照看。"

"得到照看?"

"认证机构。"

噢,我的上帝,斐德洛想。体制化。

一阵强烈的沮丧袭来。

他闷头走了一阵,什么也没说,因为他不想说错任何一句话。

最后他开口道:"我看那是个非常糟的主意。她在我的船上很好。"

"她想回去。"

"因为你这样劝说她。"

"绝对不是!"

"我上一次跟她谈话时,她说她想去南方,我们正要朝南走。"

"那不是她想要的。"瑞乔说。

"我知道她想要什么。"斐德洛说。

现在,瑞乔不说话了。

他们继续走着,没过多久,又能看见那两艘船了。

瑞乔说:"我不太知道怎么告诉你这件事,但你最好听听。"

"听什么?"

"莱拉说她希望我带她回罗切斯特……"他停顿了一下,"……因为你想要杀了她。"

斐德洛看着他。这回,瑞乔坦然地和他对视,他的紧张似乎也不见了。"所以,你知道问题所在了。"瑞乔说。

"这就是为什么我想要和你散散步,"瑞乔继续说道,"当我到这来时,我也没想到是这样。我只是来看看是不是一切都好。但是在这种情况下……我只好让你知情……尽管我竭力想避免……"

"我要跟她谈谈。"斐德洛说。

"她已经把她的行李箱和其他东西搬到我的船上了。"瑞乔说。

"那我就在那儿和她谈!"斐德洛说。

这真是飞来横祸。但是现在发飙只会起反作用。他登上小艇,瑞乔让他在前面划。他在自己的船上系好缆绳,上了船,在瑞乔赶上来之前,他越过救生索登上瑞乔的船。

他向下看去,他看到莱拉可怜的瘀青面孔正微笑着看他。然后微笑褪去了。可能她以为他是瑞乔。

他走到下面,坐在她对面。现在她看上去像瑞乔刚才一样紧张。

"你好。"他说。

"你好。"她回应他。

"我听说你想要回去。"

她低下头。负疚一样。这是他第一次看到她表现出负疚感。

他说:"我认为这是个非常大的错误。"

她还是低着头。

"为什么你要回去?"

她抬起头,然后终于说道:"我曾想和你一起走。你不知道我有多想。但是现在我改变想法了。有很多事情我想先去做。"

斐德洛说:"除了麻烦,没有别的什么在你回去的地方等着你。"

"我知道,但是他们需要我。"

"谁?"

"我妈妈,还有很多人。"

他看着她。"好吧!"他想问:如果他们这么需要你,为什么一开始你想到南方去?但是他没问。他想问:发生了什么?是瑞乔让你这么做的吗?谁让你这么做的?你知道你回去以后别人会对你做什么吗?这是不是某种自杀?上帝啊,莱拉,自从我遇见你的那一刻起,你没有做过一件聪明的事情,你知道吗?你什么时候能做一件明智的事呢?

但是这些话他都没说。他只是坐在那里,像个葬礼上的孩子,看着她。

他真的没有更多的话可说了。她想回去;他对此无能为力。

"你真的确定吗?"他说。

莱拉看着他,看了很长时间。他期待看到一丝怀疑闪现,继续等待着，但她只是坐在那儿，然后以他几乎听不清的声音低语道"……我很好……"

然后他又想了好一会儿，思索着有没有落下什么他还可以说的东西，他知道这是最后的机会。

他什么也没有想到。

最后，他站起来，说："好吧。"

他爬上甲板，瑞乔正站在那里。他说："她想要走……你们什么时候离开？"

"现在，"瑞乔说，"她想立刻离开，而我想，在现在这种情况下，这样更好些。"

斐德洛看着他开动帆船引擎，感到有些痴痴呆呆。他跨到自己的船上，帮瑞乔解开缆绳，然后在一种奇怪的瘫软中看着瑞乔调转船头，越过海湾驶向北方。

32

要把这一切理清楚需要一些时间。

一个小时以前，他还在打算用余生来照顾莱拉。而从这一刻开始，他将再也见不到她了。砰！砰！正像这样。

他的脑中就像远处那片海滩，全是飓风过后的旧轮胎、废弃船壳、漂白剂的瓶子。

他想，他现在需要的是时间和沉寂，使自己回到以前的状态。

所有这些事情似乎完全切断了他的过去。凡是过往,都烟消云散,在身后一去不返。现在大洋就在眼前,就在这沙带另一边。此地,此时,全新的生活正在开启。很快,他在此地的经历便会了无痕迹。

帆船在轻风中微微摇晃。它现在看起来空荡荡的。一片静寂。他又孤身一人了。好像莱拉从没来过……

他本该满心欢喜的。他不知道为什么会感到如此沮丧。这正是他想要的。他应该庆祝一番……

但是她必须以这样的方式结束,实在令人伤心。为什么她跟瑞乔说他要杀她?那真是太糟了。她知道他并没有想要杀她。她跟他说话时的整个态度都不是一个会这样想的人的态度。

……当然了,他从没听她说过他要杀她。他只是听瑞乔说她这样说过。

……但是瑞乔不至于对这种事撒谎。她一定是说了类似的话。

……让人格外伤心的是,这是他和她在一起的这些时间里,她第一次对他做出真正不道德的事情。当然,她的确说过他许多难听话。但那更多是出于自我辩护,而不是什么公然的恶意。她只是想跟他实话实说。但是这次她是在撒谎,所以她才会这么急着想离开这里。

这是他第一次看到她像那样低着头。这是最让人心碎的一幕。她身上最吸引人的东西就是那种直来直去、目光灼灼的样子,那是不在乎别人怎么看,只忠实于自我的人才有的样子。现在,那种东西不见了。这意味着她又回到她走出的静固模式里。她出卖了自己。体制打败了她。它到底让她屈服了。

就如同只要再迈出一步,她就能永远脱离苦海,可她却没有迈出这一步,转回了身。现在她彻底完了。那个混蛋将会让她付出整个人生的代价。

无论如何,斐德洛认为他必须得忙起来,并且准备好明天离开。他会把一切都安排妥当,天一破晓就出发。或许他可以一路行驶到巴内加特湾 (Barnegat inlet),如果他能进入那里的话。他得再看看海图。

不知怎么的,他不想离开。他什么都不想做。

……他觉得自己不该对莱拉那么苛刻。发生在她身上的都是非常可怕的事情。如果她想回到她认为更安全的地方,谁又能责怪她呢?

有意思的是,当她说他想杀了她时,那真是疯了——却并非完全不对。他的确想杀了她——不是那个生物上的莱拉,而是她的静固模式。如果她不能放手,这个静固模式才真的会杀了她。

站在静固的角度,逃向跃动良质似乎是一次死亡之旅。这是一种从有到无的运动。"无"和死哪有什么不同呢?由于跃动认识并未做出回答这个问题所必需的静固区分,所以这个问题无法回答。佛只能说:"汝自证 (see for yourself)。"

当早期的西方研究者初读佛典时,他们也把涅槃解读为某种自杀。有一首著名的诗是这样写的:

活着,
像一个死人。
像一个完全死去的人,
然后为所欲为。
一切得顺遂。

这听起来像是好莱坞恐怖电影里的东西,但它说的是涅槃。"良质形而上学"这样翻译它:

保持着生物和社会模式,
杀死所有心智模式。
完全地杀死它们,
然后顺从跃动良质,
道德得以实现。

莱拉仍然在走向跃动良质。所有的生命都是。对她生活模式的这一打断,看起来像是这一动向的一部分。

当斐德洛第一次去印度的时候,他好奇,如果走进纯粹跃动良质的开悟过程如此普遍地存在,为什么它只在这个世界的某些地方发生,而没有在其他地方发生?在那个时候,他认为这证明了整件事情不过是东方宗教的鬼话,相当于西方人叫作"天堂"的神奇国土。如果西方人表现得好,从牧师那里拿到一张入场券,就可以进入天堂了。现在他看到，开悟是遍布在世界各地的，正如同黄色遍布在世界各地一样。只是有些文化接受黄色，而另外一些却屏蔽了对它的认识。

莱拉可能永远都不会知道在她身上发生了什么，瑞乔和其他任何人都不会知道。她可能在她的余生中都认为这段遭遇是某种失败，而事实上，发生的可能不是失败，而是成长。

也许，如果瑞乔不来，她就在这里，在桑迪胡克，就能消灭所有不好的模式。但是太晚了，永远不可能知道了。

……奇怪，她会乘坐一艘叫作"Karma"的船来到金斯顿。船上的任何人都不太可能知道这个词的真正含义。这就好比给一艘船取名叫"因果关系"。在他很久以前学过的数百个梵文词中，dharma和karma被记得最久，也最难以理解。你可以对其他的词汇翻译或归类，但是对这两个词的翻译似乎永远没有终点。

"良质形而上学"把karma翻译为"演化垃圾"。这就是为什么它作为一艘船的名字听起来这么滑稽。这就好像在说她是乘着一艘垃圾运输船抵达金斯顿的。karma是痛苦，是执着于世界的静固模式而受的苦。摆脱痛苦的唯一出路是让你自己脱离这些静固模式，就是说，"杀死"它们。

杀死它们的一个常见方法是自杀，但自杀杀死的只是生物模式。这就像是因为受不了计算机上运行的程序而毁掉计算机一样。造成自杀的社会和心智模式还会被其他人继续背负下去。从演化的角度看，这其实是一种后退，因此是不道德的一步。

杀死静固模式的另一种不道德的方法是把这些模式传递给别人，斐德洛把这叫作"karma倾泻"。你生造出一个邪恶的群体，犹太人、黑人、白人、资本家或者共产主义者——叫什么不重要——然后声称这个群体要为你所受的痛苦负责，然后仇恨他们，想要消灭他们。在日常的个人层面上，每个人都会为自己的痛苦而憎恨和指责一些事与人，这种憎恨和指责会带来某种释放。

在金斯顿时，瑞乔的整个早餐布道就是一次karma倾泻。莱拉刚才的责难又是一次。这就是它为何让人这么难过。她一生中收到了太多的karma垃圾，而她无法清理，这就是让她发疯的罪魁祸首。现在她倾泻出了一些，这可能会使她的症状减轻，至少暂时如此，但这不是道德的解决办法。

如果你背负着大量的karma垃圾，为了让自己感觉好点而传播给别人，那是正常的。这个世界就是这样运作的。但是，如果你竭尽全力吸收它，不再传播出去，那就是最高的德行。这真的能提升一切，而不只是你自己，是整个世界。如果你看看历史上一些伟大的道德人物的生命——基督、林肯、甘地等等——你会发现，那就是他们真正投身的事业，通过吸收karma垃圾来净化世界。他们没有把它传播下去。他们的后来者有时会这样做，但他们没有。

另一方面，斐德洛认为，当你处于karma倾泻的接收端时，这会让你自由。如果他在莱拉精神失常的时候把她赶出去，他会在此后因为做了不该做的事情而不安。但是现在，以瑞乔和莱拉双双拒绝他的方式，他不可能因为她的离开而感到内疚。义务的约束被打破了。如果莱拉对他充满感激和依恋，他还会和她绑缚在一起。现在由瑞乔享此殊荣了。

……斐德洛看到，在船舱另一头的驾驶员铺位上，她的行李箱不见了。那里留下一个怡人的空洞。很好。这意味着他又可以把字条盒拿出来，而且又有地方可以摆弄它们了。这也很好。他还记得他写的那张"程序"字条：等莱拉下船再说。他现在可以把它去掉了。

他考虑自己是不是真的想回到那些字条上去。从它们自身来看，它们也是很多karma垃圾。严格地说，创建任何形而上学都是一种不道德的行为，因为它是一种演化的低级形态，心智，想要吞噬高级的神秘形态。当哲学学想要控制和吞噬哲学的时候是错误的，同样地，当形而上学想要以心智吞噬世界的时候也是错误的。它试图用静固的模式捕获跃动。但它永远都做不到。你永远无法成功。所以为什么要尝试呢？

这就如同去构建一个完美的无懈可击的棋局。无论你有多聪明，你都不可能对每一个人、于每一个时刻、在每一个位置都"正确地"落子。回答十个问题会导致一百个新问题，对那些问题的回答又导致一千个新问题。他不仅永远不能做到正确无误，而且他努力得越久，可能错得越厉害。

……然后，在他阴郁地思考着这件事的时候，他在铺位后面的

阴影里看到了别的东西:

那个玩具娃娃。

她没有带上它。

这也多少令人难过。在她为它百般折腾之后,现在她一走了之,把它丢在了身后。这也给人留下一种不道德的感觉。一个小女孩一走了之,把她的娃娃孤单单遗弃在那里,你会怎么想呢?当她长大后也会这么做吗?

他站起来,看着它。

这只是一个普通的机器塑模的橡胶娃娃——不是很贵的那种。它没有会动的眼睛。它的棕色头发是机器塑模的一部分。他看到它的头上有一处被磨破了,显然是在河里和什么东西摩擦了很久。但是如果它的头发是胶水粘上去的,可能现在已经完全脱落了。

它身上有些让人无比伤感的东西。坐在那,赤身裸体,没有性征。既纯真,又委屈。他不想看到它。他不想卷入其中。

……可他到底该怎么处理它呢?

……他不想把它留在船上。

他想,可以干脆把它从船上扔出去。它将和海滩上那些垃圾一样,没人会注意到它。也许在莱拉把它从河里捞出来之前,那里正是它要去的地方。

在它旁边有一件衬衫,看起来不像是他的。看着很新,很干净。他拿起衬衫。上面有一根锋利的别针，他把它拔出来，放在海图桌上。他想，如果上面还有别针，那它一定就是新的。

当他试着穿上它的时候，他无法在不吐气的情况下扣上纽扣。它太小了。这不可能是他的衣服。一定是莱拉落下的。莱拉带着一件男式衬衫做什么？现在他想起来，她曾用什么东西包过玩具娃娃，像是这件衬衫。这可能就是它的来历。但她为什么会给这个玩具娃娃买衬衫呢？她真是进到幻想世界了。

好吧，如果包裹这个玩具娃娃就是她买这件衬衫的目的，那看来这就是它现在最完美的用途。也许这有助于克服玩具娃娃给人的那种委屈感。

他把衬衫从玩具娃娃头上套进去。它像睡衣一样一直搭落到娃娃的脚下。看起来好多了。他把它脖子上的领扣扣好。这个玩具娃娃身上，有些东西使它充满了制造商从未赋予过它的良质。莱拉在它上面附加了一整套价值模式，这些价值依然附着在它身上。它几乎像是一个宗教偶像。

他把它放在驾驶员铺位边上，又回去坐下来，盯着它看了一会儿。穿上衬衫后，它看起来好多了。

偶像，就是这个玩具娃娃的实质。它是一个实实在在的宗教偶像，来自一个被废弃的，属于一个人的宗教。它具有所有偶像都具有的可怕特征，就是这些东西让他不寒而栗。一旦它们进入仪式，被人崇拜，这些偶像的价值就变了。你不能随便丢弃它们了，就像你不能把一个教堂的旧雕像丢进垃圾堆一样。

他不禁好奇他们到底怎么处理废弃的教堂雕像。他们有去神圣化之类的仪式么？他想起他曾为了莱拉想要给这个偶像举行一场葬礼。也许他应该为自己给它举行一场葬礼。只是为了安放它，而不让它变成垃圾。

有趣的感觉。人类学家可以利用偶像做很多事情。也许他们已经做过了。他隐约还记得有一本他一直想读的书，叫《上帝的面具》(The Masks of God)。你可以通过一种文化对其偶像的描述来获得对该文化的很多发现。偶像是一种文化最深层价值观的物化，而价值观是文化的实质。

这个玩具娃娃代表了莱拉内心最深处的价值，那是真正的莱拉。它道出了一些关于她的事情——与其他一切完全矛盾。它表明有两种矛盾的模式以巨大的力量冲撞着。结果是，这些构造板块由于位移产生了一次里氏大地震。一种模式，瑞乔所责难的这种，是朝着一个方向发展的；这个玩具娃娃代表着另一种模式，朝着另一个方向发展。于是这个偶像让莱拉把另一种模式物化，以减轻造成地震的那种压力。而现在她抛弃了它——这证明她要回到更糟糕的地方去。也可能不是。

也许，为了不让他自己变得更糟，他应该有尊严地埋葬它，他想，仅仅是为了他自己。

他听到"哐当"一声，然后意识到是小艇。买的货物还在下面。一切都发生得太快了,他把它们忘得一干二净。

他走上甲板,躬身下到小艇里,然后把货物袋提到船甲板上。现在,莱拉走了,他的食物至少够到诺福克了。可能还没到那儿就变质了。

他回到甲板上,把帆布袋一个一个从上面吊下去送进船舱,然后到船舱里把帆布袋放在铺位上,再把里面的东西掏出来放进冰柜。然后他看着那个娃娃偶像。

他把它拿起来,像抱自己的孩子一样用一只胳膊环抱在腋下,把它带到甲板上。在甲板上,他把它小心翼翼地放下,然后又迈进小艇,把娃娃带下来,放在前面的船尾横隔板上,摇桨划向岸边。好在他有那件衬衫,可以在需要的时候把这个偶像包起来。万一有人碰见他,他就解释不清了。

小路经过低矮的灌木丛,树叶又小又密,还有蓝灰色的小浆果。地上铺满橘黄色的小石子和沙子,上面还有一片片干草——空心的圆形芦苇秆,断成六英寸的一截截,大约四分之一英寸厚,叠成旋涡状。他怀疑是不是飓风造成的。前方,道路的一侧有几株凋落的秋麒麟草,旁边是一个内政部的调查标记。

再往后是一个做工精良的喷漆牌子,要求人们不要靠近湿地,以保护野生动物。好在通往镇上的主干道没有通向这个区域,这使它更加幽僻。

他听到头顶上传来一声大雁的鸣叫。他抬起头,看到三四十只大雁呈V字形飞向西北，方向不对……发疯的大雁。一定是这股暖流影响了它们。

带着这个偶像前行，斐德洛感到他们两个好像在共享着相同的经历，仿佛他又回到了童年，而它是一个想象中的伙伴。小孩子对娃娃说话，而大人们对偶像说话。他想到，娃娃让孩子假装自己是父母，而偶像则让父母假装自己是孩子。

他对此思考了一会儿，然后他的头脑构想出一个问题："如果我们现在在印度，你会怎么说？"他问这个偶像，"对于这一切，你会怎么说？"

他倾听良久，但没有回应。过了一会儿，他的脑海中传来一个似乎不是他自己的声音。

"这是一个皆大欢喜的结局。"

皆大欢喜的结局？斐德洛思量了一会儿。

"我不会称它为皆大欢喜的结局，"他说，"我会称它为没有完成的结局。"

"不，这对每个人来说都是一个欢喜的结局。"那个声音说。

"为什么呢？"

"因为每个人都得到了他想要的。"那个声音说。

"莱拉得到了她钟爱的理查德·瑞乔，瑞乔得到了他钟爱的自我正义，你得到了你钟爱的跃动自由，而我又可以去游泳了。"

"哦，你知道会发生什么吗？"

"是的,当然。"偶像说。

"那么,既然你知道莱拉会遭遇什么,怎么能说是皆大欢喜呢?"

"这不是问题。"那偶像的声音说。

"不是问题?他想把她关一辈子,还不是问题?"

"不是你的问题。"

"那它为什么让我耿耿于怀?"斐德洛问。

"你只是在期待你的奖章,"偶像回答说,"你想的是,也许他们会转身回来,对你的才能予以嘉奖。"

"但是他要毁了她。"

"不,"偶像说,"她不会让他从她身上得到任何好处。"

"我不相信。"

"现在是她拥有瑞乔,"偶像继续说道,"这是他的报应。从此以后,他将被她玩弄于股掌。"

"不,"斐德洛说,"他是个律师。他不会因为她失去头脑。"

"他无须失去,他的头脑已经迷失了,"那偶像说,"她会用他所有的道德律令来对付他。"

"怎么对付?"

"她会成为一个悔罪的人。她甚至会加入教会。她只要不停地告诉他他是一个多么了不起的道德楷模,幸亏他把她从你的恶爪中拯救了出来,他能怎么做?他怎么能不接受?他无法抗拒这些。

这些只会让他的道德自尊胀得像快要撑破的气球，而每次当它要瘪下去，他就必须回到她身边获得满足。"

噢，好一个偶像，斐德洛想。话中带刺，冷嘲热讽。简直有点邪恶。那是他自己皮囊下的真面目吗？也许是的。一个拿腔拿调的剧场偶像。一个日场戏偶像。难怪有人把它扔进河里。

"你是赢家，你知道的，"那偶像说，"……预定的。"

"怎么说？"

"你在整个旅程中做了一件道德的事，它拯救了你。"

"什么事？"

"你告诉瑞乔莱拉有良质。"

"你是说在金斯顿？"

"是的。你这么做的唯一原因是他出其不意地对你发难，而你未能像平时一样理智地作答。但是你改变了他的想法。如果不是因为这样，他不会来这里。在那之前，他对她毫无尊重，对你却非常尊重。而在那之后，他对你毫无尊重，对她却有几分尊重。所以你给了她一些东西，就是这些东西救了你。如果不是因为这一次道德的举动，当你明天沿着海岸线南下时，等待着你的就是守着莱拉的一生。"

斐德洛不爱听了。自己人格的一个分叉做出这样的评判令人心烦意乱——而且有些骇人。他不想再听这些话了。

"好吧，偶像，"他说，"你可能是对的，也可能是错的，但是我们已经走到了这条路的尽头。"

他们所在的位置看起来像是一座堡垒的废墟，状似印第安人的古老废墟，只不过印第安人的废墟都有好几百岁了。它看着有点像城堡，但它是混凝土浇筑的，有些地方已经损毁，生锈的粗钢筋从混凝土的损毁处支翘出来。它的一部分看起来像是个小圆形剧场的墙壁。很明显，那里是一座旧堡垒的护墙。在一个区域有一个悬挂式输送系统的残骸，可能是用来运输炮弹的。一面墙上有巨大的圆环，显然是为了承受一门大炮的后坐力。这门大炮现在已经不见了。有一棵美丽的无叶树仿佛一把巨伞在护墙中间生长出来。它只有大约十英尺高，宽度却远不止此。

当他往西北方向走时，他可以更清楚地看到这陈旧的混凝土结构的残骸已经破碎不堪，向一边倾倒，没入水中。

混凝土上有一些方形的洞口，人有可能掉下去。脚下的混凝土裂缝好像随时都会断裂。很显然，这些断裂和侵蚀是由沉降造成的，或许是海水的力量。但他猜测，真正的破坏者不是大海，而是那个多数军事设施的强大毁灭者，缺乏经费。

看见这座为展示人类对地球的统治而建造的旧堡垒正慢慢沉入大西洋，也算是乐事一件。它看起来正是安葬这个偶像的宝地。

他发现一个入口，通向混凝土下面的暗室，在那他能听到水在下面汩汩喧哗。他走进一扇竖着尖头铁栏杆和工字钢条的门。里面黑漆漆的，像个石窟，只有从下方透进来的光亮。

他沿着一堵满是坑洞的墙右转，下了五级台阶，有一个小梯口。他沿着台阶下行，用脚小心翼翼地试探着水泥地面，向左，又向前，然后又向右，走进一条漆黑的隧道。在那里，他看到光线是从混凝土粉碎处透上来的。在它下面，大西洋的海水冲刷着。

在幽微的光亮中，他看到墙上有一个黑色标记，是潮汐的高水位线。他将偶像以坐姿靠墙摆放，面向海水的入口，并将包裹它的衬衫仔细整理好。用不了几个小时，潮水就会涨上来，然后把它轻轻托起，带离这里。

他在心里对偶像说："好了，小小的朋友，你的一生也够奔忙的了。"

他后退几步，用他曾在印度学来的礼节，双手合十，微微鞠了一躬。然后，他感到事情都已完满，就转身离开了。

重回阳光之下，久违的神清气爽。几只蟋蟀正在鸣叫。他听到天空中传来一阵轰鸣，抬头一看，一架协和式飞机正在慢慢朝南转向，然后拉高，提速。

技术你好啊。这二十世纪的理智没有他被监禁的往日那么有趣，但是他能够完成的事情更多了，至少在社会层级上如此。别的文化可能会和偶像、动物的精灵、岩石的裂缝或祖先的魂灵说话，但是他不会。他还有别的事情要做。

当他回到船上的时候，他感到焕然一新。多么奇妙的一天。有多少人能像他这样，幸运地涤除玄鉴？他们都深陷于无休止的问题之中。

他登上一个旁边散落着桧柏枝的沙丘，大喊一声："啊——"他敞开了怀抱。自由！没有偶像，没有莱拉，没有瑞乔，没有纽约，连美国也没有。只有自由!

他抬头看着天空,旋转起来。啊哈,这感觉真好!他有多少年没有这样旋转了?自从他四岁以后。他又旋转了起来。天空,大洋,沙湾,海岸,环绕着他一圈圈旋转。他感觉自己像是旋转舞者[1]。

他一身轻松地回到船上,感到无所事事,亦无所用心。然后他想起,他曾在蒙大拿靠近拉美迪尔 (Lame Deer) 的北夏延人保留地上,走过像这样一条满是泥污的路。那是同杜森伯里和部落的酋长约翰·木腿一起,还有一个来自美国印第安协会的叫拉维妮·麦迪根的女人。

那是很久以前了。往事如烟啊。有一天他会回到印第安人那里。那是他开始的地方,也是他必将回归的地方。

他记得当时是春天,正是蒙大拿的好时候,清风从松林间吹来,带着冰雪初融和泥土解冻的清新气息。他们四人并肩沿路前行。忽然一条狗跑到路上来,那种以印第安保留地为家的邋遢、不起眼的狗。它高高兴兴地在他们前面走着。

他们默默地跟在这条狗后面走了一会儿。

拉维妮问约翰:"它是哪种狗?"

约翰想了一会儿,说:"它是一条好狗。"

拉维妮好奇地看了他一会儿,然后低头看向路面。随后她的

---

[1] Whirling Dervish,土耳其舞蹈,也叫旋转托钵僧舞,原本是苏菲教派进入冥想的一种仪式,后演变为舞蹈。——译注

眼角眯了起来。他们继续走着，斐德洛注意到她面带笑意，还自顾自笑出声来。

后来，当约翰离开之后，她问杜森伯里："他说'它是一条好狗'是什么意思，只是'印第安说法'吗？"

杜森伯里想了一会儿，说他觉得是的。斐德洛也没有答案，但不知为什么，他像拉维妮一样，觉得好玩又奇怪。

几个月以后，她在一次飞机失事中丧生。又过了几年，杜森伯里也走了。斐德洛自己的住院和恢复经历像阴云一样笼罩了他那一时期的记忆。他本来把这些都忘了，但是现在，突然之间，它们毫无来由地回来了。

一段时间以来，他一直在思考，如果他要证明"物质"只是来自古希腊的文化传承而不是绝对的实在，那么他只要看看非希腊源起的文化就可以了。如果在那些文化中找不到物质的"实在性"，那就证明他是对的。

现在，那条邋里邋遢的印第安狗的画面又回来了，而他明白了它的含义。

拉维妮是在亚里士多德的哲学框架中发问的。她想知道，走在他们面前的这个对象，可以从基因上、从物性上被归入犬类的哪一种。但是约翰根本不理解这样的问题。所以这件事变得非常有趣。当他说"它是一条好狗"时，他并不是在开玩笑。他可能以为她在担心这条狗会咬她。一条狗，会成为一种被泛泛叫作"对象"的概念范畴的层次结构中的一员,这种想法迥异于约翰的传统文化观念。

其中的重要意味是,斐德洛意识到,约翰对这条狗的区分,依据的是它的良质,而不是它的物性。这说明他认为良质更为重要。

现在斐德洛想起来,当他在杜森伯里死后到保留地去,并对他们说他是杜森伯里的一个朋友时,他们回答说:"噢,是的,杜森伯里。他是一个好人。"他们总是把重音落在"好"上,和约翰说起那条狗时一样。一个白人会说"他是一个好人",把重音落在'人'上,或者把重音均衡地落在两个字之间。印第安人不会把人看作一个可以用或者不用形容词"好"来修饰的对象。当印第安人使用这个字时,他们的意思是,好就是整个经验的中心,杜森伯里本质上就是这个生命中心的体现或化身。

也许,当斐德洛把这一形而上学完整地搭建起来时,人们会看到,它所描述的以价值为中心的实在不是什么通往新方向的狂想,而是连接起他们自身一部分的链条。这一部分长期以来被文化规范压制着,需要得见天日。他希望如此。

威廉·詹姆斯·赛迪斯的经历表明,你不能只是告诉人们关于印第安人的事并期待他们会倾听。他们已经对印第安人有所了解。他们的茶杯是满的。文化免疫系统使他们听不进别的东西。斐德洛希望这个良质形而上学能够穿透这一免疫系统,告诉人们美国印第安人的神秘主义不是什么与美国文化异质的东西。它是美国文化深埋的根源。

美国人不需要到东方去学习神秘主义的东西。它一直就在这，就在美国。在东方，他们用仪式、熏香、宝塔、唱诵，当然了，还有年入数百万美金的庞大组织企业来装点它。美国印第安人没有做这些。他们的方式是全无组织的，他们不索取任何东西，他们不大张旗鼓。这就是人们低估了他们的原因。

斐德洛记得，在那次佩奥特掌聚会结束之后，他对杜森伯里说过："印度教的认识只是对这些的低级模仿！在那些虚张声势的东西开始之前，这一定就是它本来的样子。"

他还记得，弗朗兹·博厄斯曾说过，在原始文化中，人们只谈论实际经验。他们不讨论什么是德性、善、恶、美；他们就像我们未受教育的阶层那样，日常生活中的需要不会超出特定的人在特定情况下表现出的德性，不会超出他们身边族人的善行与恶行，不会超出某一个男人、女人或东西的美。他们不谈论抽象观念。但是博厄斯说："达科他印第安人认为好是一个名词，而不是一个形容词。"他会对某人说"看顾你的好"(Take care of your goodness)，而不是说"好好的"(Be good)。

确实如此，斐德洛想，而且非常客观。但这就好像一个探险家注意到悬崖的侧壁上显现出一条巨大的纯黄色金属矿脉，他打开日记，记下情况，然后，到此为止。因为他唯一的兴趣只是事实，不想深入评估或解读。

好是一个名词。足矣。这就是斐德洛一直在寻找的。这就是越过围栏，结束了整场比赛的本垒打。好，作为一个名词，而不是一个形容词，就是"良质形而上学"的全部。当然，终极的良质不是一个名词或形容词或任何可以被定义的东西，但是如果你一定要把整个"良质形而上学"缩减成一句话，那就是它了。